만년양식집

BANNEN YOSHIKISHU - IN LATE STYLE
by OE Kenzaburo

Originally published in Japan by Kodansha Ltd.
Korean translation rights arranged with OE Kenzaburo, Japan
through THE SAKAI AGENCY and BC Agency.

세계문학전집
232

大江健三郎 : 晩年様式集 イン·レイト·スタイル

만년양식집
In Late Style

오에 겐자부로 장편소설

박유하 옮김

문학동네

일러두기

1. 이 책의 번역 대본으로는 大江健三郎의 『晩年様式集 イン·レイト·スタイル』(講談社, 2013)을 사용했다. 더불어 2016년에 고단샤講談社에서 나온 문고본도 참조했다.
2. 주석은 모두 옮긴이주다.
3. 본문 중 고딕체는 원서에서 방점으로 강조한 부분이다.
4. 굵은 활자(볼드체)는 원서에서 고딕체로 강조한 부분이다.

차례

화두

내가 앞으로 써나갈 이 글이 책이 된다면, 그 노트들을 총괄할 제목을 사용해주게. 백혈병과 싸우면서 방대한 작업을 하고(글쓰는 일에 그치지 않았다) 죽은 친구의 논문집이 나왔는데, 그를 문병 갈 때마다 내게 그는 계획하던 책에 대한 구상과 제목을 들려주었다. "자네가 사후 출판을 준비중인 거라면, 같은 해에 태어난 내가 자네보다 더 오래 살 확률은 반반이니, 자네가 사용할 표제를 좀 비튼 제목을 붙여 마지막 작업을 하고 싶네"라고 나는 말했다. 그는 어둡지만 장난기 가득한 미소를 띠며 이렇게 반박하곤 했다.

"아니지, 자네가 먼저 작업을 끝내주게. 내 책의 종장은 자네의 만년 작업을 테마로 해서 마칠 생각이니까."

예고되었던 제목으로 묶인 친구의 마지막 책이 뉴욕의 소박한 출판사에서 나왔을 때(그 책 뒤표지에 나의 짧은 글이 실려 있다), 나는 장편소설을 쓰고 있었다. 그리고 계속 써왔는데, '3·11 이후' 그 작업에 흥미를 잃었다. 그런데다 나는 이제까지 해온 방식으로 책을 읽어나가지 못하고 있다. 이것저것 읽어보기는 하지만 더이상 전 같은 방식으로 집중하기는 어려웠다. 읽기 시작하면 곧바로, 마음이 딴 곳으로 가곤 한다. 그렇다면, 내가 보내야 할 남아 있는 시간은 어떻게 해야 하나?

나는 도쿄에서도 상당히 큰 편이었던 지진 때문에 무너진 서고를 정리하면서 발견한, 몇 년 전 서점 입구 쪽 매대에 쌓여 있기에 한꺼번에 구입한 '마루젠* 범포帆布 노트' 중 남은 한 권을 무릎 위에 펼쳐두고(그건 범포라는 이름답게 무늬 없는 캔버스천으로 튼튼하게 제작되어 있어서 노년의 수작업에도 어울리는 물건이었다), 절실한 감정으로 가득했던 시간에, 머리에 떠오르는 생각을 적기 시작했다. 친구가 남긴 저서의 제목은 'On Late Style', 그러니까 '만년의 양식에 대해서'였는데, 내 경우는 '만년의 양식으로 살면서' 쓰는 글이 되기 때문에 'In Late Style'로 하되, 그조차 시간을 들여 방침을 세워서 하는 건 아니니 여러 양식 사이를 넘나드는 형태가 될 것이다. 그래서 제목을 '만년양식집'으로 하고 루비**를 붙여두기로 했다.

그와 함께 내가 오랫동안 귀찮게 해온 여동생이 나에게 맡긴 작업을, 이제야말로 해보자는 생각이 들었다. 줄곧 시코쿠 숲속에서 살아

---

* 출판사, 서점, 문구 회사를 함께 경영하는 기업. 질 좋은 문구를 생산하고 유통한다.

** 한자 옆에 표기한 독음. 본 단어를 한자로 쓰고 영어로 표기하기도 한다. 5.5포인트 크기의 글자를 '루비'로 부른 데서 유래한 명칭으로, 단어의 이중적 의미를 나타내기 위해 사용하는 방식이다.

온(숲속이 아니라 숲 가장자리라고 불러달라는 말이 입버릇이 된), 마찬가지로 노인이 된 동생은 자신과, 또다른 두 사람이 내 소설에서 일방적으로 묘사되어온 사실에 불만을 품고 있다고 말하곤 했다. 우리는 '세 여자'라는 그룹을 만들어 각자 오빠의 소설에 대한 반론격 글을 써서 돌려보고 있어요. 지금까지는 그저 쓰기만 하고 확실한 독자가 두 명 있다는 걸로 만족해왔지만, 오빠가 '마지막 소설'이라느니(여러 번 들은 듯한데, 칠십대 중반을 넘어 그냥 해본 말이 진실이 되기 전에) 하는 말을 다시 하고 있기도 하니, 오빠가 정말로 그 소설을 쓸 거라면 다 쓰기 전에 우리가 쓴 글을 읽어줬으면 좋겠다, 그러니 오빠에게 보내자, 라고 이야기가 되었어요. 어떻게 생각해요?

한번 어떤 착상을 하면 곧장 행동으로 옮겨야 직성이 풀리는 게 동생 성격이어서 초고를 넣은 서류 봉투는 이미 나한테 도착해 있었다. 나는 그 원고를 어느 정도 읽어보긴 했지만 동생과 동생의 동지들이 초고를 완성한다 해도 요즘 출판계 사정상 책으로 발간되기 어려우리라고 생각했다. 하지만 내가 지금 쓰고 있는 범포 노트에, 한 챕터가 끝날 때마다 서류 봉투 속에 있는 글의 일정 분량을 골라서 덧붙여보면 어떨까? 양쪽 다 나라는 사람이 주제인 건 달라지지 않으니까. 그렇게 내 글은 『만년양식집』으로 놔두고, 덧붙이게 될 세 사람(미리 말해두자면 동생과 아내와 딸)의 글은 '세 여자가 쓴 또하나의 이야기'라는 제목을 붙여 함께 철한 원고를 몇 부 복사해 우선 그녀들에게 보내두면, 출판된다면 물론이고 출판되지 않는다 해도 이 복사본은 남게 되니 동생의 기분은 풀리리라.

그것이 내가 만드는 사가판私家版 잡지 『'만년양식집'+알파』다. 어쩔 수 없이 도중에 작업을 중단할 수밖에 없게 된다면 편집되지 않은 채로 보관된 초고는(거기엔, 그녀들이 잡지를 읽고 다시 써서 보내오는 글도 추가되어 있을 것이다) '세 여자'가 처분할 터.

여진이 이어지다

1

첫 구절은, '3·11 이후' 초기에 우리집의 엉망으로 무너진 작업실 겸 침실과 서고에서 나와 아들이 잘 공간을 마련하는 육체노동을 하다가, 졸음이 쏟아져 책이 산처럼 쌓인 공간에서 나도 모르는 사이 낮잠을 자고 말았을 때 꾼, 짧지만 고통스러웠던 꿈에서 막 깼을 때, 바닥에 여기저기 떨어져 있던 종이에 연필로 적어 옆에 있던 도자기 문진을 올려두었던 내용이다. 그러고는 다시 잠들고 말았으니, 이쯤 되면 오랜 세월 굳어진 소설가의 일상적 습관이라 하는 편이 맞을 것이다.

아카리를 어디에 숨겨야 하나 싶어 나는 당혹스러워한다.

시코쿠 숲의 '오시코메' 동굴로 가자, 방사성물질로부터 차단되어 있으니 암반층에서 솟아나는 물도 아직 오염되지 않았을 것이다! 피난중인 이는 일흔여섯 살 나와 마흔여덟 살 아카리인데, 노인의 여윈 등에 업힌 아카리는, 차분하지만 우울해 보이는 중년 살 붙은 얼굴을 하얀 면으로 된 삼각뿔 모양의 아기 옷 사이로 드러내고 있다. 어떻게 해야 방호복을 입은 자위대원의 눈을 속이고 그들이 가로막고 있는 도로를 빠져나갈 수 있을까?

귓가에서 뜨거운 숨결이 속삭인다.

"괜찮습니다, 괜찮습니다. 아구이가 도와줄 거니까요!"

'3·11 이후' 이미 백 일이 지났건만, 어떤 일이 계기가 되어 그 기간 동안 내가 해왔던 일을 차근차근 기억해낼 수 없다는 사실을 깨달았다. 노인성 질환이 뇌에 도달한 건가(놀랐다기보다는 조용한 체념과 함께), 하며 앞서가는 생각을 했을 정도다.

침대 옆에 놓아두어 곧바로 손에 잡히는, 오랫동안 똑같은 것을 사용해온 인조가죽 표지의 간이일기를 펼쳐보니, 그런 내가 꽤나 이런저런 일을 하고 있었다. 이미 육 년이나 관여되어왔던, 오키나와 게라마 제도에서 일본군의 강요로 육백 명 이상 되는 섬사람들이 집단사한 일에 대해 사십일 년 전에 쓴 이와나미 신서*가 대상이었던 재판도 그중 하나다. 두 섬의 수비대장들에게(수비대장 본인과 또다른 수비대장의 유족) 명예훼손으로 고소를 당했는데, 최고재판소에서 우리 피고측의 전면승소 판결이 내려졌다.

그런데 그 사실을 포함해 3·11 심야부터 TV 앞에 밤이고 낮이고 붙

---

* 이와나미출판사에서 발행하는 교양서 시리즈인 이와나미 신서로 1970년에 나온 『오키나와 노트』를 뜻한다.

어 앉아서 봤던 동일본대지진과 쓰나미, 그리고 원전 대사고 영상에 파묻혀 하루하루의 이런저런 개별적 일들이 생각나지 않는다. 그저 며칠 동안 해온 육체노동이 몸에 그 흔적을 남기고 있어 요통과 근육통에 가끔 움찔할 뿐……

이날도 후쿠시마 원전에서 유출된 방사성물질에 의한 오염 현황을 취재한 TV 특집 방송을 밤늦게까지 봤다. 방송이 끝난 후 서고 바닥에 오래전 기억과 이어진 브랜디병이 굴러다니던 게 생각나 3분의 1 분량을 따른 잔을 들고 돌아와 녹화를 또 틀고 TV 앞에 앉았다. 다시 이층으로 올라가다가 계단참에서 멈춰 선 나는, 어렸을 때 루쉰의 단편을 읽고 알게 된 '우우 소리를 내면서 우는' 사태에 이르렀다.

왜 그 장소가 다름 아닌 계단참이었는지를 이해받으려면 앞에서 말한 육체노동의 내용을 설명해야 한다. 그 노동의 결과로 우리 가족이 밤을 지내는 공간이 뒤바뀌었기 때문이다. 간단히 말하자면 아내는 계단 밑 침실, 아카리는 이층 서고에 마련한 침대가 각기 지내는 공간이 되었기에, 그 두 사람이 내 울음소리를 듣지 않게 하려면 그 계단참이야말로 가장 적합했기 때문이다.

'3·11 이후', 나는 이제까지 가수면용 침대를 놔두었던 이층 서고 한구석에, 아카리가 쓸 군용침대를 들여놓아주고(그 작업은 후기고령자에게는 정말이지 중노동이었다) 아들과 같은 공간에서 자게 되었다. 그 공간이 서고 한구석인 이유는, 어느 날 내 작업실 겸 침실에 있던, 동쪽 천장에 거의 닿는 높이로 겹겹이 늘어선 책장이 전부 부서져서 다닐 통로를 내는 일조차 쉽지 않았기 때문이다. 어느 책장이든 책장 뒤쪽에는 높이는 같고 폭은 절반이지만 안쪽 깊이는 두 배 깊은 자료용 책장이 있다. 그 공간에는 오래된 원고라든지 잡지, 신문 등에서 오려놓은 자료들, 편지 등이 쌓여 있었다. 그런 물건이 전부 밑으로 떨어져버렸지만, 그렇다고 정리를 다른 사람한테 부탁한다면 사태는 더 악화된다. 그 자료들을 기반으로 마지막 만년 동안 나만의 작업도 할 수 있지 않을까 싶었는데, 재정리하는 것만으로 마지막 만년 전체가 날아가버릴 듯한 사태였다. 그래서 나는 그 혼돈에 질서를 부여할 기력을 회복할 때까지 다른 누구보다 나 자신의 출입을 금지해둔 터였다.

삼 년 전, 나는 그 작업실 겸 침실 옆에 아카리의 음악실을 만들었다. 그런 개축을 해서 내 영역이 영향을 받은 것도, 현재 손대볼 수 없이 혼란스러운 상태와 관계가 없지 않다. 아무튼 그 음악실은 바닥을 보강해 모아온 CD들이(예전 시스템인 LP레코드도 오백 장은 있었다) 모두 들어가도록 만들었다. 게다가 소년 시절부터 아카리가 작곡해온 곡들의 악보 같은 것도. 몇 년에 한 번은 내 장서의 정리 작업을 반복해왔기에, 나와 아들이 지낼 장소를 만드는 일이 가능했던 것이다.

그런데 아카리는, 살아오면서 자기가 소유하게 된 CD, LP레코드, 녹음테이프, 악보, 스코어, 콘서트 프로그램 가운데 어느 것 하나 버리지 않았다. 그래서 음악실에 있는 재생기기 코너는 그렇다 치고 그렇게 쌓인 물건들이 빚어낸 혼란한 상태가 심각했다. 지진 당일에 아카리 자신이 곧바로 들어가서 다른 사람한테 맡길 수 없는 물건들을 정리하려 했지만, 끊임없이 이어진 여진이 아카리를 두려움에 떨게 했다. 이 '3·11 이후' 이어진 여진이 아카리한테 어떤 식으로 특별한 영향을 미쳤는지는 다시 쓰겠다. 평소에 아카리는 지진에 흥미를 보이면서, 자신이 판단한 진도를 TV가 표시해주는 진도와 비교해보는 것을 즐기곤 했다. 하지만 하루에 몇 번이고 반복된 이번 여진은 악의를 가진 자의 공격으로 받아들였다. 그리고 아카리는 특수학급에서 자기를 괴롭히던 아이들이 못된 장난을 칠 때 드러냈던 것과 같은 개인적인 분노를 표현했다.

앞에서 중단한 장면—노인이 계단참에 붙박인 듯 서 있는 장면—으로 돌아가보자. 나는 계단 아래 거실 안쪽에서, 침실에서 아내가 읽는 중인 책을 비추는 스탠드 불빛이 새어나오는 광경을 보고 있었다. 계단을 올라가면, 서고 입구 옆에 놓은 침대 위에서(복도 끝 쪽, 그러니까 화장실에서 가장 가까운 장소), 아들이 유난히 성능 좋은 귀를 기울이며, 아버지의 동정을 살피고 있으리라는 것도 알고 있었다. 그래서 두 사람 사이의 중간 지점에 몸을 숨기고, 내가 생각해도 힘이 빠진 쉰 목소리로 울었던 것이다. (나중에 쓰겠지만 아카리는 다음날 아침에 여동생과 둘만 남았을 때 "아빠가 우우 울고 있었습니다!"라고 말한 듯하다. "무슨 일일까요?")

여기서도 아카리가 아버지의 울음소리에 관해, 내가 루쉰의 단편에 나온다고 말한 의성어를, 정확히 반복했다는 것을 미리 말해두겠다. 아들은 지적 장애를 갖고 있지만 소리에 예민해서, 특정한 소리나 목소리를 들었을 경우(그게 언제였든, 그리 자주 있는 일은 아니었던 내 울음에 대해 아내가 루쉰의 번역본에 나오는 대로 설명해준 게 아닐까 싶은데) 그 소리를 잊지 않는다.

2

이제까지 써온 내용의 세부를 확인하려고 다시 한번 간이일기를 펼쳤더니, 내가 '3·11 이후'에 동일본대지진을 보도하는 TV 앞에 붙어 앉아 다른 일은 아무것도 하지 않았다고 썼던 것도 타당하지는 않음을 알게 되었다. 나는 '3·11 이후'에 일어난 일에 대해 나 자신이 관여할 수 있는 범위에서 여러 가지 행동을 나름대로 하려 했다. 다만 그날 이후 백 일 정도는 구체적으로 기억을 되살리려 해도 확실히 실제라고 느껴지는 것은 TV 앞에 앉아 있던 시간뿐이다.

나는 3·11 대지진이 일어나고 사흘 후에 파리에서 보내온, 팩스를 통한 긴 인터뷰 요청에 팩스로 답변했다. 17일에는 〈르몽드〉에 실린 그 인터뷰의 요약본을 영어로 번역해 〈뉴요커〉에 게재하고 싶다는 내용의 팩스를 검토했다(심지어 일본어—프랑스어—영어로 바뀌어가는 과정에서 조금씩 원문과 달라진 부분을 서둘러 수정하려 했다는 사실도 보인다).

일상생활에서는, 그 기간 동안 후쿠시마 원자력발전소에서 방사성 세슘이 유출되었다는 보도가 음료수 패닉을 일으켰기 때문에, 나도 가족을 위해 자전거를 타고 슈퍼로 달려가 줄을 섰다는 것도 알 수 있다. 앞서 그의 유작에 대해 썼던 친구의 부인이 뉴욕에 사는데 그녀한테서 지진을 걱정하는 팩스가 도착했고, 곧이어 전화가 왔었다는 사실도 기록되어 있다. 그런데다 3·11 이전에 세워놓았던 계획이 잇달아 취소되어 TV 앞에 하루종일 앉아 있을 수밖에 없었던 기억을 증명해주는 사실이 보이기도 한다. 그중 하나로, NHK TV 특집 방송을 위해 빼두었던 일정 기록이 연필로 지워져 있었다. 그건 연초부터 준비해왔던 기획이었다. 비키니환초* 수소폭탄 실험 때 피폭당한 생존자와 행하기로 했던, 복원된 제5후쿠류마루호 선상에서 나누는 대화. 열아홉의 봄, 도쿄대에 입학한 후 처음으로 학교에 간 날, 교문 옆에 모여 있던 학생들 사이에 서서, 이 사건을 알리는 집회를 하자는 외침을 들었다.

일단 취소되었던 대화 촬영은 열흘 후에 실현되었는데, 연기된 이유는 이 TV 특집을 위한 취재팀이 '3·11 이후' 곧바로 서둘러 후쿠시마에 갔기 때문이라는 보고를 받았다. 그 팀이 현지에서 만든 특집 프로그램을 나는 심야방송에서 보고 강한 충격을 받아, 계단참에서 우우 울게 되었던 것이다.

방송에서는, 후쿠시마 제1원자력발전소 폭발사고로 인해 공중으로 흩어진 방사성물질을 추적조사하러 간 TV 취재팀 PD가, 시민에게 피난 지시가 내려져 있는 야간 상황을 혼자 차를 운전해서 돌아보고 있었다. 칠흑같이 캄캄한 높은 경사면에서 희미하게 불빛을 밝힌 집을 발견하고는 카메라를 어깨에 메고 그 과정을 직접 촬영하면서 좁은 길을 올라간다. 불이 꺼진 현관 앞에서 얼굴을 내민 집주인한테 묻는다. 왜 남아 계신가요? 제가 키우는 말이 출산을 앞두고 있어 집을 떠날 수가 없답니다.

다음날 저녁, 팀의 작업을 마치고 또다시 급한 경사면을 올라간 PD는 새끼 말이 태어났다는 이야기를 듣는다. 어두운 집 안쪽에 모여 웅크리고 있는 어미 말과 새끼 말이 어둠 속에 희미하게 드러나 보이지

* 태평양 서부 마셜제도의 서북쪽에 위치한 고리 모양의 산호초. 1946년부터 1958년까지 원자폭탄과 수소폭탄의 실험장으로 쓰였다.

만 이어지는 세로로 기다란 화면에는 집 바깥을 바라보면서 이야기하는 집주인의 옆얼굴과 그 맞은편으로 비가 오는 것처럼 보이는 목장이 보인다. 조명을 약하게 해둔 탓에, 어쩌면 그냥 저녁나절의 어둠 때문이었을지도 모른다. 하지만 집주인이 어두운 목소리로 이제 막 태어난 새끼 말을 저 들판에서 뛰게 해줄 수가 없습니다, 방사능비로 오염되었으니까요, 라고 말했을 때, 끊임없이 가랑비가 내리고 있음을 실감했다.

이 방사성물질로 인해 오염된 땅을 (최소한 우리가 살아 있는 동안은……실제로는 그런 느긋한 이야기가 아니라 그보다 훨씬 긴 기간 동안) 인간은 원래 모습으로 되돌릴 수가 없다. 그렇다는 사실을 절실하게 느끼고 있는 표정이, 불충분한 조명 아래 드러난 집주인의 상반신과 카메라를 받친 PD의 어깨를 바라보는 나에게 충격으로 다가온다. 우리로 묶을 수 있다면, 그런 일을 우리가, 동시대의 인간들이 해버렸다. 우리가 살아 있는 동안 복구할 수 없다……이런 생각에 충격을 받고 나는 노인의 울음소리를 냈던 것이다.

그러고는 이층으로 올라가 쌓아둔 책 안쪽에서 아직 깨어 있는 듯한 아들의 기척을 느끼면서 그 옆을 지나 내 침대의 독서 스탠드가 작은 공간을 밝히고 있는 책장 앞에 섰다. 그곳은 아직 오십대였던 내가 책을 읽는 생활의 마지막 무렵에 실행할 계획을 세운 이후 언제나 읽을 책을 바꿔놓아두곤 했던 장소다. 대부분 이제까지 여러 번 읽은 책으로 그 시기가 되면 다시 한번 읽게 될 책(주제가 연결되어 있어 아직 읽지 않았어도 시기에 맞춰 읽을 생각으로 골라둔 책도 있다).

그곳만은 '3·11 이후' 내가 이 서고에 나와 아들이 잘 곳을 만드는 과정에서 어떻게든 이전과 가깝게 복원한 장소이기도 하다. 지금 돌이켜보면 나는 그 작업을 하면서 그 어떤 책도 펴보지 않고 그저 밑에 떨어진 책을 책장에 올려두는 지루한 작업만을 반복하고 있었다. 즉 그 단계에서 이미 책에 대한 나 자신의 태도에 변화가 생긴 것이다. 그리고 이제야 겨우 나는 책에 관해 일어난 나 자신의 변화를 살펴보기 위해 그중 한 권을 빼내려 했던 것이다.

나는 다시 돌아와서 독서 스탠드가 밝히는 범위를 바꾸고 검붉은 표지에 커다란 농경용 쇠스랑에 등을 찔린 사람의 그림자가 짙게 그려진 책을 (둥근 책등의 색깔로) 찾아 침대로 되돌아왔다. 그 책은 앞서 말한 친구가 정말 새로운 단테라면서 그가 영국의 실력파 시인으로 평가하는 이가 번역한 책으로, 아직 「지옥편」만 나온 단계에서 보내준 것이었다.

나는 전에 읽은 자국이 남아 있는 곳을 펴서 내가 적어놓은 메모와 빨간 줄이 있는 페이지를 읽었다. 제10곡 중간쯤인데, 생전에 단테와 교류했던, 정치적 힘도 있었던 대시인이 단테를 부르며 멈춰 세운다. 그리고 자신이 죽은 후 피렌체는 어떻게 되었는지 이야기해달라고 요청한다. 또 한 사람의 망자는 단테의 동년배 친구였던 재능 있는 시인(단테를 멈춰 세운 대시인의 아들)의 소식을 알려달라고 간청한다.

실은 그 대목은 내가 이탈리아어 원서 자체를 잘 읽지 못한다는 것은 당연하다 해도, 오랫동안 여러 판본을 수집해 읽어왔던 영어, 프랑스어, 그리고 일본어 번역본으로도 잘 이해하지 못했던 부분이다. 그런데도 나는 '3·11 이후' 어느샌가 그 의미를 이해하게 되었다는 기분이 들었다. 그것도 TV 뉴스의 현지 중계 광경, 사람들의 모습과 표정을 계속 보고 있다가 바로 그 단락을(무엇보다도 무서운 단락을) 이해해버렸다. 지금 다시 한번 나는 그 단락과 마주할 필요가 있다……

그 번역서에 내가 빨간 줄을 친 곳이 생생하게 의미를 드러냈다.

In its present state, we have no evidence
Or knowledge, except if others bring us word:
Thus you can understand that with no sense

Left to us, all our knowledge will be dead
From that Moment when the future's door is shut.

나는 이 영어 번역에서 내 머리로 전해지는 직접적인 의미만을 일본어로 바꾸고 있다. 즉 나는 시를 읽는 게 아니라, 아카리가 여진이 반복되어 싫어한 것처럼, 시의 의미에 날카롭게 쿡쿡 찔리고 있었다. 지금 현재의 그곳 상황에 대해 나에게는 아무런 물증도 없고 지식도 없다. 만약 누군가가 언어로 알려주는 게 아니라면.

(이다음 행부터는 주가쿠 분쇼*의 번역을 옮겨둔다.)

"따라서 너는 이해할 것이다, 미래의 문이 닫히자마자 우리의 지식은 전부 죽은 지식이 되리라는 사실을."

그때, 조금 전 계단참에서 나로 하여금 가련한 울음소리를 내도록 만든 것이(그것은 그때까지 경험한 적 없었던 새로운 공포로 인해 막

* 寿岳文章(1900~1992). 영문학자이자 수필가, 종이 연구가. 윌리엄 블레이크와 단테의 번역자로도 유명하다.

다른 곳으로 내몰린 듯한 울음소리였기에), 지금 현재의 그곳 상황에 대해 아무런 물증도 없고 지식도 없는 나에게, TV 화면이라는 '언어'가 고지한 진실이었음을 깨달았다. 이제 우리의 '미래의 문'은 닫혔다, 그리고 우리의 지식은(특히 나의 지식 같은 건 별것 아니었지만 아무튼) 전부 죽고 만 것이다……

내가 다시 한번 쉰 울음소리를 내지 않았던 건 아들이 내 쪽 독서 스탠드의 희미한 빛을 목표로 삼아 책장 사이에 쌓인 책들을 맨발로 밟으면서 넘어오는 소리가 들렸기 때문이다. 그리고 아카리는 (그 부분에 그의 기묘하게 비통한 유머도 존재하는데) 어느 정도 일반 독자들 평가가 나쁘지 않아 라디오 드라마화되었던 내 옛 작품의 녹음을 듣고 그가 '나의 대사'라고 부르면서 말한 적이 있는 부분을, 목소리를 연기한 젊은 배우를 성대모사하는 식으로 과장하며 내 옆에 서서 말했다. 그러니까 앞서의 울음소리를 아들이 다 들었겠다 싶어 체념하고, 멋쩍어서 잠든 척했던 나를 향해, 이제는 중년 남성의 목소리인데도 여전히 성대모사하는 말투로.

"괜찮습니다, 괜찮습니다! 꿈이니까요, 꿈을 꾸고 있는 거니까요! 아무것도, 전혀, 무섭지 않습니다! 꿈이니까 말입니다!"

세 여자가 쓴 또하나의 이야기(1)

1

나는 시코쿠 숲 가장자리 골짜기에서 어머니가 돌아가신 이후에도 혼자 살고 있다(오빠가 반복해서 소설 무대로 삼았던 곳이다). 오빠는 이 작은 땅에 관해 여러 이야기를 지어냈는데 그중에서도 덴쿠보저수지큰노송나무 인공호수와, 그 호수 한가운데 자리한, 실제로 거대한 노송나무가 서 있는 섬이 이야기의 중심이 되었다.

그 기간 동안 갑자기 오빠한테 호출당해 그곳에 갔고 심장 밑바닥이 후벼지는 듯한 경험을 했다. 아직 정리가 다 된 건 아니지만 그 경험을 노트에 옮겨 적어두고 싶다.

나는 미국과 일본의 TV 방송 제작자들이 협력해서 만든 〈아시아 어린이들의 새로운 놀이〉라는 기획의 비디오 제작 현장에 초청을 받아 그곳에 갔다. 그 비디오와 인연을 맺게 된 계기는 간단히 말하면 인공호수 제방에 오빠 소설의 한 구절이 새겨진 동판이 박히게 된 데 있다. 이 마을 사람들의 표현을 흉내내자면 이렇다 할 만큼 대단치도 않은 일로, 도쿄의 오빠를 위해 하는 일 가운데 하나다.

이번에 그곳으로 나를 불러낸 사람은 오빠의 소설에 등장한(즉 그런 식으로 오빠가 행한 프라이버시 침해의 희생양이 되었다는 점에서 같은 입장인) 연극 공연에서 음악을 담당하면서 다른 일까지 총체적으로 맡아 한 릿짱이라는 삼십대 초반 여성이다. 이 역시 좀 낡은 어법으로 말하자면 제반 사정 때문에 그 극단이 도쿄로 본거지를 옮기게 되었을 때 혼마치에 있는 고등학교 교사 자리에 결원이 생겨서 채용되었다. 릿짱이 학생들을 위해 만든 합창곡이 NHK 음악 콩쿠르에서 입상해 화제가 되었는데, 그 가사에는 오빠의 소설, 그것도 덴쿠보저수지큰노송나무 인공호수에 있는 동판에 새겨진 구절이 인용되어 있었다.

문학비는 한때 나름대로 이 마을의 관광명소가 되었다가 바로 잊혔는데, 골짜기 인근의 중학교에 다니는 학생들이 그 공간을 주제로 해서 새로운 놀이를 만들었다. 그 놀이를 재미있게 여긴 릿짱이 합창곡을 구성했고, 마찬가지로 소규모였지만 각광을 받았다. 그리고 유네스코 후원으로 TV 방송을 만드는 일본계 미국인이 홍콩, 타이베이, 방콕 등지에서 현지 촬영을 이어나간 후 일본에서 취재를 했는데 그 방송에서도 다루었다. 그 촬영을 이곳에서 하는 단계가 되었을 때, 오빠한테 취재 허락을 요청하는 역할을 중개하느라 수고한 나에게 릿짱이 자기 마음을 표시하기로 했다.

릿짱은 처음엔 내일 촬영 현장에 나를 초청해 방송 제작자에게 소개하려고 생각했다고 했다. 그런데 제작자는 신중한 사람이어서 우선 작품을 내게 보여준 다음에 만나겠다, 보고 나서 만약 마음에 든다면 나를 자기 혼자 만나 이야기를 듣고 싶다고 말한다고 했다. 그 이전에 당연히 원작자가 함께 임하는 문제도 타진되었다는데, 물어보니 작가는 어두운 서고에 틀어박혀 우울에 빠져 있다는 답변을 들었다고 했다. 그 이야기를 듣고 나니 나도 TV 방송 제작 관계자들과 얼굴을 맞대는 건 귀찮다는 생각이 들어 그냥 촬영 전날의 리허설만 보기로 했다……

오후 일찍 나는 제방이 현도縣道와 이어져 있는 지점까지 차로 올라갔다. 문학비 바로 아래쪽에 있는 인공호수 수면에 떠 있는 보트들을 위한 선착장에 있던 여고생들과 릿짱을 발견하고 손을 흔들어 보이고 나서 제방 위를 걸어올라갔다. 비가 잦았던 가을 끝 무렵답게 인공호수를 넘칠 듯 채운 물 건너편 덴쿠보저수지큰노송나무섬을, 나는 오랜만이라는 감회에 젖어 둘러보았다. 그때 이후, 그러니까 젊은이들에게는 이미 전설화된 사건 이후 다시 온 건 처음이었기 때문이다.

시체로 발견된 기 오빠를 부인 오셋짱과 내가 둘이서, 우리가 타고 있던 보트까지 끌어왔지만 우리의 팔 힘으로는 보트로 끌어올릴 수 없었기 때문에, 물에 젖은 재킷이 몸에 달라붙은 기 오빠의 어깨를 오셋짱이 잡고, 내가 노를 저어 덴쿠보저수지큰노송나무섬까지 갔다. 아직 이른 시간이었지만 이미 구경꾼이 모여 있는 제방 쪽으로는 되돌아갈 수 없었기 때문이다. 그때에 비하면 지금 호수의 물은 냄새도 나지 않고 탁하지도 않지만, 보트 그림자는 전과 마찬가지로 거무죽죽하게 드리워 있다. 그때 이후 처음으로 이제 호숫물 건너편 섬을 나는 감회에 젖어 바라보고 있었다.

색깔이 진한 물. 그때 골짜기 숲 가장자리의 집이 있는 곳에는 강줄기 옆길뿐 아니라 '자이在'로 올라가는 강 북쪽과 남쪽 양쪽 길 어디에서든 보였던, 검은 물, 살인자 라고 쓰인 전단지. 이 골짜기에 살면서도 이미 오랫동안 내가 여기까지 올라오는 일은 없었다. 인공호수를 둘러싸고 북쪽에서 동쪽으로 늘어선 숲의 나무들은, 강 옆길에서 올려다봤을 때보다 훨씬 거대해 보인다. 두꺼운 잎들이 높이 뻗어 무성하고 울울창창한 나무들이 물가까지 엄습할 듯한 정경은 어두웠고, 그 풍경을 비추고 있는 물은 더 검은색을 띠면서도 맑다.

인공호수 한가운데 자리한 섬은 어두컴컴하게 둘러서 있는 숲을 배경으로 하고 보니 예상 밖으로 좁았고, 거기에 서 있는 큰 노송나무도 키는 눈에 띄게 커도 숲의 나무들처럼 끝없이 자라 울울창창한 느낌은 없었으며, 잎새들을 달고 있는 가지들은 높은 위쪽에만 있어서, 드러난 줄기는 마치 속이 텅 빈 장식품 같았다. 한 그루 나무라기보다는 낡은 신사. **텅 빈** 구조물 같은.

그제야 비로소 나는 어딘가 이해하기 어려워 보였던 이야기가 이해되는 느낌이 들었다. 기 오빠가 남긴 부동산은 아직 그대로 있었고, 소학교 저학년이었던 사내아이를 데리고 골짜기를 나간 이후 한 번도 돌아오지 않고 혼자 아이를 키운 오셋짱이 금년 초에 죽었다는 사실은 알고 있었다. 이 땅과 주변 땅을 상속한 인물이 우선 이 큰 노송나무를 자르기로 했다는 이야기를 들었는데 그 이유가 납득된 것이다. 하지만 아직까지는 그게 다인 이야기로, 나는 내가 써나갈 이야기의 중심에 기 오빠를 등장시킬 생각인데 기 오빠 아들이 지금 어떻게 지내는지는 잘 모른다.

오셋짱은, 사내아이를 데리고 이 마을을 떠날 때까지의 짧은 시간

동안, 골짜기 사람들과의 인연을 나 외엔 전부 끊어버렸다. 이는 기 오빠의 자산을 전부 상속한 오셋짱 모자가, 오빠의 먼 친척들한테 소송당한 일과 관계가 있었다. 그들은 사내아이가 기 오빠의 아이가 아니라 오셋짱이 바람을 피워서 낳은 아이라고 주장했다.

기 오빠는 덴쿠보저수지큰노송나무 인공호수에 독단으로 댐을 쌓을 무렵부터 이 마을 안에서 나날이 더 고립되어가고 있었다. 우리 오빠가 그의 유일한 친구였지만, 오빠가 어쩌다가 기 오빠를 만나러 골짜기 마을로 돌아와도 그저 한 며칠 이야기를 나눌 뿐이었고, 우리 어머니와 만나서 아카리 이야기를 하는 적은 있어도 그 역시 그뿐이었다.

나도 도쿄에 있는 오빠와 마찬가지로, 보통 때는 기 오빠와 교류하지 않았다. 만년의 기 오빠는 대개 '저택'에 틀어박혀 있어서, 내가 기 오빠를 만나는 건 우리 오빠가 고향에 내려왔을 때뿐이었다. 교류가 점점 줄어든 오셋짱이 어느 날 전화해, 기 오빠가 조코 씨를 만나고 싶다고 한다, 조코 씨한테 내려오겠다는 약속을 받기는 했는데, 조코 씨가 골짜기 마을에 체류하는 동안에는 아사 씨가 돌보게 될 테니, 그동안만큼은 이전처럼 자기나 기 오빠가 나와 관계를 이어왔던 것처럼 해주면 좋겠다고 말했다.

나로선 딱히 반대할 이유도 없었다. 그리고 오빠가 골짜기 마을로 돌아왔고, 오빠와 기 오빠의 작은 교류 공간 안으로 나와 오셋짱 두 사람이 들어가, 별다른 일은 아무것도 없었다는 식의 태도를 취했다. 그런 특별한 방식으로 며칠이 지나곤 했다.

그리고 기 오빠가 죽자(그것이 자살이든 사고사이든 살해당한 것이든 뭐든 간에) 인공호수 위에 엎드린 자세로 물에 떠 있던 오빠를 끌어올렸다. 구경꾼들이 꽉 채우고 있는 댐과 이전부터 있던 제방이 만나는 곳으로 시체를 옮기지 않고, 인공호수의 섬에 있는, 수영하는 아이들을 위해 땅을 골라놓은 모래사장으로 끌어올렸다. 그리고 물가에서 10미터 정도 떨어진 풀숲까지, 나와 오셋짱이 옮겼다. 어떻게 골짜기 마을이나 '자이'에서 구경하러 몰려온 남자들한테 돕게 하지 않고 그 어려운 작업을 여자 두 사람이 할 수 있었느냐고?

강변 파출소 경찰이나 혼마치 경찰서에서 사태 수습을 도우러 올 형사들한테 기 오빠의 익사체를 바로 넘겨줄 생각은 들지 않았다. 최소한 우리가 현장에서 시체를 살필 때 오셋짱이 그 자리에 입회하기를 바랐다. 설사 아주 사소하다 해도, 어떤 이들이 기 오빠를 죽여서 물속에 빠뜨린 거라면(나는 그렇게 믿고 있었기 때문에) 그 계기를 찾고 싶었다. 게다가 나는 뭔가 계기가 발견될 것이고 그에 근거해 살인자가 밝혀지리라고 생각하면서, 그게 누구인지를 나만의 비밀로 해둘 필요가 있을지도 모르겠다고 막연하게나마 느끼고 있었다……

릿짱은 오늘 리허설의 단 하나뿐인 관객이 될 나를 위해 자리를 마련해두고 있었다. 오빠의 글이 새겨진 문학비의, 호수 쪽을 바라보는 정면에는 경사진 슬레이트 지붕이 바닥까지 닿아 있어서 비를 피하는 역할도 하고 있었다. 그곳에 금속 철제 의자 하나가 접힌 채 배려하는 모양새로 놓여 있었다. 거기에 앉을 사람의 정면에는 섬의 큰 노송나무. 오래 사용하지 않은 보트 선착장에 모여 릿짱의 지시를 기다리는 중인 여고생들은 내가 그 의자를 향해 걷는 모습을 각별히 지켜보고 있는 것 같지도 않다.

하지만 내가 자리에 앉자마자 부드럽지만 잘 울려퍼지는 릿짱의 맑은 목소리에 따라 여고생들이 정렬했다. 그리고 릿짱이 낭송 스타일로 목소리를 높여 동판에 새겨진 문장을 읽었다. 문학비에 있는 문구를 전부 읽기엔 너무 길었던지 편집되어 있었다. 여고생들은 그 낭송을 들으면서 모두 시선을 고정한 채 호수 건너편 섬을 바라보고 있었다. 나는 직접 의자를 조금 움직여 오른쪽 옆에 있는 세로 1미터 50센티미터, 가로 3미터의 동판에 명조체로 새겨진 『그리운 시간에 보내는 편지』의 마지막 문장을 올려다보았다.

여기에 동판에 새겨진 문장을 책에서 옮겨둘 생각인데 릿짱이 생략한 부분은 나도 말줄임표로 표시해두기로 한다.

2

"기 형은 들판에 드러누워 있다. ……오셋짱과 여동생이 풀꽃을 따고 있다. ……나 역시 기 형 옆에 누워 있고 아카리와 치카시도 풀꽃 따기에 합류한 모습. ……시간이 천천히 흐른다."

릿짱이 낭송하는 목소리보다 부드럽고도 일반적인 템포의 목소리로 설명한다. 이 큰노송나무섬의 광경은 단테의 『신곡』에서 가져온 거라고. 죄를 지은 망자들이 더럽혀진 몸을 씻기 위해 고생하는 연옥의 가장 낮은 곳. 지옥에서 도망쳐 항해해 온 이들이 마주한 건 그 연옥 입구에 서 있던 강가의 파수꾼. 『신곡』을 읽은 사람이라면 '아프리카의 카토'라는 걸 금방 알 수 있을 '위엄 있는 노인'입니다. 그리고 릿짱이 다시 한번 목소리를 높여 노인다우면서도 강인함을 표현한다.

"위엄 있는 노인이 나타나 왜 여기에 멈춰 서 있는가, 산으로 달려가 더러움을 씻어라. 그러지 않으면 신께서는 네 앞에 나타나지 않으신다, 라면서 우리에게 호통을 치므로 일단 큰 노송나무 둥치 쪽으로 달려올라가 보긴 하나……"

릿짱은 잠시 사이를 두더니 처음의 낭송 목소리로 돌아가 이어간다.

"시간은 순환하듯 흘렀고, 기 형과 나는 다시 한번 풀밭에 드러누웠다. 오셋짱과 여동생이 풀꽃을 따고 있고, 아가씨 같은 치카시와 아직 어려 순진무구 그 자체여서 장애가 오히려 순박한 사랑스러움을 더해줄 정도였던 아카리가 풀꽃을 따는 무리에 합류한다. 햇빛은 화창하게 내리쬐여 버드나무 새순의 연한 연둣빛을 반사하고, 거대한 노송나무의 짙은 녹빛은 점점 더 짙어지며, 건너편에 있는 산벚나무의 하얀 꽃송이들이 끊임없이 흔들린다. 위엄 있는 노인은, 다시 한번 나타나 말을 할 터였는데, 모든 것이 순환하는 시간 속의 편안하면서도 진지한 게임 같아서, 서둘러 뛰어올라갔던 우리는, 다시 거대한 노송나무가 있는 섬의 풀밭 위에서 뛰어놀게 될 터였다……"

이어서 릿짱이 그때까지와는 다른 목소리를 냈을 때 나는 소름이 돋았다. 이 소설을 쓸 무렵의 오빠를 닮은 목소리였기 때문이다. 심지어 기도하는 톤으로 낭송했다.

"기 형이여, 그 그리운 해의 언제까지고 순환하는 시간 속에 사는 우리를 향해, 나는 몇 번이고 몇 번이고 편지를 쓴다. 이 편지를 시작으로 한 그 작업이, 당신이 사라진 이 세상에서 내가 인생의 마지막까지 써나가게 될 앞으로의 작업이 되리라."

조용한 목소리가 멈추자 수면을 커다란 침묵이 뒤덮는 듯했다. 나는 그것으로 이 낭송 퍼포먼스가 끝나리라고 생각했다. 그런데 그때까지 줄곧 꼼짝도 안 하던 릿짱의 온몸이 용수철처럼 튀어올랐다. 그러고는 다이내믹한 지휘를 시작했고, 그 움직임에 맞춰 여고생들이 나도 모르게 움찔할 만큼 아름다운 소리로 노래했다.

"그리운 시간으로부터 답장은 왔나요?"

마치 시와도 같은 이 물음이, 눈앞의 맑게 갰지만 (아직 해가 중천에 떠 있는데도) 이제는 검게 변했다고 말하고 싶어지는 수면에서 탑처럼 똑바로 솟아나는 것처럼 보였다. 심지어 그 목소리는 곧바로 따로따로 흩어지고 그렇게 짧아진 한마디 한마디가 돌림노래가 되면서 반복된다. 그 소리가, 그리움이 가득한 음악으로 이제는 늙은 내 몸에 스며드는 듯했다. (후에, 그 소리가 오빠와 아카리가 이 마을에 체류했던 재작년에 내가 릿짱의 음악 레슨을 옆에서 듣다가 알게 된, 아카리의 멜로디와 화음이라는 걸 깨달았다. 그 사실이 나에게도 점차 생생하게 떠올랐다.)

"그리운 시간으로부터 답장은 왔나요?/ 답장은 왔나요?/ 왔나요? 왔나요?/ 그리운 시간으로부터 답장은 왔나요?"

그리고 여고생들의 물음에 저쪽에서 답하는 노랫소리가(녹음된 노랫소리가 큰노송나무섬의, 어른의 허리에서 가슴팍 높이까지 자란 풀 사이에 설치된 스피커로 재생되어) 이쪽에 와닿아 돌림노래가 되면서 점차 고양되는 스타일의 반복.

"그리운 시간으로부터 답장은 안 와!"

그리고 침묵이 큰노송나무섬과 덴쿠보저수지 전체를 가득 메웠다.

3

릿짱이 올라와 인사를 했다. 그녀는 가만히 호수를 내려다보는 나에게 송구스러운 듯한 모습이었다.

"마지막 부분이 멋대로 끝나 김빠지셨죠?"

"아니요, 오빠의 소설은……최소한 오빠가 그 소설을 집필한 무렵엔……답장이 오지 않으리라는 걸 알고 끝냈을 거예요. 그러니 정답입니다. 아이들이 묻고 답하는 돌림노래가 점차 클라이맥스로 가면서 그 정점에서 갑자기 끝나버리는 마무리 방식이 내 귀엔 신선했어요. 애들 노래는 대개 스토리 전개는 없고 그저 반복을 즐기다가 그냥 해답은 없는 걸로 끝나지 않나요……그게 일반적이잖아요? 혹시 PD가 불만을 말하던가요?"

"그렇지는 않아요." 릿짱은 내 반응에 힘을 얻었는지 뺨에서 눈가까지 조금 붉게 물들이며 말했다. "그런데 고등학교 교장선생님이 이의를 제기하기를……긍정적 방향성이 없으면 노래하는 아이들도 듣는 학부형들도 어딘가 안심이 안 된다는 거예요. 그래서 일단 제가 마키 씨한테 연락을 했더니 이삼일 후에 전화가 왔는데……지금은 아버지가 몸이 안 좋아서 서고에만 틀어박혀 계시니 마지막 가사를 새로 써 달라는 말은 꺼내기 어렵지만 혹시 좀더 긍정적인 분위기의 가사가 필요하다면, 전에 말한 적이 있는 안이 하나 있으니 그걸 사용하게 해달라고 하면 반대는 안 하시지 않을까요? 라고 하더군요.

마키 씨가 이 이야기는 아사 고모와 상의하고 나서 말하는 거라 했으니 아사 아주머니는 당연히 그 이야기도 아시겠지만, 일본어 가사에 영어 원문이 달려 있어서 합창 최종 부분으로 꽤 그럴듯했어요."

"오빠가 한국을 방문해 국제회의에 참석했을 때 젊은 시절엔 비트족이었던 시인과 재회하고 새 시집을 받았는데, 그 속표지에 사인 겸 적어준 어떤 시구절이, 정신적으로 가라앉아 있던 오빠를 격려하는 의미도 있어서일 텐데, 매우 희망적이라면서 직접 번역해 나와 어머니한테(우리가 제대로 들었는지 아닌지는 분명치 않지만) 읽어준 적이 있답니다."

"그걸 거예요"라면서 릿짱은 멜로디를 붙여 귀여운 스타일 노래로 들려주었다. "요청하면 도움은 온다/ 다만 결코 그대가 알 수 없는 방식으로.

If you ask for help it comes.

But not in any way you'd ever know.

좋죠? 아카리 씨가 새로 작곡을 해주었기 때문에 저는 고교 합창단의 우수한 테너 학생한테 부탁해 녹음을 해서 마키 씨한테 보냈어요. 조코 선생님은 내 기분을 말하자면 지금 이런 식으로 저 숲의 젊은이들한테 말을 걸 수는 없겠구나, 라고 하셨다더군요……"

"우울증에 빠진 오빠의 솔직한 부분이죠, 용서해주시길요."

"PD가 뵙고 싶어하지만, 오늘은 일단 마음에 들어해주셨다고만 전해둘게요"라고 릿짱은 말하더니 나에게 훨씬 더 굽히는 자세로 인사하고 나서 여고생들 쪽으로 내려갔다.

내가 혼자 제방 위를 걸어 내 차 쪽으로 향하는 동안 해가 넘어가느라 거의 시커멓게 변한 수면을 뒤덮듯 여고생들의 돌림노래 연습이 이어지고 있었다. 그때 나도 늙은이답게 가느다랗고 낮은 목소리이긴 했어도 같이 노래했다.

“그리운 시간으로부터 답장은 왔나요?/ 답장은 왔나요?/ 왔나요? 왔나요?/ 그리운 시간으로부터 답장은 왔나요?”

갑자기 가슴속에, 그때까지 소녀들의 노랫소리를 부드럽게 따라 움직이던 기억을 뒤엎는 듯한, 일흔을 넘은 늙은 여자의(그러니까 나의) 분노에 떠는 목소리가 끓어올랐다.

“그리운 시간으로부터 답장은 안 와!”

그 짜증은 바로 오빠를 향한 것이었다. 앞서 릿짱이 들려준 낭송이 내 가슴속에서, 오빠에 대한 완전히 다른 감정을 불러일으키고 있었던 것은 사실이다. 하지만 오빠의 그 시구절에는 거짓말이 담겨 있으니(이제 와서 말해봤자 소용없는 일이지만 모델이 된 가족들 입장에서 말하자면 오빠의 소설은 거짓말투성이다) 죽은(살해당한?) 기 오빠를 이거 잘됐다는 듯 ‘그리운 시간의 섬’으로 보내버린 이후 오빠는 최소한 자기 소설에서는 단 한 번도 진심을 담은 진실한 편지를 쓰지 않았다고 생각한다. 그런 이상 ‘그리운 시간의 섬’에서 답장이 오지 않는 건 당연하지 않은가?

나는 이제까지 오랫동안 오빠의 새 소설이 나올 때마다 이번에야말로 기 오빠의 죽음에 대해 진실을 말하는 편지를 읽을 수 있으려나 기대했다가 언제나 배반당했다……

그런 기분이 지금까지 내내 사그라지지 않았던 건 사실이지만, 내 가슴속에 이처럼 직설적으로 조금 전의 목소리를 불러낸 건 소녀들의 노랫소리가 지닌 힘이었을 것이다.

하늘에서 괴물이 내려오다

1

눈이 뜨여 화장실에 다녀왔는데 아카리가 자는 공간에서 기척이 없었다. 귀를 기울여봐도 계단 아래에서 재생기기 소리도 나지 않았다. 아카리는 기본적으로 큰 소리로 틀어놓지 않지만, 클래식 음악을 들을 땐 악보에서 본 단 하나의 음도 놓치지 않는다. 곧 전부를 빠짐없이 수용할 수 있는 음량으로 듣고 있다는 이야기다.

나는 침대로 돌아가 서고 입구에 놓여 있던 신문의, 동일본 일대를 컬러로 표시해둔 지면을 봤지만 기사를 읽지는 않고 그냥 몸을 일으켰다. 한밤중에 무슨 일이 있었는지는 기억에 생생하지만, 눈을 뜨고 보니 몸 전체를 채웠던 친밀한 감정이 그대로 되돌아와 있지는 않았다. 그 감정을 피로감이 뒤덮고 있었다. 플러스 알파가 되어.

분명 아카리는 어두운 침대 옆에 서서 나를 위로하듯 말을 걸어왔는데 그럴 때 곧잘 사용하는 '나의 대사'를 인용했다는 것도 분명하다. 나는 그 말을 소설의 새로운 장면에서 다시 반복해오기도 했다.

어젯밤에 일어난 일을 다시 복기해보니, 아카리가 나에게 말을 걸어왔을 때의 모습으로 어둠 속에서 침묵했던 짧은 시간 사이에 내가 잠에 빠졌다가 눈을 뜨고는 더이상 아카리가 그곳에 서 있지 않다는 것을 알았을 때 느낀 황량한 감정이 오히려 더 선명했다. 머지않은 나의 죽음 이후의 공간이 이렇겠다 싶은, 기댈 곳 없고 바닥을 알 수 없는 듯한 감정……

조금 지나자 계단 아래쪽에서 시간을 알리는 소리가 들려왔다. 침대 옆 작은 시계를 들여다봤더니 이미 정오여서, 나는 TV 뉴스를 보기 위해 신문을 한데 모아 가슴에 안고 거실로 내려왔다. 커피와 과일 접시를 소파 옆 테이블로 가져온 치카시가 말했다.

"당신이 이층에 올라가고 좀 지난 후에 아카리가 서고 안에서 왔다 갔다하는 발소리가 났는데, 말소리는 들리지 않았고, 여기저기 부딪히면서 자기 자리로 돌아가는 소리가 들리더군요.

그러고 나서 한 시간쯤 지났을까……책을 읽고 있는데 큰 여진이 왔어요. 그래서 들여다보려고 서고 앞 복도까지 갔더니 아카리가 여진에 화를 내면서 옆에 쌓인 책을 손으로 치고 있었죠. 당신은 조용하기에, 아까 아카리가 당신 침대 옆으로 가서……당신을 재웠나보다 생각하고는 의사 선생님한테 받은 안정제를 복용하고 잤답니다.

아침에 아카리는 그렇게 서두르지 않아도 되는데 자혜회* 세번째 정

* 의료사단법인.

기검진에 데려가줄 마키를 기다리고 있었지요. 마키가 수염을 깎아주는데, 아빠가 우우 울고 있어서 꿈이니까 괜찮다고 말해주었다더군요.

그 왜, 가기로 했던 이즈 여행을 태풍 때문에 그만두려 했을 때…… 오래전에 아카리가 특수학교 마지막 학년 다닐 때인데……꼭 가자면서 고집을 피웠고 가족들이 전부 말리는데도 혼자서 가려고 했을 때 말이에요. 그게 아마 소설에 쓰인 최초의 '나의 대사'였을지도 모르는데, 태풍이 와서 이즈반도가 떠내려갈지도 모른다고 마키가 말했더니 떠내려가기 전에 도착하면 된다면서 저항했지요. 이번 쓰나미 때문에 다시 생각난 걸까요. 결국 함께 갔던 당신이 태풍 속에서 아카리를 부축하며 걸었고, 완전히 지친 아빠를 자기가 도왔다고 했죠……

그거 말고도 아구이에 대해서도 이야기했다고 마키는 말하더군요. 왜 그런 말을 하기 시작했는지 몰라도……아구이는 하늘에 떠 있으니 날아오는 방사성 세슘을 들이마실까봐 걱정했다고……

마키가 병원에서 혈액검사 채혈 때문에 아직 시간이 걸린다면서 전화했는데, 아카리가 계속 아구이를 신경쓰고 있다고 하더라고요. 마키는 아카리 이야기를 듣고 자기가 아구이를 잘 모른다는 사실을 깨달았다며 아빠가 이야기를 해주시면 좋겠다는 말도 하더군요.

내과와 소아과가 같이 있는 건물 앞에 소형 버스가 멈춰 서 있었는데, 후쿠시마 번호판을 단 차라는 걸 알아차린 마키가 가까이 가보니, 방사성 구름이 분출된 적이 있는 곳인데도 지자체가 아무 조치도 안 해서 엄마들이 버스를 대절해서 왔다고 하더래요. 아이들(코피, 설사, 구내염을 호소하는 아이들도 있었다네요) 진찰을 위해서 왔는데, 아이들은 지금 병원 안에 있고, 남아 있던 사람들 중 설명을 맡은 사람이

'내부피폭'이라는 말을 쓰면서 이야기를 했다네요. 모여든 아이들 보호자들한테 꽃가루를 차단해주는 부직포 입체 마스크를 주었는데, 열심히 앞으로 나간 아카리한테……어른이라면 금방 상황을 알 텐데……하나 주었더니 아카리는 하나 더 달라고 했대요. 그래서 마키가 나한테 주려고? 착하기도 하지, 하면서 받으려 했더니 마키한테 주지 않아서, 아빠한테 갖다드릴 거야? 하고 물었더니 아니, 아구이한테, 하면서 주머니에 넣었다네요. 늘 하는, 농담인지 아닌지 알 수 없는 그 말투로……"

그러더니 치카시는 오늘 아침에 일어나보니 집안 전체에서 알코올음료 냄새가 나서 오랫동안 맡지 못했던 증류주 냄새인가 싶어 걱정했다는 말로 화제를 바꿨다. 나는 대답했다.

"그 냄새를 당신이 맡은 건 정확히 말하자면 십삼 년 전이겠군. 그때 나는 브랜디를 말로 마시곤 했어. 그러다가 마시는 게 지겨워지기도 했고, 또 취하면 난폭해져서, 술병을 아예 서고 깊숙한 곳에 처박아놓았지. 그런데 그 병이 지난번 지진 때 굴러나온 거였어.

하지만 이제 나이들어 늙어서 증류주를 계속 마셔댈 만한 기운은 없으니, 아카리뿐 아니라 당신 잠도 방해했을 텐데……우우 운 끝에 몸을 움직이는 것도 쉽지 않아서 계단에 잔을 떨어뜨렸지. 이제 다시 센 술을 마실 일은 없을 거야."

"그 말 들으니 안심되네요. 강한 충격을 받아서 그랬다는 건 알고 있었지만." 치카시는 그렇게 말하고 이미 잔은 물론이고 브랜디병까지 치워버린 듯한 부엌으로 들어갔다.

치카시의 오빠인 고로는 고지마치 사무실 빌딩에서 뛰어내려 죽었다. 우리 부부가 유가와라의 자택으로 돌아온 사체를 맞아들일 때 입회했는데, 나 혼자 밤중에 세이조 집으로 돌아온 후 그런 행동을 했었다. 아카리와, 당시 아직 집에 있었던 마키는 어떻게 그 밤을 보냈을까?

언론사 여기저기에서 문의전화가 걸려오기 시작하자 브랜디병을 옆에 놔둔 채 내가 한 일은 전화선을 잡아뺀 일뿐이었다. 그렇게 이런저런 일을 기억해내던 동안 나는 어젯밤 아카리가 보인 태도에 대해 내가 오해했다는 사실을 깨달았다.

이즈의 태풍이 몰아치던 밤, 악몽에 시달리던 나에게 아카리가 힘내라는 말을 건넸던 일이 생각났다. ("괜찮습니다, 괜찮습니다! 꿈이니까요, 꿈을 꾸고 있는 거니까요! 아무것도, 전혀, 무섭지 않습니다! 꿈이니까 말입니다!") 아카리가 여전히 지속되고 있는 나와의 불화를 해소하고 싶었던 거라면, 이즈에서 화해의 아침을 공유했던 것처럼 오늘 아침에도 일어나서, 내가 내려오기를 기다리고 있었던 것은 아니었을까?

그런데 그런 게 아니었다면, 어젯밤 해준 '나의 대사'도, 늙어버린 아버지한테 어떻게 대응해야 할지 몰라 난처해한 것일 뿐일 수 있다. 현재의 나는 이제 말 그대로 약자가 아닌가? 아카리가 나에게 어떤 적극적인 공감을 품을 수 있었을까?

나는 내가 가만히 있지 못하고 부엌 쪽으로 눈길을 보내는 바람에, 치카시가 치워놓은 술병의 행방을 확인하러 가고 싶어진 게 아닐까 싶어 신경이 쓰였다.

2

마키가 현관에서 치카시에게 검사 결과가 좋았다고 하자 아카리가 요산 수치와 암모니아 수치(둘 다 계속 복용해온 항간질제와 관계가 있는 것 같다) 이야기를 덧붙여 말하는 것을 들었다. 거실 소파에 누워 있는 내 옆을 지나치더니 아카리는 재생기기 앞 바닥에 앉아, 차에서 들으면서 온 FM 방송을 이어서 듣기 시작했다. 마키는 치카시와 함께 부엌으로 갔다. 평상시 우리집의 일상이 재현된 셈이었고, 그럭저럭 이대로 별일 없이 지나갈 것처럼 보였다.

나는 어젯밤 방영된 TV의 보도 프로그램 재방송을 볼륨을 낮춰 보고 있었다. FM 클래식 방송이 끝났고 아카리와 마키가 이야기하기 시작했다. 마키는 아카리의 목소리가 나에게 똑바로 전달될 수 있도록, 아카리와의 위치 관계를 신경쓴 듯했다. 게다가 거실의 내 앞으로 차를 가져와, 소파에 앉은 치카시도 의식하면서 아카리한테서 아구이에 관한 이야기를 이끌어내려 했다.

"병원 식당에서 간호사가 식사 연습을 시켜주고 있었잖아, 아카리 오빠? 크게 입을 벌린 노인분을 보고, 꽃가루 마스크를 준 분이 말했던, 하늘에 떠 있는 방사성물질이 생각났던 거지? 그게 공기 중에 가득해지면 하늘에 떠 있는 아구이가 난처하지 않겠냐고 나한테 질문했었지?

그래서 내가 대답했었지. 아구이는 입을 크게 벌리고 공기를 들여마시나? 그런 건 아니잖아? 원래 아구이는 말도 별로 안 해. 대개 침묵하지. 그렇다면 방사성물질이 떠 있는 하늘을 날고 있는 몸 안쪽으로 방사성물질이 들어가지는 않잖아? 신체 바깥 부분이 '외부피폭'된다

하더라도. 후쿠시마 아이들처럼 '내부피폭'이야 되겠어?"

"아이들이 가장 위험하니까요!" 아카리는 후쿠시마에서 온 아이 어머니가 한 말을 '나의 대사'로 만들고 있었다. "아기를 안고 바깥으로 나가는 것도 위험합니다! 그게 '외부피폭'이니 아구이는 어떨까요?"

"애초에 누가 너한테 방사성물질에 대해 설명한 거냐?" 나도 모르게 아카리의 박식함에 대해 물어봤지만 대답은 없었다.

"아카리 오빠는 여러 지방 FM 방송국에서 하는 클래식 음악 프로그램을 듣고 있잖아. 그중 하나에 오빠가 좋아하는 굴다를 잘 아는 해설자가 있는데, 원전 전문가로도 일하던 이 사람이 체르노빌이나 스리마일섬* 사고 이후에 아이들한테 일어난 사태에 대해 이야기했지. 그날 방송 시간 내내 CD는 그냥 올려놓기만 하고 계속 방사성물질 이야기를 했어. 나는 긴장하면서 오빠랑 같이 듣고 있었고.

그랬는데 우려하던 일이 일어났지. 후쿠시마의 원자로 네 기가 한꺼번에 녹아내려버렸다는 가정하의 이야기를 들었는데, 오빠 머릿속에선 도쿄의 아기들이 모두 아기 옷을 입고 있는 마당에 방사성물질이 떨어져 내려온다는 식으로 받아들여져서……그런데 그 아기들 중에 캥거루만한 크기로 면 속옷을 입고 떠 있는 건 아구이뿐이었던 거지? 몇 인분씩 되는 양의 방사성물질이 속옷만 입은 아구이한테 떨어져 내려온다면 그걸 손으로 떨어내려 해도 방사성물질의 가루가 옷에 붙어버릴 것이고, 아구이가 떨어내는 방법을 잘 알고 있을 것 같지도 않으니 그야말로 방사성물질투성이가 된달까……"

---

* 미국 펜실베이니아주에 있는 섬으로, 1979년 이곳의 원자력발전소에서 방사성물질이 대량으로 유출되는 사고가 일어났다.

"맞습니다!" 아카리는 실감나는 몸짓을 했다.

"아구이는 도쿄보다 서쪽 하늘로는 피할 수 없는 거지……이것도 그 음악 프로그램에서 들은 말이지만……"

"내가 도쿄에 있으니까요"라고 아카리는 그때까지의 이야기를 주의 깊게 듣고 있다가 보충 설명을 했다.

"맞아, 아구이는 언제 주인한테 불려갈지 모르니……"

"아구이가 아카리 오빠를 주인으로 생각하고 있는지 어떤지는 모르겠지만." 마키가 말했다.

"……아무튼 일이 난처해진 거네."

"일이 난처해졌습니다!"라고 아카리는 간절한 목소리로 말했다. 심지어 아카리가, 결코 과장된 몸짓은 아니지만, 면으로 된 속옷 위로 떨어져 내려오는 방사성물질의 가루를 약간 살이 쪄서 짧아 보이는 두 팔로 막으려 하는 아구이의 모습을 나타낸 (외면뿐 아니라 내면의 감정도 나타낸) 표현은 너무도 실감이 나서 나는 그만 웃고 말았다. 그랬더니 아카리는 비통하면서도 우스꽝스러운 표정으로 얼굴을 찡그려 보이더니 다시 한번 외치면서 이층으로 올라가고 말았다.

"정말로 일이 난처해졌습니다!"

꼭 따라가려는 건 아니었지만, 아무튼 마키가 일어나 아카리가 열어 놓고 나간 문을 닫고 돌아왔을 때, 나는 마키가 앞으로 할 말을 준비중임을 알아차렸다. 한번 결심하면 망설이지 않는 마키는, 병원에 함께 갈 때 입는 윗옷 주머니에서 접은 종이쪽지를 꺼내 나에게 건넸다.

"이건 아빠가 오랜만에 쓴 시죠? 아빠는, 나는 소설가지만 시가 소설보다 더 직접적으로 진실을 표현한다고 생각한다……그런 말을 쓴 적이 있죠?"

"소설가라도 그런 한 구절을 자신도 모르는 새에 써버릴 때가 있다고 쓴 걸로 아는데"라고 얼버무렸지만 내민 종이쪽지를 내가 받아들 때까지 마키는 팔을 거둬들이지 않았다.

"지진 때문에 엉망이 된 서고를 정리하다가 좀 피곤해져서 바닥에 쌓아둔 책을 침대로 삼아 깜빡 잠들었고, 그때 꾼 꿈을 생각나는 대로 적어두고 책더미 위에 놔뒀었지."

"아빠한테 제가 물어보고 싶은 건, 대지진으로 망가진 서고의 바닥에서 잠들어버릴 만큼 피곤한 상태에서 꾼 꿈에 어떻게 시에 쓰여 있는 아구이가 나왔나 하는 점이에요. 아빠는 아카리 오빠한테 아구이 이야기를 진지하게 한 적이 거의 없잖아요? 그런데 어떻게 아빠 꿈에서 아카리 오빠의 목소리가 아구이의 이야기를 전달할 수 있다는 건가요?

아구이는……엄마가 그 이야기를 해주어서 책을 봤는데, 아빠가 스물여덟 살 때, 그러니까 지금의 아카리 오빠보다 스무 살 젊었을 때 썼던 단편에 나오더군요. 「하늘의 괴물 아구이」. 이제까지 쓴 작품 중에, 어떤 작품에 등장한 인물이랄까, 사람과도 좀 다른 존재랄까, 이런 식으로 자신을 도와주는……괜찮은 상태로 만들어주는 역할로 나왔던 적이 또 있었나요?

그 단편이 어떤 식으로 쓰여 있는지 이야기해주세요. 아빠가 이제까지 한 번도 말하거나 쓴 적이 없는 문제가 그 부분에 감춰져 있다는 느낌이 들거든요. 그만큼 특별한 내용이라 이 시에 나온 거 아닌가요? 아카리 오빠는 마음 깊은 곳에서 예민한 사람이니까 그걸 알아차린 거 아닌가요?"

3

내가 마키와 치카시에게 이야기한 내용을 조금이라도 줄일 수 있도록(가족끼리 하는 이야기는 언제나 불충분하거나 너무 길어지거나 한다) 에세이 문체로 적어두겠다.

내가 「하늘의 괴물 아구이」를 쓴 건 실은 스물여덟 살이 된 해 7월, 고통스럽게 살아남아 아카리가 된 그 아이가 제거하지 않으면 안 되는 혹을 머리에 달고 태어난 일과 직접 이어져 있다. 젊은 아버지로서는 너무나 부조리한 사건에 충격을 받았고, 그러면서도 그 사태를 극복하려는 마음으로 쫓기듯 두 편의 소설을 썼다. 그때 나는 소설을 막 쓰기 시작한 젊은이였고 말 그대로 초심자였기에 이제 막 내 것으로 만든, 소설가로서 익힌 '인생의 습관'에 이끌려 그렇게 했다.

시간이 지나 플래너리 오코너의 'Habit of Being', 그러니까 그때껏 경험한 적 없는 새로운 혼란을 해결하려면, 생활 속에서 그 혼란을 이겨내는 열쇠를 찾을 수 있다는 생각을 만났을 때, 나는 이제 막 글을 쓰기 시작한 소설가로서 그 말에 구원을 받았다고 스스로 느꼈다.

먼저 쓴 단편이 「하늘의 괴물 아구이」였고, 그건 아기인 채로 죽고만 존재로서만 기억되는 아기에 관한 판타지라고나 해야 할 내용이었다. 또하나는 좀더 리얼하게 아이의 탄생과 마주할 수밖에 없어진, 그러니까 그 경험을 제대로 들여다보면서 장편으로 쓴 『개인적인 체험』.

젊은 아버지는 모종의 방법으로(번역이 나왔을 때 그런 방법을 준비해줄 의사가 당시 일본에는 있었냐는 질문을 받았다) 태어나면서부터 여의치 않음을 지니고 자신한테 온 아이에게 구속당하는 삶과 연을 끊으려 노력하지만 최종 선택을 하는 단계가 되자 아이를 살린다.

(질문. 아빠는 태어난 아이를 죽이길 정말 바랐나요?) 실제로 이 소설에 쓰여 있는 구체적인 방법을 취하려 한 건 아니다. 하지만 소설에 나오는 방법을 내가 실제로 제안받았다면 그 방법을 거부하는 건 아마도 힘들었으리라. 그러면서도 여전히, 결국은 이 소설에 나오는 것과 같은 선택을 할 수밖에 없음을 깨달았으리라. 그럼에도 한번 상상은 했으니 내가 무죄인 것은 아니다.

젊은 소설가는 『개인적인 체험』을 쓰기 반 년 전에 「하늘의 괴물 아구이」를 써서 문예지에 발표했다. 그 소설은 자신의 손을 더럽히지 않고 아기를 처분하는 방책을 준비했고, 그대로 실행했던 젊은이가 결국은 자살에 가까운 방식으로 죽는 이야기. 그가 죽인 아기가 캥거루만한 크기로 커져 면 속옷에 싸여 하늘에 떠 있다. 이미 사회적 관계에서 탈락해 무위도식하는 아버지가 사는 공간으로, 그 아이가 하늘 높은 곳에서 떨어져 내려올 때가 있었다……

그 환영 속 존재의 이름이 아구이로(그 단어는 아카리가 태어나 처음으로 발음한 음절이라는 말을 치카시에게서 들은 것에서 유래한다), 나는 『개인적인 체험』을 쓰기에 앞서 「하늘의 괴물 아구이」 또한 실제로 경험한 일처럼 표현했다.

4

아카리 오빠는 힘들게 태어났지만 잘 자라주었고, 지금 우리 앞에 있는 아카리 오빠로 살아가고 있어요. 게다가 아빠의 상상 속에서 죽은, 캥거루만한 크기로 면 속옷을 입고 하늘에 떠 있는 아구이에게 신경쓰면서 방사성물질이 날아올 도쿄의 하늘을 걱정하고 있지요.

아카리 오빠가 아구이한테 관심을 갖게 된 계기는 엄마한테 들었어요. 「하늘의 괴물 아구이」가 TV 드라마화되었을 즈음 이미 아카리 오빠는 음악을 작곡하고 있었기에 아구이가 나타나는 장면에 오빠가 작곡한 멜로디가 깔려 호평을 받았죠. 그 작곡을 할 마음이 들게 하느라, 오빠가 잘 이해할 수 있도록 아구이에 대해 아빠가 이야기해주었다고 엄마한테 들었어요. 그 보답으로, 촬영에서 사용되었던……실물 크기라고 말하면 이상하지만 속에 사람이 들어가서 활동할 수 있는 크기의 아구이 인형을 방송국이 선물해줬죠. 오빠 방에 있던 그 인형을 저도 봤어요.

그 무렵에 저는 시코쿠의 할머니네로 가서 여름을 보냈잖아요? 아사 고모가 저를 상대해주셨고, 아카리 오빠는 할머니와 친해졌죠. 할머니와 아카리 오빠는 곧잘 둘이서 이야기를 하곤 했어요. 저는 나중에 그 내용을 오빠한테 들었죠. 아카리 오빠는 시간을 많이 두고 이야기를 들으면 이쪽이 깜짝 놀라버릴 만큼 자세히 답변할 때가 있잖아요? 오빠는 이야기를 스스로 시작하는 경우는 없지만 우리가 인내심을 갖고 물어보면 이야기해주니까, 지금 오빠의 마음을 차지하고 있는 아구이와 방사성물질 같은, 오빠의 진지한 관심사에 대해 알게 되는 경우가 곧잘 있지요.

원래부터가, 아카리 오빠가 기억하는 바흐나 모차르트의 음악 역시 엄청난 양이잖아요? 그러니 아카리 오빠가 머릿속에 담아둔 이야기도 많이 있는 거 아닐까요? 저는 앞으로 그 이야기를 아카리 오빠와 둘이서 꺼내가고 싶어요. 그건 아빠가 써온, 아무래도 아빠 중심인 우리 가족의 역사와는 아마도 다른 이야기가 될지도 모르지요. 심지어 무서운 이야기가 될지도……

제가 어렸을 때 처음으로 아구이에 대해 알게 된 건 아까 말한 TV 드라마를 보고서였어요. 아빠한테 물어봐도 이야기를 잘 해주지 않아서, TV 방송국 사람한테 물어봤더니 캥거루만한 크기의 아기가 면 속옷을 입고 하늘에서 내려오는 내용이라면서 마치 재미있는 애니메이션처럼 이야기해주었기에 기대했었죠. 그리고 캥거루만한 크기, 라는 표현을 귀여운 느낌으로 받아들였는데, 실상은 크고 무서운 느낌이어서 울고 말았죠. 그냥 끝까지 봤다면 늘 아구이를 생각하던 아버지가 교통사고로 죽는 이야기여서 더 무서웠을 거예요.

그리고 아카리 오빠가 만든 아구이의 테마곡도 제게는 아주 슬펐어요. 오빠 방에 놓여 있던, 때가 묻어 더러운……말하긴 좀 그렇지만 쓸데없이 큰 인형 아구이가, 지금 방사성물질이 떨어져 내려오는 도쿄 하늘에서 떨어져 내려오는 모습을 오빠가 어떻게 받아들였을까 생각하니 정말 솔직히 말씀드리면 무서워요. 일이 난처해졌습니다, 정도의 상황이 아니잖아요?

그래서, 우리집에는 TV 드라마 녹화분이 없으니까 아카리 오빠의 CD에서……제목은 드라마와 다르게 바꾸었다고 엄마한테 들었기 때문에 찾아서……원래는 〈아구이의 주제〉였던 곡과 아카리 오빠를 누구보다 소중히 여기던 할머니가 좋아하셨던, 역시 제목이 바뀌어 원래는 〈숲의 신비〉였던 곡을 들었어요. 그 두 곡이 아주 비슷해서 놀랐죠.

저는 가능한 한 빨리 오빠와 시코쿠 숲 가장자리 마을로 가서, 할머니는 돌아가셨지만, 아사 고모한테 '숲의 신비' 이야기를 듣고 싶어요. 하늘의 괴물과는 전혀 다른 이야기라지만, 그 두 음악은 아주 비슷하거든요.

세 여자가 쓴 또하나의 이야기(2)

1

내가 할머니 소리를 듣는 게 자연스러운 나이가 되었을 때 오빠가 보내준 '마루젠 범포 노트'를 여러 권 받은 일에 고무되어 한 일이지만, 그럴 생각은 전혀 없었던 긴 글을 쓰기 시작했다. 거기엔 이유가 있었다. 바로 그 조금 전에 어쩔 수 없이 글을 쓰지 않으면 안 되는 역할이 나에게 돌아왔고, 심지어 그 글을 나에게 의뢰한 이들로부터 합격점을 받았던 것이다.

오빠가 아직까지는 '마지막 소설'로 간주되고 있는 장편 『익사』를 출판했을 때, 그 마지막 장면에 관해 묻는 편지가 왔다. 그런데 좀처럼 답변을 쓰지 못하는 사정 탓에 나의 글쓰기가 시작되었다. 답변하는 일에 신경을 쓰기 시작하면 쫓기는 기분이 되는 마키가, 내게 그 역할을 대신 해줄 수 없겠느냐고 묻는 편지를 보냈기 때문이다. 아사 고모라면

저간의 사정을 잘 알고 있긴 하다고 아빠가 말했다고 쓰여 있었다.

나는 마키가 전달해준 편지를 읽고, 분명 이런 내용이라면 답장할 수 있겠다고 생각했다. 질문자는 등장인물이 선 채로 익사한다는 부분에 의문을 품고 있다. 그런 게 과연 가능한 일인가? 나는 대답했다. "그건 가능합니다. 아직 아이였던 오빠가 그런 방식으로 죽으려고 했을 때, 역시 아이였던, 심지어 여자아이였던 내가 발견해서 오빠를 구했답니다. 내가 그렇게 하지 않았다면 오빠는 죽었겠지요. 선 채로 익사하는 건(더 정확히는 엎드린 자세였지만) 나뭇가지가 빽빽해 빗물이 고인 곳에 얼굴을 박고 있으면 가능합니다.

자살하려고 마음먹은 사람에게(설사 그 사람이 아이라 하더라도) 아무리 고통스러워도 완수할 강한 의지가 있다면(그리고 제삼자의 방해가 없다면). 사태가 사태인 만큼 그후 오빠와 직접 그 이야기를 한 기억은 없지만, 저는 오빠가 그때 그 죽음을 잘 준비했다는 걸 알 수 있었습니다. 오빠는 진짜로 죽을 결심을 했었지요. 그리고 그건 오빠가 아버지와 같이 죽었어야 했는데 그렇게 하지 못했다고 생각했기 때문입니다. 뒤에서 내가 들여다보자, 오빠 허리춤에 꽂혀 있던 잘 갈린 낫자루가 번쩍 빛나더군요. 잎사귀가 무성한 어린 나뭇가지를 잔뜩 잘라내 계수나무 거목 위 가지가 셋으로 나뉜 공간에 쌓아두고 그곳으로 쏟아져내려 흘러넘치는 빗물 양을 확인하고 나서 오빠는 머리를 담갔던 겁니다. 내 쪽으로 뻗어 있는 가느다란 두 발목을 내가 잡아당기지 않았다면, 오빠는 그대로 익사했겠지요."

처음 나의 답변은 이 정도 길이였는데, 마키는 그 글을 그대로 독자한테 전하지 않고 자기 생각에 부족해 보이는 부분을 나에게 다시 물었다. 오히려 그것이 마키의 원래 목적이었나 하는 생각이 들었을 정도다. 우선 마키는 이렇게 물었다. 아사 고모는 도대체 어떻게, 그 숲속으로 (그것도 큰비가 오는 날) 아직 아이였던 아버지가 들어가 그렇게 특별한 방식으로 익사하려 했던 장면과 마주치게 된 거죠?

그 질문에 대답하기 위해 아이였던 오빠와 나의 생활 환경을 설명하다보니, 편지가 점점 길어졌다.

그때까지 나는 오빠와 나의 어린 시절 일을 상세히 기억해내려 했던 적이 없었다. 그런데 그 작업을 시작해보니 연달아 기억이 되살아나, 여러 날에 걸쳐 계속 써내려가야 했다. 나중에는 처음 몇 페이지만 쓰고 그만둔 옛날 일기장을 꺼내, 정서해서 마키에게 보냈다. 그것을 마키가 다시 옮겨 써서 첫 질문을 한 독자에게 보냈던 걸까? 그 단계가 되자, 마키는 내가 문장을 써내려가는 작업 자체를 재미있어한다는 점을 알아챘고, 그래서 얼마 후 오빠가 사용하지 않은 '마루젠 범포 노트'를 나에게 보내게 된 것이 아닐까? 마키는 내가 쓴 글을 치카시 언니에게도 보여주고 있었는데, "마키에게는 편집자로서의 재능이 있을지도 모르겠다는 말을 엄마한테 들었어요"라는 말을 써서 내게 보낸 적이 있었다.

아무튼 그렇게 해서 나는 독자에게 보내는 답변이라는 영역을 넘어서 마키, 그리고 치카시 언니에게 읽히기 위한 노트를 만들게 되었다. 그 노트를 긴 편지로 옮겨 적었고, 최종적으로는 그 편지가 지금 '세 여자'가 같이 만들려고 하는 중인 글의 원형이 되었다. 그리고 그 과정을 오빠 역시 '마루젠 범포 노트' 증여라는 방식으로 공인한 것이었다.

2

큰비가 온 그날, 깊은 숲속에서 일어난 사건을 기점으로 그 전과 후의 시기. 그때는 오빠한테 성장 과정의 중요한 시기였으리라. 오빠 소설을 계속 읽어오면서 나 자신의 기억과 같은 부분과 다른 부분을 나는 해마다 주의해서 보게 되었다. 그리고 나는 그 시기를 (머지않아 오빠 소설의 중심 주제가 되는 '숲의 신비'에 오빠가 사로잡힌) 바로 그 몇 년 동안으로 이해한다. 그 무렵에 만들어진 성격의 근본이 노인이 된 지금도 오빠한테 남아 있는 것 아닌가?

그런데 나는 현실적인 여자아이였고, 오빠가 하는 행동 전체를 받아들였던 건 아니었다. 오빠의 조금 묘한 숲속 산책을 따라다니기는 했지만, 내 앞을 걸어가는 오빠를 그런 식으로 움직이게 하는 대상을 나까지도 믿었던 건 아니었다. 그저, 오빠는 그런 성격이니 어쩔 수 없다고 생각했다. 그리고 오빠가 하는 일을 어느 지점까지는 따라갔다. 하지만 나는 (여자아이이기도 했고) 자라면 그런 오빠와는 다르게 살아가리라고 생각했다.

우리가 조상 대대로 살아왔던 숲 가장자리에는 그 무렵에도 신비하게 느껴지는 전승이 여러 가지 있었다. 좀전에 한 이야기에 이어서 말하자면 나는 그런 전승 하나하나를 일찌감치 지겹게 느꼈던 것 같다 (오히려 노인이 되고 나서야 비로소 그런 전승에 내가 익숙해져 있다는 사실을 깨닫고, 한심하면서도 다행스럽다고 생각할 때가 있다). 생각하면 오빠는 어릴 때부터 줄곧 변함없는 '숲의 신비'의 신봉자였다. 오빠는 그런 전승의 전승자였던 할머니와 어머니의 영향을 나보다 강하게 받았다.

하긴 그런 전승은 마을 어른들한테는 아직 일상에 속한 것이어서, 그런 이야기를 정면에서 부정하는 사람을 본 건, 전쟁이 끝날 무렵 시골로 '피란해 온' 사람들이 늘어난 이후의 일이었다. 예를 들자면, 오빠 소설 독자들에게는 잘 알려진 '망자의 길'은 나에게도 현실 속 풍경이었다. 숲 안쪽 어느 지점에서 시작해 똑바로 뻗어 있는, 어린아이 키만 한 높이로 돌이 깔린 길. 폭은 1미터 반 정도였던 (이미 오래전부터 한쪽 끝이 망가지고 있어서 남아 있는 긴 10미터가 안 되는 길이의) '망자의 길'.

아직 국민학교 저학년이었던 오빠가 하는 이야기를, 도쿄에서 피란해 온, 심지어 과학자면서도 진지하게 들어주는 사람들이 있었다. 오빠는 그 쌍둥이 학자들을 숲으로 안내했다. 그때 오빠 옆에 내가 따라붙었다. 쌍둥이 학자들은 '망자의 길'을 측량했다. 지금도 내가 기억하는 건 쌓여 있는 돌들의 표면이 완전히 수평을 이루었다는 사실뿐이지만, 그걸 기억하는 까닭은 그런 발견이 과학자들을 흥분시켰기 때문이다.

이와 같은 물리적인 증거는 없었어도 또하나 오빠가 특히 열중했던 건, 숲속 깊은 곳을 일 년 내내 낮이고 밤이고 돌아다닌다는 아이들에 관한 전승이었다. 숲속 깊이 들어가면 나무들이 촘촘히 서 있는 공간 사이로 난 꾸불꾸불한 좁은 길이 있다. 그곳을 (영원히) 걷고 있는 아이들이 작은 발들로 밟아 다진 길. 숨바꼭질을 하다가 숲으로 들어간 아이들이 언제까지나 아이인 모습으로 계속 걷는 길……

이 전승을 재미있어하는 아이는 많았지만 오빠가 남달랐던 건 마을 사람들이 여러 방향으로 길을 내서 사방으로 걸을 수 있게 한 숲속에,

아이들을 여전히 길을 잃고 헤매게 하는 루트의 미로가 있는지(결코 있을 수 없는 일이라고 단정하지 않고) 찾아내려고 결심했다는 점이다. 오빠는 할머니와 어머니에게서 어디까지나 실질적인 정보를 이끌어내려 했다. 할머니와 어머니는 오빠의 질문을 진지하게 듣는 것 같지도 않았지만(남의 표정에 대해서는 여자아이의 관찰이 남자아이의 관찰보다 정확하다) 어린아이의 생각이라면서 웃어넘기지도 않았다. 그러다가 할머니도 어머니도 자신들이 어렸을 때 들은 이야기의 신기한 세부 내용을 새로이 기억해낸 적이 있었던 게 분명하다.

산에서 일하는 사람들이 마시는 깊은 숲속 샘물은 꼭 필요한 조치로 정비되어 있었음이 틀림없다. 하지만 그중에는 특별한 샘이 있다. 그 샘은 숲으로 들어간 아이들의 샘물이 아닌가?

숲속에는 축축한 이끼가 끼어 있는 바위들이 나무들 사이로 드러나 있다. 그 바위들 뒤를 탐색하다보면 밥그릇을 박아놓은 듯 패어 있는 곳이 있고 그 바닥에는 차가운 물이 고여 있다.

또 아무도 따지 않지만, 키가 작은 소나무 종류로, 그 열매를 따서 먹으면 배고픔이 가신다는 나무가 있다. 산에서 일하는 여자라면 누구나 만일의 사태에 대비해 그 장소를 기억하고 있는데, 알맹이를 따서 먹고 버린 껍질이 작은 산을 이룬 곳이 몇 년에 한 번 눈에 띌 때가 있다. 그런 작은 더미가 눈에 띄면 서로 말하면서, 여자들은 숲속을 계속 걸어다니는 아이들이 그랬다는 사실을 알지 못하도록 그 작은 산을 웅덩이 사면에 뿌린다.

이런 이야기를 듣고 나면 오빠는 그 작은 귀처럼 생긴 열매를 따러 나갈 뿐 아니라 직접 맛을 보곤 했다……

나를 시종으로 거느리고, 라고 쓰긴 했지만 한 살 아래 여자아이였던 나를 데리고 가지 않고는 숲으로 깊이 들어갈 용기가 사실 오빠한테는 없었다. 이 점은 숲을 무대로 쓴 오빠의 많은 소설에 명확히 쓰여 있지 않은 점이기도 해서 강조해두고 싶다. 오빠는 혼자서 숲 깊숙이 들어가는 게 무서웠던 것이다. 그걸 두고 그저 오빠가 겁쟁이였기 때문이라고 할 수는 없다. 오빠는 숲 깊숙한 곳에서 일어난 일, 앞으로 일어날지도 모르는 일에 대해 풍부한 지식이 있었기에, 숲 깊숙이 혼자 들어갈 용기를 내지 못한 것이다. 그런데 나는 할머니와 어머니가 이야기하는 전승을 오빠 옆에서 같이 들었으면서도 들은 그대로 전부 믿은 적이 없었다. 오빠가 곧잘 쓰는 말로 표현하자면 상상력이 없었던 것이다.

용기에 관해서는 또다른 기억이 하나 있다. 숲속에 들개가 산다는 건 아이들의 상식이었는데 그 들개에는 두 종류가 있다. 하나는 옛날부터 있던 일본늑대. 또하나는 전쟁중에 식량난이 심할 때 골짜기 마을 민가에서 키우던 개가 버려져서 야생화되고 번식된 들개. 오빠는 첫번째 들개는 무서워했지만 두번째 들개는 전혀 무서워하지 않았다. 실제로 오빠와 내가 야생화한 개들한테 공격당한 적도 있다. 오빠는 자신이 물리는 건 상관하지 않고 나를 등뒤에 숨겨주면서 여러 마리 개와 맞서 쫓아냈다. 지금도 팔목과 허리 뒤쪽에 그때 물렸던 상처가 잿빛이 되어 남아 있을 것이다.

그렇게 언제나 나를 시종으로 거느리고 다니던 오빠가 혼자만 숲으로 들어갔던 시기가 있다. 전기적 사실로 정확하게 적어두자면 마을에 신제新制 중학교가 생긴 전후였으니 나이로 보자면 오빠 나이 열세 살에서 열네 살까지의 일이다.

강변에 신제 중학교가 생겨서 골짜기 마을의 아이들뿐만 아니라 우리가 '자이在'라고 불렀던 산간부에 사는 아이들도 합류하게 되었고, 그 중에는 극히 조숙한 아이들도 있었다. 생일이 빠른 아이와 늦은 아이가 빚어내는 관계였는데, 학년은 오빠와 두 학년 차이 나는 나도 신제 중학교에 다니기 시작하자 집중적으로 **놀림거리** 표적이 되었다. 남매끼리 숲속에 들어가다니 별일이네! 하면서 우리를 교정에서 에워싸고 목소리를 높여 놀리곤 했다.

나이가 많은 이런 학생들의 조롱 때문에 오빠와 나는 특별히 눈에 띄게 숲으로 올라가거나 하지는 않게 되었는데, 그럼에도 오빠가 숲으로 들어갈 때 나를 **시종처럼 거느리고** 가는 일은 시간 간격을 두고 가끔 일어났다.

숲으로 들어갈 때면 오빠는 그날 자기가 확인하러 들어가는 전승에 대해 시종인 나의 흥미를 이어가야 할 필요가 있었기 때문에, 걸으면서 계속 이야기를 하곤 했다. 예를 들면 **나무에서 내려오는 사람** 이야기. 그 사람이 '결벽'이라는 병 때문에, 그러니까 땅에 발을 딛고 걸으면 세균이 옮을까봐 두려워 나무 위에서 생활하는 거라고 어른들이 설명한 인물의 이야기. 오빠는, 그 말도 안 되는 (어린아이였던 오빠가 묘하게 싫어했던) 소문은 사실이 아니다, **나무에서 내려오는 사람**의 '나의 나무' 위로 실제로 올라가보면 잠자는 구멍으로부터 떨어진 높은 곳에는 자연스럽게 뻗은 나뭇가지를 이용해 만든 발코니까지 있더라, 그 사람은 그저 그렇게 나무 위에서 생활하는 걸 좋아했던 거지, 라고 말했다. 나무 위 시설은 일찌감치 썩어서 밑에 떨어져 있었고 오빠는 그냥 그 나무 아래 서서는 **옛날**에 봤다고 나한테 말했을 뿐이지만……

오빠가 조금 더 컸을 때 일이다. 이번엔 정말로 자기 의지로 나를 배제하고 혼자 숲으로 들어가게 되었다. 하긴 나는 아쉽게 생각하지도 않았다. 왜냐하면 애초에 그런 일이 일어나는 건 비가 온 다음날이라, 숲 속에서는 몸에 닿는 나뭇가지도, 밟고 지나갈 풀도 흠뻑 젖어 있을 터였기 때문이다.

다른 날과는 확실히 구별되는 그날, 나는 나를 시종으로 거느리지 않고 숲으로 가는 길을 걸어가는 오빠를 발견하고 쫓아갈 생각이 들었다. 오늘은 오빠한테 특별한 용건이 있어서 저렇게 서두르는구나 싶었다.

오빠는 어깨에 메는 천가방에, 돌아가신 아버지의 유품인 수목도감과 어머니가 창고에 쌓아둔 오래된 금전출납부를 잘라 만든 노트, 그리고 연필 같은 것을 넣어두는 습관이 있었다. 오빠는 늘어서 있는 수목을 스케치하곤 했는데 그사이에 참고하려고 옆에 펼쳐둔 도감을 그만 잊어버리고 집으로 돌아가려 할 때가 있었다. 대개는 내가 알려줘서 그냥 놓고 오는 일 없이 돌아오곤 했는데, 그날은 숲으로 들어갔을 때, 이동에 대비해 커다란 산단풍나무 구멍 안에 감춰두었던 도감이 어제부터 오늘까지 이어진 큰비 때문에 젖어버리는 건 아닌가 걱정되어 저렇게 서두르나보다고 생각했던 일이 기억난다. 하지만 나는, 우연히 입고 있던 치마가 새 치마였기 때문에 젖어버리는 것이 싫어서 숲 입구에서 오빠의 뒷모습을 배웅하기로 정했던 것이다.

그런데 일단 골짜기 마을로 돌아오려고 했다가 왠지 마음에 걸려서 치마가 젖지 않도록 신경을 쓰면서 되돌아갔다. 그리고 나는 그 사태와 맞닥뜨리게 되었다.

3

나는 거대한 계수나무의 굵은 가지가 셋으로 나뉜 부분에 어린 나뭇가지를(우리 지방에서는 시바키라고 했는데) 오목한 대야처럼 쌓아 빗물이 고이도록 한 다음 비가 더 내리치는 대로 놔두고는 거기에 머리를 박고 익사하려 하는 중인 현장에서 오빠를 구해냈다. 그 기억은 지금 돌이켜보면 거의 아무한테도 이야기한 적이 없으니 거기에 내 공훈담으로 삼을 거짓이 섞여 있을 이유가 없다. 엄청나게 쏟아지는 비 아래 거목의 밑동 풍경을 떠올리면, 기억을 되새길 때마다 어린 나무 이파리들과 물 냄새가 피어나고 있을 뿐이어서, 오빠 말로 표현하자면 **리얼리티**가 있다. 이틀 내리 올 큰비를 예견하고 어제도 오늘도 비가 세차게 몰아치는 숲으로 들어가 누가 그런 장치를 준비했을까? 그건 오빠였고 그게 무엇을 위한 장치였는지 그 순간 일목요연하게 드러났다. 아이였지만 나는 그 상황을 꿰뚫어보고 오빠의 양 발목을 잡고 끌어내려고 했다.

하지만 나는 오빠의 몸이 미끄러지며 끌어내려지기 시작하자 그 힘을 이용해 옆쪽으로 밀쳐놓은 후, 오빠를 그대로 남겨두고 혼자 골짜기 마을로 뛰어내려갔다. 그사이에 우산을 쓰고 올라온 농가의 아줌마가(저녁 준비를 위해 그 근처 밭으로 나물을 뜯으러 온 것일 터였는데) 눈에 들어오는 좁은 길 구석에 웅크리고 앉아 있었다.

가을 막바지였고, 차가운 비가 계속 내리는 날들이었는데, 아직 정오가 막 지났을 뿐임에도 어두운 비가 내리는 숲에서, 머리에 쓴 헝겊모자(마을 아이들이 군인의 전투모를 흉내내 만든 것을 전쟁이 끝난 다음에도 달리 모자가 없었기 때문에 쓰고 있었다)부터 무릎이 해진 바지 끝까지 완전히 젖은 오빠가, 거리가 있는데도 한눈에 보일 만큼 몸을 떨면서 내려왔다.

오빠는 나를 돌아보지도 않고 좁은 길 이쪽에 앉아 있는 내 옆을 스쳐지나갔다. 나는 일어나 오빠한테 뒤처져 따라가면서, 앞으로도 오빠가 물이 가득 고인 나뭇가지 웅덩이에 머리를 박는 일이 혹 생기면 발목을 잡아 끌어내야겠다고 마음먹었다.

아사가 행동에 들어가다

1

'세 여자'를 결성해 각자 나름대로 표현해나가보자고 말을 꺼냈던 아사가 곧바로 자신이 쓴 글을 나에게 보내온 건 사실이다. 그리고 그에 맞춰 여러 활동을 전개했다.

우선 숲 가장자리에서 음악교사 릿짱을 보내 대지진 이후 손대지 못하고 있던 아카리의 음악실 정리를 마쳐주었다. 이 주일 연달아 주말에 세이조 우리집으로 온 릿짱은 마키, 치카시, 아카리까지도 각기 독특한 역할을 하는 조수로 삼아 정리를 끝내주었다.

릿짱은 일을 다 끝내고 돌아갈 때 아카리의 음악과 관련된 물건을 나의 낡은 트렁크 두 개에 담다가 여자가 들기에는 무거운 무게로 만드는 바람에 택배 편으로 따로 보냈다.

치카시가 "아카리한테는 버린다는 단어는 없다"는 격언을 만들었을 정도로, 아카리는 열대여섯 살 때 시작한 작곡과 관련된 모든 것을 모았다.

하지만 이번 기회에 치카시가 '영단'을 내려 음악과 관련한 오래된 잡지는 전부 처분했다. 그 대신 아카리가 쓴 악보나 노트 종류는 상자에 담아 정리했다. 그런 물건보다 대량으로 있었던 것이 테이프와 카세트, 비디오 같은 종류였다. CD 이전 LP는 음악실을 만들었을 때 결단을 시원스럽게 내리는 치카시가 팔아버려, 내 서고를 정리한 금액보다 훨씬 괜찮은 금액을 벌었다(고 들었다).

그런데 녹음해둔 테이프가 보통 양이 아니었다. 오랫동안 신세를 져온 작곡 선생님이 작품을 완성할 때마다 직접 피아노를 친 것을 녹음한 게 있다. 아카리의 작곡 CD가 나와서 붐을 일으켰을 때 지방의 작은 연주회장을 포함해, (아카리의 장애를 극복한 성장을 주제로 하는 나의 강연과 함께) 삼 년 정도 매달 열었던 연주회에서 우리 가족의 친구가 되어준 연주가들이, 콘서트 연주 목록과는 별도로, 따로 모여서 자유롭게 피아노를 치고 녹음한 것까지 남아 있었는데 그건 릿짱이 전부 가져갔다.

그 작업이 일단락되었을 때, 아사가 아카리와 마키가 앞으로 살아갈 방식에 대해 이야기하기 위해 방문했다. 그리고 그건 우리 가족과 아사가 관리해온 시코쿠 집과 관련해 변화를 가져왔다. 그에 더해 아사에게는 또하나 중요한 용건이 있었다. 치카시가 지금까지 그녀와 마키 그리고 아사 사이에서는 오히려 '세 여자' 건보다 더 직접적인 사안으로, 애초에 마키가 아사에게 제안했던 계획이 있으니 차분하게 그 이야기를 들어줬으면 좋겠다고 말했던 것이다.

나로서는 골치 아픈 일들을 다 준비해서 한꺼번에 내 앞에 들이밀 생각이라는 느낌이 들었다. 당사자인 내가 '3·11 이후' 관계로 외출해야 할 일이 있기도 했지만, 일이 없는 날도 혼자만의 작업에 열중하느라(소설가로서의 작업은 아니고) 시간을 많이 보내고 있었던 탓이다. 아사는 마키의 안내를 받아 가족 외의 사람은 들어온 적이 없는 내 작업실로 들어왔다. 그리고 마키가 커버를 씌워두었던, 내 침대에 망설임 없이 앉아 내가 줄곧 마주해온 것들과 참고해온 자료들을 둘러보았다.

"마키한테 들었는데 낮이고 밤이고 이 작업을 하고 있다죠?" 아사가 말했다. "분명 전신전령을 다해 할 수밖에 없다는 건 나도 이해하지만. 이런 작업을 브리콜라주라고 한다는 무스미 선생님의 말을 듣고는 오빠는 대학이 방학에 들어가면 흉내내곤 했지요? 그때 했던 것과 같은 작업을 지금도 열심히 하는 거네요."

"그 무스미 선생님의 『패전 일기』를 복사한 것을 A4 용지 그대로가 아니라 선생님이 쓰신 노트 크기로 잘라내……빠짐없이 모아 종이 한 장의 앞뒤에 붙이고 있어. 선생님이 돌아가신 후에 선배 N씨가 발견한 건데 발표해야 할지 말지를 상의하기에 함께 〈세카이世界〉로 가져갔지. 그때 두 부 복사해서 원본은 선생님 댁으로 돌려드렸고 인쇄용 원고는 편집부에 일본어 부분을 옮겨 써달라고 부탁했어. 프랑스어 부분은 선생님의 라블레 관련 자료를 정리하다가 일기를 찾아낸 N씨가 아드님이 번역하신 원고를 어느 정도 수정해 똑같이 만들었고. 교정 보는 사람이 원문 전체를 참고하도록 복사본을 두 부 만들었지. 간행된 책은 거기 있는데 너한테 보냈지? 그런 작업을 내가 했고, 그 과정을 섬세하게 잘 볼 수 있도록 그때는 꽤 값이 나가던 컬러복사를 했어. 전체 작업이 다 끝나고 나서 교정에 사용한 후 돌아온 한 권을 내가 받았지. 지금 그걸 원래 노트 모습으로 복원중이야. 언젠가 그 작업을 하고 싶었는데, '3·11 이후'에 소설은 안 쓰고 있고, 책을 읽을 기분도 아니다보니 시간이 나기에 하고 있지."

"전체적으로 깨끗한데 특히 프랑스어로 쓰인 부분은 행 첫 부분과 간격이 잘 정돈되어 있고 수정한 부분이 전혀 없네요. 시간을 들여 정서하신 걸까요?"

"정서하실 시간은 없었던 거 같아. 패전 직전에는 연구실 책들을 옮겼고, 도쿄 공습이 시작되고 나서는 교원들이 교대로 동원되어 불침번을 섰는데 그런 와중에 이걸 쓰신 거니까."

"마키는 복사본을 보고, 프랑스어로 쓰인 곳이 시를 인용한 건가 싶어 오빠한테 번역해달라고 했더니……그런 내용이 아니라 자살을 생각한다든가 이 나라의 군부나 정치가나 일반 일본인들한테조차 희망을 품을 수 없어졌다든가 하는 내용이 쓰여 있다고……일주일만 종전이 늦어졌다면 이 아름다운 서체로 이제 자살한다는 말로 일기가 끝나 있었을지도 모른다고 했더니, 오빠도 그렇게 생각한다고……

봐봐요, 여기. '자살을 생각한다. 지금까지 일본인을 과대평가하고 있었는데, 문득 궁지에 몰려 될 대로 되라는 식으로 나오는 추악한 짐승처럼 보인다. 인간다움의 편린조차 가지는 것이 허용되지 않는 것이다. 군부의 생각이 옳다고 인정하는 지식인마저 있다. 그들의 낡은 이데올로기가 조국의 멸망을 부르고 있다.'

지금 오빠가 처리중인 건 프랑스어나 일본어보다 어두운 문장 쪽이죠? 이런 좁은 장소에서 노트 크기에 맞춰 종이를 잘라내거나 붙이는 부분에서 비뚤어지지 않도록 신경쓰면서 브리콜라주하고 있으면…… 우울해지지 않나요? 무스미 선생님은 전쟁 말기에 공습에 노출된 도쿄에 계셨던 거고, 오빠는 원자력발전소 사고 이후 방사성물질이 계속 떨어져 내려오는 도쿄에 있다는 차이야 있지만……아니, 비슷한 건가?"

"선생님이 빠졌던 어두운 기분으로 나를 잡아끄는 건 실은 선생님 글에는 나오지 않아……하지만 이번 '후쿠시마'에서 정부나 보안원이, 도쿄전력은 물론이고, 기자회견을 할 때마다 반복해서 '예상 밖'이라는 말을 했기 때문이지. 오늘 아침 신문에서 원자력안전위원회가 '예상 밖의 쓰나미'에 대해서도 피해를 억제하는 대책을 마련해야 한다고 했지만, 이제까지도 특히 쓰나미와 관련해 '예상 밖'이라는 말을 보면 그것이 뭔가 대단한 위력을 지닌 말처럼 들리더라고. 피해를 줄일 방법이 있지 않았나 하는 살아남은 이들의 목소리는 '예상 밖'이라는 말이 빚어낸 거대한 암흑 속으로 빨려들어가는 것 같았지.

그런데 오랫동안 노력해온 쓰나미 연구자의 책을 읽어봤더니 정부에도 지자체에도 과학적인 예상에 입각한 경고는 여러 번 내려졌더라고. 그런데 그런 학자들을 포함하는 연구회의 총체적 결론을 전력회사가 정리할 때는 어느새 그런 의견은 '예상 밖'이라는 문턱 밖으로 내쳐져버리지. 그런 상황을 넘어서서 해야 했을 예방 기획은, '예상 밖'이라는 말 바깥으로 사라진 것이고.

이 '후쿠시마'의 경험을 '예상의 한계'라고 말했던 사람들이 만든 문턱을 어떤 식으로 넓힐지에 대한 기대는 이미 위태로워졌지. 그걸 오늘 아침 신문에서 느꼈고……

'예상 밖'의 어둠 속에 감춰진 더 큰 한계를 넘어서고자 준비하려는 노력은 하지 않지. 그런 위기를 넘어서기 위해 '예상 밖' 현실과 마주하는 걸 처음부터 포기하고 있는 거야. 거기서 나는 무스미 선생님의 염세적 일본인관과 비슷한 걸 본다.

이 일기에서 프랑스어로 쓰여 있는 마지막 말로 하자면 Joie d'écrire quelque chose d'intime dans ma langue maternelle. Je commence.*인데……"

"아니요, 마키는 오빠한테 선생님 일기에서 그 부분의 번역을 듣고 기뻤다던데요. 제대로 복사해서 젊은이들한테 나눠주면 어때요? 우울한 브리콜라주를 끝내기 전에"라고 아사는 이야기를 정리했다.

그러고는 아사를 상경하도록 만든 사안에 대해 이야기를 시작했다.

"나는 그 부분을 명확하지 않게 썼지만, 오빠는 더 깊은 곳까지 보고 있었죠. 『그리운 시간에 보내는 편지』 에피소드를 넣은 릿짱의 합창곡이 어떤 미국인의 관심을 끌었다고 해요. 그는 유네스코가 후원하는 〈아시아 어린이들의 새로운 놀이〉라고 하는 영상 시리즈를 만드는 중인데요, 라는 이야기를 마키한테 듣고는 오빠가 리얼리티가 희박한 느낌이라고 말했던 일……이렇게 합창과 돌림노래를 섞어둔 것이 요즘 아이들의 '새로운 놀이'가 될 수 있는 걸까? 실제로 그런 일이 일어나서 그 사람한테 전해졌다고 하는데, 오히려 뭔가 이유가 있어서 『그리운 시간에 보내는 편지』에 관심을 가진 사람이라고 보는 쪽이 더 자연스럽다……고 날카롭게 파악했던 일 말이에요.

그리고 그런 인물이 있다고 한다면 기 주니어죠. 원래 오빠를 만나

---

* '내밀한 뭔가를 나의 모국어로 쓴다는 기쁨. 시작하자'라는 뜻.

기 위해 일본에 와서 오빠를 즐겁게 해준 그 청년은—이건 나도 그 이유를 이제껏 알 수 없었는데—귀국하고는 감감무소식이고……그걸로 오빠와의 관계는 끝났지만 나는 그와 크리스마스카드를 교환하고 있었지요. 그러던 중 그가 지금 TV 방송을 제작하고 있는데 일본을 소재로 할 계획이라며 오빠 작품 중에 뭔가 없을까, 라는 질문을 해왔어요. 그렇다면 내 친구 중에 NHK에서 상을 받은 사람이 있는데, 『그리운 시간에 보내는 편지』를 바탕으로 한 작품을 만들었다고 말하고 릿짱의 작품 전체가 담긴 테이프를 보냈죠. 거기서부터 일이 시작되었어요.

이야기가 순조롭게 진행되었는데, 오빠와는 사정이 있으니 오빠한테는 말할 수 있을 때가 올 때까지 말하지 않기로 하고 마키가 계약을 끝냈어요. 비디오 제작 단계가 되어 기 주니어가 일본에 왔는데, 완성된 영상이 오빠 마음에 들면 실은 이런 서프라이즈를 계획중이라고 말할 계획을 세우고 있었죠.

그런데 그 시기에 극작가 오카 히사시 씨가 작고해 오빠가 힘들어했고, 실은 그 이전부터 균열이 생겨서 히사시 씨가 걱정해주기도 했던, 오빠와 아카리의 관계도 더 복잡해졌어요. 그래도 앞서 말한 PD가 만나고 싶어한다는 이야기 정도는 그때 릿짱이 오빠한테 했지요? 또 치카시 언니가 오빠와 저녁식사를 하다가, 기 주니어가 도쿄에 와서 체류할 때 즐거웠던 추억을 말하기도 했고요.

그랬는데, 기 주니어의 방일은 오빠와의 재회라는 점에서는 헛수고로 그쳤지만, 도쿄에서 마키가 그와 만났을 때, 기 주니어 쪽에도 오빠에 대한 불편한 감정이 좀 있고, 그게 원인이 되어 오빠와 관계를 이어갈 수 없었다는 이야기를 들었다고 해요.

하지만 이야기는 거기까지였고 이후에 기 주니어와 교신한 적은 없었지요. '3·11 이후'엔 기 주니어 생각은 전혀 나지도 않았다고 마키가 말했는데, 어느날 갑자기 도쿄는 대지진 발생 이후 이백 일이 지난 듯합니다만, 이라는 말로 시작되는 팩스가 마키가 관리하던 오빠 팩스번호로 도착했어요. 앞서 말한 릿짱의 음악작품을 비디오로 만드는 일을 했던 동료가 인터넷에서 입수했다는 사진, 오빠가 차에서 반원전 전단지를 내밀고 있는 사진이 기 주니어로 하여금 오빠에게 직접 친밀한 감정을 드러내도록 만들었다네요……팩스여서 까맣게 나온 사진이었지만 그럼에도 백발의 조코 선생님 표정은 온화했고, 그 얼굴을 보고 이 통신을 보낼 용기를 얻었다고……가능한 한 빨리 대지진과 원전 사고 안부를 물으러 일본으로 가겠습니다, 라고 쓰여 있더군요."

"〈에히메 신문〉에도 통신사 사진은 나오니까 너도 아마 9·19 대집회를 봤을 거 같은데 예상을 뛰어넘어 육만 명이 참가했어. 나도 발기인 중 한 사람이어서 처음에는 시위대 맨 앞에 있었지만 다리가 아파와서, 교차로에서 차가 밀려 꼼짝 못하고 있던 택시를 얻어 탔지. 삼십 분 후까지도 그대로 있다가 차가 움직이기 시작했을 때 천천히 행진중인 시위 참가자들의 분위기는 아주 좋았어. 나를 시위대와 함께 달리고 있는 사람처럼 받아들여주기도 했지. 시위대를 지나쳐 앞으로 갔어도 길 앞쪽은 여전히 꽉 막혀 있었어. 그러는 동안 택시에서 큰 플래카드를 내밀 수는 없죠, 라면서 '원전은 필요 없다'라는 작은 플래카드를 건네주는 여성이 있기에 그 플래카드를 가슴 앞에 펼치고 창문을 내렸지. 분명, 인터넷에서 봤다는 사람의 연락이 있긴 했어. 하지만 미국에서도 봤다니."

"그래서……마키와 나, 그리고 치카시 언니도 같이, 기 주니어가 다시 한번 일본에 오면 오빠와 제대로 화해를 시키자고 이야기했답니다. 오빠는 작업실에서 브리콜라주 일을 한창 하는 중이어서 오빠 몰래 전화하기엔 딱 좋았죠. 그런데 기 주니어와 신속하게 일을 진척시킨 건 그의 동료들이었어요. 아직 오빠한테 이야기를 하지 않았는데 자기들 일정에 맞춰 벌써 일본에 와버렸으니.

그들은 이제까지 '후쿠시마'로 가는 해외국제봉사단에 가입해 있었다고 합니다. 아주 많은 자원봉사자들이 등록해서 현지에서도 자주 일한다네요. 자신들의 TV 보도용 방송을 만들면서도 그랬던 거죠. 그런데 정작 그 큰 봉사 단체가 대지진 이백 일을 전후해서 해체되었답니다. 그래서 그들의 작은 그룹은 자립해서 이곳에서 하는 일과 자원봉사를 이어가게 되었고요. 자신들의 운동을 복구하기 위해 기 주니어는 일본에, 그것도 시코쿠까지 온 겁니다.

그래서 난 그들이 비디오 제작을 할 때 하루이틀 묵었던 덴쿠보저수지 인공호수 집을 숙사로 제공했어요. 기 주니어는 말할 것도 없고 그의 동료들도 그 집을 아주 마음에 들어했지요. 그곳을 기지로 삼아 봉사와 TV 일을 계속해나갈 수 없을까, 라고 생각하기 시작한 듯합니다. 원래 그곳은 기 주니어가 상속한 자산이기도 하니까요.

그런저런 일이 있기에 나는 기 주니어와 이야기해서, 이제까지 오빠한테 상의하지 않고 마키와 진행해온, 두 사람을 재회시키자는 계획을 이번에야말로 정말로 성사시켜야겠다고 결심했지요. 이야기가 길어졌는데, 그걸 부탁하는 것이 내가 도쿄에 온 첫번째 목적이네요.

그 목적과 겹치지만 이야기를 해나가면서, 오빠와 기 주니어의 충돌이랄까 엇갈림이랄까, 그 원인을 잘 알 수 있었어요. 아무튼 그 이야기를 들어준다면 오빠는 원래 기 주니어를 아주 맘에 들어했으니 오히려 적극적으로 만나줄 것이다. 그렇게 생각했기 때문에, 나는 기 주니어한테 자기 생각을 녹음해서, 오빠가 천천히 들을 수 있도록 하라고 했지요. 그러는 데는 기 주니어가 직업적으로 체화한 기술이 도움이 되었답니다."

2

그렇게 되어 아사의 계획에 참여당한 내가, 아사가 꺼낸 소니 신제품으로 들은 내용을(아사는 디스크를 내밀면서 필요하면 그것을 문자화하라고 말하기도 했다) 여기에 옮겨 쓰기로 한다.

기 주니어 쪽도, 동일본대지진 피해 지역을 포함하는 두번째 일본 체류 기간에 자신의 다큐멘터리 세계를 확대할 생각인 듯하다. 기 주니어는 최신 장치로 자기가 하는 공식 비공식 인터뷰와 관련된 모든 것을 기록한다. 대화를 나눈 상대에게 디스크를 만들어 전달하는 습관도 있어, 아사는 기 주니어가 준 재생용 소형 기계도 함께 가져왔다.

"아사 아주머니는, 제가 조코 선생님을 방문해서, ……그때 처음 뵌 건 아니지만 어렸을 때 기억은 없으니 그때가 첫 만남이라 해도 좋겠습니다만, 그때 조코 선생님이 아주 기뻐하셨다, '흥분하셨을 정도였다'고 말씀하셨죠."

"맞아요, 나한테 그 과정을 전화로 전했을 때 오빠 목소리는……보통 흥분한 게 아니었어요. 그때 오빠는 육십대였는데 잃어버린 청춘 시대로 돌아간 기분인가 싶어 가슴이 아팠을 정도였죠. 저 사람은 기 형 아들이 아니었어, 내가 '저택'에 다니면서 함께 공부한 시기의 기 형이었어, 라고까지 말했지요.

오빠는 당신을 환영했어요. 내가 아는 한 오빠가 다른 사람한테 그런 태도를 보였던 기억은 없을 만큼. 세이조 집의 방 하나를 비워 삼 주 동안 묵게 했지요. 오셋짱 편지를 오랜만에 받고는 캘리포니아에서 나리타까지의 왕복 티켓을 당신한테 보낸 것도 오빠였고요. 하지만 그렇게 해서 친해진 기 주니어는 귀국하자 전혀 소식이 없었죠!"

"저한테도 이유는 있었습니다. 제가 조코 선생님을 방문한 동기는 『그리운 시간에 보내는 편지』였습니다. 그 책을 출간된 지 십 년 지났을 때 어머니가 읽어보라고 했어요. 이후 저는 어머니한테 한자 도움을 받아가면서 일 년 걸려 읽었습니다. 조코 선생님이 쓰신 소설은, 아버지에 대한……직접적인 기억이 없는 저에겐 그립다는 것일 수는 없어도……아버지에 대한 것이었습니다. 살인을 저지르고, 무고일지도 모른다는 분위기는 있었지만, 감옥에 간다. 그런 무시무시한 서술도 있어요. 그래도 소설 막바지 부분에는 화자인 조코 선생님의, 아버지를 향한 그리움이 가득하지요. 그래서 그 소설에서 제가 받은 인상은 바로 그리움이었습니다.

도쿄의 선생님 댁에서 저는 그 그리움에 완전히 파묻혀 지냈습니다. 지나치리만큼 저에게 친절하게 대해주셨는데 그 친절을 자연스러운 일로 받아들였습니다……특히 아카리 씨와는 정말 친해졌지요. 밤에는 즐겁게 식사를 하고 제 서툰 일본어 실력을 의식하지 못할 만큼 이야기하고 또 이야기했어요. 이야기만 하다 하루가 다 갈 만큼. 조코 선생님 소설을 여러 권 받았지만 읽으려고 하지 않았습니다. 『그리운 시간에 보내는 편지』를 꼬박 일 년 걸려 읽은 직후였기에 일본어로 다시 또 한 권을 읽어볼 생각은 들지 않았던 거지요.

그랬는데 미국으로 돌아가자 조코 선생님 소설을 더 읽어보고 싶어졌습니다. 그것도 영어로 빠르게 읽고 싶어졌어요. 그래서 곧바로 『만엔 원년의 풋볼』을……영어판 제목은 'The Silent Cry'인데……읽기 시작했습니다. 그런데 소설이 시작되자마자 저는 충격을 받았어요. 배신당한 느낌이었습니다. 제가 그 이전에 긴 시간을 들여 읽은 소설은 『그리운 시간에 보내는 편지』입니다. 그래서 잘 기억하고 있습니다. 아버지가 반은 사고일지도 모르는 살인을 저지르고 나서 자살을 시도하는 장면이 있는데 그 장면이 마음에 깊이 새겨졌었죠.

그런데 그 장면이 『The Silent Cry』에 그대로 나왔어요. 실제로 쓰인 순서로 말하자면 『그리운 시간에 보내는 편지』 때보다 스무 살 젊은 작가인 조코 선생님이 그 소설을 쓰신 거지요. 그런데 그 장면을 이번에는 제 아버지라고 확실히 특정할 수 있는 인물에게 완전히 재연시키고 있더군요. 거기 책장에 아사 아주머니가 가져오신 『만엔 원년의 풋볼』 양장본이 있는데 좀 보여주십시오.

저는 이 부분을 영어 번역으로 읽고 빨간 줄을 친 곳을 일본어로 천천히 읽으면 느낌이 다르려나 싶어서 여러 번 읽었습니다. 그랬더니 오히려 영어 번역보다 더 노골적인 느낌이라……저는 조롱조로 쓰여 있다는 인상을 받았습니다. '그해 여름이 끝나갈 무렵에 내 친구는 머리와 얼굴을 붉은 페인트로 칠하고 벌거벗은 채 항문에는 오이를 꽂고……' 일본인이 읽으면 이 부분에서 웃을 거라고 저는 생각했습니다. 이런 내용을 실제 친구의 자살 묘사로……미수로 끝나긴 했어도…… 그려내다니. 그런 친구 관계가 있을 수 있다고? 저는 화가 났습니다."

아사가 설명한다. "『만엔 원년의 풋볼』은 1967년에 출판되었답니다. 『그리운 시간에 보내는 편지』는 1987년에 출판되었고요. 두 소설 사이의 이십 년 동안, 우리는 지금도 소설에 쓰인 기 형이라는 이름으로 모델인 당신 아버님을 부르는데, 기 오빠는 형기를 마치고 돌아와 마을을 위해 일했고 우리 오빠와의 교제도 회복했답니다. 그리고 다시 한번 현실에서 일어난 저 죽음에 이르기까지의 일이, 실제로 나도 아는 기 오빠를 모델로 해서 『그리운 시간에 보내는 편지』에 쓰였지요.

한편으로, 『만엔 원년의 풋볼』도 기 오빠 사건 이후에 집필된 소설이지만 아마도 아직 너무나 생생한 사건이어서 그랬는지 직접적으로 그 사건이 언급되어 있지는 않습니다. 나도 지금 막 인식했는데 『만엔 원년의 풋볼』의 화자가 줄곧 에피소드처럼 죽은 친구의 이야기를 해나가는 이 부분만, 이십 년 후에 쓰인 『그리운 시간에 보내는 편지』와 공통됩니다.

왜 그 두 소설에서, 한쪽은 완전한 픽션의 형태로, 또 한쪽은 지역 신문에 기사가 크게 났던 사실 그대로, 그 지역 사람이라면 누구라도 알고 있는 살인과, 기괴한 양상의 자살 혹은 자살 시도를 오빠가 썼을까요? 그건 나도 잘 모릅니다. 다만 그 사건이 오빠의 인생에 중요한 경험이었다는 것만은 분명합니다……

나는 그 살인사건과 뒤이은 범인의 자살 미수 이야기를, 그건 이미 마을에 내려오는 전설이 된 이야기라서, 듣고 또 들었답니다. 결국은 그 실제 사건의 바로 그 부분이 오빠 마음에 아주 깊이 각인되어 있다가 이십 년을 사이에 둔 두 소설에서 유일하게 양쪽에 공통되는 세부로 나타났다고 생각합니다. 그 이야기를 쓰지 않고는 견딜 수 없었던, 오빠의 내부에 있던 뭔가는, 그로테스크하고 비통한 기억이기는 할지언정, 조롱할 기분까지 들게 할 만큼 왜소하고 우스꽝스러운 장면은 아니었다고 믿고 있어요. 나는 『그리운 시간에 보내는 편지』를 다시 읽을 때마다 그 부분에서 눈물을 흘리고 맙니다."

"……그런 거라면 저도 조코 선생님의 두 소설을 잇는 뭔가가 이해되는 느낌입니다. 그리고 제 아버지가 실제로 저질러버린 우스꽝스럽고 비참하기도 했던 살인과 자살 미수가 조코 선생님 안에 계속 남아 있는 이유도 알 것 같습니다. 작가로서 아직 젊은 조코 선생님과, 이십 년 후의 조코 선생님 내면에 있었던 것은……양쪽 다 정말로 진지한 문제였으리라고 생각합니다. 그 우스꽝스럽고 비참한 장면은 실제로, 아니 실제 이상의 수준에서 제 아버지와 선생님이 공유한 경험이었을지도 모릅니다.

하지만 아버지 쪽에 서서 생각하는 제가 봤을 땐, 미수로 끝났다고는 해도 우스꽝스럽고도 심각한 자기 연출을 한 자살에 대해, 독자가 충분히 즐길 수 있는 전개 방식으로 소설에 쓰여 있죠. 그때 막 스무 살을 넘겼던 제가 화가 난 건 당연하다고 생각합니다. 그런데다 그 의미를 물을 수 있는 힘이 아직 제겐 없었지요. 그래서 이번에 조코 선생님을 다시 만날 기회가 생기자, 그 질문을 하는 일은 필요하지만 고통스러운 작업이 되리라고 각오하고 있었습니다.

그런데 지금, 이 이야기를 제가 조코 선생님한테 다시 꺼내지 않아도 될 정도로 설명을 잘해주셨다고 생각합니다. 고맙습니다."

"정말 그런가요? 그렇다면 나야말로 고맙지요. 이렇게 두 소설의 장면을 대조한 후 던진 지적을 오빠가 직면한 적은 이제까지 없었다고 생각해요. 당신이 직접 오빠에게 묻게 되면 정말로 난처한 국면에 처해 묻는 쪽도 답변하는 쪽도 시간을 많이 뺏기고 말았을 테니까요."

"그래서 저는 이 점에 대해서는 조코 선생님한테 뭔가 더 물어볼 생각은 없습니다. 대신 또하나의 현안을 제기하고 싶습니다. 그건 아버지가 실제로 행해버린 죽음에 대해서입니다. 지금은 이미 조코 선생님과 만날 전망이 생겼으니, 그 외의 중요한 질문도 많이 준비해두고 여쭤보고 싶은데, 그중 하나로 해두겠습니다.

……그렇기는 해도, 아주머니가 각 사건의 시간적인 전후 관계라든가 집필 당시 문제라든가를 명확하게 말씀해주셔서 잘 이해하게 되었습니다. 정말 감사합니다. 아사 아주머니는 조코 선생님의 소설을 정말로 주의깊게 읽는 독자시군요."

"당신도 그래요! 나는 지금 내가 당신과 마찬가지로 중요한 문제를 여럿 안고 있다고 생각해요. 이번에 당신이, 이 이상으로 그리고 내가 생각한 것보다 훨씬 시간을 들여 문제에 깊숙이 들어가려고 하는 건 어설픈 마음가짐이 아니기 때문이라고 생각합니다.

오히려 당신이 자신의 문제를 오빠한테 물어보고, 그 물음에 대한 답변을 듣는 일이, 그야말로 나한테도 보통 일이 아니게 될 듯합니다. 귀를 잘 기울여야겠다는 생각이 드네요."

3

녹음을 다 듣고 나서 나는 오랜만에 목소리를 듣게 된 기 주니어에 관한 새로운 감상을 아사에게 말하지 않았다. 그와 둘이서(또 아사를 대동해) 이야기해야 하는 시간은 이미 닥쳐 있었으므로. 아사도 이 자리에서 나누는 이야기를 오래 끌 생각은 없어 보였다. 재생장치에서 디스크가 튀어나오자 바로, 마찬가지로 실용적인 외양의 디스크를 밀어 넣고 있었다.

"얼마 전엔 음악과 관련된 아카리의 물건을 정리하러 갔던 릿짱을 오빠가 환영해주었지요. 일이 진척되는 게 유쾌하다면서 기뻐하더군요." 아사가 말했다. "이건 릿짱이 소중히 다루느라 따로 보낸 녹음테이프인데요, 역시 혼자서 듣고 나서……조금만 들어도 찾는 것인지 아닌지는 금방 알 수 있으니 시간은 많이 걸리지 않았다는데……나한테도 어머니와 관련해 중요한 사실을 알려줬어요. 그래서 기 주니어한테 배운 방식으로 편집해서 갖고 왔고요.

내가 관심을 갖고 있는 건, 릿짱도 흥미를 품고 있는 것인데, 〈숲의 신비〉 관련 음악이에요. 마키한테도 오늘 아침에 이걸 들으라고 했지요. 마키는 확실하게 말할 수는 없어도 여름방학 때 숲속에서 아카리 오빠와 함께 지낼 때 아빠가 보내줘서 할머니가 들었던 음악도 그중 하나라고 생각한다더군요."

나도 그 테이프들을 듣고 싶다고 아사에게 말했다. 그리고 얼마 동안 듣고 있으려니, 이어지는 짧은 녹음 속에서 유난히 그리운 소리와 마주하게 되었다. 첫 소절을 듣고 바로 연주자가 작곡가 다카무라 도루라고 생각했다. 삼 분가량……하지만 더 짧을 터인 곡을 천천히 친다……연주가 끝나고 도쿄 집 거실의 시끌시끌한 소리가 나는 공간에 소년 시절 아카리의 우스워하면서도 진지한 목소리가 튀어나왔다.

"정말로 천천히 치셨습니다!" 그리고 젊음 그 자체인 치카시의 웃음소리.

"다카무라 씨가 우리집에 연락 없이 불쑥 들렀을 때, 전부터 음악가를 모델로 한 건 그렇다 치고 「하늘의 괴물 아구이」라는 단편 자체를 좋아한다고 말했었는데 그 소설을 원작으로 해서 만든 비디오가 마침 도착했기에 같이 봤어. 끝나고 나서 TV 드라마 마지막에 삽입된 아카리가 작곡한 〈아구이의 주제〉를 직접 쳤고. 그런데 기분이 좋아 보이지 않는 얼굴로 나를 힐끗 바라보더니 그대로 돌아갔지."

"……어떤 곡인지 분명하지 않아요. 다카무라 씨가 자기 방식으로 편곡해서 친 거 같기도 하고. 나는 분명 〈숲의 신비〉와 〈아구이의 주제〉는 비슷하다고 생각하지만 이걸 아카리한테 들어보라고 한 다음 〈숲의 신비〉 곡 중 하나라는 답을 받으면, 릿짱과 마키가 만드는 중인 조곡에 사용하게 해야겠어요.

그건 그렇고, 내가 오빠와 상의하고 싶었던 게 또하나 있는데, 마키와 아카리가 다만 얼마간만이라도 시코쿠에 다시 한번 와줬으면 한다는 거예요. 이야기가 좀 복잡한데, 기 주니어가 숲속에 친구들과 지낼 일본 기지를 만들려 하는 상황과도 이어지는 이야기죠. 그 사람들은 일정 기간 동안 '후쿠시마'에서 일하고는 그쪽으로 피난해서 쉬려 하고 있거든요. 지금 우리 시코쿠산맥 쪽은 방사성물질의 오염도가 낮으니까요……이카타 원전이 사고를 일으킨다면 다 소용없는 이야기지만

요……아카리가 도쿄에서 아구이와 함께 와준다면 기 주니어는 기뻐하겠지요.

아카리에 비하면 건강한 일본인들은 방사성물질에 둔감하다고 나는 생각하지만, 미국인인 기 주니어와 그 친구들은 초기 '후쿠시마'에서 피폭당하기도 했고, 앞으로도 가끔 '후쿠시마'로 갈 생각이라 방사능에 아주 민감해요. 그래서 어느 정도 방사능에 노출되면, 기 주니어와 TV 팀은 방사성물질이 적은 숲속에서 작업하기로 했어요. 그러면 아카리와 아구이는 그들의 좋은 친구 아니겠어요?

원래부터 난 마키한테 아카리와 둘이 도쿄 집에서 자립해……마키 말에 따르면 아빠의 억압에서 벗어나 자유롭게 살고 싶다는 이야기를 들어왔어요. 그리고 '3·11 이후' 도쿄 하늘도 오염된 까닭에 아카리를 만나려고 아구이가 높은 곳에서 떨어져 내려오면 위험하다며 아카리가 두려워한다는 이야기를 듣고 이거야말로 기회라고 생각했죠.

실은 마키에게 그 이야기를 했더니, 오빠 자신도 방사능 오염을 두려워해서 덴쿠보저수지큰노송나무 숲으로 피난하는 꿈을 꿨다는 이야기도 들었죠. 그래서 아카리와 마키를……그리고 그 결과로 아구이를……시코쿠로 오게 할 수 없을까 하는 말을 꺼내 오빠를 설득할 수 있을지도 모른다고 생각했어요. 오늘도 빙빙 돌려서 하는 이야기만 했는데 이 부분에 대해선 어떻게 생각해요?

만약 오빠가, 내 제안을 듣고, 아니 그 아구이라는 기묘한 생물은, 말할 것도 없이 그냥 상상 속의, 그것도 픽션으로서의 생물이고 그렇게 알 수 있도록 썼다고 말하면, 그건 우리한테 찬스가 왔다는 이야기가 되지요. 마키가 줄곧 '세 여자'에게 투덜거려온, 오빠에 대한 비판을 직접 시작하도록 할 거예요.

아빠는 아카리 오빠와 진지하게 이야기하는 일이 없어진 것 같아요. 그건 아빠가 자기 자신과도 진지하게 이야기하지 않게 되었다는 것이 아닐까요? 아구이가 마음의 병이 있는 사람의 환상이라고 하더라도, 그 이야기를 아빠 자신이 소설에 썼으면서도 아카리 오빠를 향해 진지하게 이야기를 이어가지 않겠다는 거니까.

아빠는 아카리 오빠가 태어났을 때도 그로 인해 자신이 어떻게 될지 생각하는 방식으로밖에 받아들이지 않은 건 아닐까요. 소설 마지막에서 그 아이에 대한 책임을 지는 방식을 멋지게 보여주고 있지만, 소설을 마치고 얼마 지난 후엔 다른 방식도 있지 않았을까 싶어 후회한 건 아닌가요? 심지어 그 생각을 진지하게 더 해보지 않은 채로 별생각 없이 아카리 오빠와 같이 살아온 거 아닌가요?

아빠는 아카리 오빠의 지적 장애를 마음 깊은 곳에서는 존중하지 않게 된 것 아닐까요? 양호학교나 복지작업실에서 어른들이 했던 것과 같은 경멸은 하지 않아도, 정말은 아카리 오빠를 존중하지 않아요. 다카무라 선생님이 TV 드라마에 대해 화를 낸 건, 그 드라마를 만든 방식에 아빠가 진지하게 화내지 않았기 때문이라고 엄마가 말했지요. 그게 분명해진 이상 저는 아빠로부터 독립해서 아카리 오빠와 함께 시코쿠로 갈 거예요, 그리고 아사 고모와 엄마도 찬성할 거예요! 나는 마키한테 그렇게 주장하라고 할 생각이에요.

어떤가요, 오빠는 결국 마키, 치카시 언니, 그리고 나. 이 '세 여자'를 앞에 두고도 아구이라는 캥거루만한 크기의 아기 이야기는 농담이다, 누군가가 그 이야기를 진지하게 받아들이리라고 생각한 적도 없다고 아카리한테 말할 수 있나요?

아카리는 언제나 진지합니다. 아카리의 눈을 똑바로 보지 못하게 되어 오랜만에 빗물을 모아둔 나뭇가지 웅덩이에 얼굴을 박을 생각이 나나요? 설사 그때가 오더라도 오빠의 양 발목을 끌어당겨 결코 놓지 않을 사람이 여기 이렇게 있지만, 그건 오히려 오빠를 도망치지 못하게 하기 위해서이기도 해요."

4

이날 치카시는 다음날 시코쿠로 돌아가는 아사를 위해 역 앞의 이탈리아 음식점을 예약해, 우리 가족이 아사와 함께하는 저녁 모임을 준비했다. 그 시간이 닥쳐왔을 때 나는 낮에 있었던 아사의 비판과 공격에 압도당했기 때문이기도 하지만 이런저런 생각에 잠기느라 짧은 낮잠을 잘 여유가 없었다. 이것도 최근 몇 년 이어지고 있는 노화 현상의 하나인데 낮잠을 자지 못하면 두통과 불면으로 이어져버리는 경우도 있다. 나는 저녁 모임을 빠지고 식사를 간단히 혼자 마치고 나서 앞서 말한 브리콜라주 작업을 이어가고 있었다.

그런데 치카시가 혼자 올라오더니 낮에 아사가 앉아서 나를 공격한 침대 위 똑같은 위치에 앉았다. 그리고 "아사한테 오늘 당신에게 했다는 이야기를 들었어요"라고 말했다. "그후 아사는 마키와 와인으로 건배까지 할 만큼 기분이 좋아져서 마키와 아카리를 향해 이제 너희가 시코쿠 숲으로 이주하는 계획은 거의 결정됐다고 말했지만 마키는 오히려 신중한 태도를 보이더군요. 그래서 내가 당신과 상의할 것이고, 오늘은 피곤해서 일찍 쉴 아사한테 내일 아침에 우리가 조금 이야기를 정리하고 난 다음 마키와 아카리의 이사 계획을 이야기하자고 했지요.

마키와 아사는 오로지 기 주니어와의 공동생활을 꾸릴 절차 같은 실질적 내용을 이야기했는데(거기엔 아카리와 그곳에서 음악 선생을 맡아줄 릿짱이 맺을 계약 조건도 포함되어 있었는데), 그러다가 아사가 그러고 보니 내가 오빠와 이야기한 이후로 오빠가 별로 기운이 없었다고 말해서, 나도 신경쓰이던 생각을 말해봤어요.

당신한테도 직접 말한 적은 없는데, 내가 '3·11 이후' 좀처럼 이해하지 못했던 일에 대해서였죠.

그건 당신이 우리 잡지 첫 호에 쓴 일이에요. 당신은 한밤중에 '후쿠시마' TV 다큐를 보면서 고로 오빠의 유품인 브랜디를 마시다가 소리를 내며 울었죠. 나도 아카리도 그 울음소리를 듣고 놀랐는데, 마키도 이야기에 끼어들어, 당신이 떠올렸다는 문장에 쓰인 단테의 시 몇 줄은 자기도 제대로 이해하지 못하는 부분이 있어서 확인해봤다고 하더군요. 이탈리아어를 공부한 아이니까.

그랬더니 아사가 언제나처럼 사람 놀리는 버릇을 발동시켜선, 오빠는 영어도 프랑스어도 그렇지만 이탈리아어는 더더욱 발음이 이상하니, 가슴속에서 그 시의 일본어 번역을 기억하면서 반복하는 동안 울었던 거 아닐까, 그러면서 당신 흉내를 냈어요. '따라서 너는 이해할 것이다. 미래의 문이 닫히자마자 우리의 지식은 전부 죽은 지식이 되리라는 사실을', 그러고는 우우 하고 우는 소리를 냈죠. 그 흉내를 듣다보니 아닌 게 아니라 상황이 좀 많이 이상했다 싶었어요.

당신은 누구나가 말하듯 기억의 귀재여서, 전쟁중이라 어린아이가 미국 소설 번역본 같은 걸 가지고 있을 리 없었던 시절에 『허클베리 핀』의 한 구절을 외우고 있었다고 했지요. 그렇지만, 자신들이 소중하게 생각했던 도시가 가까운 미래에 멸망한다는 이야기를 듣고, 미래의 문이 닫히면 그길로 우리의 지식은 전부 죽은 지식이 되리라는 구절을 기억해내고 운다는 건 좀 이상하지 않아요?

더구나 이 책장에 있는 책에 대해서도 무관심해졌다고……그 일에 대해서는 나도 아무래도 그런 거 같다고 느끼고 있었는데……오히려 당신은 나라의 미래가 닫힌다 해도 자신은 나이가 들어 얼마 못 살 테니, 책의 지식만은 어떻게든 지닌 채로 죽자, 라고 말할 사람 아닌가요? 하지만 어떻게 그렇게까지 절망적인 모습을 보이게 됐을까. 나는 아사한테 그렇게 말해봤어요.

그런데 마키가 곧바로 답변을 했는데 아사도 나도 그렇겠다고, 네 말이 맞겠다고 맞장구를 치게 되었죠. 마키는 이렇게 말했어요.

'저는 아빠 머릿속에 아카리 오빠가 있었기 때문이라고 생각해요……

아카리 오빠는 바흐나 모차르트, 구체적으로 음악 세부에 대한 기억력이 엄청나서 한 번 들어본 구절이라면 기억해내지 못하는 게 없었죠. 다카무라 선생님도 아카리 오빠의 기억에 의지하셨을 만큼. 그런데 그게 언제부터였는지 몰라도, 제가 FM이나 TV에서 들려오는 멜로디를 아카리 오빠한테 확인하면 글쎄요, 뭘까요? 라면서 난감해하는 때가 있었어요. 자기가 기억하지 못하는 게 이상하다는 듯이. 그 일이 계기가 되어 주의해서 보니 같은 일이 여러 번 이어졌지요. 그리고 더 실제적인 일인데 엄마나 제가 이런 일이 있었지, 저런 일이 있었지, 하면서 이야기하고 있으면 마찬가지로 아카리 오빠는 기억해내지 못하는 거 같았어요. 최근 들어 아카리 오빠한테서 기억이 사라지고 있는 게 아닐까요?

엄마와 아빠는 나이가 들어 기억력이 나빠졌다고 농담으로 말하다가 이제는 정말로 신경이 쓰이는 것 같은데, 아카리 오빠의 뇌에는 이전에는 믿을 수 없을 만큼 음악의 기억이 있었지만 지금은 반대 방향으로 똑같은 일이 일어나고 있는 거 아닐까요? 아카리 오빠는 보통 사람보다 훨씬 빨리, 뭐든지 잊어버리는 거 아닐까요?

그래서 아빠 머릿속에서는 도시나 국가의 미래가 사라져버리면 자기들이 축적해온 지식도 죽은 거나 마찬가지라고 말하는 시구와 아카리 오빠의 기억에 관한 일이 연결된 거 아닐까요? 금방이라도 아카리 오빠가 기억을 잃어버리고 그저 암흑 상태가 되어 빈 두뇌인 채로 나이를 먹고 죽음을 향해 가는 게 되죠……

그리고 지금은 우리 모두에 관해서도 국가의 원전이 지진으로 폭발하면 이 도시 이 나라의 미래의 문이 닫혀버리는 상황. 우리 모두의 지식은 죽은 지식이 되어서 국민이랄까 시민이랄까 모든 이의 머릿속이 암흑이 되면서 파멸하는 상황. 그 속에 다른 사람보다 몇 배 더 뭐가 뭔지 알 수 없어진 아카리 오빠가 존재하는 상황. 그런 미래를 연상하고 아빠는 우우 하고 운 게 아닐까요……'

마키가 그렇게 설명하자, 아사는 정말 그렇겠다고 감정을 담아 말하더니 치카시 언니는 어떻게 생각하느냐면서 나를 봤어요. 나도 정말로 그 말이 맞지 않을까 생각했지요.

어떤가요? 당신이 생각하는 것이 마키가 그 누구보다 아카리와 가깝게 살아오면서 느낀 것과 겹치나요?"

나는 깊이 생각하지 않은 대답을 하게 될 것 같아서 두려웠다.

"……당신도 아카리한테서 그런 기억력 쇠퇴를 느낀 적이 있어?"

"확실히 그렇다고 말할 수는 없지만…… 이전의 아카리는 음악이라고 하면 음악의 바다에 들어가서 자유롭게 헤엄치는 것처럼, 그래서 오히려 맥락이 없는 듯이 마음 가는 대로 그 공간에서 놀고 있는 듯한 모습이었잖아요?

그런 이야기를 오래전에 당신한테 했더니 레비스트로스가 신화소神話素라는 개념을 생각하고 있다고 알려줬죠. 이 세계에는 수없이 많은 신화가, 수없이 많은 민족에 의해 만들어져왔는데, 그 근원에서는 하나로 이어지는 것이 아닐까 하는 착상이라고요…… 내가 오해하는 건지도 모르지만 나는 아카리도 그런 레벨에서 음악소와 이어져 있을지도 모른다고 생각했어요.

그런데 지금은 하루종일 어떤 CD도 들으려 하지 않는 날이 있어요. 그리고 FM에서 굴다의 연주를 내보냈는데 그게 우연히 드뷔시였다고 했을 때, CD 책장 앞에 서서 가만히 자기 내부의 맥락을 더듬어보는 것처럼 하면서 겨우 한 곡 듣고, 그러다 또 한 곡 다른 드뷔시를 듣는 식이었지요.

그 모습을 당신도 본 거네요. 피아노 선생님한테 최근 아카리는 드뷔시에 빠진 것 같다고 말하다가 그건 드뷔시에 빠져서라고 말할 수 있는 건 아니지 않을까, 라며 유보했잖아요?

나중에 선생님한테 확인했더니 전에는 흥미로운 드뷔시 연주를 만나면 숲이 자연발화해서 산불이 나는 것처럼 연달아 언제까지고 드뷔시를 듣거나 빨간 줄을 긋거나 하면서 악보를 읽었고, 작곡에도 그 영향이 뚜렷해서 이거 난처하네, 라고 생각할 정도였다. 그 왜 천의무봉이라는 말이 딱 들어맞는 상태였는데 지금은 뭔가 달라진 듯하다면서 아쉬워했죠."

그러고 나서 치카시는, 한밤중이나 새벽 같은 때, 얕은 잠을 자다가 눈이 뜨이면 TV 대학 강좌 같은 것을 보곤 하는데, 젊은 층의 치매도 있다고 어떤 학자가 말하는 걸 들었고 그건 처음 듣는 듯한 이야기였다……라고 말해 이야기가 걷잡을 수 없이 흘러갈 것 같았다. 하지만 곧바로 다시 돌아와서 오늘밤 준비해온, 그녀답게 구체적인 이야기를 시작했다.

"아사가, 식사 시간 동안 마키가 당신을 자유롭게 비판하려고 마음먹는다면 이렇게도 이야기했을 거라면서 낮에 당신한테 말했었죠. 그런 가정하에 한 이야기 중 하나인데 이런 게 있었어요. 그리고 그건 꼭 지어낸 이야기는 아니라고도 했지요. 예를 들면 아빠는 아카리 오빠의 지적 장애를 마음 깊은 곳에서는 존중하지 않게 된 것 아닐까요?

그 말은 나로서는 너무 의외여서 잘못 들은 거 아닌가 싶었죠. 그런데 아사가 똑같은 말을 마키의 메일에서 읽었다는 말도 하더군요. 그래서 나는 당신이 아카리가 하는 말을 재밌어하는 그 방식에서, 아카리를 존중해서 하는 것과는 다른 뭔가를 마키가 느끼기 시작한 게 아닌가 생각했지요.

오래전 유아였을 때부터 아카리가 하는 말을 당신은 하나하나 재미있어하고, 아카리가 한 말을 반복하고, 정말 흥미롭다, 아카리가 하는 말은 진실이라면서 감탄했죠. 그건 아카리가 말을 시작하자마자 바로 그랬다고 말하고 싶을 만큼 빠른 시기부터 당신이 해왔던 일이에요. 그리고 그게 발전해 당신 소설에서 굵은 활자로 인쇄된 아카리의 대화 스타일이 만들어졌고요. 그 부분이 아카리를 모델로 한 소설에서 특별히 높이 평가받는 경우조차 있었죠. 그렇다고 말해도 될 만큼.

아무튼 우리 가족 생활에서는 아카리가 하는 말을 당신이 무조건 재미있어하고 감탄하고 존경하기까지 하는 듯한, 그런 모드가 기조를 이루어왔어요. 아카리보다 빠르게 언어를 터득하는 능력을 보여도 부모한테 아무런 칭찬도 듣지 못했으니, 마키에겐 불만과 실투의 감정이 있지 않았을까요. 그런데도 그 감정을 작은 가슴 안에서 혼자 극복하고 자기도 아카리가 말하는 걸 재미있어하고 긍지로까지 생각하게 되었죠. 그 점이 마키의 대단한 점이라고 아주 오래전부터 생각해왔어요.

그런데 아카리는 이미 어른이어서 그저 순수함만 느껴지는 재미가 아니라 어른답게 굴절된 감정이 담긴 재미가 느껴지는 독특한 말을 할 때가 있지요……특히 전문가들 연주에 대해, 콘서트에 갈 때마다 예상치 못한 발언을 해요. 그리고 그 재미있는 발언을 했다는 이야기를 당신이 신문에 에세이로 쓸 때가 있죠. 그건 독특한 부분을 그저 재밌어해서 그런 건 아니라고, 우리 가족의 친구라고 해도 좋을 만한 사람들은 인정해주기도 합니다. 그런데 그렇지 않은 사람도 있어요.

단적으로 말하자면 콘서트가 끝나고 아카리를 데리고 무대 뒤로 가, 처음 만나는 연주가에게 아카리가 무슨 말인가 해서……연주가가 한순간 불쾌해하는 경우도 있지요. 그런 경우에 당신이 아카리가 한 말을 웃음으로 얼버무리는 식으로 말할 때가 있었어요. 그와 같은 이런저런 일을 옆에서 보면서 아빠는 이제 아카리 오빠가 하는 말을 진지하게 대하지 않는다고 느꼈다면, 그건 마키가 이른바 그 공간의 공기를 읽지 못했다는 이야기가 됩니다. 하지만 마키는 성실한 성격이라 때로 당신을 타협적이라고 느꼈을 수도 있긴 해요. 그런 마음속 감정을 메일 같은 것으로 말하면, 아사는 진지한 사람이라 그대로 받아들여 오늘 낮에 당신한테 마키의 비판을 자신의 목소리로 말한 거지요. 그렇다고 해도 그 점에서 아사의 행동이 꼭 올바르지는 않았다, 나는 솔직히 그렇게 생각했어요.

그런데, 이건 더 중요한 이야기라고 생각하는데, 마키의 메일에는 그 문제를 진정으로 걱정하고 있다는 게 드러나기에, 마키가 솔직하게 발언한다면 이런 말이 되지 않을까, 라면서 오빠한테 물어본 거라고 아사는 말하더군요. 그건, 아빠는 아카리 오빠와 진지하게 이야기하는 일이 없어진 것 같아요, 그건 아빠가 자기 자신과도 진지하게 이야기하지 않게 되었다는 것이 아닐까요, 라는 말이었어요. 이건 바로 이 표현 그대로 마키가 메일로 나한테 호소했던 말이기도 합니다.

마키는 사실 당신이 아카리가 요즘 곧잘 말하는 아구이에 관해서도 진지하게 받아들이지 않고 있다며 불만을 품고 있어요. 아직 대학병원 특별아동실에 있을 때, 머리가 하나 더 달린 것처럼 보였던 아카리를 간호사가 안아들고 보여줬을 때, 유리창이 사이에 있어 얼굴만 보였고 뭐라고 말하는 것 같기는 해도 목소리는 들리지 않았지요. 하지만 돌아가는 엘리베이터에서 내가 아카리의 입 모양을 흉내내봤더니 '아구이' 라는 소리가 나와 주변 사람들을 놀라게 했어요. 그 이야기를 당신한테 했던 게 아구이를 소설에 등장시킨 계기가 되었고요.

언제나처럼, 당신은 재밌어하면서 마침 집필중이던 단편소설에서 아구이를 중심이 되는 존재의 이름으로 삼았죠. 아직 이사가기 전이어서 곧잘 놀러왔던 다카무라 씨가 그 단편의 모델이기도 해서 기분좋게 그걸 허락해주었고요. 그래서 당신도 나도 다카무라 씨 악센트로 아카리한테 아구이 이야기를 하게 되었고요…… 그리고 마키가 태어난 다음에도 마키와 산책할 때 하늘의 저 언저리에 면으로 된 속옷을 입은 캥거루만한 크기의 아기가 떠 있다고 당신이 마키에게 이야기해서 재밌어하게 만들었죠. 그게 마키 마음에는 남아 있었던 거예요.

그런데 시간이 많이 흐른 '3·11 이후' 아카리가 아구이가 하늘에서 떨어져 내려오는 이야기를 해서 우리를 놀라게 했어요. 그래서 다시 한번 마키한테 우리는 아구이가 왜 아카리의 기억에……아마도 마키의 기억에도……새겨져 있는지를 설명했지요.

하지만 아카리의 아구이는 지금 '3·11 이후'의 '후쿠시마'와 이어져 있어요. 그저 판타지 같은 이미지가 그리워서라거나 동화를 반복해서 읽어주듯 당신 소설을 내가 아카리한테 들려줬던 적이 있어서가 아니라 방사성물질이 떠 있는 공기 속에 있는 지금 우리의 처지 때문에 아카리는 그렇게 받아들인 거예요.

아카리 입에서 공중에 떠 있는 방사성물질 이야기가 나온 이상, 당신은 다른 누구보다 '후쿠시마' 아이들의 피폭에 관해 생각하지 않을 수가 없겠지요. 당신이 아구이와 방사성물질을 연결지어 생각하게 되면서 아카리의 불안한 마음이 스파크를 일으킨 게 분명해요. 당신이 아카리의 아구이 이야기에 별로 흥미를 표하지 않는 것처럼 보였다고 한다면, 그건 당신이 아구이라는 캥거루만한 크기의 아기 이야기는 농담이다, 누군가가 그 이야기를 진지하게 받아들이리라고 생각한 적은 없다면서 아카리한테 대충 둘러댄 것과는 전혀 반대가 아닌가요?

그래서 난 지금까지 말했던 그 어떤 점보다 더 아사가 낮에 당신한테 들이댄 질문은 틀렸다, 아구이 이야기를 꺼낸 건 잘못 이해한 거라고 생각했어요. 더구나 아사는, 우리 '세 여자'를 앞에 두고도, 아카리 얼굴을 똑바로 바라보면서 그렇게 말할 수 있느냐고 물어보겠다고 했다던데……

그리 오래된 과거 같지 않은데, 당신과 아카리 사이에 (그것도 지나간 일이지만) 작은 새가 지저귀는 소리 같은 대화가 오갔던 사실을 분명히 기억해요. 또 그때는 좋았다고 분명히 생각하고요. 하지만 요즘 계속 우울한 얼굴로 침묵했던 건 아카리 쪽이었으니, 그 점을 공평하게 본다면 아사가 나서서 마음을 다해 마키의 내면을 대변해준 건 인정해도, 아사의 비난이 잘못된 것도 분명해요.

다만 당신이 아카리와 진지하게 이야기하지 않게 되었다고 마키가 느끼고 또 아사가 그렇게 봤다면, 그 역시 터무니없는 이야기는 아니라고 생각해요. 당신과 아카리가 나누는 대화의 절대량이 줄어든 건 사실이니까요. 그것도 당신 안에서 아카리와 대화할 언어가 줄어든 것이 아니라 아카리 안에서 당신과 대화할 언어가 줄어들고 있는 건 아닌가? 그런 생각이……오히려 더 두려운 일로 내게 있어요. 그리고 아카리한테 언어의 절대량이 줄어들고 있다는 건 인정할 수밖에 없고요. 오늘 저녁에 아사가 낮에 당신을 비판한 논점을 보고하듯 말해주었을 때, 그 한 가지만은 나도 동의했지요.

그렇다고 한다면 마키가 완전히 각오한 모습으로 아사와 나를 향해 한 말이 이제 신경이 쓰여요. 마키는 이렇게 말했어요. '엄마와 아사 고모 두 분 모두 그 이야기를 언급했어요. 아카리 오빠의 언어의 절대량이 줄어들고 있다고…… 음악도 아카리 오빠한테는 언어 표현이나 다름없고, 아카리 오빠한테는 더없이 많은 음악의 양이 있었는데도 최근에는 작곡을 하지 않게 되었죠. 예전처럼은 아니어도 FM과 CD를 듣기는 하지만. 아빠가 이건 정말 재미있구나, 하고 좀 지나쳐 보일 만큼 기뻐하는 표현을 하면 어쨌거나 아카리 오빠는 행복해했는데, 지금은 아빠와 대화하는 일 자체가 줄어들어 우울한 얼굴로 침묵하고 있죠……

이런 상태를 원래대로 돌려놓을 수는 없을지, 생각을 쭉 해봤어요. 그리고 저는 아카리 오빠와 둘이서 세이조 집을 나가려고 해요. 제가 이 생각을 하게 된 계기는 할머니가 말씀하셨던 '숲의 신비'예요. 그건 원래 시코쿠 숲속의 전승이고, 할머니는 소녀 때도 처녀 때도 숲 깊은 곳에서 '숲의 신비'의 음악이 울려퍼지는 걸 듣고 있었다고 말씀하셨어요.

그리고 할머니 인생에서 가장 기뻤던 사건은 아카리 오빠가 작곡한 피아노곡 카세트가 도착해 재생해봤더니 귓가에 남아 있던 '숲의 신비'의 음악이었던 일이다, 라고도 말씀하셨죠……

그래서 저는 아카리 오빠와 둘이 시코쿠 숲에 살게 되면 우선 '숲의 신비' 음악이 아카리 오빠의 몸에 전해지리라는 희망을 품고 있어요. 그것이 다시 한번 아카리 오빠의 음악으로 표현되지 않을까요? 음악은 언어 가운데서도 가장 순수한 아카리 오빠 내면의 언어니까, 그 음악을 작곡하고 릿짱이 연주하게 되는 시간이 우리에게 온다면 더없이 좋은 일이라고 생각했어요. 아카리 오빠와 우리끼리 하는 이야기이니 주의해서 우리 둘만의 비밀 계획으로 두자는 약속도 하고 왔답니다.

그렇긴 해도 도쿄에서 나간다는 건 피아노 레슨을 받지 못하게 되는 일이라 세이조에 와주시는 선생님한테만 그 이야기를 했더니 당신과 아카리는, 역시 특별한 사람임이 틀림없는 아버지로부터 억압을 받고 있다고 느껴왔다, 그런 두 사람이 함께 그 억압에서 벗어나 자유로워지고 싶다고 생각해온 거겠지요, 라고 하더군요.

실은 이 말을 저한테 처음 해준 분이 그 선생님이랍니다. 아사 고모가 제 메일에 도쿄 집에서 자립해 아빠의 억압에서 벗어나 자유롭게 살고 싶다는 이야기가 쓰여 있다고 했다기에, 뭐야, 그냥 남의 말을 빌려서 사용했던 거였구나 싶었죠. 하지만 그 이야기를 아사 고모한테 아빠가 들으면 마키와 아카리는 나의 억압에서 도망치고 싶어했구나, 하면서 애초에 제가 한 말이 아닌 표현에 상처받을 수는 있다고 생각해요.'

나는 마키가 그렇게 말했을 때 그 말을 들으면 당신은 기뻐하리라고 생각했어요. 마키는 가끔 혼자 많은 생각을 하다가 당신한테 심한 말도 하지만 마음속 깊은 곳은 따뜻한 아이예요.

나는 내일 아침에, 아사한테 아카리와 마키가 시코쿠 숲으로 이주하는 일은 아직 정식으로 결정된 건 아니다, 조금 여유를 갖자고 말할 생각이에요. 그리고 보기 힘든 마키의 글이 해외용 사무 서류를 넣어둔 관련 문서함에서 나왔는데, 마키가 당신을 어떻게 생각하는지가 표현되어 있어요. 다음 '세 여자가 쓴 또하나의 이야기'용으로, 이 글을 아사한테 전달하려 해요. 물론 본인의 허락은 얻었고요."

세 여자가 쓴 또하나의 이야기(3)

아버지도 오랜 작가 생활 동안 어느 시기까지는, 미국이나 유럽에서 들어온 인터뷰 요청에 시간을 들여 답변할 때가 있었던 것 같다. 해외에서 상을 받았을 때, 그리고 그때그때의 사회 움직임에 맞춰서. 그런데 그 답변이 대개는 단순화되고 인터뷰어의 의도에 따라 왜곡되는 일을 여러 차례 경험한 것 같다. 그런 일을 겪으면서 아버지도 답변을 하지 않게 되었다. 사실상 그런 요청이 어쩌다 오는 상황이 되었다고 할 수도 있다.

그런데 아버지한테 온 우편물을 정리하는 역할이 나한테 맡겨진 이후, 우편물 중 해외에서 온 것이 있으면 어쩔 수 없이 신경이 쓰인다. 아버지의 작품은 띄엄띄엄 이탈리아어로 번역되고 있었는데, 아버지가 지금보다 훨씬 젊었을 때 이탈리아어로 번역된 『히로시마 노트』의 재간과 신작 소설의 이탈리아어 번역본 발간이 비슷한 시기에 이루어지면서 눈에 띄는 반향을 얻었다. 밀라노의 출판사가 소설 『아름다운 애너벨 리 싸늘하게 죽다』 이탈리아어판 견본을 보내왔는데, 자포니즘*, 그것도 한 시대 전의 여성 이미지를 취한 것에 지나지 않은, 아버지 책장 속 다른 번역본들과는 구별되는 세련된 장정이었다. 책 포장을 풀고 이리저리 살펴보자니, 다른 때와 달리 이탈리아어 인터뷰 편지가 속표지에 끼워져 있었다. 편지에는 이탈리아 여성의 사인이 있었다. 나에겐 어느 정도 익숙한 외국어였기에 번역해서 책과 함께 아버지 책상에 올려두었다. 다음날 아버지는 나한테 어떤 역할을 해달라고 요청하면서 이렇게 말했다.

"이 사람 문장에는 요즘 젊은 여성답다 해야 할까, 이탈리아적이라 해야 할까 공격적인 느낌이 있어서 흥미롭구나. 작가는 지금 직접 답변을 쓸 형편이 못 되니 이야기를 듣고 대필하겠다고 말해보지 않겠니? 네가 해준다고 하면 공격성과 공격성이 부딪치면서 이야깃거리가 많아질지도 모르지. 오랜만에 이탈리아어 연습도 되겠고. 물론 네 생각을 말하면 된다. 그냥 이탈리아어로 번역하기 전에 네 글을 보여주렴. 내가 여성 가족들한테 어떤 느낌을 주고 있는지 자각해줬으면 좋겠다는 것이 '세 여자'의 생각이기도 하잖냐?"

일은 그렇게 시작되었다.

질문 당신은 당신이 이 작품에 쓴 인물 모두가 책에 언급되지 않기

---

* 19세기 중반 이후 서양미술에 나타난 일본의 화풍이나 문화를 선호하는 현상.

를 바라는 과거의 사건을 묘사합니다. 어렸을 때 점령군 병사에게 강간당했고 강간 장면을 8밀리 영화로 찍힌 일 같은. 필립 로스는 그의 작중인물 중 한 사람을 통해 이렇게 말한 바 있습니다. "당신이 누군가에 대해 쓴다는 건 그 사람한테 사회적으로 지장을 주는 일입니다." 당신이 쓰는 내용, 특히 그 내용을 쓰기 위해 당신이 사용하는 기법에 대해 죄악감을 품고 있지는 않습니까?

처음엔 긴 편지 앞머리의 이탈리아식 인사가 좀 지겨웠다. 그런데 이 질문 언저리부터 나는 기자가 질문을 던진 작가의 딸로서, 진지하게 대답해보자는 마음이 들었다. 공격당하는 아버지를 변호하려는 마음을 일으킨 건 아니지만 미국의 대작가 이름까지 거론하는 질문에 대해 어딘가 불공평하다고 느꼈기 때문이다. 페미니즘 조류에 익숙하지 않은 일본인 남성 작가가 불쌍해진 것도 사실이다. 무엇보다 나는 스스로 마음이 동해 답변을 시작했다. 아버지 대신 내가 대답하고 있다는 나의 의지가 그대로 드러나는 부분을 전부 옮겨둔다.

답변 작가가 쓴 히로인, 그러니까 미국에서 오랫동안 배우 생활을 경험한 (그런 인생을 보내게 된 계기이자 결국은 행운으로 바뀌게 되기도 한, 앞서 당신이 말한 비참한 사건에 휘말린) 여성. 그 여성의 실제 모델이 없었던 건 아닙니다. 하지만 작가는 철저하게 여성을 변형시켰습니다. 그러므로 그 모델이 이 소설을 자신의 초상으로 읽는다 해도 현재의 사회적 체면을 잃게 될 일은 없습니다.

그럼에도 작가는 사회적으로 이름이 알려진 작가가 '나'로서 이야기하는 기법을 사용해 역시 사회적으로 알려진 그 배우가 전쟁 직후 강간당한 경험을 쓰고 있지요. 그런 '기법을 사용하는' 경우, 독자는 보통 그 소설을 실제 있었던 일로 받아들이지 않나? 하고 반론하실지도 모르지만 그 기법은 이야기에 소설적 리얼리티를 부여하기 위한 것이고, 독자의 눈을 소설 배후에 있는 현실 사회로 향하게 만들지는 않습니다. 그 점에서 작가는 일본의 독자적인 양식인 이른바 '사소설'로 이 소설을 쓰지 않았습니다. 작가는 일본에 전해 내려온 '사소설' 같은, 소설 내용이 곧 작가의 실제 생활인 특수한 방식을 거스르는 글쓰기 방식을 생각해냈습니다. 그러니까 유럽에서는 일반적인 픽션이라는 원칙을 전제로 하면서도, '나'를 등장시켜 리얼리티를 만들어내는 의도인 것이지요. 당신은 소설 장치로서 작중에 나오는 강간당한 어린 소녀를 찍은 8밀리 영화가 실제로 있다고 받아들이고 있지만 그런 영화가 있었을 리 없습니다.

질문 그렇다면 나는 당신의 소설 기법에 대한 관심과 당신의 소설가로서의 실제 생활에 대한 관심을 엮어 나 자신에게도 중요한 인터뷰를 할 수 있으리라고 생각합니다.

그러므로 나의 개인적인 사정을 이야기해두고 싶습니다. 실은 나는 인터뷰가 게재될 신문의 문학 담당 기자지만 본업은 소설가로 나 역시 장애를 지닌 아이와의 공생과 파국에 대해 쓰고 있습니다. 내가 당신이라는 작가에게 관심을 기울이게 된 것은 『인생의 친척』의 번역을 읽고 나서부터입니다. 소설에는 지적 장애를 가진 소년과, 정상적인 두뇌를 가졌지만 사고로 하반신의 자유를 잃은 동생이 함께 자살하고 마는 사건이 그려져 있습니다. 복잡한 설명은 하지 않겠지만 그건 바로 나의 가정에서 일어난 일이었고 당신 소설에서 아이들을 잃은 어머니는 멕시코까지 건너가 인생의 공간을 확장한 후에 암에 걸려 죽습니다. 나는 그녀의 영웅적인 삶과 죽음을 얼마나 부러워했는지 모릅니다. 하지만 나 자신은 여전히 살아 있는 어머니로서 소설을 쓰고 있다는 사실을 말해두고 인터뷰로 돌아가겠습니다.

당신은 '사소설'이라는 일본 소설 기법의, 작가가 개인생활에 바탕해 이야기를 써나가는 방식과는 달리 픽션으로서의 이야기를 '나'라는 주인공이 말하도록 하는 방식으로 써서 이야기의 리얼리티를 확보한다고 말합니다. 분명 작품에는 당신이라는 작가와 지적 장애를 가진 아카리라는 아들, 또 아카리의 어머니와 여동생이 리얼하게 그려집니다. 하지만 그런 기법이 왜 필요한가요? 3인칭 소설로 쓰는 것도 가능하지 않나요? 왜 당신은 조코 코기토라는 소설가, 치카시라는 부인, 아카리라는 장애가 있는 아들, 그리고 그의 여동생 마키의 일상생활을 비디오로 찍는 것처럼 소설을 쓰는 건가요?

이미 당신 가정의 실제 인물들을 그대로 찍은 다큐로 국제에미상을 받은 작품이 이탈리아에서도 높이 평가받은 바 있습니다(나 자신도 감동받고 이 신문에 긴 소개글을 쓰기도 했지요. 거기에는 아카리가 작곡가로서 만든 작품이 연주되고 있어서 분명 감동적이었습니다). 그 TV 작품과 당신의 소설은 어떻게 달리 만들어지나요?

답변 비디오에 의한 기록은 그때 당시 작가의 실제 생활 모습을 찍은 것입니다.

하지만 소설은 아카리의 탄생 이후에 일어난 모든 이야기의 일부입니다. 그리고 이야기 마지막에는 드디어 거대한 파국이 나타날지도 모릅니다. 작가는 아들이 지적 장애를 갖고 있다는 사실을 받아들이고 그 장애와 적극적으로 함께 살아갈 결심을 하는 동시에, 작가인 자신의 픽션의 총체를 지탱하는 라이트모티프*를 선택한 것이니까요. 그 라이트모티프에 대해 조소까지는 아니어도 거기에 문학적 근거를 두는 데 대한 비판(그런 종류의 익명의 편지는 작가의 정치적인 스탠스와 관련해서 이미 삼사십대 때부터 집중적으로 쏟아졌습니다)이나, 그러한 비판에 자주 사용된 표현인 Political correctness 같은 걸 넘어 아들의 장애는 작가가 받아들인 운명입니다.

질문 당신의 소설이 자주 평행선을 이루다가도 서로 섞여들기도 하는 삶의 방식을 가진 두 사람의 모험을 말하는 것에 대해. 이 소설에서 작가인 당신과 도플갱어 분신(예를 들면 이 소설에서 대학 동급생) 둘 중에 먼저 죽는 사람은 결코 화자인 당신이 아니었습니다. 그래서 묻고 싶은데 당신은 자신이라는 존재의 마지막에 대해 생각하나요? 당신은 죽음을 두려워하나요? 당신은 사후에 당신한테 나타날 수 있는 무언가를 믿고 있나요?

답변 분명 작가의 근본적인 인간 구도는 작가 스스로 명명한 것처럼 '묘한 두 사람'입니다. 닮은 곳도 다른 곳도 눈에 띄는 두 사람을 소설 한가운데에 둡니다. 그건 그의 표현에, 약간 차이 나는 두 사람 혹은 약간 차이 나는 반복이 곧잘 나타나는 것과 마찬가지입니다. 그는 단일하고 일면적인 것을 언제나 차이 나는 또하나의 대상과 공존시켜 포착합니다.

질문 하지만 작가=나인 내러티브가 소설을 말하는 이상, 좀 하드보일드 소설 제목 같지만 언제나 '죽는 건 저놈', 그의 도플갱어 쪽입니

* Leitmotiv. 반복해 나타나며 중심 주제의 방향을 알려주는 단어나 이미지.

다. 그가 살아서 소설을 쓰고 있는 동안 그의 소설에서 살아남아 있는 건 언제나 작가=나입니다.

답변 그 말을 받아들입니다. 하지만 그런 작가=나가 거꾸로 언제나 자신의 죽음에 대한 생각에 사로잡혀 있을지도 모른다는 걸 당신은 상상할 수 없습니까?

아버지는 내가 쓴 앞의 답변을 보고 "마키는 인터뷰를 청해온 사람이 무례하다 싶어서 화가 났나보구나"라고 말했다. 나는 아버지가 자신에 대한 나의 동정심을 읽어내서 그렇게 반응했나 싶었다. 하지만 아버지에게 감정이입을 했던 것이 아니라 중립적인 감정이었다. 칠십대 후반에 들어선 소설가가 자신의 죽음에 대해 생각하는 건 당연히 있을 수 있는 일 아닌가. 친구들은 잇달아 죽어가는데 자신만은 예외여서 팔구십이 되어도 살아 있을 거라며 느긋한 포즈를 취하고 있다면 그런 소설가는 바보 아닌가? 어이없는 질문이네 싶은 기분이 들었다.

하지만 이렇게 쓰면서 다른 한편으로 '아니 아빠한테는 의외로 그런 성격, 더 정확히 말하자면 무의식적으로 잊어버리는 면모가 있을지도 모른다, 그리고 그건 작가=나라는 방식으로 쓰는 소설가 특유의 면모일지도 모른다' 싶어 의욕이 없어지는 느낌을 받았던 것도 사실이다. 그래서 조금 전의 일문일답으로 인해 이탈리아인 여성 저널리스트와 싸우고 끝내는 대신 다음과 같은 질문에도 여전히 진지하게 대답했다.

질문 이 소설을 번역한 인물은 특히 일본의 비평가 코멘트를 인용해 '판타지화한 사소설'이라고 말했습니다. 작가의 사생활을 그대로 소설로 쓴다는, 당신이 앞서 설명한 일본적 양식으로서의 '사소설'을 가리키는데, 거기에 판타지에 가까울 정도로 픽션의 요소도 섞여 있다는 이야기일 터입니다. 그 말대로 당신은 소설 안에서 당신 주변 사람들을 모델로 한 인물들에게 극적인 역할을 부여합니다. 이만큼 드라마틱한 사건에 휘말리면서 살아가는 사람들의 집단은 현실 가정에서는 쉽게 볼 수 없다고 생각합니다.

답변 어떤 가정의 구성원이 작가가 소설에 쓴 것 이상으로 현실 생활에서 오랫동안 가혹한 경험을 한 경우는 얼마든지 있을 겁니다. 작가가 하기에는 웃기는 이야기가 될지도 모르지만 현실 사회에서 소설에 쓰인 내용 이상으로 무서운 체험을 한 사람은 잔뜩 있는 게 아닐까요? 그들은 대부분, 이 작가처럼 **집까지 제공하는** 리포터를 보유하고 있지는 않지만……

만약 이 작가는 아무리 위태로운 상황에 빠져도 자기만은 마지막으로 슬쩍 빠져나와 죽은 사람은 죽은 사람이고, 어쩔 수 없지, 라고 생각하는 타입이며, 그러고는 다음 소설을 향해 나아가는 타입이라고 여겨……기독교 윤리관 안에서 태어난 당신 같은 사람들이 불쾌하게 느끼는 거라면……그건 꼭 그렇지는 않다고 생각합니다.

작가는 자신을 죽어야 할 사람으로 간주해왔습니다. 어릴 때 아버지의 죽음을 직면했고 아버지 대신 죽거나 적어도 아버지와 동시에 죽을 수 있었다는 것을 잊지 않았습니다. 그런 인식을 소설에 써왔고요. 자신이야말로 죽어야 할 인간이었는데 죽음을 피했다는 죄악감을 여러 번 고백해온 바 있습니다.

질문 이 작가는 '3·11'의 비극이 일어난 나라에서 살아남은 사람인데 '후쿠시마'에서 죽은 사람들 편에 서서 느끼거나 생각하거나 하는 등의 행동을 하고 있습니까?

답변 '3·11 이후'로 이 작가는 살아 있는 자신에 대해 생각하기보다 '3·11' 이전에 죽은 사람들에 대해 생각하는 일을 해왔습니다. 예를 들면 작곡가인 다카무라라는 사람을 '3·11 이후' 풍경 안에 넣어 그가 지금은 이곳에 없다는 사실이 얼마나 커다란 상실인지를 생각하고 있었습니다.

나는 이런 내용을, 아버지 대신 인터뷰 질문에 답하는 사람으로서 썼는데, 다시 읽어보고 나서 여기에 언급한 다카무라 씨에 대해 덧붙여 두기로 한다.

아버지는 한밤중 TV 특집에서 후쿠시마 원전 사고를 계속 보다가 취하기도 해서 우우 울었다. 그후 아버지가 충격을 받은 작품의 재방송을 우리도 봤더니 분명 새끼 말이 태어났지만 목장은 방사성물질이 포함된 비에 오염되어 자유로이 달리게 해줄 수 없다는 내용이 이야기되고 있었다. 그리고 이어지는 장면에서 원경으로 비친 것은 아부쿠마 고원의 산들이라고 어머니가 말했다. 그리고 그 늘어선 산들을 우리가 여름을 보내는 신슈의 별장에서 다카무라 선생님 댁을 차로 방문할 때 늘 봤다고 했다……

그림을 그리는 어머니의, 풍경에 관한 기억은 정확하다.

그 말을 듣고 나는 아버지가 만드는 중인 방사능 오염 지도를 살펴봐야겠다고 생각했다. 아버지는 방사성물질 강하 발표가 날 때마다 신문 지도를 일본 지도에 겹쳐보면서 여러 종류로 준비한 색연필로 강하량이 가장 많은 장소를 그려넣어오곤 했다. 그렇게 색연필이 특히 진하게 칠해진 공간에 다카무라 선생님 작업실이 있었던 장소가 포함된 것을 알 수 있었다.

어머니는 그 이야기를 아버지한테는 하지 말라고 했다. 하지만 잇달아 출판된 원자력발전소 사고 보고서들을 아버지가 읽게 되면서 스스로 알게 됐다.

그리고 어느 날 아버지는 다카무라 선생님의 여름 별장을 보고 오겠다고 마음먹었다. 그곳은 사고가 발생한 원전에서 30킬로미터도 떨어져 있지 않아, 매시간 20마이크로시버트로 측정기의 검출 한계를 뛰어넘었다는 장소였다. 피난 구역으로 설정되어 출입이 제한되어 있을 게 분명했다. 하지만 아버지는 그곳으로 향했다.

아버지는 오래전에 암으로 작고한 다카무라 선생님 옆에, 가까운 장래에 '3·11' 사고로 발생한 방사성물질의 영향으로 죽을지도 모르는 자신을 놓아보려 한 것일 터였다.

"그게 무슨 의미가 있는데?"라고 해봤지만, "아빠는 소설을 쓸 때 여러 번 다시 고쳐쓰는데, 자기가 아직 잘 모르는 부분을 일단 써보는 사람이니까"라고 어머니는 말했다.

산초 판사*의 회색 당나귀

1

아카리와 마키가 시코쿠 숲 가장자리로 옮기는 계획을 이제 의심하는 사람은 기본적으로는 없었다. 다만 이주를 실천에 옮기는 단계가 오자 치카시는 언제나 자신만 아는 이유를 찾아내서 미루곤 했다.

드디어 도쿄 집에 나와 치카시만 남게 되는 상황을 눈앞에 두고, 이제껏 내가 일정 기간 동안 해외에 체류한 적이 있긴 하지만 이번에 아카리와 마키가 가족으로부터 확실히 자립할 의사를 드러내고 나가버리면 다른 누구보다 내가 충격을 받으리라는 것을 치카시는 꿰뚫어보고 있었다는 생각이 들었다. 그래서 치카시가 지금까지와 같은 태도를 취한 거라는 사실도 맥락 없이 갑자기 깨닫게 되었다.

---

* 에스파냐 작가 세르반테스의 소설 『돈키호테』에 등장하는 인물로, 주인공 돈키호테의 하인이다.

하지만 나는 그런 상황을 치카시 역시 나이들어 기력이 쇠해진 탓이라 생각하고 있었으니, 아사가 곧잘 나한테 짜증내는 모습을 보인 것도 당연하다. 그러면서 치카시뿐 아니라 아사 역시 나한테 신경을 썼던 듯한데 내가 무신경해서 저지른 실수가 이어지자 드디어 두 사람은 나에게 명확한 태도를 취했다.

오랜만에 커다란 여진이 온 날 밤의 이야기부터 써둔다.

그날 아침, 일찍 일어나는 아카리가 평상시와 달리 좀처럼 일어나 내려오지 않아서 마키가, 정리가 다 되어 이미 아카리가 사용중이던 침실 겸 음악실로 보러 갔다. 마키의 기척을 느끼고 침대에서 일어나려고 하다가 아카리는, 내가 기억하기로는 최근 몇 년 동안 겪은 적 없는 심한 **간질** 발작을 일으켰다. 나중에 깨닫게 된 건 '3·11 이후'의 긴장 상태와 비슷해 보였어도 역시 **자잘한 간질** 발작이 이어지고 있었다는 사실이다. 나는 다시 한번 젊은 날에 열중했던 오든*의 "'위험의 감각'은 잃으면 안 된다"는 말이 생각났지만, 사회 전체를 뒤덮고 있던 '위험의 감각' 탓에 가족 내부의 그런 작은 사안에 둔감해졌던 것 같다.

마키가, 역시 나중에 반성했는데, 문 앞에서 말을 걸려고 하다가 **소리 없는 몸부림**을 느끼고 말없이 문을 열었더니 침대 끝에 서서 양팔을 앞쪽으로 내밀고 있던 아카리가 옆으로 쓰러졌다. 마키가 가까스로 밟는 것을 피한 아카리의 얼굴에는 표정이라곤 없었고 뜨여 있는 두 눈은 돌 같았다. 마키가 다시 자세를 제대로 취한 그 얼마 안 되는 시간 동안 아카리는 커다란 신체를 굴리면서 자유로워진 왼쪽 손바닥과 팔

* Wystan Hugh Auden(1907~1973). 영국 태생의 미국 시인. 정치적 사회적 현실을 반영한 시, 종교적 색채를 띤 시 등을 두루 남겼다.

꿈치로 방바닥 카펫을 땅땅 두드렸다.

마키는 바닥에 떨어져 있던 타월 천으로 된 이불을 손에 감아 아카리 입으로 넣었다. 아카리는 그 두 개의 손가락 관절을 물었지만 곧바로 턱의 힘을 뺐기 때문에 신음소리를 한 번 내는 정도로 끝났다. 마키의 팔이 힘을 주는 대로 이리저리 몸을 뒤집은 아카리는 위협적이리만큼 큰 소리로 코를 골더니 의식을 잃었다. 그래도 마키는 아카리 옆에 한동안 쪼그려앉아 있다가 계단 아래로 내려와 치카시에게 구급차를 불러달라고 부탁했다.

2

그건 바닥에 쓰러진 상태 그대로 있는 아카리의 상반신만 안아올리는 일조차 아버지의 쇠한 팔 힘으로는 무리이고, 계단 아래로 옮기는 일 같은 건 아예 논외의 일임을 마키가 알고 있었기 때문이다. 내가 아무것도 모르는 채로 서고 침대에서 몸을 일으켜 나갔을 때는 이미 아카리가 오랫동안 그를 봐준 대학병원으로 옮겨진 후였고 뇌파 등의 검사가 이어지고 있다고 빈집을 지키던 치카시가 말했다. 어젯밤 열두시를 넘은 시간까지 내가 서고에서 마키와 계속 대화를 나눈 걸 알고 있었던 치카시는, 아카리가 옆방에서 그 대화하는 소리를 줄곧 듣고 있었던 모양인데 그렇게 오랫동안 긴장한 채로 귀를 기울인 탓에 오늘 아침 발작을 일으킨 게 아닐까, 라고 말했다. 그리고 그 지적은 아카리가 심한 발작을 일으킨 일로 충격을 받은 나에게 더 큰 충격을 주었다.

내 표정을 보고 그걸 알아챈 치카시는 더이상 그 이야기는 하지 않고 나의 아침 겸 점심을 만들기 위해 부엌으로 들어갔다. 나는 치카시가 사라지고 난 다음, 소파에 앉아 그곳에 놓여 있던(치카시가 그때까지 어디를 읽고 있었는지 알 수 있었다), 옛 생각이 나는 책을 펼쳐볼 수밖에 없었다. 원래 간행된 책은 B6판이었는데 그 『새로운 사람이여 눈을 떠라』가 상을 받았을 때 담당 편집자가 따로 소량 제작해서 보내준 책이다.

보통 책보다 한 사이즈 더 크게 표지를 만들었고, 그 작품의 주제가 된 시를 쓴 윌리엄 블레이크의 수채화로 표지를 완전히 감싸는 방식을 사용한 책이었다. 블레이크는 동시대 고딕 시인의 작품을 장식하는 그림을 많이 그렸다. 원래 그 복제화는 내가 가르치는 일을 했던 버클리 대학 고서점에서 입수한 것이었다. 우울한 얼굴을 한 중년 여성 주변을 담수생물처럼 보이는 별들이 에워싼 반신상 그림인데 여성은 하늘 위 희미한 어둠을 향해 한쪽 팔을 내밀고 있다. 더 멀리에 별이 두 개 보이는데 그 아래쪽에 보이는 석류 빛깔을 띤 원의 한쪽 끝은 달일지도 모른다. 치카시가 그 그림을 마음에 들어했기 때문에 특제판을 장정가에게 부탁해서 만든 것이다……

옆에서 보는 사람이 있으면 내가 책을 펼치는 것을 주저하리라고 치카시는 생각한 듯하다. 펼친 페이지 내용은, 역시 심한 간질 발작을 일으킨 후 행동이 난폭해진 아카리에게 나와 치카시, 그리고 마키가 제각기 말을 걸고 있는 장면이다. 그때 아카리는 우리에게 거의 반응하지 않고 그저 소리를 높여 FM만 듣고 있었다.

"그런 상황이 몇 시간 이어지자 가족 모두가 지쳐 있었다. 그때 여동

생이 오빠에게

'아카리 오빠, 볼륨을 조금만 작게 해줘'라고 부탁했다. 하지만 아들은 거칠고 위협적인 태도를 취해 체구가 아들의 반밖에 안 되는 여동생을 움찔하게 만들었다.

'아카리, 그러면 안 되지, 그렇게 하면 안 돼!'라고 치카시가 말한다. '우리가 죽은 다음엔 여동생과 남동생이 널 돌봐줘야 하는데. 지금처럼 그렇게 하면 모두가 널 싫어할 거야. 그러면 어떻게 할래? 우리가 죽은 다음엔 어떻게 살아가려고?'

나는 어떤 후회의 감정과 함께 깨달았다. 그렇다, 이런 식으로 우리는 아들에게 죽음이라는 숙제를 계속 내밀어왔던 것이다. 그것도 한 번이 아니라 여러 번 반복해서…… 그런데 이날 아들은 우리가 반복해온 뻔한 말에 대해 완전히 새로운 응답을 했다.

'괜찮습니다! 저는 죽을 거니까요! 저는 곧 죽을 거니까 괜찮습니다!'

한순간 모두가 숨죽였고—내가 이 예상치 못했던, 하지만 확신으로 가득찬 우울한 목소리로 아카리가 내뱉은 단언에 망연자실했던 만큼 치카시 역시 당황한 모습을 드러냈지만—치카시는 그때까지의 야단치는 목소리와는 다른, 오히려 달래는 목소리로 이렇게 이어서 말했다.

'그럴 일은 없어, 아카리. 아카리는 죽지 않아. 왜 그런 소리를 해? 왜 곧 죽는다고 생각하니? 누가 그렇게 말했니?'

'저는 곧 죽을 겁니다! 발작이 일어났으니까요! 괜찮습니다. 저는 죽을 거니까요!'"

나는 고개를 숙인 채 이 부분과 이어지는 문단을 몇 개 더 읽었는데 거기에 쓰인 죽음의 주제와 마찬가지로, 아니 그 이상으로 삼십 년 전 아카리가 한 말은 지금의 나를 흔들어놓을 만큼 힘이 있었다.

현재의 아카리는 소년 시절 아카리가 갖고 있던 나름의 지적인 부분에 더해 중년 남성의 사리분별까지 갖추고 있지만 지금 아카리가 그런 부분을 표현하는 건 침묵을 통해, 혹은 침묵하는 표정을 통해서다. 아카리가 하루종일 음악을 듣고 악보를 읽고 신문의 TV·라디오난을 보는 건 예전과 똑같다. 하지만 지금의 아카리는 이 소설에 굵은 활자로 인쇄된 말의 반도 안 되는 양의 말밖에 하지 않는다.

나는 아침 준비에 평상시보다 더 시간을 들이고 있는 치카시에게 말을 걸었다.

"커피만 이쪽으로 가져와줬으면 좋겠어. 마키한테는 어젯밤 이야기까지 설명할 여유는 없었겠지? 결국 밤늦게까지 내가 이야기를 했던 것이 원인인 듯싶군……서고 안쪽 전등 조절과 통풍을 위해 창문을 열어놓고는 잊어버렸어. 아카리 귀엔 뭐든 들리고 말았겠지."

그 벽 높은 곳에 옆으로 길게 난 창은 아카리의 음악실을 정비할 때 방음을 완벽하게 할 생각으로 공사를 해준 편집자의 완벽주의가 낳은 작품이다. 원래 건축학과를 나와 실제로 건축사무소에서 일한 적도 있는 사람이라 철저하게 고민한 작품. 내 서고 책장의 안쪽 부분은 전부 음악실 쪽 벽에 바짝 붙여서 천장까지 연결했다. 높은 쪽 단에는 각종 전집을 꽉 채워놨기 때문에 방음 효과는 확실했고. 그런데 마키가 공사 진행 상황을 보다가 이 부분을 신경쓰게 되었다. 최근 몇 년 동안 아카리는 비만과 다리 트러블이 심해져서 더이상 아버지와 산책하지 않게 되었다. 하반신이 안 좋다는 건 비전문가의 눈에도 분명했고.

간질 발작과는 달리 집안에서, 자기 방안에서조차 갑자기 쓰러질 때가 있다. 하지만 한번 쓰러지면 스스로 적극적으로 도움을 요청하는 건 하지 않기도 하고 또 못하기 때문에 그냥 방치되는 경우도 몇 번 있었다. 아카리가 음악실에서 쓰러질 경우 바로 옆 서고 겸 작업실에 있는 나나 계단 아래에 있는 치카시가 그 소리를 듣게 되면 좋은데 아무도 듣지 못한다면 위험해지는 건 아닌가? 이층에서 혼자 쓰러져 있다는 것만으로도 너무나 외로운 일이다……

그래서 완성된 서고 안쪽 책장 한가운데 제일 윗부분을 파내고 견고한 이중 유리창을 해 넣었다. 왼쪽으로 늘어져 있는 끈을 당기면 이쪽으로 60도로 창문이 기울어지게 되어 있고, 다시 한번 다른 한쪽 끈을 잡아당기면 다시 닫히는 구조여서 피아노 레슨 때 소리도 들리지 않는다. 반대로 그 창을 열어두면 음악실 소리는 어느 쪽에서 나는 소리든 서고로 다 들리게 되어 있고.

처음엔 치카시나 마키가 아침저녁으로 통풍창을 여닫곤 했는데, 나중에는 그냥 닫힌 상태로 놔두게 되었다. 그런데 '3·11 이후' 서고 정리가 끝나고 나서 쌓이고 쌓인 먼지를 대청소했지만, 한번 창을 닫으면 남은 먼지가 서고 전체를 떠다녔다. 그래서 며칠 청소를 하는 동안 창을 연 채로 놔두었다. 그렇게 해두면 먼지도 안 떨어지지 않을까 싶었던 것이다…… 그리고 그 전날 밤 일단 자기 아파트로 돌아갔던 마키가 이미 내가 침대로 들어가 있던 서고로, 신경쓰이는 석간신문 기사를 가지고 나에게 왔다. 그래서 상반신을 일으킨 나는 책상 의자에 앉은 마키와 긴 이야기를 시작했던 것이다.

그 기사에서 다룬, 세 명의 지진학자가 연명連名으로 발표한 잡지 논문을 마키와 치카시한테 말해준 적이 있었다. 이날 기사에는 지진을 발생시키는 단층이 밀집된 불안정한 지반에 원자로가 설치되어 있는 현황에 대한 재경고가 있었다. 그리고 너무나 많은 원전이 내진 안전성의 전제가 되는 활단층 조사나 안전심사 측면에서 중대한 결함이 있다고 정면으로 고발하기도 했다.

특히 마키는 이 기사 마지막에 지진이 발생했을 때 가동중인 원자로에 제어봉 삽입이 곤란해지고 원자로 긴급 정지가 되지 않을 위험성이 있다고 쓰인 부분에 대해 자세히 알고 싶어했다. 나는 앞에서 말한 잡지 논문을 꺼내서 찾아봤다. 원자로에 설치된 지진계가 어느 정도 강한 지진동을 감지한 후 제어봉을 삽입하기까지 이 초 정도 걸린다. 원자로에서 가장 가까운 활단층이 지진을 일으키면 어떻게 될까요, 라는 마키의 질문에 그 논문을 요약했던 내 쪽이 입을 다물게 되고 말았다……

그런데 이날 마키는 이학부를 졸업한 동창인 친구에게 이런 이야기를 듣고 왔다. 친구는 아직 정식으로 발표된 내용도 아니고 도쿄대와 교토대에서 학자들이 한 확률 계산에 차이가 있는 것 같다고 유보하면서도, 도쿄에 매그니튜드 7급 지진이 일어날 확률은 높다, 만약 그렇게 되면……이라는 언급을 했다.

돌이켜보건대 마키가 더 젊었을 때 보인, 심리적 스트레스를 강하게 받는 경향이 '3·11 이후'에 더 드러난 것 같다. 이날은 더 날카로워진 채로 질문을 연달아 했다. 어떤 시기에서 그다음 시기까지 일단 피해 간 지진 확률은 어떻게 계산하는 것인지 등. 마키의 질문 공세를 나는 감당할 수 없었다. 그 시간 동안 우리 사이에 얼마나 자주 지진이라는 단어가 나왔을까? 그 대화를 아카리는 계속 듣고 있었을 터였다……

다른 한편으로 마키는 주치의 선생님한테 아카리가 이제까지 겪어온 것보다 더 심한 발작이었지만 뇌파 외 다른 검사 결과를 보면 이상이 없는 것 같다는 말을 들었다면서 안도하고 있었다. 이미 십수 년 아카리를 진찰해온 의사 선생님이 이번에는 지진이라는 단어를 입에서 꺼낼 때마다 아카리가 손으로 귀를 꽉 막아버린다고 했고 이런 이야기가 나왔다는 말도 했다.

"아카리 씨가 너무 민감한 건지도 모르지만, 오히려 지금 일본에는 너무 둔감한 사람이 지나치게 많은 거 아닐까요? 인간의 진지함이란 지적 장애의 유무와는 상관이 없으니 말입니다!"

그러던 중 아카리는 다시 한번 구급차에 태워져 병원으로 옮겨졌다. 이번에는 내가 같은 의사한테 아카리의 증상에 대한 설명을 들었는데, 의사는 농담을 섞어 말해줄 기분은 아닌 듯했다. 그날 아침 아카리는 거리 쪽으로 난 음악실 창문 바깥쪽에 쓰러져 있었다. 세로 길이가 1미터 정도인 베란다를 에워싼 가슴 정도 높이의 벽돌담을 아카리가 올라가려다가 팔 힘이 모자라 뒤쪽으로 미끄러져 떨어졌고, 그래서 오히려 심각한 사태에 이르지는 않았다는 이야기였다.

만약 베란다에서 아카리가 상반신을 내밀 수 있었다 하더라도, 간질 발작을 일으켰다면 머리 쪽부터 떨어져 바닥에 부딪혔을 것이다. 베란다 안쪽으로 미끄러져 떨어져 좁은 바닥에 하늘을 마주보는 모습으로 쓰러져 있었는데, 자력으로는 일어날 수 없어진 아카리는 그냥 그대로 저체온증에 걸릴 뻔했던 것이다. 앞에서 말한 것처럼, 떨어지는 소리가 신경쓰인 치카시가 이층을 둘러보러 온 행운이 있긴 했지만.

나는 그날 밤 비교적 빠른 시간대에 강한 지진이 있었던 건 알고 있었지만 옆으로 잡아당기는 듯한 흔들림이 크게 두세 번 반복되기에,

'이건 3·11의 경험을 그대로 꿈에서 보고 있는 거야'라고 요즘 계속된 피로감에 젖은 채 생각했었다……

그래도 실제로 일어난 지진에 대해 이제 지진이 끝났다고 아카리가 판단해 화장실로 가면 나는 아카리의 침실로 가서 침대 위치를 바로잡아주고, 방으로 돌아온 아카리에게 담요를 덮어주고 여진에 대해 두세 마디 대화를 나누기는 했을 것이다. 아카리는 지진이 나면 곧바로 진도를 머릿속에서 계산하고 FM 뉴스의 지진 보도를 기다려 자신이 한 관측의 정확성을 재보려 했다. 그건 열 살도 안 되었을 때부터 익혀온 습관이었다. 그런데 아카리는 3·11 이후 빈번하게 반복되는 여진에 아버지와 마찬가지로 지쳐, 진도에 대해서도 말하지 않게 되었고 그저 자기 주변 사물을 손으로 치면서 분노를 표현하게 되었다.

그날 밤은 지진에 대한 그런 반응도 보이지 않은 채 아카리가 잠든 듯했기 때문에 나도 잤다. 그런데 새벽 가까이 되어서 다시 한번 아까의 것보다 강한 여진이 있었고 나는 침대 옆 스탠드를 켜려 했는데 스위치를 눌러도 반응이 없었다. 정전이었다.

그래서 비로소 나는 아카리를 생각하며 침대에서 몸을 일으켰다. 아카리가 누워 있는 방향으로 귀를 기울이면서 일어났는데 아카리가 지진에 분노해서 주변 사물을 강하게 치는 낌새가 이번에는 없었다. 나는 침대에서 내려가려다가 다시 한번 스위치를 눌렀는데 스탠드는 여전히 켜지지 않았다. 회중전등을 놔둔 방향을 향해 어둠 속에서 어림짐작으로 발을 내디뎠지만 생각해보니 지금 회중전등의 빛을 아카리에게 비추면서 무슨 이야기를 할 수 있을까 싶었다. 얼마 전 강한 간질 발작을 일으킨 후 아카리가 나를 피한다는 느낌이 들었고 아직 나는 아카리에게 그럴듯한 말을 건네지 못하고 있었다. 나는 침대를 향해 뒷걸음질쳐 침대 옆 작은 탁자에 놓아둔 종이 상자 안에 있는 컵과 물병을 손으로 더듬어 찾아 감기약을 두 알 먹었다. 그럴 필요가 없었나 싶게 곧바로 졸음이 밀려왔다.

어느 정도 시간이 지나자 이미 정전은 끝나 있었고, 치카시가 복도 불빛을 등에 받으며 내 침대 옆에 서서 "아카리가 열린 침실문 바깥쪽 움푹 팬 곳에 쓰러져 있었어요, 지금 마키가 구급차를 부른 참이에요" 라고 말했다. 밀려오는 절박감과 묘한 방식으로 혼합되면서 이건 치카시가 잠든 나를 깨워서 말을 거는 세번째 사태, 라는 생각이 머릿속에 떠올랐다. '전에 이런 일이 있었던 건 케네디 미국 대통령 암살 때였다' 라는 완충제를 의식 속에 밀어넣으면서 침착하려고 애썼다. 두번째 사태란 하나와 고로가 죽었음을 알리러 치카시가 한밤중에 침대 옆에 똑바로 서서(자고 있는 나를 향해 몸을 굽히는 게 아니라) 낭랑한 목소리를 냈을 때였다.

3

그 사건이 아카리한테 후유증을 남길 수 있다는 주의를 의사에게 들은 적도 없지만, 애초에 나는 그런 가능성을 미리 알아차릴 수 있는 사람도 아니었다. 나는 평일에도 병원 대합실에서 오래 기다리는 역할을 수행할 시간을 갖고 있는 게 고작인 후기고령자였다. 하지만 아카리의 심리적 측면에 관한 한, 이번 사건은 우리 가족생활에 '3·11 이후' 가장 크게 영향을 미쳤다. 아카리는 우선 이틀을 꽉 채워 다면적으로 건강검진을 받았는데(마키가 요청해 정신과의사도 참여했다) 의사의 생각이 나에게 직접 보고되지는 않았다. 며칠 참았다가 치카시한테 물어봤더니 그 사건 이후 줄곧 적극적으로 움직이고 있는 마키가 앞으로 아카리의 간호에 관한 일도 할 생각으로 주의해야 할 점을 의사한테 들었다는 것이었다.

그리고 퇴원한 아카리는 바로 앞에 있는 화장실을 왕복하는 것 말고는 방에서 나오지 않았고 오로지 침실에서 생활했다. 나에겐 퇴원한 아카리와 이야기를 나눌 시간이 없었다(내가 '3·11 이후' 시민운동에 불려다니는 일이 많아졌기 때문이다).

퇴원한 날, 아카리는 긴장한 모습이었고 택시에서부터 침대 옆까지 따라간 마키와도 이야기를 하지 않았다. 다음날도 CD나 FM 방송을 듣는 기본적인 일상생활로 돌아가기는 했지만 아카리 쪽에서 말을 꺼내는 일은 없었다. 그래서 섬세한 일문일답 형식으로 자발적인 대화를 촉구하는 일을, 의사가 코치한 대로 마키가 이어가고 있었다. 이번 일로 마키에게는 이제까지 없었던 위기의식이 생긴 듯했다.

"이대로 가면 아카리 오빠는 '죽은 것처럼 살아 있는 것'이 되잖아요? 아빠가 젊었을 때 그런 식으로 자기 안으로 침잠했을 때가 있었고, 그런 것에 별로 뭐라 하지 않는 엄마가 갑자기 항의해서 아빠를 반성시켰다는 이야기를 들었는데……그 항의 내용은 이런 생활이면 나는 즐겁지 않다는 거였다지요? 저도 지금 즐겁지가 않아요."

아카리한테도 들리도록 그렇게 말하고 나서 마키는 그런 생각이 보통 때와 다르다는 걸 보여주고 있었다. 낮에는 그렇다 쳐도 어두워진 후에도 아카리 침대 옆에 둔 철제 의자에 계속 앉아 있으면서.

그리고 마키는 혼잣말처럼 아카리가 듣는지 아닌지 불확실한 말을 낮은 목소리로 계속하고 있다. 그런데 오랫동안 침묵했던 아카리가 의외로 명확한 발음으로 한 말이 내게도 들렸다.

"옛날에는 재밌었다." 그리고 그 말을 한 건 우연히 마키가 기 주니어에 관해 이야기하던 때였다는 것을 나는 나중에 확인했다.

마키는 오빠의 반응에 힘을 얻어 그때까지 자신이 한 물음을 다시 정리했다고 했다.

"아카리 오빠는 뭐가 재밌었어……누군가 재미있는 말을 한 거? 아니면 그런 말을 한 사람이 왔던 거? 그건 누구지?"

그동안 옆에서 별생각 없이 듣기만 했던 마키로서는 어떤 곡이 연주되는지 알 수 없는 음량으로 FM 클래식 음악을 듣고 있던 아카리가

"……기 주니어가 있었으니까요."라고 말했다.

"그래? 기 주니어가 왔을 때로구나! 꽤 오래된 일인데 재밌었어?"

"재밌었습니다"라고 아카리는 이어서 말했고, 마키는 사고 이후 처음으로 제대로 된 대화가 이루어지고 있다고 느꼈다. "기 주니어는 또 올 거야. 아카리 오빠가 건강해지면 우리는 시코쿠 숲으로 갈 거야. 곧 기 주니어를 만날 수 있어. 그땐 뭐가 재밌었지?"

"옛날 일이니까요……"

아카리가 잠들고는 평온한 숨을 내쉬기 시작하는 모습을 확인하고 나서 일층으로 내려온 마키는 식탁에 펼쳐두었던 세금 신고 서류를 정리중인 치카시에게 그 이야기를 했다. 아카리가 그렇게 기 주니어의 체류를 기억하고 있었다니 의외네, 기 주니어와 아카리가 사이좋긴 했지

만, 이라고 치카시는 말하고 나서 생각난 이야기를 했다.

"이상한 일이 있었는데, 기 주니어가 미국으로 돌아간 다음에 아카리가 뭔가를 잃어버린 듯했어. 침대로 들어간 다음에도 일어나 내려와서는 식당을 찾아보곤 했지. 뭐 잃어버렸어? 라고 물어봐도 그 물건의 이름을 말하는 사람이 아니라 알 수가 없었어. 자신도 이거다, 라고 말하지 못하는 뭔가를 찾고 있었던 거야. 다만 나도 그게 아빠 물건이라는 것은 알고 있었어. 하지만 나는 아카리가 소중하게 생각하던 아빠 물건을 기 주니어가 말하지 않고 가져간 건 아니냐고 직접 아빠한테 물어보지는 못했어. 미국으로 돌아간 기 주니어가 그림엽서 한 장 보내지 않았으니 그 이야기를 꺼내기는 어려웠지……"

어머니와 이런 대화를 나누고 나서 마키가 메일에 이 문제를 언급하자 기 주니어는 이렇게 반응했다.

"그건 조코 선생님 작업실 책상 앞 책장에 있던 물건으로, 나무 액자 안에 들어 있었죠. 당시 조코 선생님이 집필중이던 장편과 관계 있는 물건이었는데 『돈키호테』에 나오는 삽화라고 했어요……조코 선생님은 두꺼운 영어판 책을 꺼내 딱딱한 표지의 책등 부분에 풀로 붙여둔 본문을 떼어내 한 장 분량만 빼두었다고 설명해주셨지요. 어떤 책 중 몇 페이지를 사용하고 싶은데 잘라버리면 나중에 되돌릴 수 없으니 중요한 책은 이렇게 하면 된다시면서. 예컨대 이 삽화를 들어갈 만한 액자에 맞춰 조금 접어서 넣어두면 접착제를 이용해 책으로 되돌릴 수 있다고 하셨습니다……

참, 그리고 또하나 재밌는 일이 있었어요. 조코 선생님이 그 액자를 꺼내 찬찬히 보여주고 있는 와중에 옆에 있던 아카리 씨가 이건 저와 친구의 그림입니다, 라고 해서 조코 선생님을 깜짝 놀라게 했지요. 그림 자체의 내용은 잊어버렸는데 그 일만 기억하고 있어요. 그런 일도 있었기에, 저는 도쿄 선생님 댁에서 출발할 때 조코 선생님의 기념물은 아카리 씨의 기념물도 된다는 생각이 들어 그 그림을 말하지 않고 가져와버렸지요."

이야기는 그것뿐이었는데, 얼마 지나지 않아 마키가 흥분해서 기 주니어의 새로운 메일 내용을 알려주러 왔다.

"아빠 작업실에서 없어져 아카리 오빠가 신경쓰던 그림의 행방을 알게 됐어요. 기 주니어가 학부생일 때 어머니와 살던 버클리 집—지금은 반을 가구나 책을 넣어두는 창고로 쓰고 나머지 반을 친구한테 빌려준 집—에서 발견했답니다. 아직 기 주니어도 실물을 본 게 아니어서 시코쿠 숲 가장자리에 있는, 앞으로 살 곳으로 직접 보내겠다고 해요…… 그래서 그 이야기를 아카리 오빠한테 했더니 '와와' 하면서 목소리를 높여 좋아했지요. 그 그림을 선물삼아, 아카리 오빠와 제가 시코쿠로 빨리 옮겨갈 수 있도록 기 주니어가 세이조 집으로 부탁하러 가겠다고……그렇게 쓴 메일을 보여줬더니 아카리 오빠는 정말로 기뻐하는 것 같았어요.

이걸로 정말로 결정된 거예요. 어떤 그림일지 궁금해요. 십여 년 전에 아카리 오빠가 자신과 친구의 그림이라고 말했던 그림이니까요. 기 주니어도 아카리 오빠한테 이런 좋은 선물을 할 수 있게 되었으니 그때 훔쳐간 건 정답이었다면서 우쭐해하더라고요!"

4

나는 그게 어떤 그림이었는지 생각이 났다. 하지만 나로선 그 말을 마키를 통해 아카리한테 하기가 망설여졌다. 판형은 다르지만 오리지널 그림은 똑같은(귀스타브 도레의 삽화), 정교하게 인쇄된 이와나미 문고판 『돈키호테』의 새 번역을 나는 발견했었다. 또 32페이지 분량이 도려내진 커다란 판형의 책(『The History of Don Quixote』 The Hogarth Press)도 서고 한구석에서 만났다. 오히려 그 때문에 마키한테 말하기 어려운 부분이 있었던 것이다. 아카리가 기뻐하는 건 좋지만, 아카리의 기억에는 착각이 있고 금방 그 착각을 깨닫지 않을까 생각했기 때문이다.

하지만 어쩔 수 없는 일이었다. 나는 손쉬운 방법으로 내가 갖고 있는 이와나미 문고를 보여주기로 했다. 도려내진 페이지에 있는 쉰세 장의 삽화 중 한 장이 문제의 그림이었다. 후편 3에 실린 그 삽화 하단에 짧게 설명이 되어 있는데, 본문에도 더 자세하게 나와 있는 산초 판사의 대사를 나는 소리 내서 읽었다. "자, 이쪽으로 더 가까이 오라, 내가 가장 좋아하는 친구, 고생과 어려움을 함께해온 친구여."

문고판 삽화는 호가스판의 2분의 1로 축소되어 있지만 선명하고, 화면 오른쪽 반을 검은 당나귀 머리가 차지하고 있는데 그 당나귀의 커다란 왼쪽 눈에 오히려 인간적 감정이 더 잘 나타나 있다. 당나귀 콧잔등을 끌어안고 눈물을 흘리고 있는 남자는 이 책에 많이 실려 있는 산초 판사 삽화 중 다른 어느 그림보다 진지하게 농민의 고통과 비애를 나타내고 있다. 나는 이런 산초 판사의 초상에서 내가 쓰던 소설의 저변에 흐르는 감정과 이어지는 뭔가를 발견하고 그 그림을 액자에 넣어 작업실 벽에 걸어두었던 것이다……

나는 마키에게 그 이야기를 했다. 그리고 내가 책에서 떼어내 액자에 넣었던 그림은 이 그림임이 틀림없지만 그때 아카리가 이 그림에서 자기 자신과 자기와 고통과 어려움을 함께한 친구를 본 거라고는 생각하지 않았다. 지금도 그렇게 보지 못하겠다. 이 당나귀와 울고 있는 남자 중 어느 쪽을 아카리가 자기 자신으로 느꼈을까, 어느 쪽을 그의 친구로 느꼈을까 싶어 주저하게 되는구나……

이야기를 들으면서 도판을 바라보던 마키는 내 표정이며 태도에서 우려를 명확히 읽어냈다. 그리고 좀전까지 흥분했던 모습을 가라앉히면서, 그러니까 애써서 그렇게 하고는 천천히 안정된 감정을 목소리에 드러내, 그러니까 내가 보여준 그림에서 받은 충격을 자연스럽게 소화하고 난 감상을 말했다.

"저는 『돈키호테』를 주의깊게 읽지 않았기 때문에 이야기 안에서 이 삽화가 지닌 의미는 잘 모르지만 아름다운 그림이네요. 아카리 오빠도 음악을 들을 때 그러는 것처럼, 의미는 몰라도 이 그림에 감동했겠지요. 그러니 조금이라도 큰 판형으로 인쇄된 그림을 보면 옛날을 기억해내고 기뻐할 거예요. 저한테 기 주니어의 전언을 듣고 그렇게 기뻐했는데, 그게 실망으로 변하지는 않으리라고 생각해요.

혹시 실제로 기 주니어에게서 전달받은 그림을 보고도 기뻐하지 않는다면 아카리 오빠는 미련 없이 액자를 저한테 건네줄 테니 그걸로 이 그림 이야기는 끝난 걸로 해요. 이 이야기와 상관없이 아빠는 오랜만에 재회하는 기 주니어와 이야기를 나눠주세요.

……아카리 오빠의 기분을 북돋아줄 생각에서 하는 말이라 해도 무의미한 말은 하지 말아주세요. 이 그림의 당나귀와 울고 있는 남자 중에서, 아카리 오빠가 어느 쪽을 자신이고 어느 쪽을 친구라고 생각하는지 그런 건 물어보지 마세요. 이 그림을 발견하고 아주 큰 공이라도 세운 양 굴고 있는 기 주니어가 똑같은 질문을 집요하게 해댄다면……아카리 오빠와 저는 아사 고모가 있는 곳으로 이주하긴 하지만, 그와 친하게 지낼 일은 없을 거예요."

이런 걱정도 있었지만 아카리와 마키의 시코쿠행 계획은 실현됐다. 옛 생각 나는 액자에 넣은 산초 판사와 회색 당나귀 그림을 받아들고 찬찬히 살펴본 아카리는 그 옛날의 웅변을 되살렸다고 한다.

"이건 하늘에서 내려오는 아구이를 내가 마중하는 그림입니다! 얼마 전엔 음악실 넓은 쪽 창문 저편에 아구이가 나를 데리러 온 걸 보고 나도 올라가려고 했는데 BS TV 안테나에 걸려서 떨어져버렸습니다……떨어진 나를 내려다보던 아구이의 눈은(회색 당나귀 말이지, 라고 마키는 덧붙였다) 이 그림과 똑같았습니다!"

세 여자가 쓴 또하나의 이야기(4)

1

아카리 오빠와 제가 시코쿠 숲 가장자리로 이주한 지 오 주가 지났습니다. 저는 오래전에 아빠 친구인 미국인 여성에게서 엄마한테 깊이 의존한다고 비판당했지요. 이번 일로, 그 이래로 숙제라고 여긴 일을 겨우 이루었다고 생각하는데, 아카리 오빠의 상태에 관해 보고할 겸 도쿄에 매일 아침 전화해서 저 자신의 불안도 빠뜨리지 않고 상의하고 있답니다.

한편 아빠에게 보내려고 준비해서 쓰는 편지는 모처럼 가족에게서 떨어져 아카리 오빠와 새로운 생활을 시작하는 것이니 여유를 두자, 아무튼 숲 가장자리에서 보낼 첫 편지는 조금이라도 '자립' 효과가 저희한테 나타나면 쓰기로 하자고 생각하고 있었어요.

실제로 어떻게 지내는지는 계속해서 쓸게요. 우선 도쿄 쪽 생활에 대해, 이쪽에서 받은 인상을 이야기할게요. 아빠가 아카리 오빠와 제가 이주한 일로 인한 우울에서 회복하셨는지 어쩐지 신경이 쓰인다는 둥 하는 인사 같은 건 하지 않을게요. 엄마한테 이야기는 다 듣고 있어요. 엄마가 아빠 모르게 그래왔으리라고 생각하지도 않고요.

우울한 기분을 안고 아빠가 칠만 명이나 되는 사람들이 참여한 반원전 집회에 나가서 앞으로 시작될 행진에 기세를 올려줄 것 같지도 않은 짧은 인사를 하신 건 TV를 통해 봤어요. 아카리 오빠가 흥미를 갖고 신문에 실린 TV편성표를 체크하고 있었지요. 주간뉴스 시간에 신경이 쓰여서 침실을 들여다봤더니 침대에서 몸을 반쯤 일으킨 채로 보고 있더군요. 잘해봅시다! 하는 아빠 나름의 선동에 대한 오빠의 감상은 나한테도 저렇게 말했습니다, 였답니다.

아빠는 다음주에 오랜만에 파리로 가신다고 들었어요. 스무 명이 넘는 소설가와 만화가로 이루어진……도서전 참가자 그룹에 최연장자로서 참석하신다죠. 이제 와서 뭘 위해서일까? 싶어 의문이지만, 반원전 집회에서 한 이야기를 일본과 똑같이 원전 국가인 프랑스에서도 하시려나 싶기도 하네요. 아카리가 없는 세이조 집에서 가만히 있기보다는, 이라는 생각이라면 여전히 무기력 상태에서 못 벗어나지 않았나 싶기도 하지만, 젊은 세대를 대표하는 이론가가 시간이 나지 않아 그 프로그램의 빈자리를 메꿔준다는 거 같아, 라고 엄마는 말하더군요. 아주 무의미한 참가는 아닌 거겠지요. 그야말로 잘하고 와주세요.

아빠가 일주일 안 계시는 동안 엄마도 '세 여자' 회의를 하러 여기로 오세요. 기 주니어도 그 회의에 합류하겠다고 하고요.

시코쿠 숲 가장자리에서 지낼 엄마의 일정은 이렇습니다. 아빠는 이번주 월요일 아침에 나리타공항에서 떠나는 ANA 항공편으로 출발하시죠. 아빠를 보내고 난 다음날 엄마는 하네다공항에서 마쓰야마공항으로 향합니다. 지금 저희도 신세 지고 있는 아사 고모 아들의 차를 타고 골짜기 마을로 이동할 예정인데, 도중에 마쓰야마 시내에 있는 하나와 고로 기념관에 들러 엄마가 어렸을 때 고로 삼촌과 같이 찍은 사진이 전시된 것을 본다고 해요. 엄마는 아카리 오빠와 제가 지금 사는 곳에 묵을 거예요. 다음날 우리가 사는 집과 나란히 있는, 기 주니어가 친구들과 쓰는 주거 겸 사무실에서 첫 대화를 나눌 예정이고요. 릿짱도 적당한 타이밍에 참여할 겁니다. 그리고 엄마는 아빠가 돌아오는 월요일 전날 세이조 집으로 돌아가서 아빠를 맞이할 거고요. 그러니 숲 가장자리에서 머무는 건 닷새 동안입니다.

기 주니어는 가능한 한 빨리 도쿄로 가서 전부터 제가 아빠한테 전달해온, 그가 이번에 일본에 체류하는 주목적이기도 한 '파국 위원회' 보고용 취재를 하고 싶다고 말하고 있어요.

지금부터는 아카리 오빠의 생활에 관한 이야기를 할게요. 그건 제가 아빠한테 제대로 보고하려고 준비해온 아카리 오빠와 저의 '자립' 성과랍니다.

아카리 오빠와 저는 이주해온 그주 안에 아사 고모와 함께, 고모의 직장이었던 적십자 병원 안과를 방문했어요. 종합검진을 받고 판명된 사실, 그리고 필요한 처치가 이루어진 전개가 제 이야기의 초점이에요.

아카리 오빠가 이 병원을 방문한 건 처음이라서 이번에는 초진 환자가 받는 상세한 검사가 이루어졌어요. 이어서 담당 선생님을 뵙는 순서가 되었는데 그분은 저를 통역으로 삼아 아카리 오빠한테 오랫동안 문진을 했어요. 대개는 함께 간 아빠가 사정을 설명하고 이전부터 기록해 온 차트를 참고한 진료를 받았고 그런 상황이 이제까지 이어지고 있었는데 이번 선생님은 저한테 아카리 오빠를 향한 질문을 반복시키고 그 대답을 거듭 집요하게 들으려 했어요. 그러고 나서 최신 기기를 이용해 결론을 냈답니다.

지금까지 근본적으로 교정할 수는 없다는 이야기를 들었던 아카리 오빠의 시력 박약, 실은 그렇지 않았답니다! 고도의 난시와 근시이긴 하지만 교정 가능하다고 간파해주었습니다! 그리고 선생님이 새 안경을 만들기 위해 렌즈를 여러 장 바꾸면서 물어보는 말에 아카리 오빠는 정말 진지하게 답변했답니다. 제 인생 최고의 통역을 했어요! 드디어 안경은 아카리 오빠한테 유용한 도구가 되었고요. 아카리 오빠가 보는 모든 것은 새로운 것이 될 테니 아카리 오빠와 세계의 관계는 바뀌는 거다……그렇게 말하고 싶을 정도예요.

장시간에 걸쳐 섬세한 처치를 해준 선생님은 온화한 분이었는데 "지금까지 정기검진 때마다 그 아버님이 의사와 아카리 씨 사이에 있었다는 건가요, 아버님의 선입견에 저항해 뭔가 할 수 있는 말이 있었던 거 아닌가요, 이건 오랜 기간에 걸친 범죄입니다!"라며 분개했어요.

2

이제부터는 아빠의 귀국을 기다려 곧바로 기 주니어가 시작하고 싶어하는 '파국 위원회'를 위한 인터뷰에 대해 이야기할게요. 저는 기 주니어의 비서랄까 조수랄까 하는 역할을 하게 되지요. 이제 와서 기 주니어는 지금까지 저한테 이메일로 이야기해온 '파국 위원회'에 대해 실은 아직 확정된 조직이 아니라 자신이나 친구들 사이에 구상이 오간 단계라면서 비로소 구체화하기 시작하고 있어요. 하지만 개인으로서는 적극적으로 생각을 진전시켜온 것이기도 하니, 앞으로 일본에 체류하면서 할 작업은 머지않아 동시대 세계를 향해 확산시킬 내용을 자기네 범위 안에서 준비하는 것, 즉 자신과 관계가 깊은 인물을 대상으로 테스트하는 것이라고 말합니다.

이건 뭔가 싶기는 했지만, 이야기를 들어보니 오히려 그런 한도 내에서는 진지한 거 같아요. 아사 고모와도 상의해서 저는 기 주니어를 위해 일하게 된 거예요. 나름의 급여를 제시받았으니 숲 가장자리에서 저와 아카리 오빠가 생활하기엔 충분할 듯합니다. 주거비는 필요 없고 아사 고모의 후의도 받아들이기로 하고 앞으로 살아보려 해요.

엄마는 아카리 오빠의 새로운 생활의 테스트 케이스로서 세이조 집에서 아카리 오빠의 피아노 레슨에 들인 비용과 같은 금액을 릿짱한테 지불한다고 했어요. 또 도쿄에서 기 주니어가 아빠를 인터뷰하는 동안 오랜 교류가 있기도 하니 그에게는 아카리 오빠 음악실에서 자라고 하고 식사 등을 제공할 생각이라고 해요. 엄마는 기 주니어의 연구 대상에 하나와 고로 감독이 포함된 점을 염두에 두고 있는 거지요.

기 주니어가 조사와 연구 대상으로 제일 먼저 삼은 인물은 기 형과 지금 말한 고로 삼촌입니다. 그리고 어느 쪽이든 아빠는 일급 정보 제공자가 되지요. 기 주니어는 아빠가 전면적으로 협력해주리라고 믿고 있어요. 이 지역에서 기 형이 한 '근거지' 운동과 그리고 결국은 불행한 죽음으로 이르는 과정 전체가 '파국 위원회'의 주제가 된다고 합니다.

이건 애초에 아빠 소설을 통해 기 주니어가 이해한 것이라는데, 전쟁중이었던 어린 시절부터 전후에 걸쳐 농촌에서도 구석구석 퍼져 있던 파시즘과 민주화 운동, 그 사회사 안에서 개인으로서의 기 형에게 닥쳐온 파국, 이건 자신의 아버지가 아니어도 조사하고 연구할 가치가 있다고 기 주니어는 말하고 있어요.

이 기 형의 조사와 연구에 관해(아빠가 이어져 있다는 건 말할 것도 없지만), 아사 고모도 공헌할 수 있는 부분이 있다고 합니다. 아사 고모가 얼마 전에 말한 "그리운 시간으로부터 답장은 안 와!"에 그런 마음이 담겨 있다고 느꼈어요. 그래서 이건 조금씩 시작중인 준비 단계에서 아사 고모한테 들은 이야기인데, 아사 고모는 아빠의 『그리운 시간에 보내는 편지』 외의 작품에 나타난 기 형에 대한 표현 방식과 평가에 이의를 제기하고 싶다고 합니다.

그건 그렇고 앞에서도 말했지만 기 형 다음에 나온 이야기가 하나와 고로 감독에 관한 것이지요. 고로 삼촌의 죽음에 대해 이제까지 매스컴 인터뷰에 결코 답변하지 않았던 엄마가 기 주니어에게는 모든 것을 이야기하겠다고 말하고 있답니다.

그걸 전제로 해서 기 주니어가 세번째 조사와 연구의 대상으로 삼은 건 아빠입니다. 그는 이렇게 말했어요. 자신과 아빠는 곧 본격적인 대화를 시작하게 되는데 예술가·사상가의 사회적인 그리고 개인적인 파국 그러니까 표현을 삶의 수단으로 하는 측면에서의 파국과 그 자신의 죽음의 위기라는 과제는 에드워드 W. 사이드를 거쳐 조코 코기토('3·11 이후'에 시작된 것이 아니라)의 만년의 주제 그 자체가 될 것이다……

3

마지막으로 또하나 신경이 쓰이는 점을 적어둘게요. 앞으로는 기 주니어의 조수로서 기 형과 하나와 감독 그리고 소설가 조코, 그 누구에 대해서든 중립적인 입장에서 일할 테니 아빠에게 이런 생각이 제 머릿속에 있다는 점만 말해두고 싶어요.

젊은 독자 중에 아빠한테 진지한 관심을 지니고 있어서 오히려 무례한 질문서를 보내오는 사람들이 있지요. 저는 그들이 우선 자기 혼자 힘으로 고민하고 또 고민한 후 던진 어떤 유의 질문을 좋아했어요. 같은 방식으로 저도 제가 말하고 싶은 이야기의 근본을 정리하는 중이랍니다.

아빠는 자신의 가정을 기반으로 해서 개인적인 것부터 사회적인 것까지 소설로 써왔지요. 오랫동안 그렇게 하다보니 가끔 그 방식 자체를 변명하고 싶어지는 것으로 보여요. 예컨대 **소설론적으로** 말하자면, 이라는 식, 즉 소설이라는 형식에 책임을 지우는 식으로……

예를 들자면 이런 거예요. 소설이 시작되고 나서 화자가 '나'는……이라고 하며 이야기를 시작하는 방식이 소설 역사의 주류인데, '나'도 그런 방식으로 쓰죠. 그렇게 보면 소설에 쓰여 있는 다른 어떤 인물보다 더, 쓰고 있는 '나'가 오랫동안 이야기하게 되는 게 당연하지 않나요? 조코 소설의 '나'는 자기가 쓰는 등장인물 중 그 누구보다 오래 살 생각인 것 같아요. 저만큼이나 나이들고도, 라는 비판은 요전에 이탈리아인 여성 저널리스트의 질문에도 있었는데 무의미한 거 아닐까요?

그럴지도 모르지요, 분명 소설가에게는 **소설론적으로** 살고 죽을 자유가 있겠지요. 하지만 아카리 오빠와 저는 지금 각자에게 앞으로 펼쳐질 '새로운 삶'을 실감하고 있어요. 그리고 저희는 원칙적으로 아빠가 죽은 다음에도 살아남을 각오가 되어 있답니다.

파국 위원회

1

약속한 날 내가 요즘 그냥 닫아두었지만 열기 쉬운 대문의 목제 걸쇠를 열어두러 계단 아래로 내려갔을 때 벨소리가 나기에 나가보니, 기주니어가 녹음기기를 넣어둔 튼튼해 보이는 트렁크를 옆에 두고 서 있었다. 우리집에 주차 공간은 없다는 이야기를 마키한테 듣고 가까운 주차장에 차를 맡기고는, 트렁크 무게를 신경쓰지 않고 들고 온 듯했다. 상반신에 걸친 짙은 회색 재킷이 눈에 익었다.

"시코쿠에서 아카리 씨가 혼자 돌아왔다고 생각하신 거 아닌가요? 마키가 나와 아카리 씨가 꽤 닮았다는 걸 보여드리겠다고 이걸……"

"아카리가 하나와 고로한테 받은 옷이네. 그걸 입으면 아카리한테 고로의 모습이 보인다고 말했지. 아카리는 고로만큼 자세가 좋지는 않지만……"

"아니요, 아카리 씨는 요즘 자주 걷고 있어서 체형이 변하는 중입니다. 제 아버지는 조코 선생님 본가 쪽 혈통이니 저와 아카리 씨 체형이 닮을 수도 있겠지요. 그래서 유품인 재킷으로 마키가 연출해준 거예요."

"자네도 〈뉴욕 타임스〉에서 부고를 읽고 확인했듯이 고로는 갑자기 죽었기 때문에 아무도 유품을 받거나 하지 않았지.

그런데 죽기 얼마 전에 고로가 커다란 차를……벤틀리였지……타고 와서는 조금 떨어진, 마침 갱지更地가 된 곳에 세우고(오랫동안 살고 있었던 사람들이 잇따라 사망하는 바람에 상속되는 과정에서 갱지가 많이 눈에 띄던 시절이지) 치카시를 만나러 왔어. 그 조금 전에 방영된 TV 방송에서 러시아 바이올리니스트가 협주곡 첫 부분을 잘못 연주한 일을 두고 아카리도 끼어들어 한창 이야기꽃을 피웠는데, 고로가 돌아가고 난 후에 보니 그 재킷을 잊어버리고 갔더군."

피아노는 물론이고 CD장과 아카리가 오랫동안 모아온 악보, 그리고 직접 쓴 악보를 넣어둔 장도 치워서 넓어진 방으로 나는 기 주니어를 안내했다. 그는 '파국 위원회' 이야기를 하려고 하니 소설가적 화술로 딴청을 피우게 하지는 말라는 말을 마키한테 들은 바 있었다. 치카시는 이미 숲 가장자리에서 기 주니어와 이야기를 했다고 해서 거실로 소개하러 가지는 않고 이층으로 안내했던 것인데, 차를 가져온 치카시가 음악실에 얼굴을 내밀자 역시 기 주니어가 입고 있는 재킷이 화제가 되었다.

"고로 오빠가 맘에 들어했던 재킷인데, 정말로 잊어버린 건지 그런 방식으로 조카한테 주고 싶었던 건지 몰라도, 놔두고 간 걸 아카리한테 입혀봤더니 마치 맞춤옷 같아서 그냥 그대로 입게 되었지요."

"지금 조코 선생님이 그 이야기를 하셨는데 조코 선생님과 제 아버지는 체격도 몸집도 닮았다, 형제 같았다고 아사 아주머니가 말씀하셨습니다. 아카리 씨는 당연히 조코 선생님을 꼭 닮았으니……"

"하지만 아카리는 기 오빠나 당신처럼 활달하거나 남자다운 체격과 몸짓은 아니지요."

"그런데 벌써 조코 선생님께 말씀드렸는데 덴쿠보저수지큰노송나무섬의 집으로 옮긴 지 한 달이 안 되어 아카리 씨는 변하고 있답니다. 큰 폭으로 힘차게 걷게 되어 몸도 건강하고요. 그러고 보면 하루종일 재생기기 앞에 앉아 있었던 때는 그런 점도 아빠와 닮긴 했다고 마키도 말하더군요."

"마키는 애초에 도쿄에 있었을 때 아카리가 나한테 억압당했다고 생각하니."

"저도 아카리 씨가 옛날에는 재밌었다라고 하기에 힘을 얻었습니다. 그런 방향으로 아카리 씨가 해방되어간다면 제가 도움이 될지도 모르지요……"

"마키뿐 아니라 나도 그걸 바라고 있다네. 아내도 그렇고."

나는 그렇게 말하는 것으로 치카시에게 기 주니어와의 이야기는 끝났다고 신호를 보냈다고 생각했다. 하지만 치카시가 아래로 내려가기 전에 또하나 할 이야기가 기 주니어에게는 있었다.

"마키가 사무를 맡아주고 있는 제 사무실에 와 있는 사람들은 제 아버지를 기억하는 노인들입니다. 그분들은 마을이 병합된 지역의 활성화를 생각할 수 있는 지위에 있는지라 저희가 하는 일에 흥미를 보이고 있습니다만, 그분들도 아카리 씨에 대해서는 조심하는 태도입니다. 혼마치에서 아카리 씨의 재생기기를 정비하기 위해 와 있는 젊은이들은, 도시 청년들이지만, 마키가 차를 운전하고 아카리 씨가 당당하게 맡겨두는 모습을 멋지다고 생각하는 듯합니다. 아카리 씨를 지적 장애인으로 취급하고 있지는 않은 것 같아요……

원래 아카리 씨가 가진 철저한 절대음감이 인상적이었는지……선생님이라고 부르고 있죠. 아카리 씨는 부드럽게 그건 아니라는 식으로 응대하긴 하지만……그 품격이라고 할까 그런 모습을 어디선가 본 적이 있는데 싶어 생각해보니 영화의, 이른바 메이킹필름 비디오에 나오는 하나와 감독이랑 똑같았어요."

"아, 그거라면 아카리가 정말로 기분좋을 때 하는……벌써 한동안 그렇게 하는 걸 보지 못한 듯한데……그러니까 흉내를 내는 거네. 그때 뭔가가 계기가 돼서 생각나는, 예를 들면 이 경우 촬영장에서 선생님이라고 누가 부를 때의 고로 모습이지. 자기가 재밌다고 생각해서 기억하고 있는 사람 흉내를 내는 거네. 치카시가 그곳에 있었다면 금방 무슨 상황인지 알아차리고 모두에게 설명해줬을 텐데."

"분명 마키는 웃고 있었어요. 아니 그때 혼마치에서 온 사람들도 아카리 씨가 연기하고 있다는 걸 알아차리고 있었죠. 하나와 감독의 메이킹필름 이야기를 제가 꺼냈더니 그들이 금방 이야기에 참여했으니까요. 하나와 감독이 작고한 후 혼마치에서 영화 상영회를 개최했던 이야기도 했습니다. 아사 아주머니가 협력해주셨다고요……"

"나도 아사가 전화로 한 이야기를 듣고 오빠의 제작사에 연락을 했었지요."

"그게 엄청난 성공을 거두었던 거예요. 혼마치 젊은이들은 좋은 추억으로 삼고 있고, 그들이 제 사무실에 온 건 아카리 씨를 중심으로 음악회를 열고 싶어서인 듯합니다. 〈그리운 시간으로부터 답장은 안 와!〉의 촬영에도 협력해준 사람들이어서 마키는 신뢰하고 있습니다."

"음악회라면 아카리의 CD가 나와서 화제가 된 시기에, 그 연주자들에게 숲 가장자리에 와달라고 부탁해 남편이 열었었지요. 하지만 당시엔 젊었던 연주가들도 저마다 일가를 이루었으니 다시 한번 부탁하기가 어렵지 않을까요. 기 주니어도 그 그룹의 중심이었던 피아노나 플루트 연주자분들과 더이상 교류하지 않지요?"

"지금 젊은이들이 계획중인 건 아카리 씨가 작곡한 곡을 아카리 씨가 직접 연주하는 음악회입니다."

"가끔 그 부분을 오해받곤 하는데, 전부터 아카리가 어떻게 음악을 통해 자기 형성을 했는지를 주제로 하는 나의 강연과 아카리의 연주로 구성된 행사를 열어달라는 말을 듣지만 불가능하다네. 아카리한테는 사람들 앞에서 피아노를 칠 능력이 있지 않으니까."

"조코 선생님은 그런 식으로만 생각하셨기에, 약시와 난시 정도를 너무나 심각하게 여기고 교정 가능성을 전문가에게 물어보시지 않았죠. 그런 것들이 겹쳐서, 그 결과로서이긴 하지만 아카리 씨의 자기해방이랄까 자기실현이랄까 그걸 방해해왔어요. 그런 나날이 오랫동안 이어졌다고 마키는 생각하고 있습니다. 선생님의 압제가 있어서, 라는 마키의 비판은 일관되더군요.

그런데 지금 아카리 씨가 연주 능력을 내보인 새로운 사태가 일어나……실제로 보고 오셨다는 이야기는 이미 사모님께 들으셨죠?"

"아뇨, 그 일과는 별개로, 내가 있는 곳에서 릿짱과 합주를 시도해보라는 이야기를 여러 번 들었지만, 아카리는 쑥스러워한 나머지 진지하게 대응하지 않았기 때문에 잘 알 수가 없었어요. 아직 상황이 확실해진 것도 아니고.

남편은 애매한 이야기를 듣는 걸 싫어하니까 모두의 평가가 확실해진 후에 말하자고 입을 맞춰두었죠. 마키도 그 점에 신중해서……"

"이번에 숲 **가장자리**에서 열린 '세 여자' 모임에 사모님은 검고 커다란 케이스에 든 키보드를 가지고 오셨지요. 후기고령자 여성이 비행기 좌석으로 가지고 들어갈 수 있는 물건이 아니라서 비행기 회사 사람이 특별히 배려해줬다고 들었습니다만……"

"그보다도 아카리 피아노는 보냈어. 릿짱이 아카리 음악실 정리를 끝내주었을 때……"

"조코 선생님은 지금 숲 **가장자리**에서 진행되는 일을 잘 파악하지 못하고 계십니다. 피아노를 숲 안쪽까지 가지고 들어갈 수 있나요?

사모님이 가져오신 '휴대용 그랜드피아노'를 녹음기기 축전장치에 연결해서 이번 작업을 시작했습니다. 그리고 그렇게 해도 문제없다는 것이 증명되었습니다.

조코 선생님이 직접 소설에 쓰신 일입니다. 아카리 씨가 작곡을 막 시작한 무렵 마을에 갔더니, 할머니께서 당신이 어렸을 때 숲 안쪽에서 음악을 들었다는 이야기를 들려주셨죠. '숲의 신비'의 음악.

어른들은 아무도 믿지 않는데 아카리 씨는 할머니한테 그 장소에 직접 데려가달라고, 그 소리를 듣자고 했답니다. 그 경험을 살려 나중에 CD에 실은 〈숲의 신비〉의 '테마곡'을 작곡했지요. 그 곡을 선생님 친구인 피아니스트가 연주했고요. 녹음된 음악을 할머니한테 보내드렸더니 크게 기뻐하셨다고…… 제가 버클리에서 산 CD에 그 곡이 들어 있었습니다.

한편 아카리 씨와 릿짱 사이에서 새로운 계획이 천천히 진전되고 있었습니다. 아카리 씨는 CD를 듣고 악보를 읽는 작업을 수십 년 이어왔지요. 특히 바흐 음악은 BWV* 대부분을 듣고 악보를 읽었으니, 모르는 곡이 없는 사람입니다. 도쿄에서도 바흐를 연주하는 레슨을 받았지만 정확하고 신속하게 손가락을 움직이는 연습을 한 게 아닙니다. 자기 눈으로는 피아노 건반 구별도 못하고 그 위에 손가락을 제대로 얹지도 못했을 정도지요.

그런데 자기 눈에 맞는 안경을 만들고 나서 곧바로 혼자, 기억하고 있는 피아노곡을 치게 되었어요. 특히 〈평균율클라비어곡집〉 선율을 치고 있습니다. 전주곡 부분을 천천히 천천히 치고 연주가 끝나면…… 뒤이어서 릿짱이 푸가 부분을 칩니다……그렇게 하면서 새로운 즐거움을 알게 된 거지요. 이후로 매일 릿짱이 레슨하러 올 때쯤 친답니다.

제1권 제1번 C장조는 끝냈다던데, 두고두고 누릴 즐거움으로서 이어간다니, 아무리 느긋한 아카리 씨라도 조금은 빨리 진행되는 작업을 하고 싶어졌겠지요. 아카리 씨는 같은 방식으로 〈숲의 신비〉의 테마곡과 푸가를 만들겠다는 말을 꺼냈습니다. 그 음악을 할머니가 가르쳐준 장소에서 친다고 말하면 할머니한테 바치는 진혼곡이냐?고 조코 선생님은 말씀하실 것 같지만 그건 아니고요. 그렇게 해서 아구이를 내려오

* 독일어로 '바흐 작품 목록'을 뜻하는 Bach-Werke-Verzeichnis의 약자.

도록 할 생각인 듯합니다. 우리는 그 계획에 찬성했습니다.

숲길이라 제 차로 올라간 다음 아카리 씨가 가리키는 곳까지 어느 정도 내려갔습니다. 거기에서 키보드를 연주하도록 했어요. 아카리 씨는 〈숲의 신비〉를 변주한 전주곡을 단순한 선율에 약간의 화음을 넣어서, 하지만 확신을 가득 담아서 쳤습니다. 정말 아름다웠어요……그 주제에 바탕해서 릿짱이 연주하는 푸가가 이어졌지요.

아구이는 내려오지 않았지만 저희는 만족했습니다. 돌아오는 길에 이미 마키에게 의존하지 않고 걷고 있는 아카리 씨한테 마키가 질문했어요.

'〈숲의 신비〉를 그렇게 아구이한테 들려줄 생각으로 아카리 오빠는 릿짱이랑 바흐를 연습한 거였어? 왜 처음부터 그걸 이야기하지 않은 거야?'

아카리 씨는 '아무도 나한테 묻지 않았으니까요!'라고 답했습니다. 조코 선생님, 우리는 아카리 씨한테 묻지 않았던 게 많은 거 아닌가요?"

2

기 주니어가 녹음하고 그것을 마키가 문장화하는 방식으로 작성한 첫 보고에서.

"마키와 주고받은 이메일에 사용하면서도 그걸 그대로 선생님한테 보여드리면 어떤 의미로 받아들이실지 신경쓰였던 것이 '파국 위원회'

라는 명칭입니다. 파국이라는 단어는 저희가 친구들 사이에서 곧잘 사용했던 말인데도 선생님의 만년 작품에 자주 등장한다는 사실을 알게 된 건 최근 일입니다. 그때까지 제가 인간을 보는 눈 수준에선 선생님은 파국과는 대극점에 계신 분이 아닐까 하고 멋대로 생각했습니다.

실은 제가 친구들과 '파국 위원회'라는 명칭을 쓰기 시작했을 무렵 솔직히 그 내용을 구체적으로 파악한 건 아니었습니다. 그저 직관과 어감으로 우리는 파국의 시대를 문화적 측면에서 최첨단으로 보여주는 이들이라고 생각한 예술가들을 '파국 위원회' 구성원으로 선정하는 기획을 했습니다. 그 면면 중에 단 한 사람이었던 일본인이 작곡가 다카무라 씨였습니다. 제가 추천했고요. 다카무라 씨의 음악을 잘 알고 있어서 그랬던 건 아닙니다. 그저 선생님 댁에서 신세 졌을 때 선생님의 소중한 친구인 다카무라 씨의 CD를 늘 들려주셨기 때문입니다.

그런데 추천한 저한테 책임이 있다는 식으로 진행되어 마키한테 부탁해서 다시 한번 다카무라 씨의 CD를 받아 설명을 했지요. 이 작곡가는 커다란 파국을 향해 나아가고 있다. 결코 그것을 피하지 않는다. 대가다운 원숙함 같은 건 전혀 생각하지 않는다, 라고……저는 선생님의 친구라는 점에서 역시 의식하고 있었던 에드워드 사이드가 말한 파국을 피하지 않는 대가 리하르트 슈트라우스, 라는 생각을 다카무라 씨한테 대입했던 것입니다.

특히 저는 만년에 점점 모험적이 된 다카무라 씨를 일본 최대의 파국 작곡가로 정의했지요. 그래서 친구들이 감탄해주기도 했습니다. 심지어 저는 성공한 대학교수로서의 사이드를 현실적으로 파국과는 대극점에 있는 사람, 사회에서 허용된 원만한 타입의 사람으로 간주하고 거부했었습니다.

그 점에서 저의 인간관이 선생님에 대한 거부를 포함하고 있었던 것도 분명합니다. 선생님이 소설 속에서 기 형을 사랑하고 있다, 존경하고 있다고 쓰면서도 결국은 기 형을 파멸하도록 그냥 내버려두었다는 생각이 있었습니다. 선생님도 세계적인 상을 받았고, 그 점에서 컬럼비아대학에서 받은 높은 평가를 거부하지 않고 누린 사이드와 다르지 않다고 생각했습니다.

하지만 사이드가 죽고 나서 저는 그에 대한 제 쩨쩨한 반발이 잘못된 것이라고 인정할 수밖에 없었습니다. 한평생 이어진 팔레스타인 문제 참여를 봐도 그렇고, 백혈병과 줄곧 맞서 싸우다가 맞은 죽음을 봐도 그랬지요. 단적으로, 그는 파국을 피하지 않았습니다. 파국 한가운데서 자폭해간 형태로, 이 부분도 제가 선생님 말씀에 영향받았음을 인정합니다만 인간다움과 위엄을 잃지 않고 죽어갔지요. 저희 파국 위원회가 그 사람을 빠뜨릴 수는 없을 겁니다.

그러면 다카무라 씨나 사이드와 똑같이 머지않아 죽음을 맞이할 선생님을 제가 '파국 위원회' 구성원으로 추천할 것인가 하면 그건 좀 주저됩니다. 저는 선생님이 지금 반원전을 촉구하는 거대한 집회의 발기인이 되거나 그쪽 방향의 강연을 하거나 신문에 에세이를 쓰거나 해도, 그건 커다란 상의 수상자라는 점을 등에 업고 하는 포즈라고 느낍니다.

다만 선생님이 후기고령자의 한 사람으로서 원전으로 둘러싸인 지진 국가에 살고 있는 이상, 파국과 연관이 없다고는 생각하지 않습니다. 핵 위기에 완전히 노출되어 살고 있다는 사실을 자각하고 계신 분이라는 것도 알고 있습니다. 그건 마키한테 선생님이 쓴 시에 대해 듣고……소설의 일부분이 아니고요……역시 감명받았기 때문입니다. 마키한테 그 시를 이 녹음의 일부로 넣어달라고 할 생각입니다.

아카리를 어디에 숨겨야 하나 싶어 나는 당혹스러워한다./ 시코쿠 숲의 '오시코메' 동굴로 가자, 방사성물질로부터 차단되어 있으니 암반층에서 솟아나는 물도 아직 오염되지 않았을 것이다! 피난중인 이는 일흔여섯 살 나와 마흔여덟 살 아카리인데, 노인의 여윈 등에 업힌 아카리는, 차분하지만 우울해 보이는 중년 살 붙은 얼굴을 하얀 면으로 된 삼각뿔 모양의 아기 옷 사이로 드러내고 있다. 어떻게 해야 방호복을 입은 자위대원의 눈을 속이고 그들이 가로막고 있는 도로를 빠져나갈 수 있을까?

귓가에서 뜨거운 숨결이 속삭인다.

'괜찮습니다, 괜찮습니다. 아구이가 도와줄 거니까요!'

조코 선생님, 솔직히 말해 이 구절은 지금 현재 선생님이 인식하고 있는 파국의 자기표현입니다. 그리고 선생님의 다른 어떤 산문보다 일본인의 자기표현으로 제가 '파국 위원회'에 보여주고 싶은, 선생님의 만년의 작업입니다. 내일이라도 도쿄에 매그니튜드 9급 직하형 지진이 발생해 복수의 원전 사고가 주변과의 소통을 차단한다 해도, 이건 여전히 선생님의 자기표현으로 남을 수 있는 글입니다.

저는 자신만은 파국을 혼자서 빠져나갈 수 있는 사람이라고 인식하지 않고 그 파국을 받아들일 각오중인 선생님의 작품과, 기 형과 하나와 고로 씨가 실제로 살고 죽은 파국을 검토하고 싶습니다. 그리고 선생님 스스로가 자신이 앞으로 향하게 될 파국을 아마 보실 수 있으리라고 생각합니다. 그렇게 되면 저의 '파국 위원회'에 대한 보고가 성립되겠지요."

3

이제까지 기 주니어의 말을 기재하면서, 일본어로 된 거의 얼마 되지 않는 인사 부분을 빼고 영어로 발화된 부분을 스스로 번역해보았다. 내가 그에게 영어로 한 답변도 일본어로 바꿨다. 나와 한 인터뷰에 근거한 기 주니어의 보고서를 마키가 일본어와 영어 양쪽 버전으로 만들고 나서는 영문 쪽은 '파국 위원회'에 제출할 것이고 일문 쪽은 여기에 써두었다.

하지만 우리의 관계가 이어지는 동안 기 주니어의 일본어 발언이 늘어났다(여전히 영어를 섞은 것이긴 하지만). 거기에는 기 주니어의 일본어 형성사가 드러나 있고, 또 대화가 이어지는 가운데 그가 심리적인 속박에서 자유로워지는 과정도 반영되어 있다.

기 주니어는 일본에서 태어나 자랐고 소년 시절에 미국으로 건너간 후에도 어머니와는 언제나 일본어로 이야기했으며 대학원은 일본연구과를 선택했다. 나와 이야기하는 경우 기 주니어와 일본어로 대화를 나누는 동안 화제상 기 주니어가 영어로 이야기하는 쪽이 바람직한 상황이 되어도 내가 그 내용을 노트로 재현하려 하면 나와 그가 만들었다고 할 수 있는 일본어 문체가 되었다. 나를 대상으로 한 인터뷰가 시작된 이후의 대화는 기 주니어가 직업상의 기술을 발휘해 녹음했다. 그리고 그 대화를 녹음한 디스크를 문장화하는 작업은 마키가 시간을 충분히 들여서 했다.

그 덕에 기 주니어가 미리 준비한 영문 발언은 그대로 채록되어 있다. 이와 관련해 내가 말한 영어 발음 중 의미를 이해하기 어려운 부분이 있으면 기 주니어가 되묻고 수정하는 방식으로 더 괜찮은 영문으로 바꿨다. 마키는 나와 기 주니어를 '바이링구얼 2인조'라며 놀리기도 했다. 때로는 '부자연스럽기는 해도'라고 덧붙였지만.

기 주니어는 마키가 일본어로 정리한 글을 내가 다시 확인한 보고서를 열심히 읽는다. 이제는 이 『만년양식집』을 주의깊게 읽는 독자가 다섯 명이다. 각자 행한 구체적인 비평은 우리 모두에게 유효했다.

이렇게 만들어진, 최종적으로 '파국 위원회'에 제출될 영문 보고서를, 챕터가 정리되면 정서하는 단계를 밟아나가며, 마키는 이제까지 네이티브 미국인과 이야기하면서 기 주니어의 영어만큼 완전히 이해할 수 있다는 확신이 든 적은 없다고 말했다. 그 문장에는 이런 구절이 추가되어 있었다. "저는 아빠가 자기 문장의 연결 방식이나 문장에 쓰인 어려운 한자에 대해 기 주니어에게 일본어로 설명하는 것을 녹음으로 들으면서, 아빠가 이렇게 쉽게 복잡미묘한 이야기를 하는 사람이었구나 싶어 놀랐어요."

4

이런 식으로 진행되었던 인터뷰는 우선 기 주니어가 인쇄해서 지참한 영문 질문지를 나를 향해 그대로 읽으면서 시작됐다. 녹음 장소로 제공한 아카리의 음악실에 기기를 설치하는 기 주니어의 익숙한 동작과 그 성과는 아주 좋았지만, 내가 어찌저찌 영어로 답변한 것이 CD에 녹음되고, 뒤이어 자유로운 토론으로 이어진 이후의 진행은 꼭 원활하지만은 않았다.

기 주니어의 녹음은 일본의 TV나 라디오 인터뷰와는 질이 달랐다. 우선 삼십 분 녹음을 한다. 그 디스크를 두 사람이 듣는다. 서로 상대의 발언을 잘 이해하지 못한 채로 답한 부분이 있음을 알게 된다. 그 부분을 함께 체크한다. 그러고 나서 다시 한번 녹음한다. 내 설명을 듣고 자기 질문을 잘 이해했음을 기 주니어도 확인한 다음 내가 다시 발언한다. 그래도 여전히 기 주니어가 이해하기 어려운 곳이 있으면 다시 질문을 던지고 내가 다시 한번 이야기한다. 그런 식으로 진행됐다.

나의 영어 표현은 빈곤하고, 그 점에 대해 기 주니어는 솔직하게 불만을 표한다. 나는 보충해보지만 기 주니어는 거듭 질문을 던지고 내가 다시 설명하기 때문에 진행은 자꾸 정체된다……

그러는 동안 줄곧 녹음을 이어가면서도 나 자신이 납득하기 위해 일본어를 섞어 다시 설명하고 영어로 정리하게 되었다. 그래도 기 주니어가 이해하지 못하는 부분이 있다는 걸 알게 되면 다시 한번 영어로 말한다. 기 주니어는 그가 자유롭게 구사할 수 있는 영어로 질문을 다시 해본다……그렇게 되면 처음에는 이십 분 동안 나눈 대화를 한 시간

반을 들여서 다시 하게 된다. 드디어 마지막 단계가 되자 기 주니어는 이제 확실하게 이해했다는 확신이 생겼다고 말했고, 나 역시 내가 하고 싶은 말을 그가 이해했다고 느꼈다.

이렇게 해서 드디어 완성된 부분을 기 주니어는 자신의 질문과 나의 답변을 정리해 다시 녹음한다. 그러고 나서도 피로를 모르는 그는 인터뷰 제2단계로 이동한다.

그런 녹음이 어떻게 영문과 일문 보고서로 완성되는지도 적어두겠다. 기 주니어는 이렇게 만든 디스크를 시코쿠로 가지고 돌아간다. 그리고 그가 보는 가운데 마키가 우선 영문으로 정서한다. 근면성실한 마키는 그 영문을 다시 일문으로 만들어 팩스를 통해 도쿄로 보낸다. 일본어가 된 문장을 마주하게 되면 나는 내가 발언한 부분을 내 문체로 다시 고치지 않을 수 없다……

이렇게 해서 완성된 것을 나는 『만년양식집』에 인용하게 된다. 작품을 쓸 때 초고를 여러 번 수정하는 방식으로 개고해온 원래의 내 '인생의 습관'을 생각하면 이러는 편이 바람직한 절차다. 그리하여 비로소 확정된 일본어 인터뷰 기록은 내 문체의 산물이 된다. 그리고 기 주니어에게는 그의 영어 문체(마키가 한 rewriting이 더해진) 보고서가 성립되는 것이다.

5

늦게까지 이어진 인터뷰가 끝나기를 기다리고 있던 치카시가 기 주니어와 나의 저녁식사 진척 상황을 확인하더니 도우미 여성을 데리고 인터뷰 때 사용한 방을 기 주니어의 침실로 만들기 위한 준비를 하러 올라갔다. 그런데 그 단계가 되자 치카시가 세워둔 계획이 흔들렸다. 아카리 음악실에 있던 옷장과 스웨터, 청바지 등을 수납하는 가구를 시코쿠로 보냈었다. 재생장치, 라디오, 클래식 음악을 재생하는 DVD 장비 등은, 침대를 추가해 트럭으로 이동시켜두었었다. 완전히 텅 빈 공간에 소파와 팔걸이의자 셋, 녹음기를 배치해 준비를 갖췄다.

그리고 그 방에 지진이 일어난 날 아카리가 피난하느라 썼던 군용침대를 서고 안쪽에서 가져와 기 주니어가 쓰도록 옮겨두었다. 치카시가 시트와 담요 등을 깔고 보니 그 침대는 너무나 크기가 작았다. 기 주니어가 누워볼 필요도 없이 적절해 보이지 않았다. 특별히 체격이 큰 남자의 골격이 아닌데도 미국 식생활을 하며 성장했고 고등학교부터 그리고 대학에서도 럭비를 해온 기 주니어한테는 너무 좁다는 말로도 부족했다. 치카시 머릿속에는 미국에서 갑자기 방문했을 무렵에 날씬했던 젊은이의 몸이 자리잡고 있었던 것이다.

실수를 깨달은 치카시는 계단을 뛰어내려와 식탁 앞에 있는 기 주니어에게 울 것 같은 얼굴로 사과하면서 나한테 아무튼 이층으로 와달라고 말했다. 그래서 나는 아카리 음악실에 있는 군용침대며 시트며 베개 등이 거기서 아카리가 자고 있었을 때조차 부자연스러웠을 정도였다는 사실을 발견했다. 그러니까 아카리는 그 군용침대에서 자는 데 익숙해졌던 터라, 침대가 몸에 맞지 않게 된 후로도 몸을 구부리고 자는 등의 궁리를 하면서 어찌어찌 견뎌왔던 것이다. 망연자실해하는 나한테 치카시가 호소했다.

"기 주니어한테 실례가 되는 일이 되어버렸어요. 어떻게 해야 할까요……오후 내내 당신과 기 주니어가 대화 나누는 데 열중한 모습을 보면서, 지금 아카리한테 좋은 일이 일어나고 있는 것처럼 이곳에서도 즐거운 일이……그런 일은 오랫동안 없었는데……일어나는 것 같아 흥분했었어요.

숲 가장자리에서는 경솔한 행동은 결코 하지 않는 아사까지 기분이 좋은 마키의 영향을 받아 고로 오빠의 재킷을 기 주니어한테 입혀 오빠와 아카리가 얼마나 닮았는지를 시위하듯 보여줬어요……나도 내일 아침에 음악실로 커피를 가지고 가면 군용침대에 기 주니어가 누워 있는 모습을 보게 되겠다 싶어 두근두근했죠!

기 주니어는 당신과 이야기를 오래 나눈 끝에 지쳤을 텐데 사용할 침대도 없는 상황이네요. 다만 혹시 모르니까 당신이 아카리처럼 몸을 구부리고 여기에 누워봐줄래요?"

"그렇게 해본다고 해서 뭐가 해결되겠어?" 나는 화가 나서 말했다. "지금부터 서고에 있는 내 침대를 다시 배치해볼게. 기 주니어한테 거기서 자라고 하지. 나라면 여기서, 몸을 구부리면 그럭저럭 잘 수 있을지도 모르지."

그리고 나는 풀이 죽어 서고까지 따라온 치카시에게 일전에 파리에서 내 책을 출판한 출판사 사주에게 받은 채로 책장에 놔두었던 와인 세 병이 들어 있는 천으로 된 자루를 건넸다.

"내가 늦을 듯하면 차갑게 한 화이트와 레드 와인을 같이 따서 기 주니어가 식사를 시작하도록 해줘.

선물할 책으로 여행 가방이 가득찬 다음에……그래도 이미 중량 제

한은 넘어섰지만……회의 통역자들한테 줄 오노 스스무*의 마지막 사전 세 권을 튼튼한 이 자루에 넣어서 비행기 좌석으로 가져갔었지. 그 사전을 받은 사람 중 한 사람이, 한 권이 꼭 와인 한 병 무게네요, 라고 했어. 귀국하는 날 아침, 고급 와인 세 병이 호텔에 배달되어 있기에 그 와인을 담아서 가지고 왔지."

침대를 재배치하는 작업이 끝나고 식당으로 돌아오자 기 주니어는 와인 때문에 기분이 좋아져서는 결국 세번째 병을 나를 위해 따주었다.

"조코 선생님이 빠져나간 둥지에 기어들어간 셈 치고 자겠습니다"라고 말하기도 했다.

군용침대 끝에 담요로 덮은 두 다리를 내민 나는 치카시가 처방받은 신경안정제를 복용하고 잠들었는데, 아카리 음악실과 서고 사이의 높은 곳에 난 창을 닫아두었지만 짧은 잠이 들었다가 깨기를 반복하면서, 서고 안을 조용히 돌아다니는 기 주니어의 발소리를 새벽녘까지 듣고 있었다.

6

다음날 이미 정오가 다 된 시각에 나는 계단 아래로 내려가 세수하기 전, 부엌에서 일하는 치카시에게 기 주니어가 일어났는지 물어봤다.

"아주 빨리 일어났는데 당신을 깨우지 않겠다면서 커피만 마시고 서

---

* 大野晋(1919~2008). 일본의 언어학자로, 특히 고대 일본어와 관련해 다양하고 폭넓은 업적을 남겼다.

고로 돌아갔어요. 그리고 일을 좀 하고 나서 아침식사를 하러 내려왔기에 침대 주변을 청소했는데, 늦게까지 공부하느라 책장에서 꺼냈던 책은 직접 되돌려두겠다고 하더군요. 이미 옆쪽으로 치워져 있어요. 정리 방식이 당신 방식하고는 다른 거 같아요."

조용한 서고의 문을 노크했더니 기 주니어는 곧바로 일어나서 나를 안으로 안내했다.

"이번 체류 기간에 자네가 녹음한 것을 시코쿠로 가져가서 문서화하게 될 텐데, 여기서도 계속 일한다니, 그 기간 동안 침대와 내 작업 공간을 자유롭게 써도 되네.

내가 지금 하는 작업이라면 『만년양식집』 초고를 쓰는 정도니까, 그걸 위한 자료와 읽고 있는 책과 사전, 그것만 저 방으로 옮겨두겠네. 내가 여기서 장시간 일하는 동안 쌓인, 자네에겐 불필요한 이런저런 물건들도 정리하도록 하겠네."

우리 이야기를 듣고 있는 듯한 기척이 나더니 치카시가 평상시보다 더 큰 쟁반에 커피 2인분을 올려서 가져왔다. 내가 그 쟁반을 받아들고 테이블에 놓는 동안 기 주니어도 이것저것 거들었다.

우리는 석류나무가 새롭게 무성해져 힘이 넘쳐 보이는 남쪽 창문을 향해 앉아(기 주니어는 식물의 정기에 맞서는 느낌이었지만 나는 현기증이 날 것 같았다) 커피를 마셨다. 다시 한번 일층으로 내려간 치카시는 껍질을 벗긴 과일이 담긴 오목한 접시, 그리고 개인 접시와 커피가 든 보온 주전자를 놓고 다시 내려갔다.

"자네는 젊은데 아침 일찍 일어나는군. 눈을 한 번 떴을 때 화장실에 갔더니 복도 안쪽에서 불빛이 새어나오더라고."

"선생님이 편안히 주무시는 걸 방해하지 않았기를 바랍니다……저는 대개 새벽 세시에는 눈이 뜨여서 책을 두세 시간 읽고는 다시 한번 잡니다.

저에게 빌려주신 침대 주변엔 조코 선생님이 지금이랄까 일정 기간 동안 어떤 책을 읽으셨는지 알 수 있게 책이 배열되어 있네요.

선생님 소설에는 여러 번 Malcolm Lowry가 나오는데 머리 쪽 옆 책장에 쭉 꽂혀 있었고요……하긴 작품이 많지 않은 작가인지라 그에 대한 연구서 중심이었습니다만……저는 자면서 담요 끝 쪽에 뭔가 있어서 꺼내봤더니 『Under the Volcano』의 번역이었습니다. 지금도 읽고 계시는군요."

"정말 오랜만에 새 번역이 나왔어……그걸 출판사가 보내줘서. 그러니까 나는 이 소설에 관심을 보이고 있는, 얼마 안 되는 일본인 작가 중 한 사람이라는 이야기겠지."

기 주니어는 그 새로운 한 권을 계기로 맬컴 라우리 관련 책을 여러 권 꺼내놨었다. 하긴 치카시가 말한 것처럼 책을 전부 원래 자리에 돌려놓은 건 아니었고 침대 옆에 내려놓은 채로 놔둔 것도 있었다. 나는 그중 한 권을 가지고 내 작업용 책상 옆에 의자를 빼서 앉았다. 『Under the Volcano』의 펭귄북스, 옛날 생각이 나는 책이었다.

"자네도 맬컴 라우리한테 특별한 관심을 지니고 있군. 미국 젊은이들한테 『Under the Volcano』가 다시 인기가 있나?"

"라우리한테 큰 관심이 집중되었다든가 하는 일은 없을 겁니다. 오히려 저나 친구들 사이에서도 별로 알려지지 않은 작가였습니다. 그런데 그 이름이 선생님 소설에 나오기에 읽어보려고 생각한 겁니다."

"내가 학생 때도 그저 이름을 들은 적이 있는 정도였지. 『활화산 아래』라는 책을 광고에서 보고 샀네. 그런데 그 번역은 내가 학생 때 쓰던 표현으로 말하자면 '읽히기를 거부하는 책'이었지. 그 무렵 나는 번역서를 사서는 곧바로 읽기 시작하면서 '다 읽어도 무의미한 책'과 '읽히기를 거부하는 책' 두 종류를 선별해 곧바로 옆으로 치워두었어. 그리고 그런 책이 모이면 헌책방에 팔았고.

내 기억으로는 '활화산 아래'라는 제목의 그 책은 언젠가 조사해봤는데 남아 있지 않았어. 그때 서고를 본 계기는 〈뉴욕 타임스〉 서평란에 Douglas Day라는 사람이 쓴 평전 『Malcolm Lowry』가 소개되어 있어서였지. 이후 계속 염두에 두었는데 그 책을 마루젠 서점의 신간이 쌓여 있는 매대에서 봤어. 나는 열중했지. 그리고 마찬가지로 마루젠의 펭귄북스 재고품 처리 세일에서 『Under the Volcano』를 찾아냈고!

내가 번역본을 읽다가 그만둔 후 어느 정도 시간이 지났다는 증거로 그 책을 발행처에 주문했지만 답변이 없었네. 나는 대학을 나오고 나서 그렇게 빈번하게 사전을 찾을 필요가 있는 책을 읽은 적이 없었지만, 이번에는 문체에 나를 끌어당기는 힘이 있었지. 그래서 계속 읽었네. 그런데다 그 책에 자극을 받아 연작 단편을 쓰기까지 했지. 그게 『'레인트리'를 듣는 여자들』이니, 나의 맬컴 라우리 시대가 언제일지는 짐작이 가겠지."

"저는 바로 그 『'레인트리'를 듣는 여자들』을 통해 맬컴 라우리를 알았습니다. 『그리운 시간에 보내는 편지』를 오랫동안 고생하면서 읽고 나니 한동안 일본어를 읽을 생각이 들지 않아 선생님 소설의 영역본만 주로 읽었는데 그러다가 다시 일본어 책을 읽고 싶다는 생각이 들었을 때 저는 선생님의 책을 또 한 권 선택했습니다. 아사 아주머니가 어머니에게 계속 보내줬던 책 중에서 길지 않고 단편이 하나씩 이어져 전체를 구성하는……그런 작품을 선택했지요.

그 작품은 선생님이 하와이대학 연구교수로 일했던 경험을 쓴 거라는 어머니의 설명을 들었습니다. 저는 처음으로 선생님 소설을 일본어로 완독했던 스물한 살 때 이후(이때 이미 도쿄로 가서 선생님을 방문하기도 했습니다만) 그때까지와는 다른 방식으로 선생님에 대한 태도를 정하려 했습니다. 일본어 읽기를 대학원 전공의 기본으로 삼기도 했습니다. 그리고 태어나서 처음으로 엄청난 공부를 했죠. 『'레인트리'를 듣는 여자들』을 읽은 시기도 확실히 말할 수 있어요. 선생님이 그 책을 발간한 1982년에 저는 세 살이었습니다. 시간이 많이 흘렀지요. 이십년이나 지났어요.

그래서 여러 가지를 맞춰 생각해보면 제가 스물여섯 살 때가 됩니다. 2005년. 우선 어머니가 제 '인생의 시간'을 명확하게 파악하고 『그리운 시간에 보내는 편지』를 읽게 했습니다. 그 이후 육 년이 지났습니다. 저한테 두번째로 중요한 선생님의 책을 저는 대학에서 한 일본어 학습에 의지해 읽었습니다.

무엇보다 처음에 저는 선생님은 어떤 사람인가라는 이미지를 『그리운 시간에 보내는 편지』를 바탕으로 만들었습니다. 그에 더해 이번에는 『'레인트리'를 듣는 여자들』에 묘사된 모습을 발견하고 추가하거나 수정하거나 했습니다. 제가 이 정도로 많은 독서 시간에 바탕해(설명을 추가합니다. 책을 읽는 제 옆에서 어머니가 한자 읽기와 뜻풀이를 도와줬다는 의미입니다) 만들어낸 선생님 이미지에는 후반에 특히 맬컴 라우리의 이미지도 추가되어 있었습니다.

『'레인트리'를 듣는 여자들』이 저에게 준 영향은 그 점에서 강력했습니다. 지금 일흔일곱이신 선생님이 자기 전에 책을 읽고 계시는 모습 뒤로 『'레인트리'를 듣는 여자들』을 쓰고 계셨던 사십대 중반의 선생님이 보이는 듯한 느낌이 듭니다.

그리고 오늘 아침에는 그 크기 때문에 금방 눈에 들어오는 맬컴 라우리의 평전을 발견했습니다. 그리고 옛날 옛적 펭귄북스도! 선생님이 라우리를 읽는 사람일 뿐 아니라, 그에게 자극을 받은 작품을 쓰는 사람이 되었을 무렵에는 언제나 이 책을 옆에 두고 계셨던 거지요?

여기에 있는 어떤 오래된 메모를 봐도 분명합니다. 그 메모를 저도 가슴에 와닿는 느낌으로 읽었습니다. 작가가 다른 작가의 소설을 읽는다는 건 이런 거로구나, 라는 생각을 했습니다. 그리고 선생님은 처음으로 『'레인트리'를 듣는 여자들』이 될 작품을 쓰기 시작하셨죠……"

"최초의 작품인 「머리가 좋은 '레인트리'」를 발표한 건 마흔다섯 살 때이고 삼 년 걸려서 연작을 마쳤지……더글러스 데이가 쓴 평전을 입수한 건 일본의 서양 서점에 그 양장본이 조금 들어왔기 때문이었으니, 그 책을 읽은 다음에 펭귄 텍스트를 내가 읽을 수 있었던 건 마흔 살이 된 이후가 아닐까……

문화인류학의 새로운 연구자에게 영향을 받은 무렵이어서 나는 '늦게 온 구조주의자'라는 비웃음을 몇 년 동안 사기도 했지. 『소설의 방법』이라는 내 나름의 문학론도 썼고. 학생 때 소설을 쓰기 시작한지라 소설의 방법을 스스로 생각해서 쓸 여유는 없었으니 그게 나에게는 소설 이론의 첫 공부였어. 그 이론에 근거한 소설로 『동시대 게임』을 썼고. 그리고 『'레인트리'를 듣는 여자들』을 쓰기까지 꼭 삼 년 동안, 내가 읽었던 건……앞서 말한 문학이론기의 반동처럼 오로지 소설과 시였어…… 심지어 소설은 맬컴 라우리였지. 정확히 시기를 특정한 자네 말을 지금 듣고 보니 여러 가지 연관 관계를 알겠네."

"제가 『'레인트리'를 듣는 여자들』을 읽은 건 이미 일본어·일본연구과 박사과정에 들어간 다음이니 21세기 일이었습니다. 80년대 초에 나와 있던 그 책 양장본을 그제야 읽었으니 저야말로 '늦게 온 독자'였습니다. 그래도 일본에서 온 동년배 유학생, 지금은 활발히 활동하는 연구자인데 그 여성에게 '늦게 온 구조주의자'를 졸업한 조코부터 읽기 시작하는 건……실은 『그리운 시간에 보내는 편지』부터 읽은 독자인데 말이죠……제대로 가는 거야, 라는 칭찬을 들었답니다.

『Under the Volcano』 이야기가 길어졌습니다만, 지금도 선생님이 새 번역으로 『화산 아래서』를 읽고 계신 걸 보고 드는 생각은, 선생님과 맬컴 라우리의 특별한 연관 관계입니다. 그 점이 저한테는 의미가 있습니다. 저는 맬컴 라우리에 대해 특별한 양가감정을 품어온 사람이니까요. 우선 제가 『'레인트리'를 듣는 여자들』이라는 소설에서 라우리를 만났다는 점에서 비롯된 일입니다. 더욱이 선생님과 맬컴 라우리라는 주제는, 지금의 '파국 위원회'의 주제와 곧장 연결되어 있습니다.

물론 선생님에게 기 형, 저에게 아버지는 그야말로 파국을 전형적으로 연기한 인물로, 그 사람이야말로 저희 주제를 구체화한 인물입니다. 또 한 사람인, 하나와 감독도 마찬가지입니다. 그리고 그들이 조코라는 최상의 이야기꾼을 가진 것이 저의 '파국 위원회'에 대한 보고서를 특별하게 만들어주고 있지요.

조코 선생님 쪽에 초점을 두고 그 부분을 다시 보면, 조코 선생님 자신이 파국의 생존자입니다. 무엇보다 조코 선생님은 '3·11 이후'의 파국적인 위기에 직접적인 관심을 표하면서도 일본에 살고 계시죠. 이런 위기와 관련해 나름대로 활동하시고, 작품이라는 표현 활동도 이어가고 계시고요.

선생님에 대해 생각하면서 사회적인 위기와 개인적인 노년·죽음의 위기를 검토하지 않는다는 건 오히려 무례한 일이 아닐까요? 조코 선생님은 '3·11 이후' 일본 지식인의 한 모델이지만 그 선생님이 절망적일 정도의 위기감을 표명하고 있는, 차후에 원전 사고가 일어난다면 더 이상 선생님이 미래를 말씀하실 수가 없지요. 그에 대한 유감은 이 한 해 동안 일본과 미국과 유럽의 지적인 사람들을 향해 선생님 자신이 연설해오셨던 거 아닙니까!

저희 '파국 위원회'가 선생님을 보고서의 협력자로 기대하는 건 당연하지 않습니까? 저한테 이런 말을 할 자격은 없지만, 선생님은 에드워드 W. 사이드와, 그가 죽기 십 년 전부터 두 분의 '만년의 작품'에 대해 리얼한 대화를 이어오셨잖아요?

하지만 나는 아직 살아 있는 사람이라고 말씀하신다면, 그 만년을 살아가는 선생님께 죽은 맬컴 라우리의 너무 빨랐던 '만년의 스타일'에 대한 이야기를 듣는 일을 인터뷰의 중심축 하나로 삼을 겁니다.

여기에 꺼낸 채로 놔둔 선생님의 책을……어젯밤에 빌려주신다고 약속하신, 선생님이 쓰셨고 수정하고 있기도 한 텍스트와 함께, 녹음기기가 있는 곳으로 옮기고 이야기를 이어나가보지요. 이제까지 녹음은 휴대용 리코더로 했으니 그 분량도 합쳐 마키와 함께 편집하겠습니다."

7

"청춘이 막 시작되었을 무렵, 선생님은 영문학자한테 어학으로는 당해낼 수 없으면서도 그들의 번역을 읽으려고 하지 않았죠. 그건 있을 수 있는 일이라고 생각합니다. 작가가 될 사람이었으니까요. 그리고 사십대가 된 선생님은 이 소설가의 생애를 알게 되셨어요. 그리고 오리지널 텍스트로 『Under the Volcano』를 읽고 깊은 인상을 받았습니다. 선생님은 그 문체의 톤이 마음에 드셨죠. 일본어와 이질적인 영어가 젊은 조코의 가슴속에 또렷이 남아 있는 동안 『'레인트리'를 듣는 여자들』을 쓰셨고요. 그리고 저를 맬컴 라우리의 독자로 만들기도 하셨습니다.

저는 선생님 책에 이름이 나오는 라우리의 시집과 함께, 그리고 많지 않지만 단편을 읽었습니다. 선생님이 언급하신 평전을 입수하지는 못했는데, 어젯밤에 선생님 책장에서 발견하고 대충 읽었습니다.

저 같은 아마추어 독자도 그러니, 선생님도 우연히 새 번역본을 받아서 옛날 텍스트를 다시 읽어보게 되고 여러 가지 생각을 하시게 되었겠지요. 새로 밑줄도 치고 검토도 하시면서. 저도 그 과정을 따라가는 것처럼 읽고 나서 흥분했습니다.

예를 들면 『Under the Volcano』의 영사領事*에 관해서는 저로선 아직 이해되지 않는 점이 남아 있는데, 부인과 잔혹한 이별을 한 것 같습니다. 그리고 이별한 부인에 대해서라기보다는 더 근본적인……인간

* 『화산 아래서』의 주인공으로, 멕시코 주재 영국 영사로 일하다가 사임한 제프리 퍼민. 알코올중독 등이 원인이 되어 사망한 인물이다.

자체에 대한 죄책감 때문에 오랫동안 고통스러워하잖아요? 그건 뭘 뜻합니까? 선생님도 그런 죄책감을 느끼십니까? 새삼스럽게 **영사**에게 공감하시는 걸 새로 치신 밑줄로 알 수 있습니다.

영사는 그의 파국을 완성하기 위해 계곡 아래로 몸을 내던지죠. 맞아 죽은 개의 사체도 같은 곳으로 내던져집니다. 이 『Under the Volcano』의 엔딩에 다시 한번 빨간 줄을 쳐두셨어요…… 아사 아주머니 말로는 선생님은 제 아버지가 돌아가신 후 상당히 심한 알코올중독 시기를 겪었다고 하더군요. 그런 악몽을 다시 꾸시는 일은 없나요?"

내가 침묵한 채로 있었던 것은 나이가 들어 가까운 기억이 애매해지고, 꿈의 기억은, 대체로 그 꿈을 진짜 꿨는지 아닌지, 꿈에 따른 마음의 동요는 강한데도 명백하게 떠올리기가 어렵기 때문이다. 내가 지금 기억나지 않는다고 해서 고통스러운 꿈이 없었다고 말할 수 있는가?

나의 침묵을 어떤 식으로 해석했는지 몰라도 기 주니어는 질문 방향을 바꿨다.

"『'레인트리'를 듣는 여자들』은 『그리운 시간에 보내는 편지』처럼 어머니한테 강요당해서가 아니라 제가 자발적으로 일본어로 읽은 첫번째 책이라고 이미 말씀드렸지요. 그리고 『Under the Volcano』에 대해 알고, 『'레인트리'를 듣는 여자들』에 쓰인 말인데 '지옥 기계'에 빠진 인물의 죽음도, 작가 자신의 인생의 종결 방식도 알았지만 선생님이 또다른 라우리의 한 얼굴도 보여주셨던 것을 잊지 않고 있습니다.

선생님은 『'레인트리'를 듣는 여자들』에서 라우리의 단편 하나를 소개하셨죠. 라우리가 만든 인물은 작곡가인데, 분명 소설가로서 고통스러운 작업을 다시 시작하려는 자신의 바람을 신에게 호소합니다. 그

'기도'를 선생님은 번역하셨습니다.

〈친애하는 신이시여, 마음을 다해 기도드립니다, 제가 작품에 질서를 부여할 수 있도록 도와주시기 바랍니다. 그것이 추하고 혼돈스럽고 죄로 가득한 것이라 하더라도 당신께서 받아들일 수 있는 방식으로. ……미쳐 돌아가고 폭풍을 품고 있고 천둥번개로 가득찬 것임이 틀림없습니다만, 그것을 통해 마음을 뒤흔드는 '언어'가 울려퍼지고, 인간에 대한 희망을 전할 수 있을 겁니다. 그것은 또한 균형이 잡힌 무게 있는 다정함과 공감과 유머가 가득한 작품이 아니면 안 됩니다……〉

이 구절을 읽고 제가 생각한 건 그렇게 번역하시면서, 실제로 새로운 소설을 쓰고 계셨던 조코 선생님이 자신의 '기도'를 거기에 담지 않았을 리가 없다는 점입니다.

그리고 그 부분에, 고통스러워하고 있는 독자에게 보내는 메시지가 담겨 있다고 생각했습니다. 『Under the Volcano』 안에 긍정적인 인물이 없는 건 아니지만, 많은 독자가 영사에게 확 빠져버리는 건 아닌가? 그건 머지않아 자신이 발을 담그고 말 고통스러운 장소에서 그래도 빠져나올 수 있다는 격려를 안겨주기 때문이다. 말하자면 저에게 맬컴 라우리라는 인물은 근본적으로 양가적인 작가입니다.

선생님이 『'레인트리'를 듣는 여자들』을 쓰시고 나서 삼십 년이 지난 지금, 이번에 나온 새 번역은……선생님께는 저 공포스러운 마지막 한 줄까지 일본어로 읽어낸 유일한 『Under the Volcano』가 될 터인데……어떠셨나요?"

실은 나는 기 주니어가 처음으로 보여준 진지함에 당혹스러워하고 있었기 때문에 이런 대답밖에 할 수 없었다.

"지금 자네가 인용해줘서 라우리의 단편을 내 단편에 사용했던 일이 생각났네. 나는 그 '기도'를 인용했지만 내 작품 주인공에게 그 '기도'가 꼭 중첩되도록 한 건 아니었어……"

"「거꾸로 선 '레인트리'」라는 단편으로 연작에 포함되어 있는데…… 작가 자신에게 이런 말을 하는 것도 이상하지만, 선생님 단편에서 중심에 놓인 다카야스 캇짱은 파국 쪽에 있는 인물이고, 그와 대비해 적극적인 인물로 묘사된 이는 그와 동거하는 페넬로프라는 여성입니다."

"그렇게까지 들어도 잘 기억이 안 나는군……내가 나이들었다는 단적인 증거인데, 내 단편은 어떤 줄거리였나?"

"줄거리를 거칠게 말해보겠습니다. 선생님이 하와이대학으로 가르치러 가셨을 때 재회한 동급생, 하지만 전문교육을 받는 코스에서는 탈락해서 여자에게 신세를 지고 있는 인물. 그가 곤경에 처한 끝에 죽고 그 죽음을 애인이 편지로 전해왔다는 편지 형식의 이야기예요.

하지만 애인인 페넬로프는 남자가 곤경에 처한 것은 개인 차원에서 뒤틀린 성벽이나 무능력 때문이 아니라고 말하죠. 사회 혹은 국가, 세계 레벨에서 인간이 똑같이 처하는 것이라고.

유대인 출신의 이 여성은 그 이야기를 카발라의 신화적 세계 이미지인 '세피로트의 나무'에 빗대어 이해하고……그 나무는 세계가 건강할 때는 똑바로 서 있습니다……지금은 거꾸로 선 상태라고 말하지요. 그녀는 선생님을 프로페서라고 부르는 편지에서 선생님의 '레인트리'의 은유를 거꾸로 선 '세피로트의 나무'와 나란히 놓아두기도 합니다. 그 부분을 읽어보겠습니다.

〈프로페서, 당신과 만날 일은 두 번 다시 없을 것이고, 편지를 쓸 일도 없을 겁니다. 그렇기에 마지막으로 맬컴 라우리의 기도의 말을 다시 한번 당신께 보냅니다. 거꾸로 선 세피로트의 나무 쪽에 서 있는 프로페서를 위한 일은 그 이상 해드릴 수가 없습니다. 그 점을 슬프게 생각하지만, 라우리도 다카야스도 역시 절망하며 죽었죠. 프로페서, 당신의 '레인트리'도 홀로 불길에 휩싸였던 겁니다……〉

여기에 언급된 '레인트리'는 선생님 소설에서 이미 사라지고 없습니다. 이 단편 스토리를 선생님이 기억나지 않는다고 하신 건, 선생님 잠재의식 속에서 그걸 기억하는 것을 두려워하고 있기 때문일지도 모릅니다.

이 페넬로프는 일본을 포함하는 대국의 핵무기가 불러일으킨(지금은 원전도 포함됩니다만) 전면적인 파국 이후에 멜라네시아섬에서 살아남은 선주민이 이끌 미래 세계에 관한 구상을 선생님께 편지로 알려왔지요. 그 편지의 결말부를 인용하는 것으로 선생님의 소설은 끝납니다. 그녀는 모든 선진국이 파국을 맞이한 후 선주민 젊은이들과 살아남아 그들에게 협력하고, 그들의 선조가 말한 '천년왕국'의 예언, 미래에는 바다가 날라다준 하물荷物로 풍요롭게 살아가리라는 예언을 이제야말로 성취하자고 말하고 있습니다. 그게 가능한 일인지 아닌지를 지금의 '후쿠시마'는 의심스럽게 만들고 있지만요.

그 부분을 인용해볼게요. 최소한 이 소설에는 선주민 젊은이들에게 힌트를 주는 파국적 상상력의 기운이 보이니까, 실은 선생님도 '3·11 이후' 일 년 동안 선생님 소설에 결여되었던 부분을 포함해 뼈저리게 떠올리신 적이 있었던 거 아닙니까?

〈(우리는) 새로운 하물 컬트Cargo Cult 운동을 시작할 생각입니다. 그건 원수폭 하물 컬트 운동이라고 불릴 겁니다.

소련이나 미국, 유럽과 일본이 핵의 불길에 다 타버린다면, 많은 물건이 태평양으로 떠내려오리라는 것이 분명합니다. 섬 주민들은 그걸 줍기만 하면 되지요. (중략) 마지막으로 맬컴 라우리의 기도의 말을 다시 한번 당신께 보냅니다. 거꾸로 선 세피로트의 나무 쪽에 서 있는 프로페서를 위한 일은 그 이상 해드릴 수가 없습니다. 그 점을 슬프게 생각하지만, 라우리도 다카야스도 역시 절망하며 죽었죠. 프로페서, 당신의 '레인트리'도 홀로 불길에 휩싸였던 겁니다……〉"

망자들의 그림자가 짙어지다

1

이날 나는 전반적으로 망연자실한 상태였다. 계속 잠들지 못한 채 아침 일곱시에 치카시가 일어나기를 기다렸다가 나는 그녀가 처방받은 안정제를, 잠깐 고민하기는 했지만 두 알 받아, 500밀리리터 캔맥주를 단번에 쭉 들이켜며 복용했고(상대방이 이상한 눈으로 봤던 것을 기억한다) 서고 침대로 들어갔다.

정오에 깨워달라고 해서 유라쿠초 일번가의 일본외국특파원협회 기자회견에 임하러 갈 예정이었다. 오후 두시부터였을 터였는데 점심식사를 포함한 시간대로 변경한다는 연락이 왔다며 중간에 나를 깨워서, 열시에 옷을 챙겨 입고 오다큐선 역에 도착하니 삼십 분 후였다. 지요다선으로 이어지는 전철을 타기 위해 히비야역 개찰구로 향했고 교통패스로 통과하려 했다가 불친절한 기계에 차단당했다. 전철을 탈 때 아직 반쯤 잠들어 있어서 휙휙 통과해왔는지 승차역이 입력되어 있지 않았다.

역무원이 '전기 빌딩'이라고 알려줘서 역에서 나가려 했는데 지하통로에서 위로 올라갈 수가 없었다. 헤매고 있는 나를 주의깊게 바라보던 짙은 갈색과 흰색 머리가 섞여 있는 머리의 외국인이 양팔로 안아 나를 저지했다. 오, 저 삼십대였던 P. P와 풍모가 비슷한 인물……그렇게 인식하면서 어깨를 안긴 채로 걷기 시작했다. '3·11 이후' 바로 전화로 연락을 해왔고, 얼굴은 보지 않았지만 팩스 왕복을 통해 내용이 견실한 한 페이지 분량의 인터뷰를 성공적으로 이뤄내준 〈르몽드〉 특파원이었다.

계속 걸어가다보니 엘리베이터 앞이었는데 거기서 만난, P. P처럼 나와 마찬가지로 후기고령자인 동년배 일본인이(평상시보다 훨씬 깔끔하게 차려입고 있어서 몰라볼 뻔했는데) 기자회견을 주최하는 작가 K씨였고 나는 그제야 내가 있어야 할 장소에서 나를 발견해냈다.

그 안도감 때문이었는지 나는 내가 생각해도 이상한 힘에 이끌려 프랑스어로 말하기 시작했다.

"이미 고전이 되었는데 당시 막 나왔던 이 K씨의 『자동차 절망 공장』에 감명을 받았던 일이 시발점이었습니다. 대학 동기로 파리에서 편집자 유학을 끝내고 돌아온 친구……백혈병으로 죽지만 않았으면 지금쯤 일본 최고의 국제 저널리스트가 되었을 친구에게 일본의 자동차 산업에 관해 P. P씨가 인터뷰할 사람을 찾고 있다는 이야기를 듣고 K씨 이야기를 했죠. 그리고 당신은 멋진 보고서를 썼고요. 이런 관계인데도 세 사람이 직접 만난 건 지금이 처음이네요. 저는 프랑스어 중심 사회에서 제대로 활동할 수 있는 요시히코라는 사람의 학력과, 노동 현장에 들어가서 지적인 르포르타주를 쓴 K씨의……그리고 P. P씨의 활동을 따라가지는 못하고 그저 감탄만 했던 소설가였습니다. 요시히코가 죽은 지 몇 년 되었을까요? 장례식장에서 밤샘을 하며 제가 P. P씨에게 일본주를 무리하게 권했을 때 그의 부인이 우리 남편은 지금 다이어트중이라면서 내게 야단쳤는데 그 단어를 들은 것도 그때가 처음이었죠……"

갑작스레 감정적이 되어 입을 다문 나를 자연스럽게 안내해주는 두 사람 사이에 끼여 엘리베이터에서 내렸는데, 영국풍 조명이 있는 클럽의 현관으로 안내하던 K씨가, P. P씨로 하여금 자신을 발견하도록 만든 이는 아직 파리에서 돌아온 지 얼마 안 됐던 잡지기자가 아니라 그의 동급생이었던 젊은 작가였다, 그건 알고 있었지만 지금 원전 재가동에 반대하는 대집회를 함께하게 되기 전까지는 그와 직접 대화한 적이 없다는 이야기를 하고 있었다.

한눈에도 간소해 보이는(생선이었는지 돼지고기였는지 생각나지 않지만 하얀 널빤지처럼 생긴 음식은 분명 먹었다) 점심식사를 하고 나서, 역시 나흘 후에 요요기공원에서 열릴 집회 준비를 위해 일하던 경제평론가 U씨도 참석하여 기자회견은 끝났다. 그렇긴 하지만 역시 너무 많은 양을 복용한 안정제와 맥주의 상호작용이 초래한 영향이 남아 있어서, 나는 회견이 끝난 회의장에서 억지로 말을 걸어온, 지바현에서 대학 교원을 하고 있다는 이탈리아인과 소동을 벌였다.

그 청년은 새 당을 막 만든 거물 보수 정치가가 일본은 이미 삼백을 넘는 핵무기를 가지고 있다고 공개석상에서 이야기하는 걸 들었다고 말했다. "당신들 윤리적 반핵파의 도덕과 그 사실은 어떻게 상존하는가?" 나는 그런 식의 정보 전달 방식은 있을 수 없는 일이다, 이런 애매한 담론을 일본외국특파원협회는 허용하는가, 라고 하면서 받아들이지 않았다. 하지만 상대는 이건 전 세계가 다 아는 사실이라고 말했다. 그러면 그 정치가의 이야기를 당신이 들었던 장소를 말하라, 그 자리에 참석할 자격은 어떤 방식으로 얻었는가, 라고 물어도 대답하지 않았다. 분명히 갈피를 못 잡고 어물대면서도 끝까지 내 인식의 '세계성' 결여를 주장했다.

그러던 중에 이 청년에게 대항하는 여성이 나타나 일거에 귀찮은 일을 정리해주었다. 실은 점심식사 자리에 와 있던 사람 가운데 이 여성을 발견하고 신경이 쓰였다. 그녀는 물론 영어로 말했는데 중요한 곳에 이르면, 나도 알 수 있도록 느린 이탈리아어로 그것도 초보 문법을 이탈리아인한테 한마디씩 힘주어 말하는 방식으로 이렇게 말했다. 그러니까 일본·일본인이 핵 공격 능력을 감추고 있다는 이야기인가, 아니면 일본·일본인을 핵무기를 탑재한 미사일로 공격할 능력을 다른 나라가 갖고 있다는 이야기인가? 당신은 거꾸로 받아들이고 있다. 만약 후자를 말하는 거라면 그 사실은 전 세계가 명확히 알고 있다, 라며 그녀는 청년을 내몰았다.

그러더니 오히려 그녀와 이야기하고 싶어진 나를 새로운 질문자에게 넘겨주고 여성은 모습을 감추었다. 줄을 이은 질문자들과 서서 문답을 주고받은 후 단상에서 동석했던 사람들한테 인사하고 출구로 향하는 곳으로 가자 앞에서 말한 여성이 다시 나타났다. 제대로 기다려주었던 것이다.

2

기자회견을 하는 동안 동석했던 사람들과는 같은 마음으로 '3·11 이후' 상황에 관해 발걸음을 맞춰왔고 함께 앞으로 나아가려 하고 있다. 이 일은 중요한 일이다. 그런 한편으로 지금 나는 소년 시절부터 내게 특별한 존재였던 인물의, 아마 마지막 동반자였을 여성과 재회했다고 인식했다.

우리가 일렬로 앉아 있는 단상 앞쪽 바닥에 나란히 붙여놓은 다섯 명씩 앉을 수 있는 식탁이 뒤쪽까지 이어져 있었는데, 그 바깥쪽으로 사람들이 몰려 서 있었다. 말하자면 예상보다 많은 기자들이 어깨를 부딪치며 벽 쪽에 서 있었다. 일본 기자들보다 해외에서 온 참석자가 많았다. 그들에게 우리가 대답할 수 있는 내용 대부분은 작년 9월에 열린 시민들의 집회에서 이미 이야기한 것이다. 원전의 재가동을 허락하지 않겠다고 우리는 말하고 있지만 정부와 지방자치단체는 재가동을 강행할 것이다. 시민으로서 어떻게 억지抑止할 것인가? 사태를 잘 알고 있으므로, 식탁에 앉은 사람들은 그 부분을 추궁하려 하는 건 아니었다.

그보다는 오히려 회견이 끝난 후 플로어에서, 기다렸다가 벽 쪽에서 나온 사람들이 저마다 의견을 품은 채로 자기가 노린 사람을 붙잡아 대화하려고 했다. 내 경우 그런 상대를 내몰아줬던, 커다란 꽃무늬가 있는 낙낙한 원피스를 입고 있던 여성이 실은 모임 진행중에도 내 눈을 사로잡았었다. 아직 젊음이 남아 있는 그 여성은 지금보다 열다섯 살 정도 어렸을 때, 문제를 안고 치카시와 실제적인 해결 방도를 이야기하기 위해 우리집에 왔던 적이 있다. 그런데 이제 그녀가 이탈리아인과의 문답을 종료시켜주는 성숙함을 보여주고 있었다. 내가 답례로 고개를 숙여 인사했더니 "시마우라입니다"라고 이름을 말했다.

그리고 약속한 것처럼 나와 나란히 서서 사람들이 모여 있는 엘리베이터 홀을 오른쪽으로 돌아 레스토랑에서 마주앉게 되었다.

"시코쿠에서 아카리 씨와 만나고 왔어요. 일본에 도착한 날 치카시 사모님한테 전화를 했더니……이런 기자회견 때문에 모리오카에서 센다이를 거쳐 돌아오실 거라고 들었기 때문에……우선 제가 혼자 시코쿠에 가봤지요. 도쿄 기자회견장으로 조코 선생님을 만나러 가고 싶다고 했더니 신문사 관계자한테 저를 위해 보증서를 써서 이곳 접수처에 넣어달라고 하겠다시면서, 언제나처럼 하나부터 열까지 신경써주셨습니다.

사모님께서 만나보고 와달라고 말씀하셨기에 직접 시코쿠에 가봤습니다. 아카리 씨는 햇볕에 탄 얼굴로 활발하게 돌아다니고 있었는데, 아카리 씨와 함께 지내는 마키 씨에 따르면 처음에 자기가 도쿄에 보고했을 때만큼 컨디션이 좋은 건 아니고 울적해하는 경우도 있다고 했지만, 아무튼 햇볕에 탄 얼굴이어서 유쾌해 보였어요."

"마키는 지금 아카리가 햇볕에 탄 사실에 대해 이야기하고 싶어하더군요."

"그리고 그 근원은 조코 선생님이 보여주신 책에 있다는 이야기를 들었어요. 몇 살 때쯤이었는지는 명확하지 않다는데 아버지가 센닥의 『Outside Over There』*의 특별한 페이지를 보여줬고 그 일이 잊히지

* 미국의 동화 작가 모리스 센닥이 1981년에 발표한 대표작으로, 국내에는 '잃어버린 동생을 찾아서'라는 제목으로 소개되었다.

않는다고 합니다. 고블린 등이 찾아와 막 태어난 아기를 훔쳐가지요. 그리고 자기네 친구인 노인을 대신 놓고 갑니다. 그 장면을 선생님은 자신의 책에 '그로테스크한 모습의 희부연 한 아기가 요람에 남아 있다……'라고 쓰셨지요.

선생님이 그림책의 그 페이지를 보라고 강요했다고……그림책 내용을 알지 못할 때 강요당해서 울음을 터뜨렸다죠. 그 이야기를 듣고 저도 분명 그 페이지가 무서웠다는 사실을 기억해냈어요. 고블린 등이 아기를 바꾸기 위해 얼음으로 만든 허연 노인이 녹기 시작했으니까요……아이다는 좀전까지 노인을 아기라고 믿으며 안고 있었고요. 마키 씨는 아카리 씨가 그 녹기 시작한 얼음 노인과 똑같은 상황에 처한다면 자기가 아이다가 되어 막아주겠다고 생각했다더군요.

마키 씨는 지금 햇볕에 타서 활기차게 행동할 수 있는 아카리 씨와 나란히 숲속을 걷고 있으면 도쿄의 아버지가 녹기 시작한 얼음 노인으로 눈앞에 떠오를 때가 있다는 이야기도 했어요. 저는 아기가 생겼을 때 얼음 노인과 아기를 바꿔치기당하지는 않겠다고 강하게 생각했던 걸 기억해냈습니다.

마키 씨는 이후 십 년은 지났을 때 선생님이 그 장면을 소설에 쓴 것을 읽고, 자기는 아이다로서 노력하지 않으면 안 되겠다고 다시금 생각했다고 합니다. 그게 오빠에 대한 아버지의 억압에서 벗어나 둘이서 함께 자립하려고 생각한 계기였다고 말하더군요. 그에 대해 저는 아기를 죽이라고 하는 아버지에게 저항해야겠다고 결심하는 걸 치카시 사모님이 도와주셨다고 했지요.

우선 저는 선생님과 고로 씨가 어렸을 때부터 줄곧 친구였다는 걸 알고 있었어요. 고로 씨한테 이야기를 들었으니까요. 또 저는 남독일 신문에 조코 선생님이 쓴 짧은 에세이를 읽고 호감을 품고 있었어요. 그 에세이를 기억하고 있었기에 저 자신이 고통스러운 상황을 맞아 도쿄로 돌아갈 수밖에 없었을 때 유일하게 알고 있던 고로 씨의 친구인 조코 선생님한테 연락한 겁니다. 그러면서도 선생님은 일본인 어른이니 제 아버지 생각에 찬성하지 않을까 의심을 품었답니다.

다만 저를 조코 선생님 댁으로 이끈 건 선생님 댁에 있던, 고로 씨가 베를린에서 저와 같이 있는 동안 그려서 여동생한테 보낸……색연필로 스케치해서 물에 젖은 붓으로 문지르면 수채화가 되는 그림입니다. 그 그림이 있을 터여서 보고 싶었어요. 그건 제가, 이미 죽고 없는 고로 씨가 다정했던 시간을 떠올려서였지요.

그런데 조코 선생님 댁으로 가서 이야기를 나누는 동안(조코 선생님 말고 고로 씨 여동생인 치카시 사모님과) 그처럼 현실적인 방식으로 저와 제 아기에 관한 도움을 받게 되었습니다. 한번은 치카시 사모님이 저와 아이에 관해 실제로 어떻게 생각하시는지 불안해져서 떼를 쓰듯 말도 안 되는 신경질을 낸 적도 있습니다. 저는 사모님께 베를린까지 도와주러 오시게 해서 되겠냐고, 너무 괴롭다고 불평했던 겁니다.

그랬더니 치카시 사모님은 이렇게 말씀하셨어요. 내가 하는 일은 남편도 알고 있어요, 오히려 남편이 이렇게 할 수 있는 기반을 만들어주고 있죠, 라고……그러고 보니 조코 선생님이 숲속에서 보낸 어릴 적 이야기를 여러 작은 이야기로 만들고 사모님이 그린 삽화를 넣어 책을 내셨어요. 조코 선생님의 여성 지인들은 모두, 그 책이 잘 팔리는 건 치카시 사모님 그림 덕분이라고 했다지요.

남편은 고로의 여동생인 내가 살기 좋은 가정을 만들려고 한다, 그렇기에 아카리를 저토록 소중하게 여기는 건 진심이라고 생각한다, 하지만 그건 아카리가 고로의 여동생의 아이이기도 해서라고 생각한다, 남편한테 어릴 때부터 가장 소중한 건 친구였고(우선 기 형이 있었죠) 그중 한 사람이 내 오빠였다, 고 하시더군요.

이번에 숲 가장자리에서 만난 마키 씨한테 이런 이야기를 하는 동안 미국 TV 프로그램 제작자가 조코 선생님을 대상으로 한 긴 인터뷰를 하며, 그 인터뷰에는 고로 씨와의 일도 중요한 요소로 들어갈 거라고 들었습니다. 그래서 저는 마키 씨한테 소개받아 기 주니어와 이야기를 나누었습니다. 그리고 조코 선생님 인터뷰 때……혹시 그때 제가 일본에 있으면……함께하고 싶다고 말했더니 선생님의 동의를 얻으라고 하더군요. 여기 온 건 그걸 부탁하려는 마음도 있어서예요."

3

귀가 후에 나는 치카시에게 시마우라와 만난 이야기를 했다. 그랬더니 이미 시마우라가 직접 전화를 해왔다고 했다.

"시마우라 씨는 이제까지 오랫동안, 그만큼 신세를 졌으면서도 거의 소식 없이 지내서 죄송했다고 했어요. 하지만 시마우라 씨가 우리 가족한테, 더 정확히는 당신한테 편지를 쓰기가 쉽지 않았다 해도 그건 당연하다고 생각했다고 대답했지요.

당신은 『체인질링』에서 고로 오빠와 시마우라 씨에 대해 그렇게 깊은 부분까지 썼으니까요. 하지만 당신한테 시마우라 씨에 대한 악의가 있어서 그랬던 건 아니고, 당신은 그저 고로 오빠가 당신에게 자랑삼아 했던 이야기를 그대로 써버린 것뿐이지요.

오늘은 당신과 대화하는 중에 그 이야기가 나와도 이상하지 않다고 생각하는데(앞으로는, 이라고 말한 건 시마우라 씨가 일본에 있는 동안 몇 번이고 방문해줬으면 해서인데), 저 소설 이야기는 빼고 하는 게 좋겠다고 생각한다는 말도 했습니다. 그랬더니 내가 생각해온 것과 똑같은 것을 시마우라 씨가 답해줬어요.

처음에 읽었을 때는 자신에 관한 충격적인 이야기가 쓰여 있다고 생각했지만 애초에 고로 씨가 당신한테 털어놨을 당시의 미묘한 분위기를 재현하고 있다는 것을 알 수 있었다, 그리고 별다른 일은 없었던 자신들의 성적인 관계를 생각하면, 고로 씨의 배려가 다시 생각났고(단적으로 말해 독일에 사는 젊은 여성, 베를린에 와 있는 일본인 남성 사이의 일이었으니 성적인 것에 관한 우리 둘 사이의 약속은 지켜질 수가 없었겠지요), 그 부분을 다시 읽으니 고로 씨의 나에 대한 존중을 새삼 느꼈다. 다만 우리 상황을 다른 사람도 이해 가능한 방식으로 고로 씨가 설명할 수 있었으리라고는 생각하지 않는다, 그건 알고 있다고 시마우라 씨는 말했지요."

4

다음주 토요일, 시마우라는 고로가 사용했던 것과 모양이 같은 쿠션이 긴자의 양품점에 있었다면서 선물로 사 들고 나타났다.

"고로 씨 것은 더 컸지만 그 시절을 애틋한 감정으로 떠올리게 하는 물건이라서요. 고로 씨는 영화제 초대측 사무국이 준비해준 중단기 체류자용 아파트에 거주했지만, 아파트에 있던 가구가 마음에 안 들어 몇 개를 자비로 사들여놓았지요."

치카시는 그 쿠션이 광범위한 예술활동으로 알려진 윌리엄 모리스가 디자인한 것이고 아버지 병실에도 있었다면서 곧바로 반응했다. 전쟁 중반 무렵에 나치 독일의 감독을 일본으로 불러서 합작영화를 만들었고 아버지가 협력했는데, 만들어진 작품이 불만스러워 크레딧에 이름을 넣지 않도록 하고 보수도 받지 않았다. 그후 병석에 누워 있다는 것을 알게 된 상대가 보내준 쿠션을 애용했지만, 전쟁이 끝난 직후 그 쿠션을 햇볕에 내다 말렸을 때, 독일 제품은 점령군한테 지적당한다고 말하는 방문객들이 있기에, 아버지가 모리스는 영국인이라며 책장에 번역 시집이 꽂혀 있다고 알려줘서 어머니를 안심시켰다고 했다.

"이 천의 섬세한 무늬가 아름답지요? 감색, 청색, 황색……금빛을 띤 갈색 새가 꽃과 풀에 둘러싸인 모습을 쿠션으로 만든 거겠지요. 큰 쿠션은 편안해서 멋진 물건이었어요."

"여기에 그려진 건 직박구리인데, 남편은 정원에 있는 새들한테 줄 먹이를 직박구리가 독점했기 때문에, 숲 가장자리에서 보낸 어린 시절에 만든 덫으로 한 쌍을 잡았어요. 이 앞에 있는 강 상류 숲에 놓아주었지만, 신문 에세이에 그 이야기를 썼더니, 새를 놔줬다 해도 법률 위반이라면서 항의를 받았지요."

"이런 이야기를 하러 시마우라 씨가 온 건 아니니"라는 말로 나는 두 사람의 이야기를 정리하려고 했다.

"아뇨, 고로 씨가 여기에 있었다면 더 이야기했을 거예요."

그래도 내가 책을 정리하자 시마우라는 자기 이야기를 시작했다.

"지난번 기자회견에서 저와 조코 선생님이 동석해 있는 모습을 봤다면서, 베를린에서 만난 적 있다는 분이 연락을 해왔습니다. 참석자가 기록용 노트에 호텔 이름을 써두었기 때문이죠.

오늘 오전 중에 만나고 왔어요. 고로 씨가 마지막으로 만들려고 했던 영화 이야기를 했는데, 아직 소문이 살아 있나고 하더군요. 영화 업계에 오랜 인맥을 가진 주간지 기자인 듯합니다. 만들던 영화에서 촬영을 의뢰했던 카메라맨과 문제가 생겼다는 이야기는 고로 씨한테 들었죠.

하지만 그 영화는 구상 내용이 명확하게 알려졌느냐고 물어봤습니다. 유년 시절에서 소녀 시절에 걸쳐 성적 재난을 겪고 그 트라우마로부터 도망칠 수 없었던 소녀가 그럼에도 자립심과 노력을 잊지 않고 앞을 보면서 살아왔죠. 그런 여성의 새출발 이야기를 다룬 영화는 어느 정도 있지만, 이건 해외에서 일하는 지적인 여성의 이야기라는 사전 광고가 있었다는 말을 들었습니다.

제작에 들어갔을 때 하나와 고로 감독과 카메라맨 사이에 충돌이 일어나서 중단되었고, 그후 감독이 자살했다. 『체인질링』이 나왔을 때 조코 선생이 모델로 삼은 인물이 하나와 감독이 영화로 찍으려 했던 여성 아닌가 하는 소문이 있어서 직접 취재하기 위해 베를린으로 갔다. 나를 만난 거 기억하느냐, 당신은 내 이야기를 듣고 취재를 거부했다.

그처럼 예의바른 기자였고, 저의 일본 방문이 하나와 감독의 영화를 국제적으로 평가하는 책을 완성하기 위한 거라고 했더니 격려해주더군요.

그건 다행이었는데 제 쪽에서 신경쓰이기 시작한 일이 있었어요. 하나와 감독이 촬영을 시작하기 직전에 열린 회의에서 촬영 담당자와 싸운 이야기는 주간지에 상세하게 나왔다지요.

그 카메라맨이 찍은 영상을 높이 평가해 자신의 영화에 기용하려 했던 하나와 감독은 스케치를 한 장 가지고 교섭하러 갔다. 감독은 젊은 여성의 내면에 있는 것이 의지든 감정이든, 신체에 그것도 미세한 피부의 움직임으로써 드러나 보일 때가 있으니, 그걸 카메라로 잡아줬으면 좋겠다고 주문했다. 그리고 감독은 콘티 용지에 하늘을 보고 누워서 양다리를 벌리고 있는 벌거벗은 여자를 재빨리 그려내고는 우리는 이런 여성의 신체 일부의 운동을 일상적으로 보고 있다, 그걸 명확히 표현하고 싶다고 말했다. 카메라가 몸의 세부를 접사하는 식이 아니라, 스크린을 바라보는 우리 가슴속에 아, 이 움직임이야, 싶게 가슴에 와닿도록 장면을 잡아내고 싶다고 했다……

화가 난 얼굴로 침묵을 지키고 있는 카메라맨에게 감독은 열심히 자신이 생각하는 카메라 기법의 독특함을 계속 설명했다. 그리고 두 사람은 결렬되었다."

"하지만 화를 냈던 그 카메라맨은 사오 년 전에 사망한 걸로 알고 있으니, 여러 번 회자되면서 최종본이 된 내용을 기자한테 들은 거죠?"라고 말하며 내가 끼어들었다.

"고로 오빠한테 그 누구보다 이 이야기를 더 자세히 들었던 사람은 남편이라고 생각해요"라고 치카시는 조용한 목소리로, 하지만 어떤 결의를 담아 말하고 나서 방을 나갔다. "그 카메라맨과 고로 오빠의 충돌

이야기는 분명히 지금 정도의 내용이었어요. 하지만 영화 관계자들끼리 이야기하면서 웃게 된 대목은 고로 오빠가 사용한 단어가 노골적이었다는 점인 듯합니다.

이래서야 무슨 이야기가 더 나올지 모른다. 고로 오빠의 스케치나 그림 콘티 등도 주간지에 실릴 거다. 기자의 꿍꿍이속을 알게 되자 마음이 동요되어(당연하지요) 나와 남편한테 이야기하러 오신 거……맞지요?"

시마우라는 부정하지 않았다.

"그렇다면 시마우라 씨, 걱정할 필요 없어요. 지금 이야기에 나온 물증은 전부 우리가 갖고 있으니까요. 우선 고로 오빠가 그린 스케치는 정말 좋은 그림이랍니다. 원화와 컬러복사한 것을 내가 가지고 있어요.

그리고 지금도 영화 관계자가 화제로 삼고 있다는 영화 구상 이야기인데, 카메라맨과의 교섭이 결렬된 밤에 고로 오빠가 집에 와서 그 이야기를 했던 걸 기억하고 있습니다. 진지한 이야기입니다. 그리고 이런 이야기를 고로 오빠와 하는 국면이 되면 그 자리에서 노트에 메모하는 것이 남편의 '인생의 습관'이지요. 그날 밤은 아직 고로 오빠도 그 영화를 단념하지 않았기 때문에(돌아가는 길에 인물의 다이얼로그를 남편한테 의뢰했지요) 스케치와 그림 콘티도 남겨두고 갔고요."

치카시는 내가 어젯밤에 서고에서 꺼내 내려놓은 '하나와 고로 관련' 자료가 든 상자를 우리가 둘러앉아 있는 식탁 위에 올려놨다. 먼저 꺼낸 건 A5 사이즈만한 연파랑 빛깔 종이에 그린 스케치, 거위 깃펜과 같은 효과를 내는 펜으로 그린 벌거벗은 여자.

"고로 오빠는 언제나 특별한 펜과 잠금장치가 달린 잉크병을 가죽케

이스에 넣어 가지고 다녔지요. 오빠가 아버지한테 물려받은 건데 그 펜으로 그리면 오래된 판화 같은 느낌이 납니다.

이건 고로 오빠가 그린 그림 콘티인데 대여섯 장이나 될까요, 그림 콘티들에 관해서는 남편 이야기를 들어봅시다. 아무튼 고로 오빠가 만들려고 했던 영화 구상을 드러내는 것이니까요……시마우라 씨와 함께 듣고 싶어요.

그 일이 끝나면 그림 콘티는 뒷마당 석유통에 넣어 태워버립시다. 고로 오빠가 그린 스케치 원화와 컬러복사본은 나와 시마우라 씨만 갖고 아무한테도 보여주지 않기로 해요."

그날 밤 고로가 한 말을 나는 노트에 옮겨 적었는데 두 여성을 앞에 두고 낭독해 들려줄 수도 없는 단어로 가득했기에 난처해하던 중, 고로의 말투를 내가 시구절처럼 만들어내려고 했던 페이지를 발견했다. 그건 고로의 의뢰에 부응해보려 했던 시도 중 하나였는데, 나는 고로가 사용한 단어를 그 단계에서는 존중하고 있었다. 이거라면 괜찮겠다 싶어서 나는 두 여성에게 보여주고 그녀들 스스로 읽게 했다.

소년 시절부터 친구였던
늙은 영화감독이 나타나서
바젤시의 고급 호텔 봉투를 보여줬다.
앞면과 뒷면에
가느다란 연필 스케치가 있다.
이십대 중반 여성이
세워둔 한쪽 무릎에 팬티를 걸친 채로

잠들어 있다.
그 자세대로
하반신에 시점을 고정한 스케치.
고요한 항문에서 회음부를 지나
곤충의 집 같은 질 입구까지
겹치는 선이 섬세하게 이어져 있다.
어떤 기척이 이곳 앞쪽으로 전달된다.
슬픔에 찬 듯한 탄식도 들었지……
소녀 때 만났지만
지금은 성숙해
스위스 시민과 가정을 꾸리고 있고
(그와는 별개로) '종교' 때문에
성기 침입을 허용하지 않는다.
일 년에 몇 번의 밀회 땐
벌거벗고 껴안은 채 오랫동안 키스만 한다.
피곤하면 이곳을 손바닥으로 덮고 겨우 잠든다
(그렇게 하면 안심이 된다고 하므로).
이쪽은 일 년 내내 불만스러운 겨울인데
눈을 뜨고 그 오른쪽 손바닥에
관능적인 여운을 느끼는
때가 있다……
(꽤 세월이 지나고 나서야 비로소)
신비의 자물쇠를 푸는 그것을 봤다.

그 기척이 바로 우리가
공유한 것이었다.
카메라로 찍는 것이 불가능한 기척과 움직임을
젊은 여인의 대사로 만들어다오.

그리고 나는 여기에 이어지는 페이지 속 고로의 표현을 그대로 낭독했다.

"그래서 영상으로 표현할 수 없지만 이어지는 그 한순간의 내용을, 나로서는 그 장면 직후에 눈을 뜬 여성이 토해내는 짧은 대화로 언어화하고 싶다, 그런 말이야.

너한테 주문하고 싶은 건 피부가 있는 부분의 미묘한 움직임을 묘사하는 것이 아니야. 그 자체가 실체가 있는 언어, 그녀의 신체 안에서 일어난 독특한 움직임이 가라앉고 그 여파가 있을 뿐인데, 그곳에서 있었던 일을 영화를 보는 사람이 그녀의 희미한 탄식으로 이해할 수 있도록 해야 해. 말하자면 나는 이 화면에 표현된 것의 원형을, 잠든 그녀의 움직임을 통해 봤어, 즉 내가 오랜 세월 동안 그녀와의 관계 속에서 이루지 못한 것이 달성된 모습……그러니까 그 전체의 표현을 본 거지.

아직 잠든 채로 그녀의 의식이 포착하고 있는 조금 전의 경험 내용을 두세 줄을 넘지 않는 언어로, 하지만 완벽하게 표현해줬으면 좋겠어. 지금 내가 이야기한 것을 전부 포함해 단 한 순간의 성취를 여성의 그 모든 감각으로 이해하고 이쪽에는 들릴까 말까 한 정도의 목소리로 표현하는 그런 언어가 필요해. 나는 그걸 완벽하게 들었지만 내 언어로 만들 수가 없어.

지금 말한 대로 나라는 감독 한 사람의 의식과 무의식의 검열…… 나 자신의 레벨을 넘어서 존재하는 자기검열. 나뿐만 아니라 카메라맨도 그 자신의 검열에 방해받고 있지. 따라서 그런 것들이 총체적으로 애매해지는데 그걸, 네가 소설에서 단련해온 정교하고도 구체적인 목소리로 표현해줬으면 해……"

5

나는 여기서 이날 우리가 나눈 긴 대화(하지만 말수는 극단적으로 적었던)의 한 단계가 마무리되어 커피와 치카시가 만든 샌드위치로 가볍게 식사하며 잠시 쉰 다음 시마우라가 『체인질링』을 어떻게 읽었는지 말한 내용도 적어두고 싶다.

"베를린에서 우선 저한테 필요했던 건 도쿄에서 발행된 『체인질링』을 입수해 읽는 일이었죠. 책을 읽고 호기심을 발동시킨 사람들이 어느샌가 제 좁은 생활 범위 안에 적지 않게 있었어요. 이 사람은 읽었구나, 저 사람도 이야기를 들었구나 하고 느꼈답니다. 제가 일본 영사관 사람들에게 아르바이트 자리를 소개받아 사귀게 된 사람 중 여럿이 항공회사 친구를 통해 곧바로 입수해서 돌려 읽고 있는 것 같았어요.

그러다가 도쿄에서 치카시 사모님이 보내주신 『체인질링』을 읽게 되었습니다. 소설에는 고로 씨의 베를린 체류중 통역으로서 조수 일을 했던 첫 만남이 우선 나와 있었고 고로 씨와의 교제가 친밀해지는 모습도 적혀 있었습니다. 이 부분은 베를린 사람들의 호기심을 자극하리라고 생각했지요.

하지만 그건 고로 씨가 떠날 때까지의 이야기고, 이 년이 지나서 다시 고로 씨가 유럽 여행을 올 때마다 만나게 된 후의 이야기는 쓰여 있지 않아요. 그건 다행이기도 했고 불만스럽기도 했습니다. 표면만 읽는 한 저한테도 충분히 충격적이었기 때문이지요. 하지만 다시 읽을 때마다 그리운 감정이 강해졌어요……읽어나가는 시간이 더 많아지면서, 저와 고로 씨의 관계가 더 강렬해지는 과정이 생생해, 아, 그랬지 하고 기억이 나도록 쓰여 있어서 새롭게 감동할 때도 있었어요.

소설에서 고로 씨는 성적인 내용을 노골적으로 이야기합니다. 그 노골성이라는 건 훌륭한 아버지와 어머니한테 잘 교육받고 자란 자식이면서도 일부러 노골적인 표현을 하는 그런 방식이었죠. 저도 어느샌가 용감하게 그런 단어들을 쓰는 데 합류하게 되었어요. 이제까지 없었던 언어 환경으로 들어갔습니다. 그런 사실이 또렷하게 생각났어요.

그 고로 씨의 표현을 따라 제가 말한 기억이 있는 언어를 읽어나가다보니, 제가 이 무렵부터 점점 인간적으로(저라는 인간 전체로부터) 해방되어갔다고 느꼈지요.

그런데 그 책의 「물장군」 챕터 마지막에 나오는 장면은 실제 장면이 아니에요. 어떻게 다른가 하면, 고로 씨가 베를린에서 귀국할 때 사건으로 소설에 쓰여 있는데 실제로는 그렇지 않아요.

왜 소설에 진실이 쓰이지 않는가? 소설을 읽는 사람 대다수가 픽션으로 받아들이기 때문이겠지만 조코 선생님은 그 소설을 '물장군'에 녹음된 그대로는 아니지만 분명 사실에 의거해 쓰고 있지요. 그런데 그 부분의 실제 이야기를 고로 씨는 조코 선생님한테 하지 않았어요. 왜 고로 씨는 이야기하지 않았을까요? 고로 씨는 자기가 직접 영화로 만들 구상을 하고 있었어요. 그리고 그 영화의 클라이맥스 장면을 스케치로 표현했지요.

여기에 있는 그림을 잘 봐주세요. 젊은 여성은 완전히 벗고 있습니다. 하지만 그런 일은 저 베를린에서의 마지막날에 일어나지 않았어요. 그건 베를린이 아니라 팔 년 후 제네바의 호텔에서 (그야말로 고로 씨와 저의 밀회 마지막날에) 실제로 일어났던 일이지요. 그날 우연히 제가 완전히 벗었는데 그날 말고는 베를린에서 보낸 나날에 둘이서 했던 약속은 제네바에서도 지켜졌습니다.

입고 있던 실크 와이셔츠 단추를 푼 고로 씨와 부둥켜안고 키스를 했고 고로 씨가 정성을 다해 애무했어요. 하지만 페니스는 삽입되지 않지요. 그러다가 제 손바닥에 사정을 해서 고로 씨의 몸이 침대 아래쪽으로 떨어지게 됩니다. 그래서 이 그림에 그려진, 혼자가 된 제 몸이 남았지요……

……그리고 저는 잠들어버렸어요. 그리고 앞서 끝난 일에 이어지는 꿈을 꾸었지요. 그때 제 마음속에서는 섹스 이상이지만 섹스는 아닌, 하지만 이제까지 살아오면서 최고로 기분좋았던 상황이 정말로 일어나서 저는 오르가슴을 느꼈어요……짧은 꿈에서 깨어난 저를 침대 발치에 엎드려 스케치하고 있던, 와이셔츠 사이로 가슴이 드러난 고로 씨의 머리가 보였는데, 그 모습을 보면서 저한테 일어난 일을 이야기했어요……저는 다시 한번 잠들어버렸고 다시 눈을 뜨자 곧바로 일어나지 않으면 서로 기차 시간을 맞출 수가 없는 상황이 되었죠. 고로 씨 쪽은 벌써 셔츠 단추를 다 채웠고 바지도 입었고 양말도 신었더군요."

"……고로 오빠가 '물장군'에 녹음해 보내온 것은 베를린에서의 경험이 중심이었으니 『체인질링』은 거기서 끝내는 것이 깔끔하고 좋았다……그렇다면 그 장면은 꼭 거짓말은 아니었던 거 아닐까요? 그리고 제네바에서의 새로운 경험을 정점으로 할 예정이었던 영화를 오빠는 점차 자기해방을 해나가는 한 '여성'의 이야기로 구상하고 있었던 거라고 생각합니다. 그런데 고로 오빠가 저런 식으로 죽으면서 영화 계획 자체를 망쳐버렸지요. 그걸 알고 있는 남편이 실제로는 제네바에서 있었던 일을 고로 오빠와 당신의 베를린 시대 이야기로 해서 『체인질링』을 완결시킨 것이 거짓말이라고는 생각하지 않아요.

시마우라 씨가 혼자 계속 생각해온 것을 잘 이야기해주셨어요. 이야기를 듣다보니 내 안에서 명확해진 부분을 말하고 싶어요. 마키가 기주니어의 나에 대한 인터뷰를 마키를 포함해서, 필요한 사람은 같이 입회하는 형식으로 해준다고 합니다. 그 인터뷰를 앞당겨 실행하는 듯한데 시마우라 씨와 남편이 함께 들어줄 이야기를 지금 하고 싶어요.

고로 오빠가 남편을 적극적으로 만나러 오지 않게 된 후, 결국 그 연장선상에서 고로 오빠의 죽음이라는 사태가 있었어요. 그래도 이 기간 동안 『체인질링』에 쓰인 그대로 고로 오빠는 '물장군'이라는 연락 장치를 통해 적어도 일방적이긴 해도 남편과 이야기했고, 오빠가 살아 있을 때도 죽은 다음에도 남편이 고로 오빠에 대해 계속 생각해왔다는 건 소설에 나오는 그대로지요.

하지만 어쨌든 그때는 근래에 그런 일이 없었다고 말할 수 있을 만큼 빈번하게 오빠가 남편을 만나러 와서 이야기하고 가는 일이 이어졌는데 결국 남편은 요청받은 것을 영화에 제공할 수 없다는 결론을 냈어요. 그래서 고로 오빠와 남편의 관계는 최종적으로 끊긴 겁니다.

……그 영화 이야기를 하러 고로 오빠가 찾아오는 일이 이어지는 동안, 어느 날 오빠가 나타나자 남편이 원고용지 한 장을 오빠한테 보여주었고, 오빠는 그걸 얼핏 보더니(나도 그만 그것이 백지에 지나지 않는 정도의 수준이라는 걸 봐버렸지요), 그 옆얼굴이 점점 아버지를 닮아간다고 생각한 걸 기억하는데, 가만히 두 번 접어서 남편이 놓아둔 봉투에 집어넣고, 그 멋쟁이 고로 오빠가 윗옷 주머니에 뭔가 넣는 모습을 처음으로 본 듯한 느낌이 들었는데, '이런 거였군'이라고, 더욱더 온화한 말투로 말하고는 돌아갔지요.

남편이 그대로 앉아 있기에 내가 가까이에 주차해둔 벤틀리까지 배웅하러 갔고, 한번 핸들 앞에 앉으면 의식을 행하는 태도로 곁을 내주지 않는 고로 오빠가 차를 빼는 것을 보고 있었습니다.

그후 『체인질링』이 나왔고 고로 오빠와 시마우라 씨의 일이 최종적으로 「물장군」에서 이야기되는 장면을 읽은 나는 거기에 쓰인 대사가 남편이 고로 오빠의 요청을 받고 하게 된 시행착오의 흔적이라고 생각했어요.

남편은 고로 오빠한테 부탁받은 내용을 자기 문장의 elaboration이라는 '인생의 습관'으로 다시 쓰고 다시 쓰고 했지만, 오빠한테 요청받은 말을 만들어낼 수가 없었고, 자기는 이 건을 포기하겠다는 뜻을 이해시키려고 저런 태도를 취했다고 생각해요. 그걸 고로 오빠한테 전달하면서 자기가 했던 일을 없었던 일로 할 수는 없다는 걸 자기 자신한테 명확하게 해두려고, 오빠가 죽은 다음에 자기가 해본 그 실패 사례를 『체인질링』에 써넣은 겁니다. 만약 망자의 영혼이 있다면 그런 계획은 고로 오빠가 전부 거절했을 거라면서……

오빠가 그 구상을 종이에 명확히 그려놓은 스케치의 컬러복사본을 오늘 아침에 찾아두었습니다. 그 복사본을 시마우라 씨한테 드릴 예정이었는데, 요전의 베를린 겨울 풍경 수채화처럼 내가 복사본을 갖고, 오리지널본을 시마우라 씨가 갖고 갈 수 있도록 드리지요."

치카시는 입을 굳게 다물고 잠시 생각하는 모습으로(그건 앞서 그녀가 말한 고로의 얼굴을 더 리얼하게 재현한 얼굴이었다) 나의 찬성과 시마우라의 기쁨을 확인했다.

'세 여자'가 이제 시간이 없다고 말하기 시작하다

1

아카리와 함께 시코쿠 숲 가장자리로 옮겨 새 생활을 시작했던 마키가 아사의 편지를 들고 세이조 집에 나타났다. 마키한테 우울증이 온 듯하다고 시마우라에게 듣기는 했지만, 치카시는 그 증상이 오랜만에 온 것 같다면서 아사를 통해 알게 된 사실만을 말했고 더이상 말하지 않았다.

다만 나는 현재 마키가 겪는 우울증의 계기가 나와의 편지 교환이리라고 추측했다. 하지만 '가정의 규칙'의 하나로 나는 더이상 간섭하지 않았다. 내가 관여된 듯싶기도 하지만 바로 그렇기에 오히려 더이상 관여하지 않는 것이 우리집 관습이었다. 치카시는 언제나 그런 상황이 회복될 조짐이 보일 무렵에야 지나간 폭풍우처럼 이야기를 한다. 실은 아카리, 마키와 마찬가지로 골짜기 마을에 사는 아사에게 물어볼 수밖에 없었는데, 아무튼 도쿄에 일이 있기도 해서 온 마키가 지참한 아사의 긴 편지가 그 역할을 하게 되었다.

그래서 있었던 일만을 써본다. 대규모 집회에서 만남을 거듭하며 새로 친구가 된 연하의 시민운동 그룹에서 주축이 된 중의원과 참의원 소당파 모임이 탈원전법 일로 이야기하고 싶다며 요청해왔다. 내 쪽이 더 배우고 싶은 지점이 있어서 외출했고, 날이 밝아올 무렵에 귀가했다. 지금은 우리 부부만 사는데, 현관에 놓인 여성 구두 한 켤레를 발견했다. 거실 조명은 켜져 있었지만 집 전체가 적막한 고요에 싸여 있었기에 그대로 이층으로 올라갔고, 잠들기 전에 술을 한잔할까 생각하는 동안 피곤한 나머지 그럴 필요도 없이 침대에 쓰러져버렸다.

정오 가까이 되어 일어나 식당으로 내려갔더니 치카시는 그렇다 치고 딱히 뭔가를 신경쓰는 듯한 기색이 없는 마키가 바로 얼마 전까지 매일 아침 그랬던 것처럼 식탁 앞에 마주앉아 있다. 아카리도 돌아와서 음악실에 있고, 이런저런 CD를 낮은 소리로 들어보고 있나? 아카리는 릿짱의 보살핌을 받으며 덴쿠보저수지 집에 남아 있어요, 라고 치카시가 내가 질문하는 것보다 먼저 말했다. 그리고 마키가 검게 보일 만큼 햇볕에 타서 단단해진 얼굴을 나에게로 향하면서 어딘지 모르게 평상시와 다른 말투로 이야기했다.

"아카리 오빠와의 생활은 여전히 잘되어가고 있고, 엄마한테 매일 전화하는 내용 그대로예요. 그래도 다시 이야기를 많이 했으니 그런 이야기는 엄마한테 들어주세요. 낮부터 기 주니어가 먼저 도쿄로 와서 누구를 만나고 있는데 그쪽에 합류하기로 해서, 곧바로 나갈 거예요. 그러니 용건을 한꺼번에 보고할게요.

우선, 아빠와 문제가 생긴 『'만년양식집'+알파』 말인데요, 저는 이쯤에서 좀 쉬고 나서 하자고 제안했어요. 하지만 아사 고모가 강력하게 요청해서 이어가게 되었고요. 그래서 편집·발행인 일은 엄마가 맡아주시게 되었어요. 아빠가 연속성이 중요하다고 말씀하셨다는데, 다음 호 '세 여자'의 원고도 이어지게 되었고, 아사 고모한테는 아빠에게 보내는 편지 형태로 쓴 원고를 받았어요. 아사 고모는 탈원전 대규모 집회도 보고하셨죠. 그 글에는 아빠에 대한 비판도 섞여 있어요. 저에 대해서도……그러니까 공평하게 똑같이 비판하셨죠. 아빠의 원고가 다 완성되었으면 언제나처럼 저한테 주세요.

다음 호에는 기 주니어가 다시 자기 아버지에 관해 아빠한테 묻는 긴 인터뷰가 실리게 됩니다. 요즘 고로 삼촌을 둘러싼 아빠의 회상이 이어지고 있고 그 자체는 좋은 일이라고 생각하지만 저는 불만도 말했어요. '세 여자'가 잡지에 참여하고 있는 일의 적극적인 의미는 어떻게 되느냐고요…… 새로운 독자인 기 주니어도 더 긴박한 내용을 기대하고 있어요. 그래서 아빠가 기 주니어의, 까다로운 구석도 있는 인터뷰에 응해줬으면 좋겠다 싶어 기획했어요. 기 주니어는 의욕이 넘치니까 최소한 이삼일은 필요해요. 기 주니어의 돌아가신 아버지 일을 중심에 둔다고 합니다. 팀 전체가 세이조 집에서 숙박하게 되고요."

마키는 이야기를 짧게, 그리고 일방적으로 하고 나서 내가 아직 커피와 과일로 아침식사를 하는 중인데 나가버렸다. 마키는 정말 말해두고 싶었던 말은 치카시에게 맡겼던 것이다. 나는 마키한테 우울증을 앓는 기색이 없어 보이는 점이 오히려 더 인상에 남았다. 치카시한테 그 말을 했더니,

"꼭 그렇지만은 않을지도 몰라요"라면서 치카시는 신중한 태도를 취했다. "하지만 마키가 우울증으로 인해 공격적이 되었다 해도, 당신이 그 타깃인 이상, 그 시간 그 자리에 당신이 눈에 띄지 않으면 별문제 없으니, 지금 당신이 본 대로 이번 증세는 정점은 지났어요.

그보다 강요된 작업 때문에 내가 우울증에 걸릴 지경이네요……이제까지 마키가 편집·발행해둔 원고, 복사는 했어도 실상은 함께 철할 여유가 없었던 원고를 오늘 아침 일찍부터 읽고 있는데 마키가 묵묵히 해온 작업이 상당한 양이더군요."

그래서 나는 마키가 가져온 편집·발행인으로서의 모든 작업 도구와 원고 다음 호 분량을 넣어둔 슈트 케이스를 음악실로 옮기고 서고에서 보조 책상과 철제 의자를 꺼내 치카시에게 새로 필요해진 작업실을 만들어주었다. 그러고는 마키가 가져온 우편물과 그 외 자료부터 내 자료까지도 포함하는 이번 작업 과정을 봐나가기로 했다.

말할 필요도 없이, 문제는 나와 '세 여자'도 참가해서 발행하고, 작가인 나로서 말하자면 '마지막 소설'이 될 수도 있는 작품이 연재된 바로 그 잡지다. 내 소설 첫 부분의 몇 회는 나름대로 긴장을 지니고 있었지만, 점차 가족 간의 '사소설적 문장'이 되어가고 있다. 그래서 마키는 자신이 쏟은 정열과 노력이 헛수고가 되었다며 폐간하자고 한 것이었다. 잡지 다음 호를 위해 아사가 쓴 두 종류의 문장을 그대로 여기에 옮겨둔다.

2

지금 현재 오빠와 마키 사이에서 벌어진 상황을 내 나름대로 정리해 둡니다. 오빠가 '화두'로서 하고 있는 이야기인데, '3·11 이후' 정황에 맞춰 써나갈 작품을 같은 상황을 살고 있는 '세 여자'가 쓴 글과 똑같이 게재하고, 서로 읽고 난 후의 감상을 함께 말하는 사가판이 마키의 헌신적인 노력에 힘입어 이어져왔지요. 지금은 『'만년양식집'+알파』라는 제목하에 10호에 이르게 됐고요.

첫 호만 오빠가 나한테 보내준 원고 중에서 선택해 오빠의 소설과 함께 철해둔 거였는데, 이후에는 마키가 전담 편집자로서 오빠의 읽기 어려운 노트를 '워드'로 정서하고 우리 원고는 원래 워드로 작성되었으니 그걸 그대로 복사해 총 다섯 부밖에 안 되지만(기 주니어가 추가되었으니까요) 발송까지 혼자서 다 해왔지요.

이처럼 각호에서 오빠의 문장은 별개로 하고(거기에도 '세 여자'와의 직접적인 교류는 자주 포함되어 있어서 상호 관계가 복잡해져 있지만), 특히 내 원고는 원래 써서 모아두었던 원고였어요. 자력으로 나 자신에 대해 쓰는 작업을 통해 가족이 모두 오빠 소설의 모델이 된 상황에 대항하고 싶다는 생각이 들어 시작했던 일입니다. 그것을 알게 된 오빠가 '마루젠 범포 노트'를 선물해주었지요.

오빠가 간행될 가망성이 없는 여자들의 문장을 자신이 쓰는 『만년양식집』과 합쳐 가족 잡지로 만들고, 직접적인 관계자들에게 보내자는 아이디어를 냈죠. 그건 오빠의 소설에서 일방적으로 모델이 되어온 것을 그냥 놔둘 수는 없다고 생각한 우리 마음을 감안해주었기 때문이고요. 이건 '3·11 이후' 오빠가 좀 변했다는(단적으로 말해 남은 인생이 짧다는 점을 염두에 두게 된) 사실의 징표가 아닐까요? 그러고 보면 노트가 많이 있었다고는 하지만 오빠가 선심을 쓴 일을 두고 마키는 '3·11 이후' 얼마 남지 않은 후기고령자의 시간을 진지하게 생각하는 사람이 많아졌다는 게 그 일례라고 말했지요.

그런데 『'만년양식집'+알파』의 제1호를 읽어보면 '세 여자'로서는 오빠의 글에 신경쓰지 않을 수 없게 되었고, 이후로 내 글을 필두로 오빠는 '세 여자'의 반격과 마주하게 되었어요. 아무튼 그래도 잡지는 차질 없이 나왔는데 지난 호에 편집자 마키가 자기 혼자 판단으로 잡지를 보내는 봉투에 '제1부 끝'이라고 기입해 나머지 세 사람을 놀라게 했어요. 곧바로 오빠한테서 문의가 왔고, 나는 마키한테 전화를 걸어 그렇게 한 의도를 듣고 오빠와 치카시 언니에게 전했죠. 그때 내가 한 설명을 여기에 반복해두는 겁니다.

확신범의 태도로 내 연락을 기다리고 있었던 마키가 한 이야기는 이런 거였어요.

아빠는 아주 오래전에 제게 『한밤중 톰의 정원에서』* 번역과 문고판 원서를 같이 주면서 "이제 시간이 없다Time no longer"라는 말을 기억해두라고 말했어요. 여러 해 지난 다음, 전에 말한 것과 같은 의미로 엘리엇의 시구도 중요하다, 둘을 합쳐서 기억하면 좋을 거라고 말했지요. "시간이 되었다, 이제는 서둘러야 한다Hurry up please it's time"라고 쓴 카드를 건네주면서……

---

* 영국 작가 필리파 피어스의 동화로, 1959년 카네기상 수상작이다.

저는 이번에 편집한 잡지 마지막 페이지에 그 글귀를 둘 다 그대로 써두고 싶었을 정도였습니다! 그래서 그 부분을 고민하고 고민한 편집·발행인이 아빠에게 외치고 싶은 말이라고 하고 싶었지만 결국은 봉투에 '독자에게 드리는 공지'라고 쓰는 방식을 취하게 되었죠. 그리고 아빠는 그 일을 아빠에게 외치는 "이제 시간이 없다" "시간이 되었다, 이제는 서둘러야 한다"는 경고로 읽기는커녕 아사 고모한테 이건 무슨 소리지?라면서 거만하게 문의했어요. 도대체 아빠야말로 어떻게 된 거죠?

아빠는 지금까지 질리지도 않고 삼십 년, 사십 년 글을 써오면서, 독자의 관심에서 멀어진 노작가의 낡은 반복이라고 빈축을 산 적도 있었죠. 그런데 '3·11 이후' 비상사태를 맞고 나서야 겨우 마음에 걸려 딸한테 편집을 맡긴 사가판 잡지를 통해 우선 가족들의 반응을 보려 한 거라면 너무 황당한 자기 보신책 아닌가요?

저는 결심했어요. 다음 호 소설로 그 메모, 수정, 정정, 또 재수정으로 새까매진 노트가 도착하면, 일단 읽어내려고 시도는 하겠지만, 만일 내용까지 지난 호와 똑같은 톤이라면 그대로 돌려주겠다고요. 거기까지 안 가더라도 편집·발행인 역할을 반납하리라는 걸 각오하시길 바라면서!

마키는 압제에 맞서 외치는 소리를 내고 있는 것 같지만 정말이지 진심을 담은 비명이에요. 오빠의 글에도 '세 여자'의 글에도, '3·11 이후' 사회 전체가 어떤 위기에 처해 있는지 일반적인 시민이 느끼는 감정이 반영되어 있지 않다고 마키는 말해요. 지난 호는 고로 삼촌의 만년의 연애담인 것 같으면서도 삼촌이 살아간 방식의 독특함을 잡아내고 있어서 고로 삼촌의 죽음에 대한 분석에 이르는 사전 포석인가 했는데 아무래도 그걸로 끝인 거 같다, 하나와 고로는 아빠한테 그저 그 정도일 뿐인 사람이었나?

이처럼 가족까지 끌어들여, 심지어 인쇄로 하면 늦는다고 해서 복사해 철한 잡지를 만드는 거니 긴급하게 전하고 싶은 메시지를 표현해주기를 바랐다. 지금은 기 주니어까지 독자 대열에 합류했고 모두 좋은 독자 아닌가, 그 독자들의 반응을 바탕으로 아빠는 진지하게 '마지막 작품'으로 나아가야 하는 거 아닌가?

오빠는, 내가 고심해서 쓴 편지에 어떻게 답변했을까요? 마키의 가슴속 생각은 전했어요. 나는 이하와 같은 답변과 함께 마키와의 화해를 상상했었죠. 소설이든 영화든 노골적인 성적 표현을 거북해하는 마키가 편집하는 잡지에 오빠가 고로 씨의 마지막 영화 구상과 카메라맨의 거절 이야기를 쓴 건 저도 이해는 돼요. 오빠한테는 고로 씨가 영화 장면에 열중한 일에 대한 관심이 있어서, 자신은 협력할 수 없었지만 그 이야기를 세간이 그저 웃어넘기는 이야기로 놔두고 싶지 않은 마음이 있었던 거겠죠.

분명, 내가 그런 내용의 글을 쓴 일이, '후쿠시마'의 미래에 대해 앞으로 뭘 생각해야 하는지 무엇을 바라고 어떻게 행동해야 하는지를 전하고 싶어 편집 작업중인 너를 실망시킨 건 당연하다, 개인적인 감정에 너무 흔들렸던 걸 나도 반성한다, 앞으로는 작은 일이라도 어떻게든 적극적인 방향으로 시선을 돌리마……그런 편지를 쓸 거라고 마키는 기대했습니다.

그런데 오빠는 그냥 화를 내면서 마키 자체를 거부하는 편지를 썼지요. 막 흘려 쓴 편지였어요. 넌 제2부가 다음 호부터 시작한다면서 내 근성을 흔들어 깨울 생각인 것 같구나. 그렇다면 '후쿠시마'를 어떻게 종식하길 원하는지, 너 자신의 계획을 말해봐라, 그렇게 경단련*적 구상을 깨부숴보거라, 라고 오빠는 썼지요.

……나도 그런 힘찬 기운의 싹들이 시민 시위에도 나타나 있다는 건 듣기도 했고 보기도 했다. 하지만 나는 아직 그런 식으로 쓸 수가 없어. 나는 분명하지 않은, 이것도 아니고 저것도 아닌 생각들을 쓰고 거기서 파생되는 연관 관계를 다시 탐색하지. 고로가 어떤, 자기 나름의 확신을 품고 죽었을까? 자살하고 싶은 유혹을 어떻게든 억제할 계기가 있었다고 한다면 그건 어떤 것이었을까? 나로서는 이해하기 어려운 고로의 마지막에 대해, 얼마 안 되더라도 정보를 주는 여성이 있다면, 너희가 보기에 도움이 될 만한 것이라고는 한 조각도 없을 이야기도 듣는다. 그게 왜 하나와 고로의 이야기를 끝낸 것이 되지?

그런 것도 '3·11 이후'를 살고 있는 나의 실제 모습으로서 『만년양식집』에 쓰고 있단다. 그게 무의미하다고 미리 판별했다면, 왜 너는 그런 무의미한 글의 편집에 불필요한 힘을 쏟아온 거냐? 제발 멋진 제2부를 너와 같이 만들어줄 사람을 발견해다오. 너희한테 이 잡지는 증정하마!

칠십대 중반을 넘은데다 '지식인'이라는 소리를 듣는 사람이 할 소리인가 싶었지만 오빠는 이런 말을 그토록 진지하게 작업을 해온 마키한테 했지요. 한두 잔이 아니라 아주 많이 마셨나요? 내가 지금 이해하는

* 일본경제단체연합회의 약칭. 일본의 전국적인 종합경제단체로, 대기업의 대표로 구성된 재계의 총본산이다.

건 오빠의 그 억지 자기주장이 마키를 우울증으로 몰아가고 있다는 겁니다.

오빠가 젊었을 때 쓴 표현으로 말해보자면 생산성은 전혀 없는 고통을 초래하고 있죠. 내가 그 덴쿠보저수지에 되살려놓은, 기 오빠가 남긴 집을 방문해도 마키는 어두운 공간에 누워 있기만 했어요. 아카리가 마키의 머리맡에, 빛이 얼굴에 가닿지 않도록 조심하면서 스탠드 조명을 설치해 뭔가 읽을 기분이 들었을 때를 대비한 준비를 해줬습니다. 작은 소리로 CD를 들으면서 가끔 공손하게 크게 뜬 눈으로 마키를 바라보면서……

아카리는 말하자면 언제나처럼 조용하지만, 속마음은 일찍이 경험하지 못했을 만큼 난처했을 것이 분명합니다. 마키가 우울증으로 내몰려버린 건, 마키의 의견을 거부하며 떼나 쓰는 대응을 아빠한테 받았기 때문이라고 스스로는 말하지 않아요. 마키가 아카리와 커뮤니케이션하는 실력을 보면 그 이야기를 정확히 전달했으리라고 생각하지만……

이제 기 주니어도, 예정했던 인터뷰에 필요한 마키의 협력을 생각해서 마찬가지로 난처해하고 있는데, 마키가 중요한 약속을 잊어버릴 리는 없으니 조만간 기운을 회복하리라고 나는 생각해요! 마키는 기 주니어가 본격적으로 시작할 기 형에 대한 조사를 위해서도, 도쿄에서의 미팅 약속을 따로 여러 건 잡아두었더군요. 그 일을 위해서도 움직일 수 있게 된다면 우선 마키는 협의하러 도쿄로 갈 겁니다. 나는 그때 마키한테 맡길 생각으로 이 편지를 쓰고 있어요.

다만 나는 오빠가 『만년양식집』에 쓴 내용을 읽고 마키처럼 심하게 실망하지는 않았다는 걸 말해두고 싶어요. 오빠가 자신의 우울증에 대처하는 수단으로 삼아주길 바라며, 나는 긍정적인 독후감을 제출하죠. 오빠는 '후쿠시마'를 둘러싼 문제를 다룬 해외 특파원과의 회견에서 재회한 시마우라 씨에 대해 썼어요. 마키는 그 사람에게 호의적이에요. 나는 시마우라 씨가 독일과 스위스에서 있었던 일을 일본에 재방문해 정리해주는 모습으로 『만년양식집』에 등장하게 되기를 기대합니다.

고로 씨와의 일은 이미 끝났다고 오빠가 생각하지 않고 있다는 것이, 소년 시절의 오빠와 고로 씨 두 사람의 모습을 잊지 않고 있는 나에겐 분명히 보여요. 기 주니어에게 듣기로 시마우라 씨는 그가 앞으로 정식으로 시작할 인터뷰, 그중에서도 특히 치카시 언니와의 인터뷰 때 꼭 입회하고 싶어한다고 합니다. 치카시 언니가 정면으로 마주하고 발언할 시간이 기다려져요.

또 한 가지 지금 숲 가장자리에서 살기 시작한 아카리한테는 이런 돌발 사태에 대한 고민과는 별개로, '하늘의 괴물 아구이'가……캥거루만한 크기에 아기 잠옷을 입고 하늘을 나는 친근한 존재가……더욱 생생하게 다가온 듯합니다. 시력이 비약적으로 개선되어 바깥을 돌아다니게 된 아카리는 도쿄에서보다 더 자주 그 최고의 친구와 함께 있는 듯한데, 아직 우울증에 걸리기 전에 마키가 전하던 이미지 하나하나가 기 주니어를 흥분시키고 있지요.

기 주니어는 아카리와 아구이를 단편영화로 만들 생각을 하고 있어요. 그는 아직 제임스 스튜어트의 영화 〈하비Harvey〉*처럼 아구이를 관

---

* 제임스 스튜어트 주연, 헨리 코스터 감독의 코미디 영화 〈하비〉(1950). 거대한 토끼가 친구인 주인공에게만 보이고 다른 이에게는 보이지 않는다는 설정의 이야기다.

객한테는 보이지 않게 찍을지, 동물 의상을 입은 배우를 기용할지 정하지 않은 듯한데, 환영이든 실체로서의 아구이든 아구이와 나란히 숲길을 걷는 아카리를 상정하고 이미 숲으로 올라가 콘티를 만드느라 바빠요.

아카리는 자기 작품이 녹음된 수많은 테이프나 카세트를 여기에 가져왔지요. 이 지역이 뽑은 국회의원이 한바탕 기세 좋게 건설했지만 오가는 자동차는 드물어서 아카리에게는 딱 좋은 숲길을 걷는 동안 작은 등산용 배낭 안에 계속 음악을 틀고 있는데 너무 높은 소리로는 틀지 않아요. 그러면서 마키한테만 들릴 만큼 더 낮은 목소리로 '이야기'를 한답니다. 그건 '숲의 신비의 음악' 스토리인 것 같아요. 이제까지는 마키와 음악교사 릿짱만 들었는데, 기 주니어의 관심이 더 강해졌다고 마키는 말하더군요.

오빠는 신문 에세이에 치카시 언니와 오빠가 나눈 이런 이야기를 쓴 적이 있지요? "'아카리는 십대 전반부에 작곡을 시작할 때까지 아카리식 언어이긴 해도 곧잘 말을 했지. 그런데 왜 늘 침묵하는 사람이 됐을까?' / '음악으로 표현하는 쪽이 자기가 정말로 하고 싶은 말을 표현할 수 있다고 느낀 거 아닐까요……' / '삼십 년 동안 아카리가 쓴 악보를 당신이나 아카리 자신의 도움을 받아 언어로 번역한다면 아카리의 전기를 쓸 수 있을지도 모르지'라고 나는 말했습니다. 그야말로 대작업 travail이 될지라도."

오빠, 이 숲 가장자리 땅에는 지금 말한 릿짱을 비롯해 실제로 오빠가 말하는 대작업에 임하기 시작한 사람들이 있어요. 머지않아 기 주니어는 최대의 일꾼이 될 거예요.

3

여기까지는 마키의 우울증에 관해 오빠한테 말해야 할 절실한 필요가 있어서 썼어요. 나는 그전부터 『'만년양식집'+알파』를 위해 스스로 쓰고 있던 '작품'을 갖고 있기에 그것도 첨부합니다. 지금 보면 양쪽은 연관되는 주제입니다. 둘 다 오빠를 향한 목소리라는 점도 같고요.

7월 16일 요요기공원에서 열린, 오빠도 발기인이었던 '십만인집회'에 참가했습니다. 오빠한테는 말하지 않고 참석할 거라고 치카시 언니에겐 말해두었는데, 그건 이번에는 오빠의 가족으로서라기보다 시코쿠에서 온 시민 참가자로서 참석하는 거라고 생각했기 때문입니다. 나한테는 일행이 있었습니다. 열다섯 명의 여성이 자발적으로 만든 집단이었는데, 나는 그중에서도 눈에 띄게 연로한 노인이었죠. 전날 밤에, 각자 도쿄에 도착해 있던 동지들과 합류해 집회부터 시위까지 함께 행동했고, 마지막 항공편으로 마쓰야마로 돌아올 때까지 계속 함께 있었습니다. 실은 십오만 명 이상 되는 참가자가 있었던 메인 집회에서 콩알만하게 보였던 오빠가 했던 오분 연설도 들을 수 있는 만큼은 들었습니다. 도중에 취재진 헬리콥터 소음 때문에 방해를 받았지만, 다음날 아침 신문에 그 사람들이 찍은 것으로 보이는 사진은 나오지 않았지요.

나는 오빠 이야기에 대체로 동의했는데, 한 군데가 어딘지 거칠게 느껴져서 과로한 건 아닌가 싶어 걱정했어요. 집회 조금 전에 겨우 시간을 내서 썼을 지난 호 원고에서 느낀 엉성함과 통하는 부분이 있어서 신경이 쓰였죠. 마쓰야마로 돌아간 후에 전화했던 치카시 언니, 그리고 마키와 나눈(마키는 숲 가장자리를 생기 있는 모습으로 돌아다니면서 음악작품을 준비하기 위해서도 노력중인 아카리를 따라다니느라 역시 좀 과로하고 있는데요) 대화 내용을 추가해서 써둡니다. (혹시 몰라서 덧붙입니다. 이건 우울증이 오기 전의 일입니다!)

요요기공원에서 오빠는 전쟁 전(그러니까 이 나라의 군국주의 체제에 저항했던) 나카노 시게하루가 쓴 『초봄의 바람』에 나오는 문장을 인용했죠. "3월 15일에 붙잡혀온 사람들 가운데 한 아기가 있었다." 아기는 어머니한테 안겨 '보호 요람'이라는 곳에 들어갑니다. 그리고 열이 나 결국 죽는 과정이 묘사되면서, 그 과정을 함께 겪었지만 여전히 미결수 상태인 남편이 보낸 편지에 아기 어머니가 쓴 답장이 단편소설의 마지막을 장식합니다.

나카노의 그 문장을 그처럼 커다란 집회에서 듣는다는 의외성이 가슴을 울렸고, 주변을 보니 일반 시민 참가자들에게도 감동이 번져나가는 듯했습니다. 그 부분을 옮겨둡니다.

> 어느새 봄바람이었다.
> 봄바람은 매일 밤낮, 대도쿄의 하늘로 모래와 연기를 피워 올렸다.
> 바람소리 속에서 어머니는 죽은 아기를 생각했다.
> 아기는 겨자씨 정도로 작게 보였다.
> 어머니는 마지막 한 줄을 썼다.
> '우리는 모욕 속에서 살고 있습니다.'
> 그리고 어머니는 잠들었다.

오빠가 자신의 생각으로서 이어간 말은 이런 내용이었습니다. 노년의 소설가인 오빠로서는 이 정도로 생생한 문장은 『만년양식집』에도 써넣을 수 없을 테니, 내가 전단지 뒷면에 적어둔, 집회 참가자들한테 박수를 받은 부분을 인용합니다.

"이 어머니의 말이 저에게 울림을 주는 까닭은 무엇보다, 원전 대사고가 여전히 끝나지 않는 가운데 오이 원전을 재가동한 정부에게, 그리고 재가동을 더욱 늘려나가려고 하는 정부에게, 저는 지금 우리가 모욕당하고 있다고 느끼기 때문입니다.

저는 모욕 속에서 살고 있습니다. 말 그대로 그런 마음을 품고 지금 우리는 이 자리에 모였습니다. 우리 십수만 명은, 이대로 모욕 속에서 살아가야 합니까? 아니면 더 나빠져서 다음 원전 사고가 일어나면 이대로 모욕 속에서 죽임을 당해야 하는 걸까요?

그런 일이 있어서는 안 됩니다. 그런 체제는 무너뜨리지 않으면 안 됩니다. 그건 확실하게 무너뜨릴 수 있고 우리는 원전 체제라는 공포와 모욕의 바깥으로 나가 자유롭게 살아갈 수 있을 터입니다. 저는 지금 여러분을 보면서 그러리라는 것을 진심으로 믿습니다. 확실하게 계속 행동해나갑시다."

나는 이런 호소에 찬성합니다. 하지만 그 말을 듣던 동안에도, 연설 전반부에서 그러니까 나카노 시게하루의 소설을 오빠가 설명한 부분에서 응? 싶었던 기분이 남아 있어서, 진행된 연설에는 공감하면서도 다른 한편으로 마음에 걸린 부분을 나중에 확인하게 되었습니다.

오빠는 『초봄의 바람』을 인용하기 전에 "나카노 자신이 모델입니다만"이라고 하며 작품 속 남편에 대해 언급했지요. 나는 그 부분을 엉성하다고 느낀 겁니다. 그 아기가 잡혔던 탄압은, 나카노 시게하루의 새 전집이 나왔을 때 내가 오빠한테 받은 구판 전집의 연보를 보면 유명한 '3·15 사건', 그러니까 1928년에 일어난 일입니다. 나카노 시게하루도 그 일로 스물여섯 살 때 구속당했죠. 하지만 아직 결혼하지 않았고, 당연히 아이도 없었어요. 오빠는 엄청나게 많은 수의, 대부분 전후에 태어난 청중이 상황을 쉽게 받아들일 수 있도록 하자고 생각했는지 나카노 자신이 모델이라고 말해버렸죠. 그 부분이 엉성하다는 겁니다.

그리고 그 일에 이어 『만년양식집』 지난 호에 분량을 많이 할애해 쓴 부분 역시 엉성했던 거 아니었나 싶은 겁니다.

그 긴 문장을 보고 마키가 자기한테 편집권이 있는 『'만년양식집'+알파』 제1부 종료라고 한 데는 우리 잡지가 대충 한 작업이라는 생각이 뒤에 깔려 있어서, 그게 오빠의 '역작'에서 폭발한 거 아닐까요? 오빠는 시마우라라는 바라지도 않았던 증언자를 얻어 고로 씨가 만년에 세웠던 영화 계획을 꼼꼼하게 썼지요. 거기에 나오는 베테랑 카메라맨을 필두로 해서 일본 영화계 사람들이 하나와 고로 감독의 인생 마지막 즈음에 그를 **어떻게 대했는지**가 노골적으로 보입니다.

오빠 글에는 고로 씨의 마지막 연애담이 (그 슬픔의 표현에 어떤 악의도 없이) 쓰여 있어서, 이 영화 계획이 물거품이 된 후 고로 씨다운 작품을 내지 못한 채 비참한 죽음을 맞이한 사실만을 독자가 떠올리게 합니다. 하지만 그걸로 고로 씨에 대한 기술을 끝낼 생각이었다면, 바로 그게 최악의 거친 마무리라고 난 말하는 겁니다. 치카시 언니가 어떻게 느끼겠어요?

나는 치카시 언니한테 고로 씨의 죽음에 대해 이야기를 꺼낸 적이 없습니다. 오빠도 그런 적이 없는 건 옆에 있는 치카시 언니를 그 이야기로 끌어들이는 게 주저되었기 때문이겠지요. 그렇다고 해서 그게 내가 고로 씨의 죽음에 대해(물론 삶에 대해서도) 별생각이 없어서라고는 생각하지 않지요? 십대로서의 아름다움뿐만 아니라 모든 것이 아주 독특했던 소년……이미 어른으로 보이기까지 해서 시골 소년 같은 오빠의 모습과 대비되어 한눈에 들어왔죠.

그래서 기 주니어가 치카시 언니와 할 인터뷰에서 고로 씨가 어떻게 다뤄질지 궁금합니다. 나야 굳이 나서서 이러쿵저러쿵 이야기할 이유는 없지만……

하지만 오빠는 어떤가요? 기 주니어의 목표는 오빠예요. 오빠가 저 『만년양식집』에 쓴 정도의 언급을 하고 치우려고 하는 거라면 새삼 그 엉성함에 대해 다시 말하지 않을 수 없습니다. 나는 요요기공원에 십수만 명이 모인 집회에서 가슴에 일기 시작한 불안을 숲 가장자리의 컴컴한 어둠 속에서 혼자 침대에 누운 채 반복해서 생각합니다.

오빠는 (그리고 치카시 언니는) 제1부를 끝내게 된 이 글에서 오빠가 그 상황과 정면으로 마주하고 있다고 평가하고 있나요? 지금 나는 오빠와 치카시 언니를 같은 선상에 나란히 두었지만, 고로 씨가 죽은 후 십오 년 동안, 오빠가 행해온 엉성한 작업에 대해 치카시 언니가 가할 비판이 걱정됩니다.

실은 이렇게 쓰면서 나는 나에게 오빠와 고로 씨와 다름없이 소중한 기 오빠를 생각합니다. 기 오빠가 다른 사람보다 더 빨리 죽어버린 걸 빌미로 오빠는 거칠게밖에 돌아보지 못하는 거 아닌가요?

오빠, 지금은 우리 후기고령자야말로 우리 나름대로 기민한 삶의 방식을 취해야 하는 거 아닐까요? 왜냐하면 우리에게는 더이상 시간이 없고 서두르지 않으면 안 되기 때문입니다. 그 점에서 기 오빠를 필두로 죽은 사람들이야말로 더 서둘렀을 것이고 (죽은 그 사람들이 살아 있는 동안 우리에게 전하고 싶었던 마음이 있다고 하면) 그걸 받아들이는 태세에 들어가지 않으면 안 된다고 생각합니다.

익사자를 낸 플레이 치킨

1

기 주니어는 나를 대상으로 한 인터뷰를, 이제까지 했던 예비적인 단계에서 전환해 집중적으로 해보겠다고 직접 전화를 걸어왔다. 이미 비디오로 찍었지만 그가 오히려 노력을 아끼지 않았던 작업은 가슴 포켓에 들어가는 비즈니스 용품 수준의 녹음기로 조금씩 녹음해나가는 일이었다. 이제 마키를 조수로 삼아 편집을 끝낸 참이다. 그리고 다시 한번 주제를 확정해서 나를 만나러 오는 일정을 마키가 조정하도록 했다. 내가 도쿄와 지방에서 각각 독립적인 사람들이 주최하는 반원전 집회에 참가하고 있다는 걸 배려한 일이었다.

그리고 일단 숲 가장자리 기지에 모여 세이조 집으로 왔다. 그 팀에서 기 주니어가 '후쿠시마'를 찍은 작품은 두 종류 있었는데 '3·11 이후' 일 년이 지났을 때 유럽 언론에 방영되었고 호평을 받았다. 마키는 각지의 신문을 복사해 나한테도 보내왔다. 그들이 '후쿠시마'에서 작업을 하면서 자원봉사 일도 많이 한 시기에 기 주니어는 팀 멤버들의 피폭량을 계산해서 휴식을 취하게 할 기지로 덴쿠보저수지 가장자리에 기 형이 세운 집 두 채 가운데 한 채를 쓰고 있었다.

그곳은 두 채 다 오랜 세월에 걸쳐 아사가 관리해왔다. 기 형이 죽은 후 그 지역에서 아사 말고는 누구와도 관계 맺지 않으며 고립한 채로 아이를 키우던 오셋짱은 기 형이 준비했던 미국 생활에 들어갈 때 경제적으로도 정산을 했다. 이미 기 형의 자산 대부분을 정리한 상태였는데, 이 두 채만은 그대로 남기고 실제 관리는 아사가 했던 것이다.

마키는 이보다 앞선 활동 단계에서 이미 기 주니어의 비서 역으로 일하고 있었는데, 이번 인터뷰에는 전체 구성에 관여하게 되어, 아사가 역할을 갖고 함께하게 되었다는 연락도 마키가 알려왔다. 기 주니어는 나에 대한 인터뷰를 프로그램으로 만들었고, 카메라맨과 카메라맨의 조수를 지휘하면서 인터뷰를 하는 건 물론이고, 촬영에 관해서도 녹음에 관해서도 기술적으로 가장 경험이 있는 리더이기도 했다.

처음에 치카시는 아카리가 인터뷰 팀에 동행하리라고 기대했지만 이번에는 본격적인 작업이 될 터라, 아카리의 생활은 마침 여름방학중이기도 한 음악교사인 릿짱이 와서 함께 묵으며 돌봐주기로 했다. 아카리는 집을 지킬 거라고 마키가 말했다. 그리고 그만큼 아카리가 자립생활에 익숙해진 거라고도 설명했다. 솔직히 그 일을 의논하는 단계에서 치카시도 나도 아사가 그동안 아카리를 돌봐주리라고 생각했다. 그런데 그 아사가 기 주니어 인터뷰의 중심적 협력자로서 영상팀에 동행할 예정이라고 알려온 것이다.

오전 여덟시에 도착하는 항공편으로 하네다에 도착한 그들 팀은 그대로 세이조로 직행해 촬영 준비를 하기 시작했다. 아사는 부엌에서 그들의 식사를 준비하는 치카시를 돕고 나서, 나에게 차를 가지고 오더니 당돌하게 질문했다.

"오빠는 기 오빠한테 'play chicken'이라는 단어를 새로 배웠다고 한 적이 있지요? 단어는 재미있지만 오늘도 '플레이 치킨'에 실제로 동원당해 피곤하다면서 그다지 신나 보이지는 않았죠……"

"맞아, 그 단어는 기 형이 병으로 중퇴한 구제舊制 고등학교 동급생들이 돌려본 〈헤럴드 트리뷴〉에서 발견했지."

"일본 시골에서 외국어를 알 뿐만 아니라, 그걸 생활에서 살리려 했던 사람이 기 오빠하고 오빠였어요. 게다가 기 오빠는 덴쿠보저수지 인공호수에 있는 섬 뒤쪽 바닥을 소작인이었던 사람들한테 부탁해 깨끗하게 만들어놓고 여름방학 때 돌아오는 오빠를 기다렸죠? 오빠는 지칠 대로 지쳐서 집에 돌아와서는 어머니가 먹을거리를 모으느라 고생해 마련한 저녁밥도 안 먹고 자버렸고요. 아침이 되면 전부 없어졌다면서 웃었지만……

가을이 되어 오빠가 도쿄로 가고 나면 기 오빠는 그 놀이를 하자고 지역 젊은이들을 꾀지 않고 그냥 나한테 자랑하는 이야기만 했어요. 물 깊은 곳에 가라앉혀둔 늙은 소나무의 밑둥치까지 가서 둘이 잠수한 채로 각기 한 손으로 그 둥치를 잡고 다른 한 손은 상대의 어깨에 두르고 숨을 참는다. 더이상 못 참겠다 싶은 사람이 상대에게서 손을 떼고 올라간다고. 물에 빠져 죽을까봐 무서워서 먼저 그렇게 하는 사람이 '비겁자chicken'라고. 자기는 언제나 여유를 갖고 늦게 올라와서 너희 오빠를 분하게 만들었다고……"

아사는 여름방학에 돌입한 참이어서 골짜기 마을 중학교 학생들이 NHK 촬영 때 재건한 보트 선착장에 놀러왔다는 이야기도 했다. 여학생들이 중심인지라 사고라도 일어나면 어떡하나 싶어 중학교에 상의하러 갔는데, 보트 주인이 관리해주면 좋겠다는 답변을 받았다. 아사는 학생 그룹 중 연장자에게 촬영일의 참가자 이름을 쓴 종이를 마키와 아카리 집으로 가져오게 했다.

"아침 일찍부터 큰노송나무섬으로 올라가 TV에서 유명해진 노래를 불렀기 때문에 기 주니어의 동료들한테 불평이 나와서 내가 전하러 갔죠. 보트 선착장에 내려서 학생들에게 말을 걸었더니 돌림노래까지 시작했고요.

그리운 시간으로부터 답장은 왔나요?/ 답장은 왔나요?/ 왔나요? 왔나요?/ 그리운 시간으로부터 답장은 왔나요?

그럼, 왔어. 답장은 왔으니까 걱정하지 말렴 하고 조용히 시켰지요."

"……정말로 그리운 시간으로부터 답장이 왔다고 생각하나요?" 치카시가 물었다.

"답장이 왔는지 오지 않았는지 나도 생각할 때가 있기 때문에 그만 그런 거짓말을 해버린 거지요……

기 주니어는 『그리운 시간에 보내는 편지』를 꼼꼼하게 읽고 있어요. 예를 들면 이런 거예요. 소설에서 형기를 마친 후 찾아온 기 형이 선생님과 치카시 사모님을 상대로 나눈 대화 속에 아직 살아 있는 기 형의 말이면서 '그리운 시간'으로 사라지고 나서 써보낸 답장이라고 해도 좋을 만한 내용이 포함되어 있다, 고……

도쿄로 오는 비행기에서 마키는 아빠에게 보내는 기 주니어의 질문에는 『그리운 시간에 보내는 편지』 내용에 관한 것과, 실제 사건으로 일어난 일, 이 두 가지가 겹쳐 있다. 양쪽을 다 알고 있는 건 아빠와 아사 고모밖에 없으니 우선 소설 부분이 현실에서는 어땠는지를 되새겨 두었으면 좋겠다……고 해서 그러겠다고 약속했어요."

2

인터뷰에서 나와 기 주니어가 앉는 소파와 팔걸이의자는 고정된 카메라를 향해 놓여 있어서, 기 주니어, 아사, 그리고 나 이 세 사람이 서로 위치를 바꿀 수는 있어도, 조정자인 마키의 지시에 따라 우리 쪽으로 가까이 오거나 거리를 두거나 하는, 이동 가능한 카메라를 가진 영상팀에도 신경을 써야 한다. 내 셔츠의 깃, 아사의 데님 재킷 가슴께, 그리고 마키의 꽃무늬 블라우스 어깨에 달아둔 마이크는 촬영 시간 내내 켜져 있는 채로 있다. 그렇다는 것을 의식해달라고 마이크 조작을 하면서 마키가 강조했다. 내 의자 앞에 자유롭게 이동 가능한 소파에 앉은 기 주니어는 앞쪽에 있는 테이블에 『그리운 시간에 보내는 편지』와 그 프랑스어 번역본 『Lettres aux années de nostalgie』를 올려두었다.

그 책 쪽으로 내 시선이 가도록 유도하면서 기 주니어는 대화를 시작했다.

"그립다는 말이 꼭 그 시간으로 돌아가기를 강하게 바라는 말은 아니지만, nostalgie라고 하면 돌아가고 싶다는 마음이 강하게 느껴지니 그쪽이 좋을까 싶었습니다."

"가타카나로 표기되는 프랑스어 노스탈지는 오히려 부드러운 느낌이 나지. 일본어로 사용되면서 일본인의 정서가 담기게 됐다고 생각하네. 원래는 고통스러운 바람이라는 뜻으로서의 nostalgie가 아닐까?"

내 물음에 대해 기 주니어가 생각하기 전에 마키가 이야기를 구체적인 방향으로 되돌렸다.

"소년 시절의 기 주니어는 집에서는 어머니의 일본어, 밖에서는 로스앤젤레스 영어를 쓰며 자랐고, 대학 학부 전공은 프랑스문학이었어요. 대학원에 갈 때 작정하고 일본어과로 전과했다고 해요. 그리고 열심히 공부는 했지만, 이렇게 긴 소설을 일본어로 다 읽는 건 어려워서 프랑스어 번역본에 의존했다고 들었어요."

소파에 앉아 편안하게 자리잡은 아사가 발언을 시작했다.

"아무튼 기 오빠를 이해하려면 소설이긴 해도……유일한 책이지요. 그러니 우리는 『그리운 시간에 보내는 편지』에 의지하기로 합시다. 이 소설이 말하는, 일본의 시골에 잘 정착해 지역 젊은이들과 새로운 생활을 만들어보려 한(그것도 인생의 커다란 전환점을 지나는 방식으로……전환점은 두 번 오는데……하려고 했던) 독학자 타입의 지식인이라 해도 좋을 기 형의 반생이 이 인터뷰의 주제입니다.

기 형은 첫 제자였던 코기토 청년을 도시로 내보내고 난 후, 근거지 운동을 펼쳐 그 지방 젊은이들한테 영향을 미쳤답니다. 그런데 우연히 규모가 커진 반反안보 시위에서, 제자를 걱정해 도쿄로 갔다가 크게 부상을 입죠. 도쿄 신극단의 여성이 시위 속 혼란에서 그를 구해냅니다.

기 형은 그녀를 숲 가장자리로 데려오고—우연이라면 우연이지만—그런 경과를 거쳐 여성과 함께 지방에 근거하는 연극 운동을 만들어내죠. 거기서 새로운 비극이 일어납니다……

근거지의, 이미 노인이 된 살아남은 이들의 증언을 기 주니어가 녹음했답니다. 기 주니어 입장에서 보자면 자기 아버지 이야기를 듣는 일에서 즐거움을 느꼈으리라고 생각합니다. 하지만 그 아버지가 살인자가 되어버리는 과정은 책을 읽어 알고 있었다 해도 역시 고통스러웠을 겁니다. 그런데 어떤 과정이 빚어낸 결과였는지에 대해 소설은 이러 상황을 유보적으로 이야기하지만 기 형이 연극 동료인 여성의 죽음에 책임이 있는 사람이라는 사실에는 의심의 여지가 없지요.

그 죗값을 치르고 이미 중년 남성이 된 기 형이 숲 가장자리 마을 사회로 복귀합니다. 다시 한번 젊은이들을 모아보려 하지만 오히려 고립되어버렸지요. 그리고 결국은 마을 사회의 대립자들에게 죽임을 당하고 맙니다……최소한 사고사를 당하는 국면이 되어버렸어요."

그런데 십 년 감옥생활을 마친 기 형은 왜 그렇게 되었을까?

"소설에서 문제의 핵심을 보여주는 장면을 내가 낭독하지요."

아사는 기 주니어가 내민 책을 펼치고 우선 그 부분까지의 스토리를 능숙하게 설명했다.

"기 형은 살인죄 형기를 마치고 나서 한동안 국내를 방랑하듯 떠돌고는 숲 가장자리 마을로 돌아오지요. 원래가 재산가 집안의 상속자여서, 사고처럼 발생한 살인사건의 범인으로 잡히기 전까지는, 이 숲 가장자리의 토지와 주민의 '활성화'를 이끈 지도자였던 사람이기에 자유의 몸이 된 다음엔 감옥에서 줄곧 생각해온 혁명적 계획을 실현하려고 합니다.

그리고 그 이야기를 멕시코의 대학에서 교원으로 지내다가 돌아온 소설 화자에게(작가 K로 되어 있습니다) 출옥 후 처음 방문한 도쿄 집에서 했지요. 인용이 길어지지만……중간을 많이 생략하게 되니 내가 읽는 부분을 여러분이 연결해 들어주세요.

기 형은 감옥에서 나왔지만 일본 전국을 돌아다니느라 좀처럼 K의 집에 나타나지 않았어요. 그러다가 K가 없었을 때 집에 와서 식사를 한 후 잠들어버렸고, K는 돌아와서 기 형이 자고 있는 서재 침대 옆에 자신이 집필중인 장편 초고가 놓인 것을 보고 신경이 쓰였지만 기 형을 그대로 자게 놔두죠. 그리고 기 형이 눈을 뜨기를 기다렸다가 저녁식사를 하고 술을 마셔요……그런 장면에서 대화가 시작됩니다.

〈—아무튼 나는 그 숲속에 있는 토지에, 그것도 '저택' 자리에, 내가 고안한 현실세계의 모델을 만들어보자고 생각하는 중이다, K. 근거지 운동을 통해 만들려고 했던 '아름다운 마을'은, 그 모델 중 하나였던 거야. ……십 년 저쪽 세계에 있다가 마을로 돌아왔더니 강을 에워싼 제방 하나만 봐도 뚜렷이 알 수 있었던 것처럼 완전히 바뀌어 있었지. (중략) 근거지 운동을 함께 해줬던 녀석들도 다시 같이 운동할 태세를 잠깐은 보였지만 결국 그렇게 하지 않았어. 그건 역시 자연스러운 움직임이었지. (중략) 그래서 앞으로는 그저 나만의 구상에 바탕한 모델을 만들자 싶은 기분이 되었지.〉

기 형은 K의 소설을 읽었고, 소년 시절과 청년 시절에 튜터였던 때와 마찬가지로 비평을 시작합니다. 기 형은 감옥에서도 단테의 『신곡』을 숙독했죠. 그 작품이 기 형이 하는 비평의 근거가 됩니다. 그는 작가

K가, 아카리라는 장애를 가진 아들을 부인과 보살피면서 살아가는 삶을, 자기의 어둠의 숲selva oscura 경험이라고 말하는 건 당연한 일일지도 모르지만, 자기는 그 경험을 뛰어넘었다면서 작업을 시작하기엔 아직 너무 이르지 않을까?라고 말합니다.

〈(전략) 그런 생각에 입각해 나를 전면에 내세워서 소설을 쓰지. 네 등반의 실패가·헛스윙이 나는 두렵다. K가 죽음과 다시 살아가기의 전환점을 쓰려 하는 건 분명해. 하지만 그건 때가 있지. K, 네 안에서 그런 전환점 이야기를 쓸 시기가 충분히 무르익은 거야? (중략) 만약 시기가 아직 오지 않았다는 걸 스스로 알면서도 그것을 쓰지 않고는 작가로서 살아갈 수 없어서라면—경제적 이유 때문이 아니라 작가로서 느끼는 감정 때문에—도쿄를 벗어나 숲속 토지로 돌아가는 게 어때? 그러면 너를 영구적 경영 협력자로 해서 새로운 사업을 함께 하도록 하지.〉

마음을 다한 이런 권고를 K는 가만히 듣고 있습니다(하지만 앞쪽 이야기뿐이지요). 그는 집필중인 초고를 옆에 있던 난로에 넣고 태웁니다. 하지만 숲 가장자리 땅으로 돌아와서 함께 사업을 하자는 기 형의 요청은 받아들이지 않습니다.

이 점에 대해 기 주니어는 내가 생각하지 못했던 방식으로 분석합니다. 기 주니어의 이야기를 들어보지요."

3

아사한테 소파 한가운데 자리를 양보받은 기 주니어는 똑바로 뻗은 무릎 위에 A4 사이즈 노트를 올려둔 채로 있으면서 자기 노트가 내 시야에 들어오는 것을 신경쓰지 않았다. 오히려 그는 노트의 일본어 문장을 소리 내어 읽으면서 그 윗단에 한 줄 띄어 써둔 영어 문장 쪽으로 내 시선을 유도하는 듯했다. 기 주니어는 자신이 먼저 영문으로 쓰고 그 아랫줄에 마키가 번역해둔 일본어 문장이 정서된 부분을 낭독했다……

기 주니어가 질문했다.

"오랜 시간을 들여 써온 소설에 대한 강력한 부정에 직면한 선생님은 기 형에게 그 말을 인정한다고 말합니다. 그리고 초고를 태워버립니다. 저는 선생님의 소설론을 읽어봤습니다. 선생님은 소설을 다시 쓰는rewrite 작업을 중요시합니다. 선생님께 **글쓰기란 다시 쓰기**이기도 합니다. 그건 쓴 글을 **태워버리기**가 아니지요. 선생님이 노력을 쏟아 쓴 초고를 태운 이유는 그 작품을 **다시 쓰기**가 불가능하다는 걸 알았기 때문입니다.

게다가 숲 **가장자리**로 돌아가 새 생활을 시작하자는 기 형의 권유를 거부했지요.

그건 왜였습니까?"

"나를 궁지로 몰아넣고 둘 중 하나를 선택하라고 했던 건 아니네. 하나밖에 없는 선택지를 시혜의 태도로 보여준 것이지. 이미 마흔 살 넘은 사내한테. 나는 증오라고나 해야 할 감정을 느꼈던 걸 기억하네. 그래서 거부했지……아니, 증오라고밖에 말할 수 없는 감정을 느꼈다고 녹음을 다시 해주게."

"녹음은 이대로 괜찮습니다." 기 주니어는 말했다. "그렇게 다시 말씀하시는 걸로 지금 조코 선생님 안에 있는 것이 표현되는 셈이니까요. 선생님은 기 형에 대한 증오를 그런 식으로 기억하고 계시군요."

"그렇다네."

나는 젊은 시절보다 당연히 작아지긴 했지만 여전히 동그랗고 매끈한 아사의 얼굴이 내가 단어를 다시 선택하는 일에 긴장하는 걸 봤다.

"기 오빠한테는 오빠한테 심술맞게 대하는, 그것도 자기도 모르게가 아니라 의도적으로 그렇게 하는 게 아닌가 싶은 부분이 있었지요. 그래도 '저택' 사람이 놀러오라고 부르면 싫지 않은 듯 따라가곤 했습니다. 오빠가 기 오빠랑 같이 공부하려고 '저택'에 다닌 초기 무렵부터 나는 어렸지만 이상하게 생각했어요.

그래서 지금의 오빠 말에 충격받지는 않았답니다.

그 부분에, 이 인터뷰에 내가 참여하는 이유가 있는 듯합니다."

"그러면 녹음은 그대로 놔두고 인터뷰를 이대로 진행하지. 당신(나는 벌써 몇 번째 커피를 가져와, 보온 주전자를 테이블 위에 놓고는 어정쩡하게 서 있는 치카시한테 말했다)도 들어줘, 아사는 할말을 준비해서 여기 와 있지. 우선 모처럼 커피를 가져왔으니 마시기로 하고 대화가 더 긴박해질지도 모르니 그전에 잠깐 쉬지."

4

커피 타임을 갖자는 제안을 치카시는 제대로 받아들였다. 커피를 더 따라 마시는 모습을 끝까지 보고도 좀더 시간을 두더니 기 주니어는 인터뷰를 재개하겠다고 말했다. 기다리던 아사가 시작했다.

"지난 호『'만년양식집'+알파』에 게재한 내 편지에 쓴 것처럼 우리한테는 더이상 시간이 없고 서둘러야 하니 기 오빠에 대해 계속 이야기하지요.

이제부터 하는 이야기를 나는 기 오빠가 죽은 후 가슴속에 쭉 품고 있었지만 누구한테도 말하지 않고 오늘까지 살아왔어요. 그런데 오늘 내가 말할 기분이 된 건, 혼자 나 자신에게 물어봐왔던 질문이 지금까지 기 주니어와 마키가 해온 질문 조사를 통해 우리 마을 중고등학교 학생의 부모들 가슴속에도 있었던 것임이 드러났기 때문입니다.

그때 숲 **가장자리**에 강하게 드리워 있었던 분위기에 대해 이야기하겠습니다. 큰비가 계속 내려 거의 가득찬 덴쿠보저수지에 무슨 일이 생기면 그 지역 전체가 영향을 받게 된다. 그런데 제방을 폭파하자고 하는 사람을 그냥 놔둬도 되는가?라면서 소방서나 경찰서로 담판을 하러 가는 그룹은 얼마든지 있었고 현에서 제방 건설 전문가가 보러 왔다는 이야기도 있었습니다.

여러 소문이 뒤숭숭해서, '저택'에 틀어박혀 얼굴을 보이지 않았던 기 오빠한테 덴쿠보저수지의 안전은 어떠냐고 물으며, 간신히 관계가 이어져 있어서 기 오빠를 만나러 온 **근거지** 멤버에게 기 오빠는 오히려 그를 불안하게 만드는 답변을 해서 분노를 샀지요. 오빠가 마을과 직접 교섭은 하지 않으리라고 생각했지만, 혼마치의 영향력 있는 사람들과 이야기해서 기 오빠와 마을 사이에 화해의 대화를 이끌어낼 수는 없을지 생각하면서 나는 도쿄에 전화를 했어요.

오빠는 곧바로 숲 **가장자리**로 와주었습니다. 그런데 기 오빠는 오빠의 설득에 응하고 어쩌고 할 상황이 아니었어요. 마을 젊은이들이 여기저기 붙여두었던 검은 물, 살인자 라는 전단지를 오빠한테 보여주며 걸으면서(그러면서 한 장 한 장 떼어 직접 찢었다는데), 내가 덴쿠보저수지에서 하는 중인 반사회적 행동 때문에 저수지 물이 탁한 검은 물이 되었고, 그 물이 유출되어 아이들한테 해로운 영향을 끼치고 있다……물론 진심으로 그렇게 믿어서 하는 말은 아니겠지만 그런 말로 자주 나를 도발하고 있어, 라고 말했지요.

그래서 오빠가 숲에 체류하는 동안 '저택'으로 기 오빠를 찾아가 할 수 있었던 일은, 낮에는 숲에 만들어둔 감시대에서 젊은이들이 감시하는 탓에 밤이나 되어야 저수지로 수영하려고 내려가는 기 오빠를 만나는 것뿐이었어요. 그리고 오빠는 화해를 이끌 수 있는 기획을 뭐 하나 하지 못하고 도쿄로 돌아갔죠.

그대로 그해를 지나 보내고, 산벚꽃이 덴쿠보저수지 사면을 하얗게 물들이는 가운데 기 오빠의 시체가 저수지에 뜨는 일이 생겼어요…… 저와 오셋짱이 보트를 저어 시체를 끌어올렸고 큰노송나무섬에 안치했지요. 내가 기억하는 건 이 사건이 오빠가 체류하던 시기에 일어났다면 얼마나 큰일이 되었을까 싶어 가슴이 벌렁벌렁했던 일입니다.

나는 기 오빠가 드디어 죽고 말아……이렇게 말하는 이유는 언젠가 이렇게 되리라고 생각했기 때문인데……발생한 사태를 슬퍼하면서도, 그 슬픔을 느끼는 지점보다 더 깊숙한 곳에서는 오빠가 관계되지 않았다는 것을 기뻐하는 나를 발견하고 있었습니다. 그 생각을 잠깐이라도 하지 않으려고 물에 들어가 무거운 기 오빠를 섬으로 꺼내 올리는 육체노동을 한 겁니다.

그 사실을 오랫동안 그럭저럭 잊어버리고 있었는데, 다시 떠올리게 되었지요. 『'만년양식집'+알파』 제1호에서 오빠가 3·11 대지진에 얽힌 경험을 쓴 부분을 읽었을 때였습니다. 서고의 무너진 책더미를 정리하는 동안 피곤해서 잠들어버렸고……그때 꾼 꿈을 종이에 써서 옆에 있던 도자기 문진을 올려놓았던 '시'를 옮겨 써두었잖아요?

내 안에서 의식적으로 억제하고 있었던 묘한 생각이 바깥으로 튀어나왔답니다. 그게 지금 이 오빠의 인터뷰에서 내가 증언해야겠다고 생각한 직접적인 이유입니다. 물론 숲 가장자리에 혼자 살면서 아이들한테 이상한 할머니 소리를 듣는 사람의 망상입니다. 다만 나는 그걸 오빠 앞에서 기 주니어가 들어줬으면 합니다.

왜 오빠는 도자기 문진을 감추었나? 그건 이 문진이 오빠한테는 바꿀 수 없는 소중한 것을 기억하도록 만드는 모조품이기 때문입니다.

오빠가 오십대였을 무렵이라고 생각하는데, 비젠도자기 작가로 유명한 사람의 가마를 견학했을 때 제작해준 거지요. 출판사 강연회에서 함께했던 비평가가 큰 접시에 글자를 썼는데, 가마에서 제대로 구워지지 않았어요. 그래서 다른 접시로 다시 만드는 동안 도예가의 아들이 원래 접시용 흙을 몇 덩어리로 나누어 다시 빚었지요. 그리고 뭔가를 만들어드리겠다고 하자 오빠는 오랫동안 고이 잘 쓰던 걸 잃어버렸다면서, 어떤 물건의 형태를 그려서 보여줬어요. 그리고 얼마 안 지나 그 물건이 구워져 배송되었고요.

원래는 오빠가 혼마치의 신제 고등학교에서 구제 중학교의 여러 가지 나쁜 관습을 물려받은 마쓰야마 고등학교로 전학을 갔을 때 기 오빠가 호신용으로 쓰라면서 만들어준 '메리켄'입니다. '메리켄'이라는 건 철로 테두리를 만들고 손가락을 넣어서 손바닥으로 잡는 무기입니다. '3·11 이후' 그걸 도자기로 만든 물건이 여전히 서고에 있다는 걸 알았답니다. 그게 내 첫번째 이야기입니다.

두번째는 오늘 오빠한테 확인했죠? '플레이 치킨'에 관해서입니다. 오빠는 덴쿠보저수지 일 때문에 돌아와서 매일 밤 '저택'으로 기 오빠와 이야기를 하러 갔지요. 혼마치의 분쟁 상대 쪽이 온 적도 한 번 있었지만 이야기는 전혀 진전되지 않았어요. 밤이 되어 우리집에 자러 돌아온 오빠는 완전히 지쳐 머리칼이 젖어 있었습니다. 어떻게 된 일이냐고 물었더니 '옛날에 하곤 했던, 그리운 플레이 치킨을 했다'고 대답했지요.

그래서 기 오빠가 익사한 후 내 머리에 들러붙어 떨어지지 않았던 것이 이런 망상입니다. 조정이 실패하고 오빠는 숲 가장자리를 떠나갔지만 마을 젊은이들은 기 오빠와 오빠가 덴쿠보저수지에서 플레이를 한 이야기를 하면서, 조코 씨가 기 형과 그리운 옛날 생각을 하면서 한 듯하다, 그 플레이를 조코 씨가 다시 한번 해주면 어떻겠는가, 그렇게 말한 현자가 있었던 건 아닐까?

내기를 하자! 그리고 조코 씨가 지면 더이상 어찌해볼 방도는 없다. 하지만 오랫동안 해온 일이니, 마지막으로 한번 기 형을 이기는 일도 있을 수 있다. 이번에는 '비겁자'가 이긴 사람을 무조건 따르기로 하는 것이 룰이다. 조코 씨는 조정안으로, 덴쿠보저수지 방수를 잘 관리하는 방침과 그 관리권을 마을 젊은이들한테 맡겨라.

그 계획을 오빠는 받아들였어요. 하지만 오빠는 고민하지 않을 수 없었는데, 오빠 성격으로는 당연하지요. 오빠가 이기면 그건 잘된 일.

하지만 오빠는 자기 체력으로는 상대를 이길 수 없다는 걸 알고 있어요. 그래서 오빠는 수영복 배 부분에 공간을 만들어 '메리켄'을 감추어 가져가자고 결심한 건 아닐까? 지는 걸 피할 수 없다고 자각하게 되면, 오빠는 숨쉬기 힘든 걸 참아가면서 '메리켄'을 꺼내 기 오빠의 머리를 일격한다. 손에 쥐고 있던 무거운 물건은 물에 떨어뜨리고 다른 한 손으로 물을 저어 올라간다……

물위로 올라온 오빠를 젊은이들은 요령 좋게 맞아들인다. 그들은 이어서 올라올지도 모르는 사람 같은 건 생각하지 않는다. 오빠가 다시 한번 이야기하러 숲으로 왔던 사실을 나한테조차 알리지 않는다. 오빠가 젊은이들 차로 시코쿠산맥을 넘어가 고치공항에서 마지막 비행기를 타고 도쿄로 돌아가도 그런 행보를 증언할 사람은 없다. 다음날 저수지에 떠 있는 기 오빠를 발견한 마을 사람들은 오셋짱과 나한테 그 사실을 알린다……

그런 내 망상이 뿌리를 뻗으며 바깥으로 나오지는 않았던 세월 동안, 오빠는 검은 물 속 바닥의 진흙에 파묻힌 메리켄을 잊어버리지 않도록 '도자기 메리켄'을 만들어 감춰두었다. 기 형의 심술궂고 잔혹한 놀이를 역으로 상대에게 행해 오빠를 더이상 '비겁자'라고 말하지 못하도록 본때를 보여준 기념물인 '도자기 메리켄'. 또는, 오빠 성격답게 자기야말로 비겁자이고 친구를 죽인 자라는 걸 가슴에 새기기 위한?

그리고 '후쿠시마'에 대재해가 일어났을 때 오빠가 한 일은 그 도자기가 지진으로 바닥에 떨어져서 깨진 건 아닌가 하면서 책과 자료 등이 무너져 쌓여 있는 서고 바닥을 뒤지는 일이었죠. 별일 없이 무사하다는 것을 확인한 후 그대로 바닥에 누운 오빠는 시를 썼어요. 아카리와 어떻게 살아나갈지를 고민하는 시. 괜찮습니다, 라는 목소리가 들려와 시는 완성되고 시를 적은 종이에 '도자기 메리켄'을 올려두고 잠든 겁니다."

아사가 준비했던 말을 다 끝내고 백발이 성성한 머리를 소파 등받이에 기대어 눈을 감는 걸 확인한 나는 비디오 촬영용 굵은 전선과 녹음용 가느다란 전선 등에 발이 걸리지 않도록 주의하는 걸음새로 서고 입구로 돌아가, 작업 책상 가장 아래쪽 서랍에서 예상 밖으로 무거운 '메리켄' 주머니를 꺼냈다. 그리고 음악실로 돌아가 이번에는 잠든 것처럼 고개를 숙인 아사의 상체를 감싸안고 있는 마키 옆에 철덩어리를 놔두고 서고로 돌아갔다.

기 주니어는 나를 향해 머리를 들지 않고 고정된 비디오카메라가 포착한 성과를 확인했다.

5

서고 문을 흉내만 내는 식으로 노크하면서 바로 들어온 사람이 누구인지 모르겠다……일단 좌중의 분위기를 고조시킨 웅변과 용두사미로 끝난 그 결말을 함께 변명하려는 아사? 예상을 빗나간 인터뷰의 재개 방식을 상의하러 온 마키? 나는 침대에 누워 머리맡 서가에 있던 무스미 선생님의 『패전 일기』를 읽던 얼굴을 들지 않고 있었다.

작업 책상 의자를 직접 움직여 가까이 온 상대는(치카시였다) 내가 읽던 책을 내려놓을 때까지 정도는 기다려주었지만, 곧바로 이야기를 시작했다.

"그렇게 자기중심으로 행동하고 이쪽으로 들어왔으니 뭘 읽으면서 마음을 가라앉히고 있는지 신경쓰여서요. 지금 펴놓은, 당신이 옮겨 쓴 ('집회 등으로 바빠졌기 때문에 후반은 컬러복사를 했어'라고 나는 정정했다) 책을 보고, 당신은 언제나 이 책에 의존하는구나, 선생님이 돌아가신 나이도 훌쩍 넘겨 사는데 싶었어요.

그런데, 인터뷰 파트2 말인데요, 현실적인 마키가 기 주니어와 나눈 이야기를 전하러 왔어요. 이것도 마키의 제안인데 우리 세 여자는 지금 어려운 국면에 처해 있기에 우리 말고 다른 사람과 이야기할 때 이 작은 녹음기로 대화를 녹취해서 다른 두 사람과 공유하고 있어요. 원하면 당신과 기 주니어에게도 들려줄게요.

기 주니어는 인터뷰 첫 부분을 확인중이죠. 마키는 아까 말한 내용을 아사와 이야기하고 있어요. 마키도 나와 마찬가지로 녹음하면서요. 여기서 나와 당신이 나눌 이야기는 시간 여유가 없지만 아사가 마키한테 전할 거고 나도 그들이 녹음한 내용을 듣고 다음 인터뷰를 준비할 거예요. 당신은 오늘 작업이 아까 한 파트1로 끝났다고 생각하지 말고, 피곤하겠지만 다시 음악실로 와주세요.

기 주니어의 인터뷰에서는 인터뷰에 출석해서 이야기하는 사람은 누구에 대해서든 발언 내용에 이견이 있으면 발언이 허용돼요. 그 녹화도 앞서 녹음·녹화된 디스크와 똑같이 정리될 거예요. 대립된 논의의 해결을 서두르지는 않을 거고요. 어느 쪽이든 흥미로운 내용이니까 그렇게 한다는 것이 기 주니어의 생각 같아요.

당신은 이미 평상시로 돌아왔다고 생각하겠지만, 얼굴은 아직 그렇지 않아 보여요. 아까 기 주니어의 인터뷰에서 아사가 한 발언과, 당신이 한 대답은(말을 하지는 않았지만) 지금 말한 것처럼 양쪽 다 존중받을 거예요. 아사는 잘 이야기했고 그에 대해 당신은 한 가지 행위를 했을 뿐인데 그 행위의 의미는 이해된다고 기 주니어도 인정합니다. 하지만 토론으로서의 대립은 대립이고, 양측 의견을 모두 기록하되 그 승패를 평가하는 건 서두르지 않는다. 그것이 기 주니어의 진행 방식이에요.

오늘은 특히 아사의 이야기에 당신이 흥분했죠. 동요한 것처럼 보이기도 했고요. 그리고 그건 당연했어요. 하지만 나는 아사가 한 말에 그대로 설득당하진 않았답니다. 그 이야기가 무겁게 다가온 건 사실이에요. 앞으로도 계속 생각해나가지 않으면 안 되는 것도 당연하고요. 우선 아사는 그 이야기가 자신의 '망상'이라고 말하면서 시작했으니까 그대로 사실로 믿는 건 우스운 일이죠. 하지만 저렇게 진지하게 한 이야기를 그냥 거부하는 일이 허용될까? 그런 생각이 지금 저에겐 있어요.

우리가 잘 아는 사람의 생사에 관한 이야기였죠. 심지어 그 죽음에 당신이 관련되어 있다고 '상상'한. 그 이야기를 한 아사는 '망상'이라고 말했지만 나는 무시할 수가 없어요. 지금 그 이야기는 당신이 내놓은 증거로 부정되었다고 일단 매듭지을 수는 있지요. 하지만 그 '망상'은 계속 살아 있다고 느껴요.

곧바로 이어진 당신의 반박에, 그것도 언어가 아니라 몸짓과 면으로 된 주머니를 들이미는 행동을 통해 아사의 '망상'을 뒤집어버리고 당신은 그대로 서고에 틀어박히는 바람에, 아사는 충격을 받아 누구한테 맞아 쓰러진 사람처럼 되었어요. 그리고 당신에 대한 인터뷰는, 최소한 파트1은 끝나버렸죠.

나는 서고로 들어간 당신의 태도에 반발심을 느꼈어요. 그래서 완전히 온몸에서 힘이 빠진 듯한 아사를 동정했지요. 그래서 나는 기 주니어에게 나로서는 잘 모르겠다고 말했어요. 기 주니어는 참을성 있게 말해주었죠. 저 자신도 질문 조사에서 그런 이야기를 하는 사람을 여럿 만났어요. 지금 아사 아주머니가 말한 '망상'은 이 마을에서 몇 번이고 문제화되어온 것 같습니다, 라고……"

거기까지 듣고 나는 치카시에게 확인했다.

"당신이 나한테 냉정해지라고 요구하는 건, 화를 낸 나를 진정시키려고 그러는 듯한데, 아직 심장이 두근거리는 이유는 후기고령자라는 처지를 잊어버리고 좁은 복도를 뛰어갔기 때문이야. 그렇게 이 서고에서 저 물건을 들고 돌아가서 나는 그 저수지 물속 진흙바닥에 묻혀 있으리라고 아사가 생각한 '메리켄'이 줄곧 내 집에 있었다는 걸 보여줬고. 당신이 아사의 '망상' 때문에 심장이 두근거리는 것과는 달라. 단순히 신체적인 문제야. 하지만 심장이 두근거리는 건 두근거리는 거라, 이렇게 목소리를 내는 것만으로도 다시 그 상태가 반복되지……"

"당신이 음악실을 나가자 아사는 자기도 흥분했다면서, 머릿속은 전혀 다른데 역시 피를 나눈 형제라서 성격에 닮은 부분이 있으니까, 라고도 했지요. 지금은 마키가 같이 있어요.

이 와중에도 아사는 기 주니어의 작업에 신경쓰고 있지요. 인터뷰 파트2를 진행하자는 이야기를 아사가 꺼냈어요. 오늘의 파트1은 좀 빨리 시작하기도 했고 중단했던 시간도 그리 길지 않으니 파트2를 두 시간 정도로 잡고 하면 늦은 시간대의 ANA 비행기를 탈 수 있다면서……

그러면 인터뷰 일은 잊어버리고 바로 출발하면 어떻겠느냐고 말해봤지만, 자신의 증언이 인터뷰를 엉뚱하게 꼬이게 했으니 그 잘못을 제대로 수습하기 위해서도 어느 정도 쓸 만한 이야기를 기억해내 말하고 싶다고 했어요. 아카리가 그 집 이층에서 혼자 밤을 지내는 게 처음이라 오늘밤 안에 숲으로 돌아가고 싶다면서요. 릿짱이 일층에서 자주긴 하지만 바람에 나무가 소리를 내면 아구이가 부르러 왔다면서 창밖으로 몸을 내밀지는 않을까 걱정된다고……앞으로 남은 인터뷰에 마키는 꼭 필요하니까 아무튼 일만 끝나면 자기만 먼저 돌아가겠다고 했어요.

그렇게 아카리를 생각해주는 아사에 비해 오늘 당신 태도는 어땠나요? '메리켄' 이야기가 아사한테서 나오자 당신은 불같이 화를 냈어요. 칠십대 중반을 넘어선 나이에 정말 어른스럽지 못하다고 나는 생각했죠. 아사가 당신한테 기 형 살인죄를 뒤집어씌웠다, 억울한 죄를 씻고 싶다고 생각한다면 당신이 잘못 판단한 거예요. 아사는 어느새 이런 망상을 하게 됐다고 미리 말하고 이야기한 거잖아요?

그런데 당신은 그 반증이 되는 물건을 넣은 면주머니를 가지고 왔어요……그 물건이 효과를 발휘한 다음에도 내가 여기 와서 들여다볼 때까지 얼굴을 붉힌 채로 있었죠. 기 주니어는 저 '메리켄' 이야기는 『그리운 시간에 보내는 편지』에서 나이프 이야기로 바뀌어 있었다면서 차분한 태도를 취했는데, 나는 '메리켄'이라는 데 의미가 있고 그게 당신을 동요시킨 직접적인 요소라고 생각해요. 당신은 복잡한 감정을 품고 있는 거죠? 나도 오래된 기억이 생각났어요. 당신은 기 형한테 받은 호신용 '메리켄'을 가지고 있었죠. 원래 기 형은 당신을 괴롭히는 사람들과 당신이 싸우지 않으면 안 될 때를 생각하고 있었던 거예요. 기 형은 그래서 마쓰야마로 전학 가는 당신을 걱정해서 '메리켄'을 준 거잖아요?

기 주니어가 말한 대로 그건 『그리운 시간에 보내는 편지』에서는 나이프가 되어 있는데, 패전 직후 거친 젊은이들 문화 중 하나로 존재했던 '메리켄'은 그 소설을 출판할 시점에는 이미 잊힌 물건이 되었다는 교열자의 지적이 있어서 소설에서는 그렇게 바꿨지요.

숲 가장자리에서 마쓰야마로 나갔을 때 순박한 시골 소년이었던 당신의 순수함 즉 naïf와 무기 knife를 섞은 별명을 고등학교 친구들이 붙였죠. 나는 당신이 다니던 고등학교의 한 학년 아래 후배였고요. 그래서 그 무렵 학생들한테 영어 및 프랑스어 단어가 익숙한 건가 싶어 묘하다고 생각했어요.

당신은 아사한테 그 말을 듣고는 정색한 얼굴을 하더니 서고로 뛰어 들어갔고 그 물건을 잡아채듯 갖고 뛰어 돌아왔죠. 아사는 자신의 '망상'으로서 이야기했음에도 당신은 그걸 뒤집는 일에 열중했죠. 더구나 그 뒤집는 방식이 어? 하고 마음에 걸리더군요.

무슨 말이냐면, 당신은 '메리켄'을 무시무시한 일에 사용한 후 제대로 챙겨서 돌아와 깨끗하게 씻어 면주머니에 넣어두는 일도 가능한 사람이니까……

나는 고로 오빠한테 들었어요. 당신과 고로 오빠는 마쓰야마 고등학교에서 전학생 동지로 만나게 됐죠. 고로 오빠는 당신보다 일 년 먼저 교토에서 전학 왔고요. 고로 오빠는 알다시피 눈에 띄는 모습을 한 사람이었죠. 거만한 건 아니었다고 생각하는데 독립적이고 자존심이 강한 사람이었어요. 그걸 눈에 거슬린다고 생각한 강경파 그룹이 있다 해도 당연하잖아요? 그 학생이 난요에서 전학 온, 역시 좀 이상한 당신과 어울려 다른 학생들과는 떨어져 지냈죠. 그 학생들이 저 녀석들을 좀 혼내주자 하면서 우선 고로 오빠를 표적으로 삼아, 오빠를 불러내는 전갈이 반에 전달되었다고 해요. 구제 중학교 시절부터 유서 있는 이름이 붙은 건물 뒤로 불려갔다고요."

"그런데 코기가 따라온 거지. 기다리고 있던 대여섯 명이 우리를 에워싸면서 다가왔어. 그 녀석들 앞에 코기가 혼자 나아가서 그중 가장 체격이 좋은 녀석한테 비굴한 모습으로 다가갔지. 작은 개가 큰 개 앞에서 꼬리를 말잖아? 나는 저열한 걸 보는 느낌이 들었어.

코기는 상대 가슴에 머리를 박고 마치 비는 듯한 모습이었지. 상대는 멋쩍어하는 모습이었고. 그런데 코기가 어느새 꺼낸 '메리켄'으로 그 녀석 목과 어깨 사이를 세게 때렸지. 다리가 꺾이면서 꿇어앉는 자세가 된 상대의 입 주변을 발로 걷어찼어……

그리고 바닥에 뻗은 상대의 허리 부분 옆에 서서 가만히 있었지. 그러자 강경파 그룹 번장*이……이런 단어는 아직 보통 고교생들은 쓰지 않았는데, 코기와 나에게 이제 가라면서 손을 내저었어. 마치 더러운 녀석들을 쫓는 것처럼. 이후로는 우리가 학교에서 난처한 경우에 처하는 일은 없었는데 나로선 오히려 코기 쪽한테 뭔가 찝찝한 느낌이 들었지……"

---

* 학내 불량소년 그룹의 대표를 칭하는 말.

나는 처음으로 상체를 일으켜 치카시에게 말했다.

"그 도자기 문진이 시를 적은 종이쪽지 위에 올려둔 채로 있어. 좀 가져와주지 않겠어?"

내 목소리에 돌아와 있는 여유에 치카시는 뭔가 느꼈는지 멈칫했는데 그래도 가지러 갔다.

"당신은 내가 아사 옆에 놓고 온 면주머니를 열어봤어? 그렇게 흉흉한 이야기를 고로한테 들었던 적도 있으니, 이 '도자기 메리켄'을 주의 깊게 봤을 거야. 하지만 기 형이 준 철제 '메리켄'은 본 적이 없지. 당신이 본 건 철제 메리켄을 내가 그림으로 그린 걸 바탕으로 해서 만들어진 '도자기 메리켄'뿐이야.

그리고 지금 당신은 가운데 부분에 만들어 붙여놓은 고리에 손가락을 넣어 들어올렸지. 하지만 음악실 소파에 놓인 면주머니를 열면 그 고리 부분을 망치로 때려 없앤, 그러니까 무기로 사용할 수 없게 된 물건이 나올 거야.

내가 마쓰야마에 있었던 시기는 분명 민주주의 시대였지만 고등학교에 대형 나이프를 가지고 가는 일이 허용되지는 않았어. 『그리운 시간에 보내는 편지』에 쓴 나이프 이야기는 픽션이야. 당신이 말한 것처럼 knife, naïf를 중의적으로 겹쳐서 내가 소설에 도입했지. 하지만 기 형이 준 철제 '메리켄'이 없었던 건 아니야. 나는 고등학교 강경파 친구들을 의식하고 호신용으로 가지고 다녔지. 그걸 사용한 적은 없지만 내가 '메리켄'을 갖고 있다는 소문(그야말로 호신을 위해)을 스스로 만들어 퍼뜨리기도 했어. 그런데 체육 시간에 수영장 옆에서 소지품 검사가 실시되는 바람에 압수당했어. 다시 한번 말하지만 민주주의 시대라 교사들은 이제 학교로 가져오지 말라고 하며 주의를 준 다음 돌려주었지. 하지만 되돌아온 건 손가락을 넣는 고리를 망치로 부수었기 때문에 더 이상 무기가 아니었어.

지금 당신이 나한테 해준 이야기는, 고로가 숲 **가장자리**에서 온 이상한 친구 이야기를 얌전한 여동생한테 하면서 조만간 영화감독 겸 시나리오 작가로 이름을 날리게 되는 자신의 재능을 발휘한 결과물 아닐까. 그러면 다음 인터뷰까지 나는 한숨 자고 오지."

6

"파트1의 비디오를 다시 보고 기 주니어가 한 말인데요"라고 하면서 앞서 기 주니어가 앉아 있던 위치에 앉은 마키가 파트2를 시작했다.

"아버지에 대한 아사 고모의 이야기가 이제까지 제가 접해온 아사 고모에 비해서 놀라우리만큼 공격적이었는데, 무슨 일일까?라며 엄마가 이상하게 여기고 있어요. 저도 그렇게 느꼈고요.

이곳에서 기 주니어가 리드해 진행하는 인터뷰는 아버지를 고발하기 위한 것이 아니에요. 기 형의 죽음에 누구의 책임이 있었는지를 생각하려는 거지요. 기 형의 시체가 발견되자 모여든 구경하던 사람들 중에서 아사 고모와 오셋짱이 나와 시체를 물에서 꺼내지요. 덴쿠보저수지큰노송나무섬에서 경찰이 검시했고 기 형이 술을 마시고 있었다는 사실에 중점을 두게 됩니다. 수온이 낮은 깊은 밤에 기 형이 수영하러 간 일도 정상은 아니지만, 기 형이 정신적으로 건강하지 않은 상태였다는, 여러 사람의 증언이 있었습니다. 그래서 사고가 일어난 것으로 간주되었지요.

그런데 이번에 기 주니어가, 사고사로 간주된 일을 둘러싼 다른 소문이 있었다는 이야기를 지역 사람들로부터 모았어요. 그의 아버지 일이니까요. 그러는 동안 기 형은 살해당했다는 이야기가 나온 것이고요.

기 주니어의 원래 의도는 기 형, 하나와 고로 감독, 그리고 내 아버지라는, 지식인 혹은 실패한 지식인에 대한 연구입니다. 조코 코기토의 소설 연구이기도 하지요. 나아가 사고로 죽은 조코의 친구, 자살한 친구에 관한 연구가 중첩됩니다. 그 세 사람의 동년배 일본인에게서…… 기 형만 열 살 위입니다만……지식인으로 태어나 살아간 그들 각자의 만년에서 공통된 파국을 볼 수 있다는 그런 발상에서 출발했습니다.

기 주니어는, 조코는 아직 살아 있지만 그의 사소설적 장편은 전부 파국을 예감하고 있다고 말합니다. 이런 설명을 제가 지금 하는 까닭은 인터뷰 파트1에서 아사 고모가 작정하고 한 말을 듣고, 그럴 때 아버지는 유머러스하게 받아넘기는 사람인데, 화를 내면서 대응했기 때문이에요…… 그래서 저렇게 되어버렸고요. 그후 아사 고모가 저한테 한 이야기를 모두에게 다시 들려드리고 싶어요."

아사는 소파 중앙에 앉은 마키 옆에서 기운이 쇠한 채 등을 기대고 눈을 감고 있었다. 그런데 이때 고개를 들더니 말했다.

"마키는 앞선 인터뷰에서 그런 말을 한 나한테 화내지 않고 오히려 그후에 눈물을 흘리던 나를 배려하면서 옆에 있어줬어요. 그리고 내 이야기를 수정해서 녹화할 기회를 줬답니다.

내가 그런 이야기를 한 건, 혹시 기 형이 잘못을 범했을 경우 자기도 책임을 추궁당할 거라고 두려워한 조코가 저지른 일 아니냐 하는 소문을 들은 적이 있기 때문이지요. 그런 이유라면 오빠가 그런 행위를 하고 말았을지도 모른다고 고민한 적이 있어서, 그 '망상' 이야기를 해버린 거예요. 그리고 나는 두려워하기 시작했죠. 내가 이야기를 끝내자마자 오빠가 마이크를 잡고 방금 아사가 말한 대로 내가 죽였다고 말하지는 않을까 싶어 무서워졌어요.

나는 기 형이 그냥 지나치면 안 되는 일을 지나쳐버리고 있다, 나라도 할 수 있는 일을 해야 한다고 생각하고 있었다. 그렇게 압박감에 시달리다못해 나한테 가장 소중한 기 형이기에 그런 행위를 하고 말았다……라고 오빠가 말하면 어떡하나 싶어 무서워졌던 거지요. 그리고 기 오빠도 코기 오빠도 불쌍해서 눈물이 나왔습니다.

나의 '망상'이 상궤를 벗어났다고 생각합니다. 사태를 혼란스럽게 만들었을 뿐이네요. 다음에 도쿄에 올 때는 평정을 되찾은 상태로 올게요. 지금 내가 할 수 있는 건 다 했고 마키는 아직 일이 남았으니, 치카시 언니, 지금 공항으로 가는 택시를 불러주세요."

"아니요, 고모는 아직 여기 더 계시면서 제 생각을 들어주시겠어요? '세 여자'가 그룹을 결성해서 『'만년양식집'+알파』를 바탕으로 아빠에 대한 비판을 제시해왔는데, 그건 우리한테 이제까지 없었던 일이죠. 우리는 아빠의 소설에선 사육된 인물로 묘사되었을 뿐이었고요. 하지만 제가 결심했던 저와 아카리 오빠의 '자립'은 실현되었어요. 잡지를 새로 만들고 싶다는 제안도 했고요. 더욱이 아사 고모의 발언으로 인해 앞으로 어떻게 할지에 대한 전망도 나왔어요. 그걸 파트2에서 발전시키면 좋겠어요.

중간 휴식시간이 쓸데없는 시간이 되지 않도록 엄마가 마음먹고, 아사 고모의 발언처럼 깊이 생각한 내용을 아빠한테 직접 이야기한 듯합니다. 엄마로서는 파트1에서 아사 고모가 한 이야기는 우리 '세 여자'가 거둔 1승이고, 그에 대해 아빠가 만회를 시도했지만 엄마는 '메리켄'이 덴쿠보저수지 바닥에 묻혀 있지 않았다 해도 그게 아빠가 무죄라는 증거가 되지는 않는다고 생각했어요. 그리고 그 생각을 아빠한테 직설적으로 말했죠. 아빠는 그 말에 항변했고요. 아빠의 성격에서 거친 부분을 봤다는 고로 삼촌의 증언은 효과적으로 부정당했죠. 이 이야기도 제가 엄마한테 방금 들은 이야기입니다.

우리는 파트1에서 아사 고모가 아빠를 비판하는 동안에도, 아빠를 꼭 비판만 한 게 아니라는 걸 알았어요. 그리고 엄마 이야기를 잘 들어보니, 소년 시절 고로 삼촌이 아빠에게 한 비판이 꼭 신뢰할 만한 건 아니라는 관점에도 일리가 있는 듯해요.

이런 전체 과정을 보면서 지금 제가 느낀 건 이런 거예요. 아빠와 엄마의 대화에는 이제까지 두 사람 사이에서 이야기된 적이 없는 내용이 나오고 있어요. 그건 『'만년양식집'+알파』에 대해 '세 여자'가 요청했던 아빠의 태도 전환이 결실을 맺은 게 아닐까요? 그러니까 지금 처음으로 '세 여자'와 아빠는 진심을 다해 대화하게 된 거지요.

그리고 또하나 제가 이 인터뷰에서 새삼 알게 된 건 기 주니어에게는 원칙이 있다는 겁니다. 기 주니어는 인터뷰를 이야기가 나오는 대로 중첩시켜 발언을 기록하는 방식으로 하고 있어요. 그건 이미 들은 이야기다 하면서 가로막거나 하지 않아요. 그리고 옆에서 듣던 사람이 그건 틀린 이야기라고 발언하면……발언한 당사자가 그 이야기에 대해 수정을 요청한 경우도……다 공평하게 영상을 찍습니다.

심지어 그 자리에서는 최초 발언자의 의견과 그 의견에 이끌려 나온 비판적 의견을 대조해 어느 쪽이 올바른지를 판단하지도 않아요. 서로 다른 발언이 이어져도, 어느 쪽이 옳은지를 판단하지 않고 계속 녹화합니다. 그게 기 주니어의 원칙이지요.

이건 오늘도 계속 협력해준 영상팀한테 들은 이야긴데, 기 주니어는 그 원칙에 입각해, 예를 들면 오늘 인터뷰와 그 준비 과정에서 우리가 찍은 기록을 비디오 작품으로 편집·구성해나가는 단계가 되면, 그는 독자적인 엄밀성을 발휘한다고 합니다. 저는 그런 방향에서도 그에게 도움이 되기를 바라고 있어요."

영혼들의 모임에
자살자는 참여할 수 있는가?

1

세이조 집에서 인터뷰를 마친 후, 그 인터뷰가 자신에게 특별한 것이었음을 보여주고 골짜기 마을로 돌아간 아사에게서 바로 연락은 없었다. 아사 대신에 마키가 숲 **가장자리** 뉴스를 치카시에게 전달하기로 했다지만 특별히 급한 용건도 없는 듯했다. 그런데 생각지도 않았던 방향으로 상황이 전개되었다면서 마키가 전화를 걸어왔다.

"시마우라 씨가 도쿄에 온대요. 베를린에서 일본과 한국으로 출장하는 기업가의 의뢰를 받아들였는데, 도쿄에서 일이 끝나면 기업가가 서울로 가 있는 동안 자신은 도쿄에 남아 시코쿠에 가는 등 지금 시작된 계획을 이루기 위한 준비를 하고 싶다고요. 무엇보다 중요한 일은 치카시 사모님에 대한 기 주니어의 인터뷰 참석이라면서요. 물론 그건 엄마가 할(관련해서 아빠도 나서야 할) 하나와 감독을 둘러싼 발언이 중심이 되겠지만 자기도 질문 기회를 얻을 수 있을 것 같다네요."

그 일정을 확인하려고 스위스에서 치카시 사모님한테 전화를 했지만 연결되지 않았고, 시차 때문인가 싶어 시간을 바꿔 두세 번 시도했지만 신호는 가는데 응답이 없었다고 한다. 그래서 기 주니어가 하는 인터뷰의 사무를 맡고 있다고 들은 마키한테 연락해보기로 했다는 거였다.

세이조 집 전화를 아무도 받지 않는 경우는 모르는 번호로 걸려오는 전화를 치카시가 경계해서인데, 아무튼 들은 이야기를 아버지에게 전하겠다고 마키는 대답했고, 그렇게 되어 시마우라의 전언이 나에게 도착한 것이다. 그런데 열흘도 안 지나서 이번에는 아사로부터, 연락 없었던 두 달 정도에 대해서는 한마디 변명도 없이 시마우라에 관한 보고가 왔다. 시마우라의 일본 방문 소식은 마키한테 들었겠지만, 지금 현재, 그녀는 하나와 고로 기념관을 보러 마쓰야마에 와 있다고 했다.

일본에서의 용건이 끝나 고용주가 한국으로 떠나자마자 마쓰야마로 왔는데, 하나와 감독 관련 전시는 얼마 안 되고, 자신이 기대했던, 하나와 영화를 총체적으로 연구할 수 있는 설비는 없었다. 특히 하나와 감독이 초기에 찍은, 비디오로 제작되지 않은 영화 정보를 가르쳐줄 전문 스태프가 있지도 않은 듯했다. 그래서 오늘밤은 마쓰야마 호텔에 숙박하고 내일 덴쿠보저수지를 보러 가니, 혹시 시간이 난다면 만나고 싶다, 아카리 씨 그리고 마키 씨를 다시 만날 수 있다면, 이라고 말했다고 아사는 전했지만, 이미 시마우라를 위해 할 수 있는 일은 스스로 나서서 하겠다고 정한 거였다.

"……그렇다면 차로 한 시간이면 도착하니까 오늘밤에 이쪽으로 오라고 권했어요. 나는 고로 씨가 마쓰야마 고등학교에서 오빠와 친구가 된 후 바로 와주었던 집에 살고 있으니, 그날 일을 기억해보겠다고 했고요. 그 이후로 TV에서 말고는 한 번도 감독을 만난 적이 없지만…… 어쩐지 시마우라 씨는 그 고로 소년이 좋아할 만한 여성이에요. 벌써 사십대라는데, 목소리도 아가씨 같고……원전 재가동을 반대하는 대규모 집회 참가를 호소하기 위한 기자회견이 있었는데 거기서 오빠와 만난 일이 계기가 되어 시마우라 씨는 여러 가지 일을 기억해내게 됐다고 하네요. 그래서 만날 수 있는 한, 고로 씨를 기억하고 있는 사람들을 일본에서 만나고 싶다는 생각이 들었다고 해요. 그러고 보면 일 관계로 일본에 오라는 제안은 얼마든지 있으니, 도쿄에 체류할 여유가 있는 건을 찾았다는 말이었어요.

지금 뭘 하고 싶냐고 물어봤더니, 고로 씨가 죽은 지 십오 년이 지나 자기도 나이만큼 경험을 쌓아서, 고로 씨에 관해 쓸 수 있을지도 모르겠다고 하더군요. 이번에는 조코 선생님과 더 긴 시간 동안 만날 수 있을 것 같고, 치카시 사모님과 자기에게는 분명히 **필연적 관계**가 있으니 이제까지는 묻지 않았던 오빠에 관한 이야기를 여러 가지 묻겠다고 결심했더군요.

내가 아침식사를 준비하고 있을 때 마키가 얼굴을 내밀더니, 기 주니어도 고로 씨의 이야기를 시마우라 씨에게서 듣는 일에 적극적이라고 했어요. 그리고 시마우라 씨는 고로 씨를 닮아가는 아카리를 만나 의욕을 더 키웠다고 하더군요. 오늘 안에 마쓰야마공항으로 가서 도쿄로 갈까 했지만 아카리와 릿짱의 숲속 산책 일과에 대해 듣더니 자기도 함께하고 싶다고 이야기했어요. 아카리와 시마우라 씨 사이를 릿짱이 잘 이어줬다고 합니다. 시마우라 씨는 고로 씨와는 무엇보다도 음악 이야기를 많이 했는데, 그중에는 아카리가 정말 흥미를 가질 만한 내용도 있다고 했어요.

시마우라 씨와 아카리 그리고 릿짱의 숲속 산책에 우리집 장남이 협력했지요. 어머니가 아카리의 〈숲의 신비〉를 처음 듣고 이 멜로디는 아주 오래전부터 깊은 숲속에서 들었던 그 멜로디라고 말한 그 장소까지요. 아들이 치카시 언니가 도쿄에서 비행기에 싣고 온 그대로, '휴대용 그랜드피아노'를 옮겨왔어요. 거기서 아카리와 릿짱이 한 연주가 시마우라 씨를 얼마나 흥분시켰는지는 오빠가 본인한테 물어보세요.

그걸 위해서도 오빠의 세이조 집으로 시마우라 씨를 초대해 치카시 언니의 인터뷰를 시마우라 씨가 들을 수 있게 해줬으면 합니다. 응답이 진전되다보면 시마우라 씨는 오빠한테, 왜 고로 씨의 죽음을 막을 수 없었느냐, 그런 질문을 할지도 모르지만요…… 아무튼 시마우라 씨도 참석하게 되고 치카시 언니와 오빠의 인터뷰가 가능하다고 결정이 나면, 물론 기 주니어와 마키가 기록하러 상경할 겁니다."

이날 저녁에, 주문했던 책이 한 상자 도착했는데 현관에서 거실로 옮겼을 때 상반신이 불안정한 느낌이 들었다. 허리를 삘 전조인가? 그래서 무거운 상자를 바닥에 내려놓자 곧바로 눈앞의 책장 속 책이 옆으로 움직였다. 지진이었다. 테이블 유리판을 지탱하는 철제 테두리가 덜컹덜컹 흔들리기 시작했다. 치카시가 식당 의자에서 일어서 허리를 엉거주춤 굽힌 자세로 이쪽을 보고 있었다. 노령이 된 부부가 서로 알게 되는 것에는, 상대의 몸에서 크게 눈에 띄지 않지만 평상시와 다른 움직임이 눈에 들어오는 일이 있다. 그러면서도 서로, 그렇게 포착한 움직임을 상대에게 말해볼지 어떨지를 주저하게 되는 일……

그리고 지금 내가 느끼는 상실감은 이럴 때 곧바로 옆에 있는 거실에서 나타나 그가 감지한 진도를 알려줄 아카리가 없다는 사실에 기인하는 것이었다. 그 감정을 보완하듯 치카시가 켠 TV에서 당장 피난하라는 목소리가 나왔다. 그 목소리가 이어지는 동안 전화벨이 울렸다.

전화를 받은 치카시가 나한테 입 모양으로 아사라고 전하고 나서 TV가 말하는 만큼 도쿄에서는 쓰나미 위험을 느끼지 않는다고 설명했다. 시코쿠는 어떤가요? 지진 안부를 묻는 전화는 아니었지만 그렇게 주고받고 나서 치카시가 긴장한 모습을 보인 건 아사가 아카리에게 어떤 이변이 일어났음을 알려왔기 때문이다. 전화를 끊은 치카시는 곧바로 말했다.

"지진 이야기는 아닌데, 마쓰야마 병원에서 아카리한테 문제가 좀 있었던 모양이에요. 아사가 소개한 병원이어서 마키가 이미 알렸을지도 모르지만, 이라고 설명하면서요.

그리고 그 일과는 별도로, 이번주 토요일이라고 분명히 정해주면 시마우라 씨를 인터뷰하러 기 주니어가 이쪽으로 올 텐데 아까 말한 아카리 건으로 마키는 숲 가장자리에 남을 예정이고 아사 역시 그렇게 할 생각이라고 했어요. 역시 아사는 요전번 일이 좀 걸리는 듯해요."

"아카리한테 문제가 좀 있었다는 건 무슨 소리지?"

"건강진단을 하러 갔는데 우선 혈압을 재잖아요, 그런데 아카리가 패닉 상태가 되었대요. 의사인지 간호사인지 모르겠지만 기계를 조작했더니 기계에 꽂아둔 팔에 압력이 가해졌는지 괴성을 지르면서 아카리가 의자에서 떨어져버렸답니다……아카리로서는 기계의 공격에서

도망치려 한 거겠지요.

그래서 아무튼 다시 조작해서 아카리한테 다시 한번 팔을 넣게 하는 건 큰일이었을 텐데, 기계가 표시한 상위 숫자가 260을 넘었다고 합니다. 오히려 저혈압 기미가 있다는 말을 들은 적이 있으니 앞서 받은 충격 때문에 그렇게 높아졌다고 생각해요. 그런데 강압제를 계속 복용하라는 처방을 받았답니다."

이런 상태라면 나는 상당 기간 동안 아카리와 떨어져 살아야 하는 거 아닌가? 그런 상태에서 아카리는 그런 패닉을 경험하고, 그것도 기계 상자에 팔을 꽉 잡혀 아무 말도 못한 채 조여졌다니! 나는 일어나 방을 배회했다.

치카시가 켠 채로 놔둔 TV에서는 도호쿠 지방에서 일어났고 도쿄에서도 느껴진 조금 전 지진이 '3·11' 여진의 하나라는 말이 흘러나오고 있었다. 그러니까 나는 여진이 이어지고 있고 내 힘이 미치지 못하는 장소에 아카리를 홀로 방치해둔 셈이었다. 도쿄에서 보낸 이 일 년 반 동안, 나 자신이 지금은 더이상 셀 수 없어 세는 걸 그만둬버린 만큼 자주 여진을 느꼈으면서. 지진에 민감한 아카리는 그런 크고 작은 지진 하나하나를 명백하게 '3·11'의 여진으로 느끼면서, 첫번째 체험과 연결하고는 또 흔들린다면서 계속 무서워해왔을 것이다.

나는 '3·11 이후' 곧바로 꾼(그건 더 빈번하게 일어났던 여진 중 하나가, 잠든 내 몸을 흔들면서였음이 분명한데) 악몽을 하나의 시 비슷하게 썼지만 이제 이미 나도 그 감각을 잃어버린 것은 아닌가? 경험의 기억 자체가 모호해지고 있다. 아카리는 마키의 권유에 따라서라기보다는 그런 아버지에 대해 마음을 접고 도쿄에서 떠나간 건 아닌가? 그런 생각에 휩싸이면서 나는 내가 쓴 시 비슷한 것을 기억해내려 했지만 이미 세부는 흐릿했다.

2

다음날부터 나는 응하기로 한 인터뷰를 구체적으로 준비하기 시작했다. 어제 목적 없이 방안을 배회했던 것처럼, 어느 정도 대답은 해보지만, 멈춰 서면 눈앞에 나타날 듯한 모든 것에 대해서는 아니어도 대부분의 질문에 방어 태세를 취하고 만다…… 그러는 동안 어제 지진 때문에 책장에서 떨어진 것을 주워 원래 자리로 돌려놓으려 하다가 눈을 떼지 못했다. 하나와 고로가 말한 시마우라의 이미지와 이어지는 것이었기 때문이다.

얼마 전에 프랑크푸르트 도서전에 다녀온 젊은 편집자에게서 선물로 받은 작은 엽서가 책장 밑에 있는 게 보였던 것이다. 큰 사이즈 그림엽서인데 신경써서 만들어진 물건이었다. 금색 바탕에 검은 단발머리를 한 루이즈 브룩스*의 눈 주위와 입술, 그리고 진주목걸이를 강조한 스케치였다. 나도 그 그림을 표지로 만든 대형 페이퍼백(『Lulu in Hollywood』)을 서점에서 발견했을 때 그 자리에서 여배우의 평전을 읽었다. 덕분에 하나와 고로가 인생 막바지 지점에서 루이즈 브룩스를 닮은 젊은 여성과 가까워졌다는 이야기를 했을 때, 대응할 수 있었

* 보브 헤어스타일로 유명한 미국의 배우이자 댄서.

던 것이다. 고로의 아버지인 감독도 언급했던 먼 나라의 동시대 영화 스타. 엽서를 손가락으로 집었더니 묵직했다. 뒤집어보니, 엽서 그림을 그대로 본떠 검은색과 흰색 에나멜로 그려넣은 브로치가 달려 있었다……

그래서 사흘 후 우리집으로 온 시마우라에게 재회 인사 겸 엽서를 줄 수 있었다. 시마우라는 청바지 천으로 만든 하늘색 재킷 주머니에 엽서를 넣더니, 자신이 준비한 질문 항목을 영어로 기 주니어와 스태프에게 설명하고 일본어로 다시 치카시에게 반복했다.

"고로 씨가 어떻게 해서 죽었는지 조코 선생님한테 묻고 싶어요. 먼저 조코 선생님 책에 쓰인 잘못된 인식을 수정해두고 싶어요. 『체인질링』에서 제가 조코 선생님 댁을 방문해서……고로 씨가 죽은 직후인데……그를 삼 년 전 영화제에서 만났다고 말하지요. 하지만 실제로는 팔 년 전입니다. 모델의 정체를 알아보지 못하도록 하려고 의식적으로 일부러 그렇게 쓰신 거죠?

고로 씨가 미국과 유럽에서 〈조문〉 〈민들레〉로 주목받은 시기, 열여덟 살 때 저는 고로 씨와 만났지만 교제 마지막 무렵엔 이미 스물여섯 살이었습니다. 제가 쓰고 싶다고 생각한 책은, 하나와 고로의 영화와 사람에 대한 이야기였는데, 결국은 고로 씨의 만년에 대해 쓰게 될 겁니다.

이건 이미 치카시 사모님과 조코 선생님한테 한 이야기인데, 소설 속 여성은 고로 씨와 만난 해에 베를린에서 이별한 걸로 되어 있지만, 현실의 저는 이후에도 꽤 오랫동안 고로 씨와 만났어요. 베를린을 비롯해, 저는 하나와 고로 감독과 유럽 여러 도시에서 시간 간격을 두고 만날 수 있었지요. 지금 다시 기억을 살려봐도 그렇고, 앞으로의 미래를 상상해봐도, 제 인생에서 가장 좋은 시기였다고 느낍니다.

그 점은 고로 씨가 살아 있었을 때부터 이미 알고 있었습니다. 그래서 고로 씨가 저를 만나고 나서 일본으로 돌아가면, 언제나 만났을 때 들은 고로 씨의 이야기를 기억해서 적어두려고 했지요. 그 노트에 쓴 건, 고로 씨가 죽은 이후로도 계속 정리해나갔습니다. 그 노트는 제가 읽으려고 쓴 것이지 다른 사람이 읽어줬으면 해서 쓴 것이 아닙니다. 앞으로 책을 쓸 생각이라고 말했는데, 여러 권이나 되는 노트를 처음부터 끝까지 전부 옮겨 적거나 하지는 않을 겁니다. 저 아닌 다른 사람한테는 재미없을 거라고 생각하니까요.

다만 제가 그 사람한테 들은 대로 쓴 내용을 읽어준다면, 그건 듣는 이에게 가치가 있으리라고 믿는 부분이 있습니다. 그건 제 노트 중에서 아주 적은 부분이지만, 거기엔 조코 선생님과 관련된 부분도 있어요.

그건, 고로 씨가, 나는 조코한테 이런 이야기를 했다면서, 그 내용을 저한테 이야기하는 일을 통해 자기 자신을 다시 납득시키려 한달까, 그런 방식으로 이야기해준 부분이에요. 심지어 조코 선생님한테 이야기한 다음 곧바로 저를 만나서 이야기해준 것은 아니에요. 한때 조코 선생님한테 했던 이야기를 아주 나중에 기억해냈는데, 그 나이가 되고서야 비로소 이건 중요한 이야기라고 깨달은 거예요. 그런 사정이 있어서 저한테 전달하는 방식으로 이야기했다는 것을 십오 년을 보내는 동안 이해하게 되었어요.

제가 이야기하려는 내용을, 고로 씨가 저한테 이야기하기 전에, 이건 조코한테 내가 앞으로의 인생을 어떻게 생각하는지를 정색하고 이야기한 것이다, 즉 특별한 이야기다, 라고 강조하곤 했죠. 그걸 지금 네 나이에 듣게 되었지만 먼 훗날까지 기억해줬으면 좋겠다고 말했어요.

우리가 젊었을 때는 별개로 하고, 조코와 내가 삶과 죽음에 대해 이야기한, 어쩌면 오직 한 번뿐이었던 이야기다, 이런 생각을 내가 진지하게 하고 있었다고, 그 이야기에 나오는 내 인생의 한 구획점이라는 사고는 젊은 네가 들으면 우습게 들리겠지만, 내가 이런 생각을 진지하게 하고 있었다는 걸 알 수 있는 이야기이니 너도 나이를 먹을 테니까 잘 듣고 기억해주면 좋겠다, 조코는 제대로 들었으니, 라고 말했지요. 조코 선생님은 그렇게 의식하셨나요? 그게 아니라 해도, 조코 선생님은 고로 씨가 그렇게 특별한 마음으로 자신에게 이야기한 적이 있다는 걸 기억하시나요?"

"그건 아마 내가 기억하고 있는 이야기일 겁니다. 고로가 나를 상대로 그런 방식으로 이야기한 건 나중에 생각해보니 정말로 꼭 그때 한 번이었고, 나 자신도 그런 일회성의 이야기로 기억했습니다."

"그렇다면 제가 고로 씨한테 들은 이야기를 하는 쪽보다 조코 선생님이 직접 고로 씨한테 들은 그대로 이 카메라와 녹음기를 향해 이야기해주시는 쪽이 나을 듯싶은데요? 고로 씨는, 조코의 사고력이 특별하다고는 말하지 않겠지만 기억력에는 특별한 구석이 있다고 자랑처럼 말하곤 했어요. 지금 그런 말을 떠올린 건, 제 기억에 자신이 없기 때문입니다. 조코 선생님이 기억하는 대로 해주시는 이야기를 기록하고……디스크를 받을 수 있다고 하니……제가 제대로 기억하는지 자신이 없는 부분을 확인하고 싶어요. 무엇보다 고로 씨의 말투를 듣고 싶기도 합니다."

일이 이상하게 전개되었지만 그래서 나는 내가 기억하고 있는 이야기를 그대로 하게 되었다. 무엇보다 기 주니어가 그 이야기에 적극적이었다. 그때까지 시마우라를 향해 있던 카메라가 정면에서 나를 향하도록 다시 설치될 때까지 기다렸다가 나에게 이야기하라고 했다. 일은 그렇게 전개되었고……여기서부터는 내가 시마우라 대신에 이야기한 내용이다.

3

"이건 치카시도 기억하고 있지? 고로가 죽었을 때, 몇 년 전이었는지 몰라도 고로가 와서 이런 이야기를 했다면서 내가 당신한테 한탄했었어. 당신은 고로와 내 식사를 준비하며 부엌에서 듣고 있었다고 말하기도 했고. 이 집이 건축가 설계에 따라 만들어진 상태 그대로여서 아직 거실에 커다란 책장이 설치되지 않았을 때지. 고로는 벽 앞에 느긋하게 서서 이야기했어. 그래서 언제였는지를 알 수 있는데, 우선 고로의 이야기 안에 당시 나이가 명확히 드러나 있었지. 그 이야기를 그대로 시마우라 씨한테 한 거라면, 그 말투가 하나와 고로의 트레이드마크였던 TV 방송에서의 말투와는 다르다는 데 놀랐겠죠?

나와 치카시는 고로가 특히 TV 르포 방송에서 사용한 말투에서 젊은 시절 이래 보여준 고로다움이 없어져버렸다고 아쉬워하고 있었어요. 고로가 시마우라 씨한테 이야기한 말투는 나를 상대로 젊었을 때 사용한 말투로 돌아간 말투가 아니었을까요. 내가 그가 죽은 후에 가끔 떠올리는 대로 원래의 고로처럼 해보지요.

'만년이라는 거 말인데(라고 나는 고로 대신 시작했다. 당연히 실제로는 머뭇거리거나 지체하거나 반복하거나 다시 말하거나 했고, 한발 더 나아가 나중에 기억해서 덧붙인 부분까지 있는데, 다 포함해서 노트에 문장으로 적어둔 것을 여기에 옮겨둔다), 나는 내가 어떻게 나이를 먹을지 생각해보곤 하는데, 나한테 닥쳐올 고통스러운 노년을 생생하게 실감해. 그리고 그 노년의 내 모습을 참을 수가 없어지지. 지금 현재의 실제 나이에 십 년+알파를 더한 경계 저편에 있는 나를 상상하면 의기소침해져버린다고! 예순이라는 나이의 문턱을 상정해봤어. 확실하게 그 노년의 경계에 이른 내 이미지가 끔찍하게 싫어. 수치심마저 들지.

너도 그렇지 않냐? 네가 잘 상상할 수 있는, 구체적인 예를 들자면 너는 지금 노년을 살아갈 수 있는 사람의 이상형으로 무스미 선생을 생각하지? 하지만 너는 네 인생에서, 아, 선생님이 넘어선 노년의 경계를 나는 지금 넘고 있다고 인식하며 무슨 생각을 하지? 젊었을 때 네 말투를 빌리자면 그건 절망적 인식 아니냐?

왜냐하면 그 사람들과 우리는 인간으로서 그릇 자체가 다르기 때문이지. 그 이상은 말하지 않으마. 우리는 그렇게 생각하고 하다못해 자신다운 만년을 만들어내지 않으면 안 돼. 나는 말이지, 내 정신과 신체의 노년의 경계는 예순 살에 나타나리라고 각오하고 있어. 그걸 일정 정도 앞당겨서 명확하게 바라보고, 자신의 노년의 삶의 방식을 정하자 이 말이지.

그리고 나는 내가 노년의 입구에 제대로 설 수 있도록 너무 보잘것 없지만은 않은 작업을 시작할 때 네가 동반 주자가 되어주리라 기대하고 있어. 너는 불문과에 진학하기로 결정했을 때 네가 좋아하는 오든이나 엘리엇을 혼자 공부하려고 생각했지. 그리고 프랑스어를 이수하지 않는 같은 반 동급생으로, 이쪽은 영문학자가 될 것이 분명해 보였던 수재 Y씨한테 튜터가 되어달라 요청했지. 그렇게 썼었지?

물론 이제 Y씨는 훌륭한 영문학자고 너는 엘리엇 애호가에 지나지 않지만, 꽤 그의 도움을 받아왔지? 그 이야기를 읽고 나는 나 자신도 코기를 내 인생의 동반 주자로 정했다고 생각했지. 마쓰야마 고등학교 2학년에 머물러 있던 내가 난요 고등학교에서 같은 반으로 전학 온 너를 만났을 때 곧바로 그렇게 정했던 게 생각났어.

그리고 나는 머지않아 노년의 문턱을 밟을 인간으로서 역시 그 증표를 영화 작업에 새겨두고 싶어. 그렇게 되면 너는 이제 도망칠 수도 없이 그 시나리오를 쓸 사람이지. 너는 태어난 해로 따져보면 나보다 이 년 늦게 노년의 문턱을 밟고 건널 텐데, 그땐 각오해달라고 지금 말해둘게.

왜 지금이냐고? 그건 내가 너보다 먼저 노년의 문턱을 밟을 사람으로서 이미 그 준비를 시작했기 때문이지.

나는 늘 네 작업을 지켜봐왔어. 너와 내가 하는 일이 명백하게 다른 길로 가는 걸 보면서, 이걸로 됐다고 생각하고 있었지. 우리가 서로 자신에게 닥친 노년의 도래에 전율하면서, 어깨동무를 안 할 수 없다고 인식할 때는 오겠지. 그때가 올 때까지 우리가 임시로 걷고 있는 서로 다른 길은 오히려 멀수록 좋다고 생각했어.

그리고 우선 나는 나의 전환이 시작되기 십 년 전에, 영화감독의 길을 걷기 시작했지. 나는 그럭저럭 내 것으로서의 영화를 만들고 있어. 일본에서 히트했고, 해외에서도 거론되었지. 그리고 네가 자신의 경계에 대해 언제 정말로 필요한 말을 할지 마음을 다해 기다리고 있어. **지금**이 그 상태야. 앞으로 몇 년 안에 나는 일거에 태세를 갖춰 드디어 나의 마지막 결승점까지 가줄 동반 주자로서 네가 참여할 공간을 만들겠지. 실제로 나는 이미 우리가 노년의 고난과 마주할 때 필요한 경제적 기반은 마련해놨어. 그 기반을 바탕으로 나는 마지막 작업을 달성할 거야. 너한테도 그런 기반 중 하나가 되겠지.

이게 내가 지금 할 수 있는 말이다.'

대충이라고 해야겠지만 이것이 고로가 힘주어 한 말입니다. 그런데 여기에 쓰여 있는 틈새로 뛰어들듯, **그러면** 연설은 이 정도로 하고, 라고 말했던 이가 치카시였습니다. 치카시는 자, 그러면 식사를 시작합시다, 아카리는 오랜만에 나타난 고로 삼촌과 클래식 CD 이야기를 하는 시간을 고대하고 있으니까! 라고 말했지요. 그리고 평소의 치카시라면 하지 않는 일인데, 출판사에서 받은 고급 레드와인을 한꺼번에 두 병이나 따서 식탁에 놓았지요. 나중에 깨달았는데, 그때 치카시는 나와 고로의 대화에서 뭔가 결정적으로 **출구 없는 상황**이라는 걸 느낀 나머지 무난한 술 파티로 바꾸려고 했던 것이 아닐까요……"

내가 그렇게 이야기하고 입을 다물었더니(치카시는 침묵했다), 시마우라는 윤기가 흐르는 까만 단발을 고정해 양 옆머리를 뺨에 붙인 얼굴 속 커다란 검은 눈이 더 검게 보일 만큼 눈에 힘을 주고 있어, 영락없는 루이즈 브룩스의 브로치 모습이 되어 있었다.

"그대로예요, 거의 고로 씨 말투 그대로예요. 고로 씨는 조코 선생님한테 그렇게 말했지요. 그리고 그 말투대로 고로 씨의 말이 조코 선생님 안에서 영향을 끼쳐왔다는 거로군요?"

"꼭 그렇지는 않아요"라고 치카시가 말했다. "고로 오빠는 그런 기대를 품고 있었다지만, 남편한테 그런 걸 바라기란 불가능하다는 걸 알고 있었던 거 아닐까요? 다만 그 대화를 잊지는 않으려고, 계속 기억하려고 하면서 나와 이야기할 때 그 대화를 꺼내는 경우가 있었어요. 나는 남편의 방식에 적당히 거리를 두고 있었지요. 남편은 처음부터 거리를 두고 있었는데, 그건 다른 한쪽인 고로 오빠가 진심이라는 걸 알고 있었기 때문이고요."

"그 이야기를 고로 씨한테 들었을 때 저도 조코 선생님이 당신 부탁을 그대로 들어주리라고 생각하느냐고 물어보고 말았어요. 그러자 고로 씨는 제가 앞에 없는 것처럼 침묵했죠. 그 질문을 해서는 안 되었다고 깨닫고는 이후엔 한 번도 다시 물어보지는 않았습니다. 그리고 지금 고로 씨가 죽은 다음 시간이 지나, 조코 선생님을 만나서 고로 씨에 관한 이야기를 제대로 듣고 있는 겁니다. 더 빨리 제가 같은 질문을 조코 선생님한테 했다면 어떻게 대답하셨을까요?"

내가 그 질문에 곧바로 응할 수 있는 건 아니었다. 복잡한 대답밖에 할 수 없다고 말할 생각도 없지만……하지만 그 질문은 내가 이제까지 몇 번이고 내 안에서 해본 질문이었고, 분명히 지금도 치카시가 듣고 있는 곳에서 재확인하지 않으면 안 된다고 생각하는 질문이기도 했다……

그러나 시마우라는 두 번 다시 그 질문을 고로한테 하지 않았던 것처럼 나한테도 고집을 부리지 않았다. 시마우라는 옆에 놓인 종이봉투에서 두꺼운 문고판 책을 꺼내더니 질문을 바꾸었다.

“이건 마쓰야마에 있는 하나와 고로 기념관에서 산 가이드북인데, 고로 씨의 만년이랄까, 아니, 그보다 더 넓은 기간, 중년에서 인생 막바지에 걸친 기간에 대해 친구들이 공들여 편집한 책입니다. 고로 씨의 작업도 일상생활도 잘 알고 있는 사람들이 쓴 책이어서 재밌어요. 좋은 책이라고 해도 되겠죠. 다만 저처럼 조코 선생님과 고로 씨의 관계에 관심이 있는 사람은 허탕 치게 하는 책입니다.

구체적으로 말하자면 ‘아버지의 고향·마쓰야마에서 보낸 고교 시대’라는 챕터가 있는데, 그 기간에 일어난……두 사람의 만남에 대해서는 단 한 마디도 쓰여 있지 않아요. 그 이후에 대해서도 치카시 사모님이 고로 씨의 여동생이고 조코 선생님 부인이라는 사실과 조코 선생님의 『조용한 생활』을 고로 씨가 영화로 만들었다는 사실만 한 줄씩 적혀 있을 뿐! 말하자면 아무 내용도 없는 거나 마찬가지죠. 지금 조코 선생님이 기억해주신……이라기보다 아무리 해도 잊어버릴 수 없는 것으로서 이야기해주신, 저 고로 씨의 연설 톤 같은 건 이 책을 쓴 사람들한테는 상상할 수 없는 거라고 생각해요.”

“그건 그 책을 편집한 사람들이 일부러 그랬다기보다, 오히려 자연스러운 전개 방식 아니었을까요. 단적으로 그 책을 만든 사람들과 고로가 교류하던 시기에, 나는 그들과 고로가 함께 있는 장소에 불려간 적이 한 번도 없어요. 스스럼없는 젊은 친구들과 교제할 무렵에 나는 이미 과거 사람이었던 거겠죠.

내가 고로한테 그들을 소개받기는커녕, 고로 본인과 교제를 끊었던 거나 마찬가지였으니까요. 그 책에도 나오지만, 중요한 역할을 하는 심리학자를 비롯한 몇몇 지식인에 관해서도 나는 잘 모릅니다."

"그 대신에 당신한테는 사십대 말에서 오십대에 걸쳐, 새로운 분야의 학자들과 가깝게 지내면서, 문화인류학자들이나 건축가들과 함께 잡지를 만든 시기였지요"라고 치카시가 말했다. "음악가인 다카무라 씨 같은 분은 영화음악에서도 명망 있는 분이라 이상하다 싶었는데, 고로 오빠는 당신이 오래전부터 사귀어온 그런 친구들과는 접촉하지 않았어요.

또한 나도 고로 오빠의 새 부인과 그 사람과의 사이에서 낳은 아이들을 만나는 일은 없었어요. 다만 고로 오빠는 가끔 혼자……그 벤틀리를 타고서였는데……나와 아카리 그리고 그 김에 당신을 만나러 오는 일이 있었지요."

"……지금 생각해보면 그 오십대를 맞았던가 막 맞으려 할 무렵에 고로와 내가 한두 번쯤이라도 특별한 대화를 하고 있었다면, 내가 그와 더 친했던 시기를 되살려서, 그 이후 교제가 완전히 바뀌는 그런 일까지도 있었을지 모르지. 하지만 그렇지 않았어. 시마우라 씨가 앞서 한 질문으로 돌아가자면, 고로의 부탁을 결국 나는 들어주지 않았습니다.

그리고 이 시기는 영화감독으로서 고로가 화려한 성공을 거둔 시기입니다만, 거기서부터 그의 죽음으로 향하는 길이 이어져 있다는 것도 그 시기에 관한 내 인상입니다. 고로가 죽고 나서 고로는 깊은 우울증에 빠져 있었다는 언론 보도가 있었죠. 그래서 나는 고로와 나눈 그 대화에 내가 적극적으로 응했더라면, 고로가 우울증에 빠지는 일은 없었을지도 모른다고 계속 생각하기도 했어요(하지만 그런 일은 일어나지 않았으니 무의미한 생각이죠). 단적으로 말하자면 나 자신이 우울증에 빠진 겁니다.

그런 바닥 모를 어두운 마음에, 또하나 다른 생각이 떠오를 때도 있었어요. 고로와 그 대화를 나눈 날, 치카시가 적극적으로 고로와 나에게 와인을 권했다는 이야기는 했죠. 그리고 취한 고로가 나한테 한 말이 있기 때문이에요. 나와 고로 사이에서 점차 표면화된 결렬은, 고로의 그 한마디로 결정된 것이 아니었나 싶은 생각이 듭니다. 그걸…… 여기서 말해두기로 하지요.

그 오래 이어진 식사에서, 아카리가 기대했던 음악 이야기를 나눌 상대가 되어주지 못했을 만큼, 치카시가 쉴새없이 권한 와인에 취한 건 분명했는데, 갑자기 고로가 내 코에 머리를 들이박듯 하더니 열예닐곱 살 때 처음 만난 이래로 몇 년에 한 번 봤을까 말까 싶은, 완전히 감당할 수 없는 얼굴을 하고는 이렇게 말했거든요.

'너는 내가 한 제안을 앞으로 쭉 생각해보겠지, 하지만 저 대작, 『동시대 게임』을 시나리오화하지는 마라. 그런 건 내 영화 스타일과는 안 맞으니까!'"

4

내가 한 이야기가 침묵을 몰고 온 건 사실이었다. 그건 그렇다 치고, 라고 말하는 것처럼 시마우라는 화제를 바꿨다.

"제가 준비해 온, 또하나의 테마로 옮겨가겠습니다. 고로 씨의 죽음과 맞닥뜨렸을 때……그건 이제까지 생각지도 않았던 벼락을 맞은 듯한 느낌이었지요. 그저 울고만 지냈고요…… 시간이 지나면서 피부에 피어나는 반점처럼, 마음속에 분명하게 피어나는 게 있었고, 그래서 저는 조코 선생님의 소설을 찬찬히 읽게 되었어요.

이 이야기도 벌써 했지만, 『체인질링』이 저를 모델로 한 소설이라는 걸 알게 됐을 때는, 그저 고로 씨와 제 이야기가 쓰인 부분만 찾아서 읽기만 한 유치한 독자였지요……

그러다가 고로 씨에 대한 진짜 이야기를 쓸 수 있다고 생각하게 되었습니다. 조코 선생님 소설에는 고로 씨가 적극적으로 이야기하거나 행동하는 부분이 쓰여 있는 게 아니라, 그저 침묵하고 가만히 있는 고로 씨가 거기에 그냥 **존재한다**는 식으로 그려져 있지요.

『책이여, 안녕!』에 조코 선생님과 어릴 때부터 아는 사이인 시게라는 사람이 나옵니다. 미국의 대학에서 건축과 교수로 있다가 은퇴하고 조코 선생님한테 기타가루이자와 산장 절반을 양도받아 이웃이 되었지요…… 이 시게 씨도 후기고령자인데 고령자**답지 않은** 자동차 사고를 일으킵니다. 여기에 문고판이 있으니 읽어볼게요. 시게 씨가 사고 후 살아남아 조코 선생님한테 이야기를 하는 도중에, 지금 말한 것처럼 고로 씨가 나옵니다.

가루이자와에서 누군가를 만나고 시간이 늦어져(술기운이 있었기 때문이기도 하겠지요), 아사마산 기슭에서 기타가루이자와 쪽으로 차를 달리고 있었대요. 그런데 시게 씨 눈앞에 오래 만나온 친구들이 함께 사이좋게 이야기하는 풍경이 환상처럼 나타납니다. 그것도 조코 선생님한테 막 빌려 읽었던 엘리엇 연구서의 한 장면을 떠올리듯. 거기에서 인용하겠습니다.

'연구서라는 건 헬렌 가드너의 책이지. 거기에 엘리엇의 노트 인용이 있었어(코기토는 고개를 끄덕였다). 죽은 사람과 다른 사람 사이에 의사 전달이 행해지는 것에 대한……그 예로 하나의 모임communion이 적혀 있지. 지상의 교회 대표와, 천상의 성자와, 연옥에 있는 영혼들의 모임. 거기서 모두가 발하는 목소리가 하나로 녹아들어, 성령spirit을 향한 invocation이 되지. 그렇게 엘리엇이 썼다고 해.

나는, 그 invocation이라는 단어에 바늘로 쿡 찔린 듯한 느낌이 들었어. 일본어로 하면 코기, 네가 숲속 신제 중학교에서, 막 생긴 교육기본법을 읽고 배운 **희구**希求라는 단어 그 자체 아니냐!'"

여기서 나는 시마우라가 인용한 소설 구절에 대해 한마디 던지며 끼어들었다. 촬영 카메라를 돌리는 중인 기 주니어가 한순간 불만스러운 표정을 지었지만, 그것이 내 '인생의 습관'이니.

"소설에 그렇게 쓰여 있으니 나한테 책임은 있지만, 내가 주석을 좀 달아보겠습니다. 시게가 엘리엇이 쓴 invocation이라는 영단어를 **일본어로 하면**, 이라면서 **희구**라는 한자를 붙여줬습니다. 그러나 엘리엇의 신앙과 이어지는 단어로서 invocation을 시게가 그렇게 번역해도 괜찮지만, 내가 사용하는 희구라는 단어는 기독교와는 상관이 없어요.

소설에서 이 부분을 쓸 때 마음에 걸렸기에 사전을 찾아봤습니다. invocation에는 분명히 희구라는 번역어도 있었어요. 시게가 말한 대로 교육기본법과 헌법에 나오는 말로 열두 살 때 내가 배운 희구는, 교육기본법에도 헌법에도 공식 영어 원문에는, 그러니까 자료 법령에는 aspire, aspiring으로 나옵니다."

"조코 선생님이 확인하셨지만, 아무튼 질주하는 차 안에서, 지금 내가 눈앞에 보고 있는 건 성자들의 정경이다, 훌륭한 사람들의 모임이다, 라는 생각이 시게를 엄습합니다. 그 부분을 이어가겠습니다.

'그런데 갑자기 그 길은 저 드높은 곳으로 가는 활주로라는 생각이 들었다! 액셀을 계속 밟으면 나는 직선으로 떠밀려갈 것이다. 앞에는 선택된 사람들의 원진圓陣이 있다.

그들은 각자의 목소리를 내고 있지만 그 목소리는 하나로 섞여든다. 고로, 다카무라, 무스미 선생을 포함하는 둥근 사슬은 고통스러워하면서도 구원을 희구한다. 연옥의 영혼들의 둥근 사슬이다. 그 빛의 둥근 사슬을 향해 내 차가 시속 100마일로 똑바로 돌진한다……

정신이 들고 보니, 나는 개울 도랑에 전복된 차 안에 시트 벨트로 묶여 있었다. 그래도 나는 그 빛의 공간이 지금 어느 쪽 방향에 있나 싶어 시선을 어두운 창밖으로 힐끗힐끗 던지며 살펴보았다……'

소설 장면은 조코 선생님다운 안티클라이맥스의 유머로 끝납니다. 그런데 이 부분을 읽고 저는 소리 내서 울었습니다. 시게 씨의 차가 포장된 길에서 떨어져 전복되지 않고 저 드높은 곳으로 밀려갔다면, 사고사를 당하게 되는 시게 씨한테는 안된 일이지만 고로 씨, 다카무라 씨, 무스미 선생님, 그리고 새로 들어온 시게 씨의 화목한 단란이……모임이 실현되었던 거 아닌가요?"

그렇게 말하는 시마우라는 이제 눈물을 흘리지 않았지만, 루이즈 브룩스의 흑백 스케치와 똑같은 얼굴을 하고 있었고 커다란 눈동자는 더 검고 짙어 보였다. 하지만 흥분에서 곧바로 깨어난 것도 시마우라였고, 이야기가 이어졌다.

"이런 광경에 대한 몽상은, 아무리 반복해봐야 몽상에 지나지 않지요. 그래도, 이런 장면을 소설에 쓴 조코 선생님 가슴속에는……헌법과도 교육기본법과도 상관없는 성서적 몽상이 있었던 거 아닌가요?

그리고 저는 질문하고 싶어요. 저는 조코 선생님 소설을 읽는 동안, 고로 씨와 같은 정도의 영향력을 조코 선생님한테 발휘했던 또다른 사람인 기 형의 애독서인 『신곡』을 읽게 되었습니다. 이 모임에 참가중인 영혼은 구원받은 영혼이지요? 『신곡』에서 자살한 인간은 시체가 숲속 나무에 걸려 있어서, 영혼이 구원받는 일 없이 지옥으로 떨어진 사람입니다. 하지만 조코 선생님은 고로 씨의 영혼이 연옥에 있다고 쓰고 있으니, 이 모임에도 참가하게 할 수 있는 것 아닌가요? 그건 이 소설을 쓴 조코 선생님 안에서, 고로 씨가 자살한 사람이 아닌 망자가 되어 있기 때문이 아닌가요?

마찬가지로 소설 속에서 치카시 사모님은 건물 옥상에서 뛰어내린 고로 씨의 사체가 유가와라의 집으로 돌아왔을 때, 고로 씨의 부인이 보시겠어요? 하고 조코 선생님한테 물었는데 그 물음을 차단하고 보여주지 않았어요. 그리고 실제로 그렇게 하셨던 거겠죠. 조코 선생님은 그 덕분에 지금도 고로 씨가 자살한 게 아니라고 생각해서 이 장면을 쓸 수 있었던 거 아닐까요?"

"솔직히 나에겐 고로가 확신을 품고 자살이라는 죄를 범한 건 아니라는 마음이 있었습니다"라고 대답한 후, 나는 고로가 만년에 여자친구로 삼았던 시마우라의 말에 강하게 공감하면서 말을 이어갔다. "그런 의미에서 고로는 자살한 게 아니라는 생각을 하고 있습니다. 그 이야기를 오후 인터뷰에서 말하겠습니다."

5

치카시가 계단 아래 식당으로 점심을 먹으러 내려오라고 말했다. 기 주니어와 영상팀 두 사람은 곧바로 일어났지만, 나는 가볍게라도 아침 식사를 하면 점심은 먹지 않는다. 치카시가 기 주니어 일행을 위해 만든 샌드위치를 조금 나눠서 커피와 함께 나한테 가져와달라고 부탁했다. 시마우라도 그렇게 해달라고 말했다. 그렇게 하면 기 주니어 일행을 빼고 다른 사람들은 모두 이층에 남게 되니 그들 일행이 편하게 담배를 피울 수 있다. 다시 끓인 커피포트를 가지고 왔을 때 다리가 불편해 보였던 치카시에게 시마우라는 아무 일도 시키지 않았다.

"오후 세션에서 조코 선생님은 물론이고 치카시 사모님이 중요한 이야기를 하게 되지요. 그런데 오늘 아침엔 침대에서 몸을 일으키기 힘들었을 만큼, 전신 근육통이 있었다고 합니다. 세션이 시작될 때까지 누워 계시면 좋은데, 그럴 수도 없다고 해서 제가 옆에 있는 거예요"라고 그녀는 말했다.

"제 직업은 간호사이고 그건 치카시 사모님이 제가 갓 소녀티를 벗은 나이였을 때 베를린 교외까지 저의 출산을 도우러 와주셨던 일에 감동해, 언젠가 은혜를 갚을 수 있으면 좋겠다는 마음으로 진로를 변경한 결과입니다. 이번에도 한국계 독일인 부자의 간호사로 따라왔지요. 아사 씨가 오랫동안 간호사 일을 하셨던 분이라는 말을 듣고 편안히 한번 만나고 싶었습니다.

이번에 마쓰야마에 갔을 때 시간이 생겨서, 만날 수 없겠느냐고 전화를 해봤더니, 아사 씨는 별일 아니라는 듯 묵으러 오라고 권유해주셨지요.

마쓰야마에서 특급을 타고 혼마치역에서 내렸더니 택시가 두 대 정도 있기에, 이웃 마을 강변에 있는 조코 씨 댁이라고, 지시대로 말했습니다. 운전수가 집 안쪽으로 소리쳐 사람을 불렀더니 아사 씨가 나오셨는데 오래된 마을에서 대대로 살아온 집안 사람다운 풍모였지요."

"아사가 덴쿠보저수지의 기 형 소유였던 땅에 세운 집에서 우리를 돌봐줄 때 보여주는 태도는, 도쿄에 와서 우리집에 들를 때 보여주는 태도와 똑같습니다. 그런데 강변 오래된 집에서 사는 모습을 가서 보면, 돌아가신 어머니가 생활하던 모습과 묘하리만큼 그대로 닮았어요."

"아사 씨는 길에 면한 집 두 채 정면에 셔터를 내려 닫은 건물의 동쪽 끝 통로로 저를 안내해주셨습니다. 거기서 안으로 들어가면 맨 안쪽에 있는, 창고와 작업실과는 따로 떨어진 거처에서 사신다고 말씀하셨고요.

깨끗한 앉은뱅이책상이 다다미 여섯 장짜리 방 한가운데 놓여 있었고, 그 안쪽으로 책장이 늘어서 있었습니다. 중정에 있는 나무는 산딸나무든 양매든, 푸조나무부터 숲에 있는 것과는 달리 가로수처럼 모양이 정돈되어 있잖아요? 하고 아사 씨는 말씀하셨습니다. 이것들은 전부 아직 어린 묘목을 오빠가 소년 시절에 가져와 기른 거예요. 오빠는 그렇게 나무를 키우는 성실한 소년이었죠.

이런 이야기를 하면서 부엌에서 홍차를 준비하는 아사 씨를 기다리다가 저는 책상 옆쪽에 있는 '붉은 가죽 트렁크'를 보게 되었습니다. 그 가방에 들어 있던, 조코 선생님 아버지가 수신인인 수많은 편지. 그 편지들을 소재로 장편소설을 쓰실 예정이었죠? 그런데 막상 그 시기가 되고 보니, 그 편지들에서 중요해 보이는 건 전부 봉투뿐이었다는 사실을 비롯해, 그 어떤 자료적 가치도 없다는 것을 조코 선생님은 알게 되어 오랜 기간에 걸쳐 해온 구상을 포기했지요……

아사 씨는 그런 시간의 흔적인 빈 봉투가 그대로 담겨 있는 '붉은 가죽 트렁크'에서 다른 것을 꺼내 책상 위에 올려두셨지요. 그리고,

'상인 가문의 장부와는 다른, 잡다한 집안일을 써둔 "일지"입니다'라고 하셨죠. '어머니가 관리하셨을 무렵에는 본업인 삼지닥나무 생산과는 관련되지 않은 다른 우편물 기록 같은 것을 첨부해두셨던 듯한데, 아버지가 돌아가신 후에는 그냥 메모장으로 사용하신 듯합니다. 찾는 것이 여기에도 있을지 모르겠다 싶어 눈여겨봤죠. 그리고 발견했어요.'

아사 씨가 책상에서 내려 제 앞으로 밀어놓은 것은 그 '일지' 세 권이었어요. 패전했던 해와, 그다음해 분량 중 거의 아무것도 안 쓰인 페이지가 이어지는 가운데 색종이를 잘라 만든 **표지**가 끼워져 있는 세 권. 그 **표지**가 끼워진 페이지에는 날짜와 요일 외에 가늘고 딱딱한 붓으로 써넣은 메모가 있었습니다. 코기라고 가타카나로 쓰여 있고, 그 아래에 동그라미 기호나 가위표 기호가 적혀 있었습니다. 말하자면 **표지**가 있는 페이지를 보다보면 어디에든 코기○(동그라미), 코기×(가위표) 메모가 있는 겁니다. 아사 씨한테 그 말을 듣고 다시 한번 읽어보니, '일지' 날짜는 1945년에 시작해 삼 년 동안 이어지다가 1947년 4월에 끝나 있었습니다.

우선 '일지' 1945년분에서 일제히 나타난 건 모두 코기×입니다. 아버지가 익사한 날부터 코기는 아직 국민학교라고 불렸던 소학교에 출석하지 않았죠. 기호는 학교를 쉬었다는 메모였습니다. 겨울이 되어 띄

엄띄엄 나타나긴 하지만 코기○ 메모가 나옵니다. 그럭저럭 코기 소년이 학교에 나가게 된 걸 표시한 거였지요.

그래도 매일 코기○가 나타나 있는 건 아니고, 코기×가, 연속되지는 않지만 반복적으로 나타납니다. 오래 등교하지 않았던 코기가 학교에 나가게 되었어요. 하지만 매일 나간 건 아니었습니다. 등교하는 시늉만 하고 집을 나가 학교 동쪽 강변으로 이어진 길에서 숲으로 들어가 나무 속에서 지내다가, 저녁때 집으로 돌아오는 날이 있었으니까요. 어머니는 아사 씨에게 오빠가 교실에 출석했는지 결석했는지 확인하도록 시켰지요.

특히 아사 씨가 기억하고 있는 날이 있었어요. 1947년 4월 1일, 이후 어머니 '일지'에는 계속 코기○ 메모가 있습니다. 일요일 빼고, 아니 때로는 일요일에도. 그해 4월에 골짜기 마을에 신제 중학교가 생겨서 뛰어오를 듯 기뻐한 오빠가 매일 그 중학교에 다니게 된 거지요!

하지만 사태는 그렇게 단순하지 않았어요. 국민학교·소학교 5학년, 6학년을 장기 결석으로 시작해 다시 출석은 하게 되었어도 담임교사한테 방해꾼 취급을 당해 등교하는 둥 마는 둥 했던 코기가 1947년 4월 초부터 골짜기 마을에 신제 중학교가 생겼다는 것만으로 어떻게 문제없이 진학할 수 있었을까요?

아사 씨는 스스로 대답하셨죠. '그건 기 오빠 덕분이었습니다! 신제 중학교 영어교사 숫자가 모자라서, 구제 고등학교를 중퇴한 기 오빠가 임시 교원이 되었기 때문에, 그렇게 할 수가 있었지요. 게다가 기 오빠는 자신의 수업 준비를 위한 일이라면서, 코기를 매일 "저택"으로 불러들였어요. 일요일에도 표지가 있었던 데는 그런 사연이 있답니다.

일찍부터 연하의 친구로서 그 정도로 마음을 담은 지원을 받았고 이후로도 줄곧 친하게 지낸 사이인데, 기 오빠가 덴쿠보저수지에서 익사했을 때는, 이 사고에 오빠가 관여하지 않았을까 하는 소문이 골짜기 마을뿐 아니라 "자이"나 혼마치까지 퍼졌을 만큼, 오빠와 기 오빠의 관계는 싸늘해져 있었죠……그건 왜였을까. 나는 계속 생각해보고 있는데……'

아사 씨는 그렇게 말하고, 아이처럼 항복했다는 포즈를 취해 보였습니다. 그 모습을 보고 저도……기 형이라는, 소설에서 이야기된 범위 안에서만 아는 인물을 가깝게 느끼게 되었습니다. 조코 선생님과 고로 씨에 대해 고찰하기 위해서도 중요한 사람이라는 생각이 듭니다. 기 형에 대해 여러 가지 알려주셨으면 좋겠습니다."

6

식후에 담배를 피우면서 나눈 대화지만, 기 주니어와 영상팀은 오후 세션에 대해 열심히 이야기한 듯했다.

치카시는 인터뷰에 응하는 사람이 있어야 할 위치까지 걷는 일조차 쉬워 보이지 않았고 앉는 일 역시 마찬가지였는데, 기 주니어는 그런 그녀가 의자에 어떻게 앉아야 자세가 편안한지 확인할 때까지 참을성 있게 기다렸다가 시작했다.

"조코 선생님이 시도한 소설 도입부에 대해서입니다만, 그게 실제로 있었던 일인지 아닌지 묻는 건 의도가 뻔하다고 동료들은 말하지만 소설 비전문가의 질문을 허락해주시기 바랍니다. 고로가 코기토에게 이제부터 자살하겠다고 말하지요. **미리 녹음해놓은** 테이프를 통해서요. 그 목소리를 코기토는 반복해서 들었고, 이어서 무거운 물체가 떨어지는 소리까지도 듣게 되지요. 녹음을 매일 침대에서 들으면서 잠드는 습관이 생기기도 했습니다. 하지만 새로운 국면을 맞게 되지요. 실제로 일어난 일을 전화로 알게 된 치카시가 조코의 침실로 알리러 옵니다. 그건 실제 있었던 일인가요? 복잡하게 쓰여 있으니, 제대로 검토할 수 있도록 길게 인용하겠습니다.

〈서고의 군용침대에서, 헤드폰에 귀를 기울이고 있는 코기토에게,

'……그렇게 된 거다. 나는 저쪽으로 이동하겠어'라고 말한 다음 **쿵** 하는 큰 소리가 났다. 잠시 정적이 흐르고, '하지만 나는 너와의 교신을 끊는 게 아니야'라고 고로는 이어서 말했다. '굳이 **물장군** 시스템을 준비했으니까. 그래도 네 쪽 시간으로 치자면 이미 늦었지. 잘 자라!'

무슨 말인지 알 수 없는 채로, 코기토는 귀에서부터 눈 안쪽 깊숙한 부분까지 찢기는 듯한 슬픔의 통증을 느꼈다. 한참 동안 그대로 있다가 **물장군**을 책장으로 돌려놓고 어떻게든 잠들어보려 했다. 복용한 감기약 효과 때문에 얼마간 잠들 수 있었는데 희미한 소리가 나서 눈을 떠보니 서고 위에 사선으로 보이는 천장 형광등 불빛을 받아 그 아래 서 있는 아내의 머리가 엷게 빛나고 있었다.〉"

읽은 책을 무릎 위에 놓더니 기 주니어는,

"사모님은 고로 오빠가 자살했어요, 라고 보고하지요"라고 말했다. "소설 도입부라서 조코 선생님은 이해하기 쉽게 **자살**이라는 단어를 등장인물이 사용하도록 하신 듯합니다."

"그날 밤 실제로 일어난 일이고, 내가 기억하는 건, 전화로 알게 된 내용을 남편한테 전하고, 고로 오빠의 부인이 사체 확인을 요청하기에 그녀와 함께 가겠다고 말하고, 매스컴의 문의 전화에 아카리가 놀라지 않도록 전화 응대를 하라고 남편을 집에 남게 했던 일입니다." 치카시는 그렇게 말했다. "사건이 시작된 건 저로서는, 고로 오빠의 제작사에서 온 전화를 받은 이후부터였지요. 남편에게는 우선 내가 들은 내용을 전했습니다. 남편은 짧은 잠이 들기 직전까지 농담 같은 실황방송 녹음을 들었던 터라 실제로 일이 발생해버리자 일거에 사태가 심각한 것으로 변했지요.

물장군이란 고로 오빠가 녹음한 테이프를 듣는 구식 휴대용 테이프리코더입니다. 논이나 작은 강에서 사는 물장군이라는 이름의 곤충은 물고기나 다른 물에 사는 곤충을 잡아먹지요. 앞다리가 녹음기 부속과 닮았기 때문에, 테이프와 함께 남편한테 보내줬을 때, 고로 오빠는 **별명**을 붙였지요. 뭘 하든 진심인지 농담인지 알 수 없는 방식으로 준비하는 성격입니다. 그렇게 준비한 것을 꼼꼼하게 실행하는 것도 아니에요. 결국 아무 일도 일어나지 않고 끝난 경우가 많습니다……

다른 한편으로 그런 것이 도착하면 **무시는 하지 못하는** 게 남편의 성격입니다. 남편은 고로 오빠가 보낸 테이프를 헤드폰으로……그러니까 **물장군**으로 듣고는 자기 나름의 답변을 중얼거리고 있었습니다. 매일 밤마다. 녹음된 건 다 짧은지, 한 번 들으면 다시 돌려서 잠깐 정지시켜놓고 답변할 생각이 든 말을 지껄이는 겁니다. 잠을 자려고 상당량의 술을 마시는 사람이라서 취한 상태였고요. 테이프 목소리는 들리지 않아도 남편의 목소리는 마치 물이 새듯 아카리와 나의 침실 천장을 통해 들려오지요. 아카리를 위해 좀 작게 말해달라고 불평한 기억이 있습니다.

그런 식의 연극 같은 일이 이어지는 동안, 테이프와 현실이 만나고 만 것이 그날 밤이었던 거예요. 그런 걸 테이프에 녹음해서 보낸 고로 오빠도 정상이 아니지만 매일 밤 그 녹음을 안 듣고는 그냥 있지 못했던 남편도 정상은 아니죠. 이 정도 양의 테이프를 보내면 계속 들으리라는 걸 고로 오빠는 알고 있었습니다. 그리고 때를 보고 있다가 그날 밤 우연히였는지 실행하기로 하고 고로 오빠는 죽었습니다. 그날 밤 더 이른 시간에 테이프를 거기까지 듣고 잠든 남편 침실로 고로 오빠의 제작사 사람이 알려온 소식을 전하려고 내가 들어갔어요. 사건은 그렇게 전개된 겁니다. 포장된 길 위로 떨어져 죽은 사람이 있어서 소동이 일어났고 아무튼 유명한 인물이니 경찰이 그 빌딩 안 제작사를 찾아내기까지 시간이 안 걸렸던 거겠죠……

남편이 고로 오빠한테서 받은 테이프를 듣고도 왜 진지하게 받아들이지 않았느냐고 나무랄 생각은 없습니다. 편지나 테이프까지 사용한 응답 비슷한 건, 남편과 오빠 사이에 오랫동안 이어진 게임이었기 때문이죠.

실은 고로 오빠가 죽은 다음에도, 남편은 나한테 테이프 내용을 바로 이야기하지 않았어요.

고로 오빠가 사망한 지 일 년 이상 지났을 때 남편은 마지막 테이프에 대해 구체적으로 이야기하고(고로 오빠의 죽음에 대한 소설을 쓰겠다고 생각하기 시작했으니까요), 헤드폰을 나한테 건네더니 재생을 했습니다. 당연한 말이지만 나는 쿵 하는 소리에 충격을 받았습니다. 그 이후 정적이 흐르는 구간에 **물장군** 스위치를 끄라고 나는 남편한테 몸짓으로 말했습니다. 남편은 응하지 않았고요. 다시 한번 고로 오빠의 목소리가 났고 게임은 끝났습니다.

그래서 나는 남편이 이 테이프를 듣고도(심지어 여러 번 듣고, 자고 나서 다음날 눈을 뜨면 고로 오빠는 살아 있었기 때문에) 고로 오빠가 곧잘 했던 괴상한 이야기의 정치한 버전이라고만 받아들였으리라고 생각했지요. 나는 나중에 한 번만 다시 (그 외의 테이프는 물론이고 그 테이프 마지막 부분 외 다른 부분에 대해서도 그렇게 하지는 않았는데) 테이프 마지막 부분을 재생해달라고 남편에게 말했습니다.

'하지만 나는 너와의 교신을 끊는 게 아니야……군이 **물장군** 시스템을 준비했으니까. 그래도 네 쪽 시간으로 치자면 이미 늦었지. 잘 자라!'

고로 오빠는 바로 그런 호흡으로……남편한테 언제나 이런 식으로 이야기했습니다. 남편은 고로 오빠가 (어렸을 때부터 아마 어른이 된 이후에도) 다른 누구보다 마음에 들어한 청자였지요.

……혹시 모르니 하나 더 이야기해둘게요. 이렇게 자살을 암시하는 건 고로 오빠가 남편한테 그전부터 했던 일입니다. 남편은 그렇게 협박당하는 게 싫어서, 먼저 나서서 실제로 고로 오빠가 모델인 인물이 자살하는 이야기를 소설로 쓴 적이 있습니다. 기 주니어는 읽지 않았을 듯한, 초기 작품입니다. 내가 색연필로 밑줄을 그어둔, 그 『일상생활의 모험』이 있는데 읽어보겠어요? 젊은 남편은 이런 소설을 쓰는 것 말고는 고로 오빠가 암시하는 무서운 일에 반대할 수 없었지요……말하자면 동생 격인 친구였던 겁니다. 소설 도입부가 미숙해서 어이없을 수

있지만 고로 오빠 격인 인물에 대한 진정성은 드러나 있답니다.

〈당신은, 때로 싸우기는 했어도 결국 오랫동안 마음에 간직해온 둘도 없는 친구가 화성의 한 공화국인가 싶을 만큼 먼, 모르는 장소에서 분명한 이유도 없이 갑작스러운 자살을 했다는 편지를 받아들었을 때 닥칠 고통을 상상해본 적이 있나요? (중략합니다.)

나는 금년 말에 아프리카로 여행을 떠나서 부지Bougie의 무연고자 묘지로 사이키치를 찾아가려 하고 있습니다. 나는 사이키치가 자기 영혼의 노래로 삼고 있었던

망자를 죽은 사람으로 생각하지 마라
산 자가 있는 한
망자는 살아 있다 망자는 살아 있다

라는 시구를 따라, 죽은 그의 영혼에게 그를 기억하는 이가 살아 있는 자 가운데 적어도 한 사람은 있음을 알려주고, 그의 영혼을 위로하고 싶은 겁니다.

반복하지 않을 수 없는데 사이키 사이키치처럼 격렬하게 죽음을 두려워했던 사람의 자살이란 얼마나 잔혹한 일인가요. 도대체 죽음이란 무엇인가요. 사후세계란 있는 건가요. 사후의 허무, 허무의 영원이란 도대체 뭘 말하는 걸까요? (다시 한번 중략합니다.)

그래도 여전히, 그가 정말로 살아 있어서 사하라사막에서 통신을 보내 나를 불러준 거라면, 나는 이번에야말로 내 일상생활의 모든 관계를 버리고 미친 사람처럼 열정적으로 아프리카행 비행기를 탈 거라고 생각합니다. 사이키 사이키치는 나에게 보낸 마지막 편지에 이렇게 썼습니다.

'나 잘 있다, 그리스 난파선 선장의 이야기를 들었는데, 그는 항해일지 마지막에 이렇게 갈겨쓰고 죽었지. 지금 나는 나 자신을 완벽하게 신뢰한다. 이런 기분으로 폭풍우와 싸우는 건 아주 유쾌하다. 그래서 말인데 넌 오든의 이런 시를 기억하냐? 나는 지금 그 시를 생각한다.

위험의 감각은 잃으면 안 된다.
길은 분명 짧다, 또 험하다.
여기서 보면 그저 완만히 이어지는 언덕 같지만.

그럼 안녕, 아무튼 전력질주, 그리고 점프다. 납으로 된 추 같은 공포심을 피해!'〉

나는 지금 다시 한번 이 단편斷片들을 읽으면서, 여기에 있는 사이키치와 고로 오빠의 모습이 딱 겹치는 것에 놀랍니다. 이런 단편들을 쓴 젊은 작가는 사이키치를 깊이 사랑하고 있고, 그의 죽음을 상상하는 것만으로도 깊은 슬픔에 빠집니다.

그리고 시간이 지나 이미 노인이 된(이라고는 하지만 지금보다 열다섯 살 적은 나이인) 남편은 저쪽으로 이동하겠다는 이별의 인사를 듣게 되고 **쿵** 하는 효과음이 그를 덮치지요. 그 소리를 들었을 때는 심장이 덜컥 내려앉았을 텐데, 곧바로 저쪽 시간으로부터의 목소리가 전달되었으니 어떤 기분이었을지……더욱이 그 **쿵** 하는 소리가 실제와 겹치며 황급하게 돌아가는 상황에서 마음이 어땠을지(더이상 저쪽에서 부르는 목소리는 기대할 수 없지요), 이제 십오 년이 지났으니, 남편 본인한테 물어보는 것이 좋다고 생각합니다."

7

"피곤하실 줄은 잘 알지만, 하나만 더 치카시 사모님께 묻고 싶어요." 기 주니어가 말했다. "오전 세션에서, 하나와 감독이 확신범으로 자살했다고 생각하지 않는다고 조코 선생님이 말했을 때, 사모님은 어떻게 반응하셨는지요? 저는 그렇게 말한 조코 선생님의 차분함에 강한 인상을 받았습니다. 저는 그 온화한 표정을 잡아내느라, 치카시 사모님에게 주의를 기울일 수가 없었습니다.

조금 전 휴식시간에, 팀원 중 한 사람이 찍은 영상을 다시 봤습니다. 짧은 영상인데 입을 굳게 다문 조코 선생님 저편으로 치카시 사모님의 마찬가지로 평온한 얼굴이 잡혀 있어요. 팀원도 치카시 사모님을 찍으려고 한 건 아니었죠. 저희 팀원은, 그런 표정으로 말한 조코 선생님한테 이끌려 찍고 있었다고 합니다.

치카시 사모님은 이 십오 년 동안 하나와 감독이 자살했다는 것을 의심한 사람이 아무도 없었는데, 갑자기 튀어나온 조코 선생님 말씀에 놀라시지는 않았나요? 묘한 이야기를 듣는다는 기색조차 사모님께 전혀 보이지 않는 건 어떻게 이해해야 합니까?"

"나는 평온한 마음으로 들었습니다. 그 이야기를 남편과 한 적은 없지만, 고로 오빠는 자살한 게 아니라고 남편이 생각하고 있다는 것을 알고 있었다고 느꼈어요. 그 사실을 남편이 처음으로 스스로 말하는 걸 들은 거지요.

나는 경찰의 안내를 받아 현장으로 갔고, 고로 오빠가 상반신이 엉망으로 뭉개진 사체가 되어 있는 장면을 봤습니다. 참고인으로 불려온 고로 오빠의 친구가, 조폭 몇몇이 감독을 붙들어 옥상으로 메고 올라가 던진 건 아닐까, 하는 이야기를 하고 있었지만 역시 고로 오빠는 삼십 초 정도 시간 사이에 혼자 그런 기분이 되었고 그 충동을 행동으로 옮기고 만 것이라고 생각하고 있었지요. 그걸 확신을 지니고 한 자살이라고 할 수는 없다는 생각도 했습니다. TV 방송국 여성이 고로 오빠의 사체를 실어 옮기는 통로로 들어와서는, 자살한 감독에게 어떤 말을 해주고 싶냐는 바보 같은 질문을 내게 했지만, 침묵한 채로 차가 움직이기를 기다리고 있었지요.

그리고 남편이 아카리와 잠에서 깨어 일어나 있는 세이조 집으로 돌아왔지만 남편은 고로 오빠가 왜 자살했다고 생각하느냐고 묻지 않았고, 오늘까지 쭉 그대로 해왔습니다. 처음에 당신이 말한 대로 『체인질링』 서두에 작가가 자살이라는 말을 사용한 것은 독자가 이해하기 쉽게 하기 위해서라고 나도 생각합니다.

다만 오빠는 죽었지요. 그게 자살이었건 자연사였건, 다른 누구와도 대체할 수 없는 소중한 한 사람이 죽었기 때문에 나는 슬펐고, 슬퍼해줄 게 분명한 몇몇 사람이 슬퍼해주었다고 믿고 있습니다. 남편이 고로 오빠의 죽음을 우연히 일어난 일로 생각하고 있다 해도, 남편이 슬퍼했고 지금도 슬퍼하고 있다는 건 사실입니다.

……얼마 전에 나는 내가 잘못 생각하고 있었다는 사실을 발견했지요. 그걸 알려준 게 시마우라 씨입니다. 시마우라 씨의 여행 목적에는 고로 오빠에 관한 조사도 포함되어 있기 때문에 광범위하게 메모한 노트를 지참하고 내 이야기를 들어주고 있어요. 그래서 내 이런 착각을 깨우쳐주었습니다.

나는 시어머니의 마지막 만년 무렵에, 숲 가장자리에서 강변을 따라 내려가 혼마치의 병원에 문병을 하러 갔었지요. 어머님은 만날 때마다 아주 작아져 있어서(시골 여성으로서는 보기 드물게 골격이 크고 살도 많이 붙은 분이셨는데도) 5인용 방 안쪽 끝 침대에 작아진 얼굴로 눈을 감고 누워 계셨습니다. 아사가 안내해주어 들어가도, 숱이 적어진 하얀 머리는 꼼짝하지 않았지요. 어머님 머리 앞쪽 골격은 남편과 닮았습니다. 어릴 때, 남편이 이마가 좁다고 신경쓰니 그래도 이마에서 머리끝까지가 충분히 넓은 게 할아버지 닮았으니 괜찮다, 라며 위로해주셨다더군요……

그 어머님 침대 옆에 섰더니, 현縣병원에서 아사에게 지도받았다는 간호사 아가씨가 굳이 오른쪽 팔뚝을 보여주면서 '할머니가 막 할퀴어서 상처가 났어요!'라고 하소연했는데, '옷 갈아입히는 방식이 너무 난폭했던 건 아니고?'라면서 아사는 받아들이지 않았습니다. 그런 소리에 눈을 뜨고 나를 본 어머님은 가만히 나를 바라보면서 위로의 말을 건네주셨지요……나는 그렇게 기억하고 있었답니다.

우선 그렇게 기억나는 한도 내에서 우리 대화를 말해보자면, '네 오라버니에게 참 가슴 아픈 일이 생겼구나'라고 하셨지요. 내가 허리를 굽혀 감사 인사를 했더니, 오늘도 코기는 오지 않았지? 간호사들이 내가 폭력을 휘두른다고 말하며 하소연하는 게 싫구나……라고 말을 이어가셨지요.

그리고 코기는 그렇게 친하게 지냈으면서도 친구가 죽는 걸 그냥 보고만 있었던 거지? 코기는 은혜를 모르는 녀석이어서……너무나 미안하게 됐구나, 그러시면서 눈시울을 붉히셨습니다. 그러고는 그대로 얇은 담요에 조금씩 파묻히듯 하면서 긴 잠속으로 빠져드셨지요.

내가 그렇게 이야기를 했더니 시마우라 씨는 녹음을 멈추고 큰 노트를 확인했습니다. 그리고 고로 씨가 죽은 건 1997년 12월 20일, 조코 선생님의 어머님이 돌아가신 건 같은 해 12월 5일이라고 했지요.

그러니까 어머님 쪽이 먼저 돌아가셨으니 어머님이 나한테 고로 오빠에 대한 애도를 표하는 일 같은 건 있을 수 없었지요. 다만 이 사실을 머릿속에서 다시 떠올려봐도, 십사 년 이상 내 기억 속에 있던 어머님의 마지막 말씀을 내 착각이었다고 하고 싶지는 않습니다."

"잠깐 발언해도 된다면," 내가 말했다. "어머니가 나를 비판했든, 그리고 아직 고로가 살아 있었든 간에, 기 형과 하나와 고로를 연결지어 떠올린 어머니 머리는 노망기 없이 맑았다고 생각해. 어머니가 일찍이 내다보고 이미 이루어진 일인 양 말씀하셨던 대로 나는 고로가 죽어가는 걸 내버려뒀지."

"그러면 오전 세션에 이어 오후 인터뷰를 마무리하고 싶습니다"라고 기 주니어가 말했다.

"조코 선생님, 저토록 상황증거가 갖춰져 있는 하나와 고로 감독의 죽음을, 선생님이 자살이 아니라고 하신 이유를 말씀해주세요. 치카시 사모님께 자세하게 이야기를 들었지만, 역시 선생님께도 부탁드리고 싶습니다."

"고로가 죽은 다음, 온갖 주간지에 그의 '자살'에 대한 해설이랄까 분석이랄까, 정말로 많은 기사가 쏟아져나왔지. 나는 그때 그런 유의 주간지가 쌓여 있는 책방을 돌아다니면서 하나와 고로라는 활자가 표지에 인쇄된 것은 전부 샀네. 전부 읽고 나서, 읽은 잡지는 거실 테이블에 쌓아두었지. 아내가 읽을 기분이 들면 읽을 수 있도록 하기 위한 것이었네. 그런데 아내는 한 권도 읽지 않았어.

센 술을 마시고, 어떤 생각에 사로잡혀 건물 옥상에서 뛰어내리기. 이런 착상과 실행 사이에는 어떤 긴 시간이 놓여 있으리라고 누구나 생각할 거네. 그런데 어떤 연령이 된 후로 고로는 그런 고민을 전혀 하지 않았던 게 아닌가 싶네. 고로는 '확실하게 박혀 제거할 수 없는 결심'을 다른 어떤 것보다 소중하게 생각하는 타입의 사람이 더이상 아니게 되었기 때문일세.

문득 어떤 그림자가 머릿속을 스쳐지나갔고, 그 그림자가 사라지기 전에 제작사 사무실 안에 있는 자기 방의 문을 여니 엘리베이터가 있었고, 바로 위는 옥상인데 옥상 문에 자물쇠가 걸려 있지 않았을 때, 두세 발짝 걸어나가 뛰어내리는 일. 고민 끝에 결심하지 않고도 그런 행동을 할 수 있는 사람한테는 그건 '자살'이 아니라 '사고'라고 나는 생각하네. 사고로 인해 저쪽으로 가게 된 영혼은 그 모임에서 자살한 사람의 영혼과 구분되지 않으면 안 된다고도 생각하네.

아니다, 줄곧 고민하고 말하고 자살 결행의 실황중계 녹음을 보내고 **쿵** 하는 소리까지 들리도록 했지. 몇 번 녹음을 들은 후에, 나는 고로가 실제로 자살했다는 소식을 들었다. 그렇게 『체인질링』에 쓰지 않았느냐고 묻는다면 그건 다르네.

소설을 잘 읽어보면, 고로는 그 **쿵** 소리로 이번 게임은 끝이라고 말하고 있었지. 그런 방식으로 그가 제안한 건, 앞으로 우리는 모임(생사 여부와 상관없이, 그게 중요하다)을 해나가자, 그 수단으로 '물장군' 숫자를 늘리자, 죽은 네 친구들을 나는 경원해왔지만 앞으로는 교제하도록 하지. 그것이 고로가, 잠시 시간을 두고 다시 이어갈 통신이었을 것이네. 그런데 사고가 일어났고.

아버지가 빨리 돌아가신 탓도 있어서, 나처럼 고로도 죽음을 두려워했지. 고로는 전쟁이 끝나 작업을 할 수 있게 된 시점에 이름이 높았던 아버지가 병사한 일을, 나는 이름 없는 아버지가 기묘한 죽음을 맞은 일을 둘 다 같은 반 친구 누구한테도 이야기하지 않았지만 우리끼리는 곧잘 이야기했어. 그래서 우리가 그토록 친해졌는지도 모르네. 심지어 고로는 자신 있어했던 그림으로 자기가 자살한 모습을 그려서 보여주기도 했지. 그게 정점에 달했던 건, 내가 소설가로서 출발하고, 그가 영화배우로서 국내외에서 일을 시작한 시기였는데, 그는 내 소설이 어둡다면서 자기가 하는 일은 장래성이 더 없다고 했지. 그래서 나는 치카시가 앞서 말한, 고로를 떠올리게 하는 젊은이가 이유를 알 수 없는 자살을 하고 남은 사람들이 슬퍼하는 내용이 담긴 소설을 썼어. 그 효과라고 할 생각은 없는데 그 소설로 나는 한 단계 넘어섰고 그 역시 마찬가지였네. 이번 「물장군」에서 고로가 노년을 내세우며 했던 그 이야기도, 실은 처음은 아니었지. 그보다 앞선 예가 있네(노년이 꼭 주제였던 건 아니었지만). 하지만 그 기분을 그는 〈조문〉이라는 영화로 만들어 단번에 기운을 되찾았지.

나는 처음엔 **쿵** 소리를 듣고 충격을 받았지만, 거기에는 희극화한 자기 비평도 담겨 있어서, 그다음 이어진 태연한 코멘트를 듣고 안심했지. 하지만 '사고'는 일어났네. 그렇게 된 거라네."

나는 그렇게 말하고 인터뷰용 의자에서 일어났다. 마찬가지로 일어났지만 그대로 공중에 매달린 듯한 엉거주춤한 자세로 치카시가,

“나도 남편과 똑같은 생각을 하고 있어요”라고 말했다.

하지만 그 목소리도, 그때까지 나를 향하고 있던 마이크를 향해 상반신을 조금이라도 내밀려고 하는 중인 목의 움직임도 분명 정상이 아니었다. 나는 사람들 앞에서 치카시가 이런 모습을 보인 적이 없어 당황했는데, 넘어지는 걸 막으려고 치카시의 어깨를 잡으려던 팔을 치카시가 내팽개쳤다. 분노인지 고통인지 구분하기 힘든, 역시 처음 듣는 굵은 신음소리와 함께.

나는 아까 자기는 직업훈련을 받은 간호사라고 말한 인물을 찾으려 했다. 시마우라는 영상팀 뒤쪽으로 물러서서 우리 쪽을 보고 있었다. 시마우라는 내가 어떻게든 치카시를 지탱하려고(이렇게 무거운 사람이었나!) 내 쪽으로 기우는 그녀의 상체에 팔을 내밀 때마다, 그 때문에 생기는 강한 통증을 피하려 하는 치카시의 반응에 눈길을 주고 있었다. 나도, 치카시가 몇 년 전 류머티즘에 걸렸을 때 치카시답지 않게 극심한 짜증을 냈던 일을 기억해냈다. 그 통증이 훨씬 더 강도가 심해져 지금 치카시를 사로잡고 있는 건 아닌가?

우리 쪽으로 뛰어온 시마우라가 나를 밀쳐내고, 치카시를 아주 천천히 소파에 쓰러뜨리듯 앉히려 한다. 치카시는 여전히 참으려 노력했을 테지만, 일찍이 들은 적이 없었던 큰 소리로 비명을 질렀다.

오십 년 만의 '숲의 신비'의 음악

1

치카시가 발병한 후 나의 생활은 바뀌었다. 그 구체적인 증표를 말하자면 도쿄 생활을 정리하고 숲 가장자리에 있는 아카리의 거처로 합류한 일이다. 치카시 쇼크로 일어난 변화가 다시 흔들리지 않는다면, 내 만년의 최대 전환점이 될 것이다!

거기에 이르기까지의 자세한 사정을 쓸 여유는 없었다. 지금 숲 가장자리에 자리를 잡고 『'만년양식집'+알파』를 다시 시작하려 하고 보니, 이제까지 가끔 인용한 '세 여자'의 편지가 여전히 유효하다는 것을 깨닫게 된다(꽤 이전부터의 일인데, 이제는 처음 세 사람에 한 사람이 더 추가돼 있다). 내가 세이조 집에서 홀로 집을 지키던 기간에 전화를 받지 않아서 그녀들이 필요에 따라 각기 나한테 보낸 편지가 아직 뜯지 않은 채로 '마루젠 범포 노트'에 끼워져 있어 도움이 된다.

우선 치카시가 발병한 현장에서 병원으로 이동할 때도, 그 이후에도 계속 옆에 있어주며 간호사로서 노련함을 발휘해 도와줬던 시마우라의 보고와 거기에 첨부된, 치카시가 병상에서 한 말을 쓴 메모. 격한 통증은 전신에 미치는 류머티즘성 다발근통증이었다. 병원에 도착하자마자 시행된 혈액검사에서 그 통증이라는 게 드러났기 때문에 부신피질호르몬 투약이 이루어졌고, 통증은 신속히 경감되었다. 그런데 치카시는 연령으로 보아 여러 다른 병을 갖고 있을 가능성이 있어서, 그냥 더 입원시키기로 했다. 치카시는 아카리가 어머니 상태에 관한 설명을 마키한테 듣고 보인 반응을 이미 들었다고 했다.

거실 안쪽에 있는 아카리 침실은 북쪽에서 서쪽으로 넓게 낸 창 너머로 숲과 면해 있다. 아카리는 창밖을 늘 바라보고 있어서, 마키가 말을 걸어도 반응이 없다. 짜증이 난 마키가 아카리 옆으로 머리를 들이밀고 내다보면, 바로 아래로 펼쳐진 덴쿠보저수지에 노을이 남은 서쪽 하늘이 비쳐 있어서 새카만 숲 위로 검붉은 웅덩이가 떠 있는 듯했다. 다음날 아카리가 작곡한 곡을 깨끗이 악보로 옮겨 써왔고 릿짱이 피아노로 연주했는데, 마키는 아카리가 어머니의 통증을 느끼고 있었던 것이라고 생각했다……

"당신이 아카리한테, 할머니가 이야기해준 '숲의 신비'의 음악에 대해 다시 한번 말해줘요. 그러면 아카리는 새 작곡 테마를 떠올리지(그게 아니더라도 이제까지 만든 곡을 기억해내지) 않을까요? 그리고 또 한 가지, 당신은 혼자 있으면 밤늦게까지 술을 마실 텐데 조심하고요."

치카시한테 들은 이 말을 계기로 나는 금주하기에 이르렀는데 그 절박하면서도 우스꽝스러운 이야기도 써두겠다. 치카시가 퇴원해서 올

때까지라고 목표를 세우고 시작했지만, 오랜 기간 이어진 잠들기 전 습관으로 인해 나는 술 없이는 잠들 수 없었다. 생각다못해, 늘 다니던 병원에서 수면제를 처방받았다. 나는 이십대 초반에 소설을 쓰기 시작했는데 갑자기 매스컴을 타는 바람에 잠들지 못하게 되었고, 시판하던 수면약에 의존했던 괴로운 기억이 있다. 잠들기 전 음주 습관은 그때 시작되었다. 그 이야기를 하자 의사는 요즘 수면제는 놀랄 정도로 좋아졌다며 격려해주었다. 그리고 곧바로 나는 의사가 한 말을 실감할 수 있었다.

그러던 중 약이 많이 남지 않은 걸 보고 바로 받으러 갔다가 우연히 감기 유행으로 만원인 대기실에 오랫동안 앉아 있었다. 그러다가 이름을 부르기에 일어나 걷기 시작했는데 사 년 정도 전에 경험한, 시야가 한쪽 끝 쪽부터 깨져 보이는 증상(이후 두세 번 다시 찾아왔기 때문에 거대 현기증이라고 불러왔다)이 엄습했다. 더구나 이번에 정신이 들었을 때는 내가 처음 겪어보는 큰 병원 '도쿄 의료센터'에서 엑스레이, CT, MRI 등 여러 검사를(전혀 기억이 없다!) 이미 당한 다음이었다.

그런 후에 나는 익숙하지 않은 링거 장치를 단 채로 의사 앞으로 갔고 별 이상은 찾아볼 수 없다는 말을 들었다. 그리고 오랜 기간에 걸친 음주 습관이 있는데, 그 습관을 급하게 그만둔 탓에 '금단현상'이 나타난 것이리라는 설명을 들었다. 그 말이 내 자존심을 뒤흔들어, 나는 계속 금주를 이어가기로 했다.

2

지금 나는 '덴쿠보저수지' 집에서(이웃집이 기 주니어와 그 일행의 집이지만 숲 가장자리에 은둔하고 있는 기분이다) 거실 재생기기 앞 카펫 위에 누운 채 낮은 볼륨으로 클래식 음악을 듣는 아카리와 함께 살고 있다.

무엇보다 아사의 도움이 있었고 릿짱의 협조도 더해진 결과였는데, 나는 아카리가 마키와의 공동생활에서 분리되어 혼자 남게 된 집으로 이사한 것이다. 어디까지나 일시적인 일이라고 유보해두는 마음은 아카리는 몰라도 관련된 모든 이에게 있었지만, 생각하면 오랫동안 여러 번 내 머릿속에 떠올랐고 나 말고도 그 생활을 진지하게 고려한 사람이 있었지만 실행하지는 못했던 생활 개혁 플랜이었다.

그렇게 되기까지 대화를 나누는 가운데 마키가 이런 말을 했다. 이제까지 아카리 오빠와 숲 가장자리에서 지내는 생활이 잘되고 있다고 때로 과장해서 전달하곤 했어요. 아카리 오빠가 안경을 바꾸고 밝아진 건 사실이에요. 하지만 모든 일이 순조롭고 순조롭게 돌아간 건 (당연히) 아니었어요. 제가 십대 때부터 매달 한 번은 사로잡혀왔던 우울증 증상은 지금도 있고요. 실제로 가까이에 있는 원전에 사고가 나서 이 숲 전체가 방사성물질에 뒤덮인다면, 하는 생각을 반복적으로 하지 않을 수가 없어요.

이카타 원자력발전소는 덴쿠보저수지에서 30킬로미터 지점에 있다. 마키와 아카리가 숲 가장자리로 이사해 살게 되자마자, 지역 반원전 운동을 이끌어온 사람들이 아사의 소개를 받아 현황 설명을 하러 방문했다. 이후 마키는 말할 것도 없고 현재 문제를 아구이와 겹쳐서 생각하는 아카리한테 그건 하루하루의 과제가 되었다. 내가 아카리와 덴쿠보 저수지에서 함께 살게 된 이후 먼저 공유한 것은 아카리가 독자적으로 상상하는 두려움이었다. (도쿄에서 나도 했던 일인데) 아카리의 침실 벽에는 아카리답게 다양한 색연필로 짙고 엷게 표시한 25만분의 1 축척의 '마쓰야마' 지도가 붙어 있다. 이렇게 가까운 이카타에서 사고가 일어나면 어떻게 대처할 수 있나?

아카리는 도쿄에 있었을 때보다 분명 이야기를 잘했고, 마키도 함께 한 첫 대화 때는, 마키가 거들기도 했기에 스스로 나서서 이 이야기를 나한테 하기도 했다. 아카리가 절대로 이곳을 떠나지 않는 이유는, 이카타 원전 사고가 일어날 경우, 숲 위 하늘에서 떨어져 내려올 아구이를 보호하기 위해서였다. 하지만 아구이의 위험이란 똑같이 여기에 사는 아카리의 위험 아니냐? 나는 그렇게 물어봤지만 아카리는 이미 마키의 똑같은 설득을 경험한 터였다.

"아니요, 저는 여기서 나가지 않습니다. 아구이가 숲 위에서 떨어져 내려올 때, 아구이를 도울 수 있는 건 저뿐입니다! 아구이가 떨어져 내려오는 모습을 볼 수 있는 건, 저 혼자뿐이라고요!"

마키는 줄곧 아카리의 이 확신에 찬 말을 들어왔던 것이다. 하지만 그러면 나도 여기서 아카리 오빠와 함께 있을 거라는, 이제까지 반복되어온 마키의 태도 표명은 이번 대화에서는 나타나지 않았다. 나는 치카시를 엄습한 격한 통증에 대해 먼저 이야기했고, 치카시가 마키를 필요로 한다고 이야기했다. 마키는 통증에 시달리는 치카시를 내버려둘 생각이 없었다. 그리고 아구이가 떨어져 내려오는 숲 가장자리를 떠날 마음이 아카리한테 없다는 것도 이렇게 이야기를 나눈 세 사람 모두 명확히 알고 있었다.

그렇게 해서 나와 아카리의 공동생활이 시작된 이상, 내가 『'만년양식집'+알파』를 재개하는 과정에서 아카리는 독특한 역할을 수행할 것이다. 그러므로 여기서는 또하나의 인물, 아카리와 나의 숲 **가장자리** 생활에서 말하자면 마키 대신이라고까지 할 수 있는 역할을 맡게 된 기 주니어에 대해 말해두겠다.

이 노트에 기 주니어는 가끔 등장하곤 했다. 하지만 지금 그는 나에게 생각지도 않았던 새로운 개성으로 존재한다. 이 일을 통해 나는 먼젓번 인터뷰 대부분을 차지하는 기 형과 나의 관계에 대해 이제까지 내가 중기 작업 이후 여러 번 표현해왔으면서도 내 의식 바깥에 있었던 사실을 단번에 떠올리게 되었다.

일은 이렇게 시작되었다. 나는 아카리와 둘이서 새로운 스타일로 살게 되었지만, 역시 숲 **가장자리**에서 살아가려면 도쿄 집 거실과 서고 겸 작업실 책장에 있는 책을 어느 정도 옮겨야 할 필요성을 느꼈다. 그 목록을 만드는 데 며칠이 걸렸고, 그 책들을 택배 편으로 보내달라고 마키한테 부탁하면서(각각의 책에다 각종 사전류, 거기에 무스미 선생님의 저작집 등 양이 점점 늘어났다) 목록 전부를 팩스로 보냈다.

그런데 마키는 그 책들이 저자의 서명본도 포함된, 서고에 있는 가장 소중한(적어도 내가 개인적으로 애착을 느끼는) 책이라는 걸 알아차리고는, 상자에 넣어서 보내도 될지 어떨지 염려된다고 말했다. 그럴 때 마키에게는 대개 복안이 있었다. 도쿄 사무실에 그냥 놔둔 채로 있는 촬영용 기자재와 자료를 기 주니어가 마쓰야마 사무실로 가져와서 일원화하고 싶다고 했다. 그러기 위해 친구한테 미국제 승용차를 빌릴 예정이니, 그때 아빠 책도 폭신하고 부드러운 좌석에 실어놓으면 어떨지?

마쓰야마에서 기 주니어의 짐을 내린 다음, 그대로 덴쿠보저수지로 차를 돌리면, 아카리와 공동생활을 하는 집에서 아빠가 직접 천천히 책 정리를 할 수 있어요. 차 운전은 인터뷰 프로그램이 끝나서 여유가 있는 기 주니어가 직접 할 테니, 마쓰야마 사무실 옆에서 기다리다 그 차를 타면 고로 삼촌의 벤틀리만큼은 아니어도(이쪽은 캐딜락) 숲 가장자리까지 아빠도 편안하게 드라이브를 즐길 수 있으리라고 생각해요.

마키의 계획은, 기 주니어도 고대하던 일이었다고 해서 곧바로 실행되었다. 위층에 기 주니어의 사무실이 있는 여행안내소 앞으로 차가 미끄러져 다가왔다. 뒷좌석에도 바닥에도 책을 쌓아놓은 대형차 조수석에 내가 올라타자, 기 주니어는 말없이 머리를 숙여 인사만 했지만, 시내를 떠나 올라가는 경사가 계속 이어지는 국도를 달릴 무렵부터는 신나게 말하기 시작했다.

"인터뷰가 진행될 땐 말씀드리지 않았던 이야기지만, 프랑스 작가와 공개 대담을 하셨죠? (파트리크 샤무아조와의 대담이었지, 라고 나는 반응했다.) 맞습니다, 신주쿠 기노쿠니야*까지 들으러 갔었습니다. 엘리베이터 앞에 사람이 많아서 계단으로 내려가다가 해외 문학 섹션이 있는 곳에 들렀더니 역시 대담 행사장에서 빠져나온 사람들한테 큰 책이 날개 돋친 듯 팔리고 있었지요. 『카리브해 위전僞典』이었죠. 그 옆

* 일본의 대형 서점.

에 마찬가지로 두꺼운 『Biblique des derniers gestes』 포켓북이 쌓여 있기에 펴봤더니, 전 딱 봐도 일본인이니, 프랑스어판인데요, 라는 말을 들었지만 일본어 번역본과 원서 양쪽 다 샀습니다. 그렇게 두꺼운 일본어 책은 저한테는 부담스러우니까요……

조코 선생님과 샤무아조의 대담 광고를 보고, 제가 그 사람이 크레올어로 글을 쓰는 작가라는 것밖에 모르면서도 이야기를 들어보러 갈 생각이 든 건 선생님도 일본어로 글을 쓰는 작가이긴 하지만 4개 국어가 섞여 있다고 직접 쓰셨기 때문입니다. 샤무아조는 프랑스 해외 현인 마르티니크섬 출신이고 프랑스어에서 파생한 크레올어 작가잖아요?

저는 동시통역 이어폰을 빌렸지만, 일본어로 설정했더니 너무 말이 빨라서 결국 바로 들려오는 프랑스어를 듣기로 했습니다. 솔직히 어느 정도로 크레올어인지 잘 알 수가 없었어요. 조코 선생님도 대담 도중에 이어폰을 빼버리셨지요."

"나는 우선 동시통역에 의존했었네. 그랬는데 이어폰 음량을 작게 하면 잘 들리지 않고, 음량을 크게 하면 잡음이 들려와 듣기가 불편했지. 그래서 나도 샤무아조가 눈앞에서 말하는 걸 직접 들어야겠다 싶어 그렇게 한 거네.

그런데 해외에서 온 작가가, 그것도 내가 연장자여서 그런지, 처음에는 나한테 아부하는 듯해 그게 좀 기분이 안 좋았네."

"젊었을 때 쓰신 『히로시마 노트』를 번역본으로 제대로 읽은 사람한테 그 책을 평가받는 것이 좀 쑥스러우셨다는 거겠죠. 하지만 그 시점에 샤무아조의 작품을 읽지 않았던 저로선 오히려 그 부분이 기억에 남습니다. 그는 조코 선생님을 'guerrier'라고 불렀죠?"

"그랬다네. 그것도 반복해서 그렇게 말하기에 동시통역 쪽을 확인해 봤더니 일본어로 '전사'라고 옮기더군……샤무아조의 표현이 신경쓰인 이유는, 내가 대담 전날에야 겨우 다 읽은 저 두꺼운 소설의 마지막 구절에 'un grand guerrier'라는 말이 있었기 때문이네.

소설의 주인공이기도 하고 화자 중 한 사람이기도 한, 빈사에 처한 노인이 그렇게 불리고 있었지. 그리고 나는 이제까지 '전사'였던 적은 없다고 생각했으니. 그랬는데 그가 나를 'un grand'은 붙이지 않았어도 'guerrier'라고 불렀기 때문에 마음이 좀 떠나는 듯했네……"

"하지만 그 사람은 『히로시마 노트』에 감동했다고 다시 한번 말했고 선생님이 히로시마에서 피폭당한 사람들이 겪은 '상상할 수 없는' '받아들이기 힘든' 경험을 그려내고 있다고 평가했지요. 그게 자기들 선조가 고통받은 '노예무역'이라는, 말 그대로 상상하기 어려운 경험이라고 이야기를 맺었어요. 선생님의 표현 방식을 통해 자기들의 본질적인 경험과 그것을 어떻게 표현해낼지 생각할 수 있었다고도 말했죠. 저는 그 크레올어 작가가 선생님 작업을 이해하고 있다고 느꼈어요. 논의가 점점 어려워졌지만, 끝까지 집중할 수 있었습니다."

"자네는 우리 대화를 잘 들은 청중이었군, 그런 사람은 많지 않았으리라고 생각하네"라고 나는 농담처럼 말했지만 기 주니어에 대해 문학적으로도 가까워진 것처럼 느끼고 있었다.

"실제로 나는 샤무아조가 내가 젊었을 때 쓴 평론의 프랑스어 번역을 잘 읽어준 데 대해 마음을 열어나갔네. 일본의 새로운 작가들이 그런 식으로 받아들이는 경우는, 그게 불만이라고 푸념하는 건 아니지만, 지금은 거의 없으니까. 하지만 그보다 결정적으로 나는 그의 소설을 읽고 공감했었네. 소년 시절 그가 자란 마르티니크섬의 숲 세계에 대한 표현에 완전히 빠진 적이 있어서……

나를 비롯한 소설가들은, 다른 소설가가 어떤 사람인가, 라는 근본적인 부분에 관해 다른 무엇보다 그 사람의 소설을 통해 이해하지……말하자면 직업적인 버릇이 있다네. 특히 이런 경우에는 말일세, 나는 단적으로 샤무아조의 저 두꺼운 소설을 읽고 최근에 그와 비슷한 경험을 한 적이 없을 만큼 강한 자극을 받았지. 그것도 내가 소년 시절에 겪은……이 말은 지금 우리가 향하고 있는 숲속에서 겪은, 이라는 뜻인데……소중한 경험의 수수께끼가 풀리는 발견을 했다. 그런 생각이 들었기 때문일세. 도쿄에서 싣고 와준 책에 자네도 샀다는 샤무아조의 그 두꺼운 책이 있네……컬러풀한 표지니까 그 책을 찾아서 조금 읽어볼까."

우리 차는 시코쿠산맥을 따라 달린 고속도로에서 내려와, 본 기억이 있는 강변 현도로 막 접어든 참이었다. 울창한 활엽수들이 내 쪽으로 쏟아질 듯한 기세로 늘어선 도로 옆에 차를 세우고 기 주니어는 뒷좌석으로 책을 찾으러 가더니 『카리브해 위전』을 가져다주었다.

나는 인용할 페이지를 내가 그어놓은 색연필 표시를 따라가며 찾아보려고 하면서 우선 기 주니어가 들었다는 공개 대담 중 이 소설에 관한 부분을 설명했다. 그가 이미 책 전체를 다 읽었다면 불필요한 것이었지만……

"앞서 말한 빈사의 노인 보뒬쥘Bodule-Jules이 일찍이 허약한 어린아이였을 때, 부모가 걱정해서 그를 의사라든가 기도사들한테 보여주었어. 주민들을 치유해주는……그것도 육체적으로뿐 아니라 정신적으로도 치유해주는 이로, 망토라고 불리는 사람 가운데 한 명인 망 루블리에라는 여성한테 맡겨져 생활하게 되지. 말하자면 '망각되었다'는 의미도 포함하는 이름을 지닌,* 망토의 한 사람과 마르티니크섬 숲속에 숨어 살게 되지……

나 자신이 시코쿠 산지 숲으로 둘러싸인 골짜기에서 태어나 책을 읽기 시작하기 전부터 할머니와 어머니에게 지역의……즉 숲의 전승을 들으면서 자란 아이였네. 그래서 어느 시기에 아이가 숲으로 들어가 살면서 가장 중요한 걸 배우게 된다는 보될젤이 받은 교육에 친근감을 느꼈지. 나는, 얼마나 자주 숲에 들어가서 살았는지를 소설에도 반복적으로 써왔지만, 『카리브해 위전』을 읽고 거기에 쓰인 소년의 생활과 정말로 비슷하다고 느꼈네.

심지어 나는 어린아이지만 그렇게 살아갈 장소를 혼자 발견했고 내 방식으로 살아왔다고 생각하고 싶어했지만, 실은 어떤 인물한테 도움을 받은 거였다고 다시 인식하게 되었네. 그 인물은 그 아이의 기분을 잘 이해하고 있어서, 기억이 날 때마다, 그건 정말이지 드러나지 않는 방식의 보호였다고 감탄했지. 샤무아조의 소설을 계기로 기억을 되살려보면, 내가 원래 숲으로 들어가 낮 동안 지낼 수 있었던 집 같은 나무들의 군락을 가르쳐준 이도 그 사람이었네.

그렇게 시작한 생활에 익숙해지면서 나도 모르는 사이 시간이 늦어졌는데, 밤에 숲길을 내려오는 건 위험하니까 어쩔 수 없이 거기서 밤을 지내게 되면, 초와 성냥도 놓아두어주었고, 내가 켜둔 등이 '저택'에

* Man L'Oubliée. Oubliée는 '잊다'를 뜻하는 프랑스어 동사 'oublier'의 과거분사 여성 단수형에서 따왔다.

서 보였다면서 먹을 것을 가지고 와준 적도 있었네.

'저택'이라는 말을 들었으니 그 인물이 기 형이라는 건 알겠지? 나는 그 나이에도 숲속에서 혼자 지냈다고 늘 말해오곤 했지만 실은 다른 사람이 아닌 기 형과 함께 있을 때가 많았네. 그러면서 기 형에게 숲의 나무들에 대해 배웠고 여러 가지 이야기를 들었고 재미있는 책을 빌려서 읽었을 뿐만 아니라 기 형이 사용한 기하 교과서로 자습을 하기도 했지. 그렇게 도움을 많이 받았어……

그러면서도 (하긴 이유도 있었지만) 얼마 가지 않아 나는 내가 숲속에서 혼자 살아왔다고 주장하게 되었는데, 이번에 샤무아조의 소설에서 똑같은 상황을 그린 장면을 만나고 나서, 이건 아이였던 내가 나무로 올라가서 높은 가지 사이에서 누워 있었던 그런 시간이라고 감회에 젖어 생각했네. 그리고 나의 망토로서 기 형이 있었던 거지.

원래 기 형과 나의 만남 역시, 기 형이 없었다면 어떻게 해볼 수가 없었을 불쌍한 꼬마를 기 형이 발견해준 걸세.

이야기가 다른 곳으로 가는데, 전철에서 책을 읽고 있을 때 특별한 일이 일어나는 그런 경험에 대해 나는 생각하네. 이건 화가 프랜시스 베이컨의 말인데, 실제 사람의 몸을 보면, 또 그 정확한 표현을 보면, 자신의 저 밑바닥에 있는 '신경조직'이……자네에게 익숙한 단어로 하면 nervous system이 자극을 받게 되지. 같은 일이 활자에 의해 일어나기도 하네. 창문 바깥으로 눈길을 주면 풍경이 이제까지 나한테 없었던 관찰 에너지를 불러일으키면서 생생하게 다가오지. 그런 일이 있잖나?

그건 소설의 문장 하나하나가 작가의 관찰력에 이끌려 분출되면서

순간적이긴 하지만 자신의 눈과 머리에 그때까지 잠들어 있던 능력이 눈을 뜨는 거지. 그런 거네. 그리고 그건 관찰력 강화를 뛰어넘어, 말하자면 자네의 nervous system 전체가 새로워지는 거지……"

"비슷한 일을 저도 체험한 것 같습니다. 심지어 제 기억으로는 조코 선생님 소설을 처음 읽기 시작한 무렵의 일인데, 익숙하지 않은 단어가 계속 나와서 당황한 가운데……갑자기 어렸을 때 제가 살았던 숲 **가장자리**의 일부분이 명확하게 보이는 느낌이 들었습니다. 그래서 처음에는 읽을 마음이 생기지 않았던 『그리운 시간에 보내는 편지』를 열심히 읽게 되었고 덴쿠보저수지 주변에서 살았던 기억을 되살려볼 생각이 있다고 어머니한테 말한 일이 계기가 되어 그 책을 다 읽은 단계에서 도쿄의 조코 선생님 댁을 방문하자는 이야기가 나온 겁니다. 이에 응답해주셔서 바로 항공권을 받았지요……"

"그렇지." 나도 신이 나서 더 이어갔다. "이번에 샤무아조 소설을 읽는 동안 나 자신에게도 숲 **가장자리**의 풍경이며 여러 가지 일이 명료하게 떠올랐어. 그러는 동안 내가 처음 숲에서 기 형과 만났던 장면까지도 명확하게 기억해냈네."

3

"어느 날 나는 숲을 가로질러 학교로 가는 지름길을 지나는 녀석들한테 발견되지 않을 장소를 찾고 있었지. 상급학교에 진학하는 대신에 직업훈련과 관련된 수업을 받고 있었던 고등과 학생들한테. 그 친구들이 숲을 자신들이 지나가는 길로 만든 이유는 '자이'에서 내려오기 때문인데, 내가 아사와 함께 숲에 드리운 으스스한 분위기에 저항해 산으로 다닐 무렵, 곧잘 그 녀석들이 나를 쫓아다녔어. 동생과 뒹굴어봐라, 이러면서 나를 놀렸지……

아무튼 그런 상황에서 골짜기 강변에 서서는 숲 사면을 이리저리 올려다보고 있으려니, 우리 지방에 그런 사람은 흔하지 않았는데 등산용 복장을 하고 끈 달린 부츠까지 신은 청년이 말을 걸어왔지. 뤼순이라는 곳에 있던 공업학교를 다녔지만, 결핵으로 휴학중일 때 패전이 되어 돌아갈 학교가 없어진 사람. 이 사람한테 막 수확한 밤을 갖다주러 갔다가 '저택' 통용문에서 건네준 적이 있었어……

'너는(내가 아버지 외의 사람한테 너라고 불린 첫 경험!) 조코 씨 댁 아들이지? 왜 그런지 몰라도 "자이" 녀석들이 너를 쫓아다니는 걸 보고 있었어.

그런 녀석들한테 방해받지 않고 은신처를 만들고 싶다면, 내가 예전에 쓰던 장소가 있지. 골짜기 강물을 따라 올라가면 강 안쪽으로 숲이 펼쳐져 있는 것처럼 보이는 곳이 있어. 계수나무가 여러 그루 우거져 있지.

계수나무 군락이라고 하는 것 같던데……'

'산일을 하는 사람들은 "파괴하는 사람"의 계수나무의 장소라고 말해요.'

'맞아! 이전엔 강줄기에 사는 아이들도 거기까지 놀러갔었어. 그런데 네 할아버님이 돌아가시고 나서 숲을 관리하는 사람이 없어졌기 때문에, 자라는 나무를 솎아주지도 않고, 쓰러진 나무들은 그대로 놔둬서 지금은 그곳에 가까이 가기도 어렵지. 너희도 이쪽으로 올라와서 그냥 보고는 거기서 숲이 막혀 있다고 생각하지 않았나?

그런데 저쪽 사면을 내려가면 내가 사용하던 장소가 보이지. 그 계수나무 군락 한가운데 있는 나무의 가지가 셋으로 나뉜 곳이 아주 편리했어. 거기서 더 올라가면 아래에서는 더 보이지 않는 장소로 갈 수 있지.

거기를 골짜기 이쪽에서 올려다보면 두꺼운 계수나무 가지가 너덧 개나 우거져 있기 때문에, 셋으로 나뉜 곳은 보이지 않게 되는 거야. 나는 거기서 낮잠이라도 잘 수 있도록, 가느다란 가지를 치우고 널빤지를 놨단다.'

'나무에서 내려오는 사람이 자기 집으로 삼고 있는 듯한……'

'맞아! 좀 손보면 아직 쓸 수 있을 거야. 그런데 위쪽 은신처는 10미터는 되기 때문에, 떨어지지 않도록 해라. 계수나무 옆에는 커다란 구멍이 뚫려 있는 산단풍나무 줄기도 있으니 비가 내릴 때는 도움이 될 거다.'

기 형이 시간을 들여 설명해준 이야기를 요약하자면, 나는 그곳을 그렇게 나의 은신처로 삼았네. 기 형은 숲을 돌아다니다가 그 가지가 셋으로 나뉜 곳에서 나를 불렀고, 내가 대답하면 올라와주었지.

그때 일을 지금 자세하게 이야기하는 이유는 이 소설에 샤무아조가 묘사한, 아이가 그 망토와 높은 나무로 올라가는 장면이, 나 자신이 계수나무 군락에 올라간 기억을 되살려주었기 때문이야…… 그 페이지를 읽어보겠네. 쓰카모토 마사노리 씨 번역이네.

〈망 루블리에는 나무들 하나하나를 알고 있어서 오랫동안 바라보았고 동공 크기만 변하는 식으로 보일 듯 말 듯한 감탄을 하며 꽃을 피운 나무들에게 인사를 보내고 있었다. (중략) 꽃들을 꺾지는 않았다. 나뭇가지가 나뉘어 있는 곳까지 올라가서, 아주 작은 싹을 가만히 바라볼 때가 있었는데, 그녀가 그 싹에 손을 가까이 갖다대거나 바라보거나 향기를 맡는 일 외의 행동을 하는 모습을 아이는 본 적이 없었다. 하루의 첫 시간을 그녀는 자주 그곳에서 보냈다. 다음날도 또 그다음날도. 아이는 그녀 곁으로 올라가서, 자기도 이런 독특한 나무들을 바라봤는데, 그가 신경쓰는 건 그저 자기 보호자 옆에 앉아 있는 일뿐이었다. 가끔 망 루블리에가 나무들 중 한 그루와 가늠할 수 없는 깊이로 교류하는 동안, 아이 쪽은 커다란 가지의 움푹 들어간 공간에서 그대로 잠드는 일도 있었다.〉

이 부분은 나이 차이는 있었지만 그렇게 해서 친구가 되어, 가르쳐준 장소를 내가 되살려놓은 계수나무 군락 은신처로 찾아와주곤 했던 기 형을 떠올리게 하지……"

"그 꽃은 나무줄기 높은 곳에 기생하며 들러붙어 피는 난이지요."

"그 난의 기억은, 얼마 지나지 않아 소년이 어른이 되어 전 세계에서 활약하다가 적에게 쫓겨 쇠약해졌을 때, 생명력을 회복시켜주지…… 그 사실을 죽음의 침상에서 보뒬쥘이 떠올리고…… 언젠가 이런 일이 나에게도 있었으면 좋겠다고 마키한테 말했다가 비판당한 적이 있네. 애초에 그렇게 살아오지 않지 않았느냐면서……"

"마키가 선생님의 인생 전체에 비판적이라는 말씀은 아니죠? 다만 마키는 선생님이 요 십몇 년 동안 쓰신……후기 작품, 그것도 '사소설'적인 구술 방식을 취한 장편에 비판적입니다. 그건 마키가 증언을 제공해주는 '보고서'에서 우리 주제에 맞춰 말하는 것이기도 합니다. 일본의 전후 민주주의 세대의 파국이라는 주제에서 마키는 선생님 작품의 그런 측면을 강조하지요."

"'사소설'적이라는……마키의 정의에 대해서는 그렇게만 말하는 것은 일면적이라고 말하고 싶지만, 소설의 주인공 격 인물이 작가이고, 그 소설이 작가를 주인공으로 하고 있다는 점에선 마키 말이 맞네. 그리고 그중 주인공 뜻으로 '어정쩡하게' 끝나는 게 한두 편이 아니지. 그런 건 미국이나 유럽의 20세기 소설에는 별로 없을 거야. 마키 자신도 작가=화자=주인공 가족의 일원으로서, 즉 '사소설'적인 모델이 되는 인간으로서 한심하다고 말하지."

"하지만 마키가 선생님 만년 작업 전체에 부정적이냐 하면 그건 아니지 않은가요? 사실 마키가 선생님과 샤무아조의 빈사 상태에 처한 주인공의 난꽃을 언급한 건 선생님의 '난꽃'을 마지막으로 기대했기 때문이 아닙니까? 마키는 드디어 선생님이 자기 대신 아카리 오빠와 숲 가장자리에서 살 결심을 해주었기 때문에 어찌될지 몰라도 기대를 품게는 해준다고 말합니다."

"실은 그게 아내의 생각이기도 한 것 같더군. 아내는 돌아가신 내 어머니의 '숲의 신비' 이야기를 아카리에게 전해주면 좋겠다고 내게 말하곤 했지. 술을 마시지 말라는 말도 하고 있어서 우선 그쪽은 실천하고 있네."

"……이제까지 마키가 여기서 아카리 씨와 함께 살아왔지요. 그리고 지금 선생님이 마키 대신 그 역할을 하고 계시고요. 그런 선생님께 이 기회에 제대로 이야기를 듣고 싶다는 생각은 저한테도 있습니다.

지금 '보고서' 작업을 일단락하고 나서, 보고서를 쓰려고 이제까지 제가 해온 작업을 검토해보고 나서 하는 이야기입니다만, 저는 특히 제 아버지 이야기를 듣고 싶어요. '보고서'에는 선생님과의 관계에서 아버지를 파국에 함몰된 일본 지식인의 극단적인 타입으로 다루어왔습니다. 조코 선생님, 하나와 감독과 나란히 같은 그룹에 넣을 수는 없었습니다. 그래서 다시 한번 '기 형 평전'을 써보려고 합니다.

실은 제 아버지의 일생은 여러 사고랄까 좌절이랄까, 이상하리만큼 극단적인 에피소드로 가득합니다. 선생님과의 관계에서도 그러한데 예를 들면 선생님과 제 아버지 사이에는, 아까 그리워하셨던 것처럼 특별한 유대가 있으면서도, 아사 아주머니한테 듣기로는 여러 번 절교 기간이 있었다고 하더군요.

이런 일은 일본인 사회에서는 곧잘 있는 일입니까? 절교했다가 관계를 회복한 일도 있기에 여러 번 그런 사건이 반복되었다는 건데, 각각 구체적으로 어떤 계기가 있어서 그런 일이 생겼는지를 알고 싶습니다. 아버지의 인생은 분명 **잘 산** 인생이 아닙니다. 한 사람이 흔히 겪기 어려운 불운의 연속이고, 결국은 자살이거나 살해당한 거 아니냐는 소리를 듣는 식으로 죽음을 맞고 말았죠.

이번에 저는 책을 운반하는 역할을 받아들이면서, 선생님과 둘이서만 대화할 기회가 생겼으니 제 아버지의 비참한 인생을 어떻게 보고 계시는지 여쭈어보려고 했습니다. 그런데 그런 저에게 선생님은 기분 좋게 많은 이야기를 해주셨죠. 저는 아버지가 이렇게 좋은 기억으로 남은 사람인가 싶어서 이상하게 느꼈을 정도입니다."

"나야말로 고맙다고 하고 싶네. 나도 자네를 상대로 샤무아조 이야기를 하게 되어 곧바로 내가 어린아이였을 때 일을 떠올리고 이제까지 혼자서는 기억해내지 못했던 숲속 은신처 경험을 이야기하게 되었지. 그렇게 된 데는 샤무아조의 힘도 있어. 하지만 말할 것도 없이 그건 내 이야기 상대가, 그러니까 함께 숲 가장자리로 향하고 있는 자네가, 다른 사람도 아닌 기 형의 아들이기 때문이네. 실제로 나는 즐겁게 이야기하면서 왔고……"

"조코 선생님이 그렇게 이야기해주시니까 드리는 말씀인데요, 가져온 책을 저와 마키가 차에 실으면서 한 이야기입니다. 도쿄에서는 우선 병원에서, 퇴원 이후에는 댁에서, 간호사로서 프로인 시마우라 씨가 역할을 많이 했지요. 마키도 도우면서 출판사나 신문사를 비롯해 잔뜩 걸려온 전화에 잘 대응했고요. 조코 선생님은 지금 여기 없다고 정직하게 말하고 신뢰를 얻어내는 것만 해도 상당히 수고로운 일입니다.

게다가 선생님을 대상으로, 반원전 대회나 시위, 그리고 이런저런 지방 집회 참석 의뢰가 왔을 때, 그 자리에서 바로 거절할 수밖에 없어도 관계가 유지될 수 있도록, 정중하게 연락하는 일을 마키가 해왔지요. 그리고 마키는 제게 그런 유의 일을 지금 본업이 한가한 동안 덴쿠보저수지에 정주하면서 하면 어떻겠느냐고 하더군요.

예를 들면 실제로 제가 선생님의 운전수로서 한 일은 이제까지 마키가 해온 일이지요. 그리고 덴쿠보저수지에서는 아카리 씨를 돌본달까 상대한달까, 마키만큼은 못하더라도 제가 대신 할 수 없을지요? 이제까지도 여기서 일할 때 마키 그리고 아카리 씨와 좋은 관계를 맺어왔다고 말할 수 있다고 생각합니다."

"이십대로 막 들어선 자네가 우리집에 체류하면서 아카리와 사이좋게 지내준 일을 아카리는 잊지 않고 있지. 그때 미국으로 돌아가면서 자네는 내가 액자에 넣어둔 『돈키호테』 삽화를 가지고 갔어. 그건 아카리가 좋아하는 그림이기도 해서, 자네가 돌려주게 되었지. 그 사실을 알려왔을 때 아카리는 아주 그리워하면서, 기 주니어가 있었을 때는 재밌었습니다라고 말해서 가족들을 놀라게 했다네……"

"그 이야기를 마키도 하면서 덴쿠보저수지에 있는 제 소유의 집은 아카리 오빠가 사는 집과 붙어 있기도 하니 저한테 자기가 도쿄에 있을 동안은 자기 대신 아카리 오빠를 보살펴주면 안 되겠느냐고 부탁했지요. 조코 선생님이 동의해주신다면 이 차로 덴쿠보저수지 집에 도착한 순간부터 그 일을 하고 싶습니다. 내일 아침엔 책을 내려놓는 일을 도와드리고 나서 곧바로 선생님과 아카리 씨와 함께하는 생활로 들어가고 싶습니다. 어떻게 생각하십니까?"

"그럴 수만 있다면야 너무 좋지!" 나는 말했다. "그러면 바로 하지! 하고 말한다면 내가 별생각 않고 응하는 거 같지만, 이 앞에 있는 다리를 건너지 않고 오래된 현도 쪽으로 가면 왼쪽에 숲으로 올라가는 길이 보일 걸세. 거기로 올라가면, 강변길에서 올려다봤을 때 튀어나온 부분, 우리가 진지陣地 숲이라고 부르는 곳 뒤쪽으로 돌아 들어갈 수가 있다네.

거기에서 강변길 거리만큼 동쪽으로 더 달려가면, 골짜기 강을 따라서 내려가는 길과 만나게 되네. 그쪽으로 내려가면, 아까 말한 계수나무 군락이 나오지. 거기에 내가 기 형의 도움을 받아 은신처를 만들었으니, 실로 육십 년이 지난 지금, 계수나무 군락은 더 큰 거목군群이 되어 있을 거네. 그 나무들을 올려다보고 나서 우리의 새로운 생활 공간으로 들어가도록 하세."

"……하지만 천천히 그쪽으로 올라가면 곧바로 어두워집니다"라고 나보다 더 이 지역 해의 움직임에 익숙해진 듯한 기 주니어가 제지했다. "그 커다란 계수나무 군락은 아카리 씨의 안내를 받아 보러 가기로 하지요. 도쿄를 떠나올 때 마키가 CD 등을 맡겨서 가지고 왔는데, 아카리 씨는 릿짱과 작곡을 정리해서 '숲의 신비' 전승에 관한 조곡을 막 만든 참입니다. 계수나무에 관한 곡도 있을 듯합니다."

기 주니어의 권유는 정답이었다. 우리 차가 숲이 갈라지는 곳을 통과할 때마다 숲속 깊숙한 곳에서 서쪽으로 기운 태양이 우리를 비추곤 했는데, 정신을 차리고 보니 깜깜해진 숲 한가운데를 달리고 있었다. 만약 우리가 강변 계수나무 옆을 지나가고 있었다 해도, 서로 얽혀 있는 거목의 밑동은 검은 벽으로 보였으리라.

이미 모든 가옥이 잠들어 있는 강변 마을들을 지나 덴쿠보저수지 제방 아래쪽 작은 콘크리트 광장에 차를 세우고는, 내가 책은 놔두고 무스미 선생님의 유품이 든 부드러운 가죽가방을 안고 차에서 내리자, 우리 쪽을 회중전등으로 비추던 아사가 어둠 속에서 걸어나왔다.

"기 주니어, 어서 와요. 오빠, 고생 많으셨어요. 아카리는 저녁 약을 먹고 벌써 자고 있어요. 치카시 언니 소식은 내일 아카리와 함께 듣도록 할게요. 집 바로 옆까지 차로 가면 아카리가 깰 테니까 오빠는 조용히 집으로 들어가서 거실에 놔둔 야식을 드세요. 저는 오빠를 현관까지 데려다주고 여기로 내려올 테니, 기 주니어가 저를 차로 강변 집까지 태워다주세요."

그래서 나는 거실 바닥에 놓인 테이블등만 켜져 있는 집으로 들어가 야식은 먹지 않고(테이블 옆에 청주병이 한 병 세워져 있었다) 아카리 침실 앞에 켜진 야간등의 빛에 의지해 얼굴을 씻고 치약과 타월 안쪽으로 소독약 상자와 컵이 준비되어 있는 곳에 놓인 용기에 빼낸 의치를 넣기만 하고 거실로 돌아가 주머니에서 수면제를 꺼내 (청주병을 곁눈질로 보면서!) 미네랄워터를 컵에 따라 손에 들고 이층 침실로 올라갔다.

그리고 침대 위로 쓰러졌는데 아카리가 눈을 떴는지 계단 아래쪽에서 소리가 나서 수면제를 복용하는 건 미루고, 한동안 숲 가장자리의 독특한 적막함 속에 누워 있었다. 그러고는 일어나 계단 아래를 보러 갔더니 의치를 넣어둔 용기의 뚜껑이 닫혀 있었다.

도쿄에서 살 때 내가 침실로 들어간 후에도 아카리는 FM 심야방송을 계속 듣고 있다가 방송이 끝나면 내 의치용 컵에 약제를 넣고 거품을 일으켜서 소리가 나는 모습을 끝까지 지켜보고 나서야 침대로 들어갔다. 그 소리를 '뽀글뽀글'이라고 우리는 불렀는데 아카리가 침실로 들어가면 겨울에는 이불을 끌어다 덮어주고 '뽀글뽀글' 망했다! 라고, 아카리가 한발 앞선 데 대한 유감을 분한 듯이 말하는 것이 우리의 습관이었다. 아카리 침실을 들여다보면 아카리가 담요 속에서 쿡쿡 웃고 있다는 기척이 전달되어 왔다……

나는 아카리의 웃음소리만한 목소리로,

"내일 할머니가 '숲의 신비'의 음악을 들었다고 하신 숲속 장소로 갈 거야"라고 말했다. "마키가 새로 편집한 CD를 전해줄 거니까 그걸 듣자. 오늘은 그만 자거라."

"……오십 년 만입니다"라고 아카리는 역시 소리는 죽였지만 발음은 확실한 목소리로 말했다.

"오십 년 만이라고?"

"제가 태어났을 때, 할머니는 숲속에서 '숲의 신비'의 음악을 들었습니다. CD가 아니라 오리지널이었습니다."

"분명 오십 년 만의 일이 되겠구나. 엄마가 올해에는 네 생일을 축하할 여유도 없었다고 하더라. 그러면 잘 자라, '뽀글뽀글' 고맙다."

오십 년! 망연해지는 느낌으로 나는 마음속으로 말했다. 이층에서 내려올 때 켜진 등의 불빛에 테이블 옆에 놓인 술병이 존재감을 드러내고 있었다. 나는 **망연**해졌다가 **분연**해진 마음으로 아사가 마개를 열어 준비해놓은 술을 여전히 뽀글뽀글 소리를 내고 있는 의치 용기 옆쪽으로 버렸다. 병이 완전히 비워지기까지 예상 밖으로 시간이 걸려서, 나는 더욱 분연해진 마음으로 내가 의존하는 수면제가 놓여 있는 침대 옆으로 돌아갔다.

4

오늘 아침에도 이른 시간에 눈이 뜨였다. 일층에서 조심조심 움직이는 기척이 났기 때문이다. 예약된 FM이 켜져 있다. 낮기는 해도 일반적인 '사람 목소리'가 아닐 때(무례한 표현이긴 하지만 젊을 때부터 이어진 무지가 낳은 표현으로, 노가쿠* 방송을 뜻한다), 아카리는 의미를 이

* 일본의 전통극.

해하지 못하면서도 주의를 기울여 듣곤 한다. 곧바로 시작하는(일요일에는 얼마간 변화가 있지만) 클래식 음악 방송을 놓치지 않기 위해서라기보다는 발성이 재미있기 때문인 듯하다.

이걸로 나의 책무는 일단 끝난 셈인데, 그렇다고 곧바로 다시 잠들 수 있는 건 아니다. 잠시라도 시간을 벌기 위해, 어쩔 수 없이 나 자신이 고안한 이상한 체조를 이어서 해본다.

어둠에 익숙해진 눈으로 위를 올려다보며, 우선 오른손에 힘을 주고 똑바로 뻗는다. 나이가 들었다는 확실한 자각은, 신체 일부분의 형태가 망가진 것을 한눈에 알아볼 때 찾아온다. 그런데 꼭 청년 시절까지는 아니어도 내 기억과 거의 다르지 않은 형태로 아직 남아 있는 부분은(피부 주름이나 반점이 보이지 않는 정도의 빛 아래서라면) 손목부터 손끝까지다. 특히 손등, 손가락 바깥 부분을 올려다보면서, 아직 살아 있다, 계속 살아갈 것이라고, 주문을 걸면서 왼손으로 똑같은 동작을 한다. 그리고 됐다 싶을 때까지 반복한다. 이차적 효능인데, 침대에서 책을 읽느라 생긴 목 결림도 해소된다……

아카리가 운동 부족으로 살이 찌고, 수면시 무호흡증후군이라고 지적받았을 때, 의사는 아카리에게 유럽의 옛날 투구 같은 기구를 장착하게 했다. 하지만 아니나다를까 오래가지는 못했다. 치카시나 마키 그리고 때로는 내가, 한밤중에 잠든 아카리의 숨소리를 들어보러 가는 습관이 생겼다. 사고가 난 후엔 늦다고 의식하면서, 덴쿠보저수지 생활에서는 나 혼자에게 맡겨진 임무를 수행하고 있다.

아카리의 일상에는 기본적으로 음악 이론 공부가 있다(언제까지고 초보 단계에 머물러 있지만 나름 진전되긴 했다고 마키는 말한다). 아카리는 화판에 악보나 문제집을 놓고 예습하며 릿짱의 수업을 기다린다. 그 외 시간은 NHK FM이나 자신이 고른 CD를 들으면서 지낸다.

숲 가장자리로 옮긴 후 가끔 같은 방에서 책을 읽고 메모하고 카드로 내용을 정리하는 아버지가 집중을 방해받을 정도의 볼륨은 아니다. 오히려 소리를 조금 높여달라고 내 쪽에서 요청할 때도 있다. 도쿄 집에서는 NHK 교향악단 연주회 TV 중계 등을, 미리 치카시나 마키가 아카리한테 부탁해두는 것이 일상이었다.

그건 무엇보다 아카리가 예민한 청각을 타고났기 때문이다. 오랫동안 그렇게 살아온 아카리한테 FM에서 처음 듣는 곡이 흘러나오는 일이란 거의 없고(그런 일이 있으면 흥미로워하긴 하지만) 아카리는 익히 예측하는 연주를 가장 기분좋은 환경에서 듣는다.

나는 일곱시 이십오분부터 아카리가 정기구독하는 〈FM 클럽〉의 프로그램대로 방송이 시작된 것을 들었다. 여성 아나운서의 짧은 소개말이 있은 후에 클래식 곡이 흘러나온다. 그래서 내가 돌아누워 가능하다면 한번 더 잠들 태세로 막 들어갔을 때 갑자기 커다란 피아노 소리가 귀를 때렸다.

그건 음악이라기엔 완전히 규격에서 벗어난 소리였다. 그럼에도 나는 슈베르트의 즉흥곡 작품번호 142 B플랫 장조, 첫 주제라는 걸 파악했다. 이건 음악이 아니라고 거부하면서, 왜 내가 그 주제를 기억하는지 깨달았다. '아카리는 아직 우리의 충돌을……그리고 내가 자기에게 던진 말을 잊지 않고 있다!'

나는 우격다짐으로 마주하게 된 상황처럼 그 주제에 이어지는 변주를 듣고 있었다. 아무튼 귀가 익숙해지면, 아름다운 음악임이 틀림없는 코다coda가 울려퍼졌다. 다니엘 바렌보임이 치고 있다! 그러고는 FM 방송 자체가 꺼졌다……

나는 가만히 누워 있었다. 그리고 어떻게든 분노를 억누르려 시간을 들여 옷을 갈아입고, 계단을 내려갔다. 기 주니어 역시 충격받은 얼굴로 나를 바라봤지만, 입을 열지는 않았다. 식탁에서 기 주니어 옆에 앉아 있던 아카리는 나를 무시했다. 식사라면 곧바로 전념하는 아카리 앞에 고기와 야채볶음이 손대지 않은 채로 놓여 있었다.

기 주니어가 내 쪽으로 커피포트와 컵을 밀어놓아주었기 때문에 나는 커피를 따랐다. 그 모습을 아카리가 보고 있었는데, 이번에는 내가 무시했다. 나는 커피를 마셨다. 아카리가 일어나서 거실에 붙어 있는 자기 방으로 들어갔고 문을 쾅 닫았다.

나는 한 잔 더 커피를 따르고 기 주니어에게 포트를 내밀어보았지만, 그는 고개를 저었다.

"자네는 여기서 엄청난 소음에 일방적으로 노출되었으니, 아버지로서 해명해야만 하겠지"라고 나는 말했다. "아카리는 저 슈베르트 곡을 통해 나한테 아직 응어리진 게 있다고 시위한 것이라네. 이 일과 관련된 사건을 『익사』라는 작품에 썼으니 자네도 읽어주었지. 따라서 자네에겐 이중으로 폐를 끼치는 노릇이 되겠지만, 어떻게 된 일인지 이야기하고 싶네. 듣고 싶지 않다며 자네가 여기서 나가버린다 해도 어쩔 수 없지만."

"아닙니다, 들려주세요"라고 여전히 가라앉은 목소리로 기 주니어가 말했다.

내 말이 아카리한테 들릴 것을 알면서도 나는 침묵하고 있을 수 없었다.

"아카리는 자네가 알다시피 음악을 통한 특별한 기억회로를 갖고 있는 사람이지. 내가 그 사실을 이해하지 않는 건 아니네. 왜 아카리가 조금 전 방송을 나한테 들려주려고 했을까? 심지어 그렇게 큰 소리로? 거기엔 이유가 있다네. 아카리는 잊지 않았다고 말하고 싶은 것이지. 다만 그게 왜 저런 방식으로 표출되는지……그 이유를 나는 잘 모르겠네. 아카리 자신도 잘 모르는 게 아닐까? 하지만 아무튼 이유가 있을 테지.

자네는 물론 문화이론가 에드워드 W. 사이드를 알고 있을 걸세(기주니어는 고개를 끄덕였다). 그 사이드와 조금 전 음악은 이어져 있다네……아카리에게는 유쾌하지 않은 추억이 있는데, 분명한 건 내가 그걸 잊고 있는 건 아니냐고 아카리가 묻고 싶어한다는 사실이지."

"사이드라는 이름은 없지만 『'만년양식집' + 알파』 제1호에 그 이야기가 나오지요. 사이드에게 직접 힌트를 얻어 제목을 지었다는 사실도 쓰셨어요. 사이드가 음악에 관한 좋은 책을 쓴 사실도 알고 있습니다."

"그가 오랫동안 싸워온 백혈병으로 사망했을 때, 뉴욕에서 행해진 고별식 모습을 우리의 공통 친구가 알려주었지. 전화를 받았을 때 옆에 아카리가 있었네. 자네가 말한 사이드의 좋은 책 중 하나인 대화집에서 대담했던 바렌보임이 베토벤 소나타와 슈베르트의 즉흥곡을 쳤지……아주 감동적인 연주였다고 했네. 나는 특히 영어 전화를 잘 기억할 수 없어서 아카리를 향해, 내가 들은 정보를 반복해 말해두었지. 아카리는 음악에 관해서는 기억이 확실하니까.

그 직후 긴자 악기점에 갔을 때 바렌보임이 연주한 CD를……고별식에서 한 연주를 녹음한 것은 아니었지만……아카리가 찾아주었네. 그 연주가 정말 훌륭하기에 나는 앞서 말한 친구에게 추도식에 나도 참석했던 것 같은 기분이 들었다고 감사 편지를 썼지. 그랬더니 그녀는 사이드가 자기 집에서 피아노를 쳐줬을 때 사용한 악보라면서……사이드는 농담처럼 내뱉긴 했지만 자기는 피아니스트로서 프로라고 말했지, 그리고 그만큼 실력이 있었고……사이드가 사용한 악보를 보내줬네.

악보 종이가 부드럽고 품질 좋은 것이기에, 지우개로 바로 지울 수 있도록, 사이드는 그보다 더 부드러운 연필로 악보 곳곳에 메모를 써넣어두었다네……그런데 그 악보에 아카리가 볼펜으로 시커멓게 장난을 쳤지……"

그렇게 말했을 때 아카리가 험악한 기세로 나타났다. 문손잡이를 잡고 기다리고 있었던 것이다. 아사가 아카리 등에 손을 대고(말리려는 건 아니었고) 그 옆에 서 있었다. 나를 똑바로 바라보면서 아카리가 아사를 떼어놓고 한걸음 앞으로 나섰다.

"전 장난치지 않습니다. 베토벤 제2번 소나타였습니다. 모차르트와 똑같은 부분이 있었기 때문에 K550이라고 표시를 한 겁니다."

"나는 두 곡에 공통된 부분이 있다는 걸 몰랐기 때문에 네가 가르쳐준 거였지. 하지만 소중한 악보에 볼펜으로 동그랗게 표시해서 쾨헬 몇 번인지를 썼어. 그런 걸 장난쳤다고 하는 거다."

"장난은 치지 않습니다. 하지만 조코 씨는(이라고 아카리는 말했다), 그렇다고 말합니다. 넌 바보로구나, 라고 말하기도 했습니다."

"너한테 바보라고 한 건 아빠가 잘못했다."

"언제나 조코 씨는 다른 말을 사용합니다. 제가 하는 말은 전혀 듣지 않습니다. 그리고 제가 한 말과 다른 말로 말합니다. 그건 완전히 문제입니다. 마키도 엄마도 그렇게 말합니다."

"분명 마키도 엄마도 남이 하는 말을 내가 잘 듣지 않는다고 하지. 하지만 네가 하는 말을 내가 잘 안 들었을까? 나는 네 말에 주의를 기울여왔다. 네가 하는 재미있는 말을 그대로 소설에 썼지. 선이 굵은 활자로 인쇄하기도 했고. 너 자신도 그걸 책에서 보고 '나의 대사'입니다, 라면서 재미있어하기도 했지. 소리 내어 읽어보면서 엄마나 마키를 즐겁게 해주지 않았느냐? 이건 나의 대사입니다, 라고 말하면서 할머니한테도 읽어드려 기쁘게 해드렸잖니?"

"제가 한 나의 대사는, 책과는 다른 말이었습니다. 마키가 그건 아카리 오빠가 한 진짜 말과는 다르다고 했습니다.

그래서 책을 보고, 쓰여 있는 건 다른 말이라는 걸 알았습니다. 모두가 '나의 대사'가 재밌다고 했기에 읽어서 들려주었지만, 마키가 책을 보고는 다른 말이 되어 있다고 말했습니다. 그래서 저는 읽어서 들려주는 걸 그만두었습니다. 책을 찾아보지도 않게 되었습니다. 마키는 더이상 책에 아카리 오빠의 대사가 나오지 않게 되었다고 말했습니다."

"아카리, 그건 아주 옛날 이야기 아니니? 네가 마키와 여기서 살게 되었을 무렵 그보다 조금 전에 나왔던 『'만년양식집'+알파』에 조코 씨가(아사도 이렇게 말했다) 쓴 시를 기억하니? 마키가 너한테 보여주고 이거 정말 오빠가 한 말이냐고 확인했지……그리고 다른 말이라는 걸 알게 되었어. 그 이야기를 하자.

그건 '아카리를 어디에 숨겨야 하나 싶어 나는 당혹스러워한다'로 시작하는 시였죠. 도호쿠 대지진 때 도쿄에서도 크게 흔들려 책장이 쓰러졌다, 그걸 곧바로 원상복구하는 작업을 하느라 피곤해져서 서고 바닥에서 잠들어버렸다, 그리고 꿈을 꾸었다, 라고 쓴 시입니다(아사는 오히려 기 주니어를 향해 말하고 있었다).

조코 씨는 원전이 또 폭발해서……'후쿠시마'에서 이 년이 지난 지금까지 다음 폭발이 일어나지 않은 건 다행스러운 일입니다. 하지만 첫 폭발의 원인은 확인되지 않아 언제 다음 폭발이 일어날지 모르지요. 이 점에서 조코 씨는 생생한 꿈을 꾼 겁니다……아카리를 어디에 숨겨야 하나 싶어 나는 당혹스러워한다. 그런 꿈 이야기를 쓴 거지요.

마키가 그 시를 읽고 아카리 오빠 대사가 이상한 거 아니냐고 물어봤어요. 그런데 조코 씨는 꿈을 소재로 해서 쓴 시이니 그래도 괜찮다고 대답했지요. 그래서 마키는 정말로 꾼 꿈속에서라면 아카리 오빠는 '나의 대사'를 말했을 거다, 아카리 오빠한테 물어봤더니 나는 그렇게 말하지 않았다고 생각합니다, 라고 대답했다, 꿈 이야기라 해도, 읽는 사람이 있으니 아카리 오빠의 말을 정확히 써야 한다고 항의했지요. 아카리는 마키가 그렇게 말해주어서 기뻐하지 않았니? 조코 씨의 시에 어떻게 쓰여 있기에 다른 말이라는 거니?"

"'괜찮습니다, 괜찮습니다. 아구이가 도와줄 거니까요!'라고 쓰여 있었습니다."

"그거면 된 거야?라고 마키가 확인했더니 아카리는, 나는 '괜찮습니다, 괜찮습니다. 아카리가 도와줄 거니까요!'라고 말했다고 대답했다더군요."

"저는 그렇게 말했습니다. 마키가 조코 씨한테 알려줬는데, 제 말을 고치지 않고 있습니다. 아구이는 몸이 크지만 아이니까요, 제가 아구이를 도와줄 겁니다. 아구이는 조코 씨를 도와주지 못합니다.

저는 아빠를 돕고 싶다고 생각합니다. 꿈속에서 방사능 때문에 곤경에 빠진 아빠를 도와야겠다고 생각합니다.

시에는 아구이라고 쓰여 있습니다. 마키가 말해도 아빠는 고치지 않고 있습니다."

"오빠(아사는 아카리가 나를 아빠라고 불렀기 때문인지 호칭을 바꿨다), 아카리는 FM을 저렇게 엄청난 소리로 듣고 있던 동안에도 자기가 한 말이……아빠의 꿈속에서라도 '나의 대사'이니, 다른 말이 된 걸 유감스럽게 생각하고 있었어요."

그리고 아사는 얼굴을 새빨갛게 붉히더니 눈물을 흘렸다. 할머니가 우리 어머니를 두고, 쟤는 기가 세서 우는 일에 익숙하지 않아 눈물을 닦는 법을 모른다고 말한 걸 묘하게 또렷이 기억하는데, 역시나 아사도 얼굴을 한 번 옆으로 흔들고는 눈물을 멈추었다.

"그렇게 자기 혼자 언제나 생각하고 있고, 아무튼 남한테 지적 장애인이라는 소리를 듣는다는 걸 알고 있기에, 자기한테 잘못된 부분이 있지는 않은지를 신경쓰고 있는 거예요. 오빠는 쓰든 말하든 자신의 대사에 바탕해 살아온 사람인데, 아카리 같은 반성은 하나요?"

기 주니어가 일어서더니 아카리가 내버려둔 채로 있는 식기를 옆쪽으로 정돈하고, 의자 위치를 다시 바꿨다. 포트에서 커피를 따라주기도 했다. 그러고 나서 기 주니어는 아사와 나를 번갈아 바라보면서 말했다.

"선생님이 선이 굵은 활자 같은……고딕체나 앤티크체 활자를 언제나 사용하셨다면 아카리 씨가 그 활자를 따라가면서 자신의 대사를 읽으면 좋을 텐데, 그것과 별도로……『'만년양식집'+알파』의 새로운 호를 보고, 아카리 씨는 자기가 신경쓰는 부분이 굵은 활자로는커녕 보통 활자로도 자세히 쓰여 있지 않다고 생각했습니다. 어머니의 발작에 대해서 말입니다. 또 그 이후의 병에 관해서도요.

지난번 일은 실로 심각한 사건이었지요. 저는 인터뷰하는 동안뿐 아니라 그 전후에도 녹음기를 늘 ON 상태로 해두었는데, 치카시 사모님이 통증에 휩싸여 지르신 비명은 녹음 한도를 넘을 정도여서 재생할 수가 없습니다. 너무 고통스러워 보여서 반복해볼 생각을 안 하는 것이기도 합니다만.

현장에 계셨던 조코 선생님이, 이런 표현이 적당한지 저는 모르겠습니다만, 그 일을 스치듯 쓰고 계시고 이후 경과 보고도 잘 안 하신 부분에 관해 이건 일본적인 '가정의 사정'이 빚어낸 표현 방식인가 생각했어요. 그러고 나서 대조적으로 기억해낸 건 마찬가지로 『'만년양식집'+알파』 첫 호에서 아카리 씨가 마키한테 했다는 말입니다. 아카리 씨의 관찰력은 날카롭다고 느꼈습니다. '아빠가 우우 울고 있었습니다!'

몇 줄인가 앞쪽에서도 조코 선생님이 이 표현을 쓰신 적이 있는데, 루쉰의 일본어 번역본을 읽고 기억하게 된 표현이라는 주석이 달려 있지요. 하지만 먼저 아카리 씨의 말이 있고, 그 말을 조코 선생님이 마키한테 듣고 나서, 루쉰을 떠올린 건 아니셨나요? 마키는 우우라는 말을 분명 아카리 씨한테 들었거든요.

저에게는 또 아카리 씨가 조코 선생님을 격려하던 말도 강하게 각인되어 있지요. 이건 조코 선생님 자신의 증언이고요. 악몽에 시달리는 중인 조코 선생님한테, 꿈이라면서 격려했어요. 아카리 씨가 선생님의 울음소리를 들은 이후입니다.

'괜찮습니다, 괜찮습니다! 꿈이니까요, 꿈을 꾸고 있는 거니까요! 아무것도, 전혀, 무섭지 않습니다! 꿈이니까 말입니다!'

아카리 씨, 이 부분도 책에서 조코 선생님은 다른 말로 바꾸셨나요?"

"그건 제가 말한 그대로입니다. 굵은 글씨로 쓰여 있었습니다."

"저도 분명히 그럴 거라고 생각하면서 읽었습니다. 조코 선생님이 쓰신 문장 중에 아카리 씨의 말이 정확히 표현된 부분은 많다고 생각합니다. 그리고 그 말에 감동하는 독자는……저도 그중 한 사람인데……많을 겁니다. 늘 다른 말로 쓰여 있는 건 아닐 거고요."

"언제나 그렇습니다, 라고 제가 말한 건 좋지 않았습니다. 사과하고 정정하겠습니다!"

아카리가 그 성대모사를 자신 있어하는 NHK 여성 아나운서를 흉내 낸(지금은 꼭 웃음을 유발하려고 한 건 아니었다) 어조가 우리 모두의 긴장을 누그러뜨렸다.

"아니, 네가 그렇게 말해서 좋지 않았다는 건 아니다. 내가 글을 쓰는 방식 중엔 실제로 네가 한 표현을 그대로 쓰지 않는 방식도 있으니. 그걸 네가 불만스럽게 여기는 건 당연하지. 애초에 내 문장을 딱딱하고 이해하기 어렵다고 말하는 사람은 얼마든지 있단다(아사가 기 주니어에게 분명 동의를 구하는 표정을 보였는데 무시당했다).

오늘 내가 기 주니어에게 설명한 표현 방식 그 자체도, 내 말을 듣고 있던 네가 불만으로 여긴다 해도 당연한 일이라고 생각해. 그래서 다시 한번 내 나름대로, 딱딱하지도 이해하기 어렵지도 않도록 신경써서 다시 말해보겠다.

네가 그 사건을 기억한다는 것, 그것도 사이드가 사망했다는 사실, 그의 장례식 때 바렌보임이 베토벤 소나타와 슈베르트 즉흥곡을 쳤다는 사실……그런 것들을 기억 속에서 연결시키고 있다는 건 굉장한 일이다. 다만 기 주니어도 소설을 기억하고 있을 텐데, 사이드가 그렇게 친한 사람들에게 연주를 들려주기 위해서 자유롭게 메모를 해둔 악보는 흔하지 않아. 소중한 물건이지. 내 친구도, 특히 이 부분이 좋았다고 말한 곳에……모차르트 곡을 사용한 곳?……그걸 잊지 않도록 사이드가 표시를 해준 것 같다고 했지. 바로 그 표시가 있기 때문에 악보를 나한테 보내준 거고."

"베토벤의 〈하이든에게 바치는 세 개의 소나타〉였습니다"라고 아카리는 말했다. "모차르트의 교향곡과 똑같은 곳에, 그 표시가 있었습니다. 잘 보이도록 제가 진하게 쓴 것이 좋지 않았습니다."

"지우개가 소용없는 볼펜으로 쓰여 있는 걸 보고 내가 분노했지. 넌 바보로구나, 라면서 큰 소리를 내고 말았어. 엄마와 마키는 충격받았고……너는 화가 났지. 서로 화해하기가 어려웠어. 이제까지 없었을 만큼 나쁜 상황이었지. 그런데 어느샌가 나는 네가 이미 잊어버렸다고 생각하고 있었다.

그런데 너는 기억하고 있었지……오늘 아침에 네가 낸 커다란 소리를 듣고 알았다. 너는 슈베르트의 즉흥곡을 들을 때마다 바렌보임, 사이드, 그리고 모든 걸 연결해 떠올렸던 거야……"

"그건, 아카리가 그때 자기가 잘못했다고 자책하고 있었다는 이야기예요. 그랬으니까 벌써 여러 해가 지났는데도, 오늘 아침 FM에서 슈베르트의 즉흥곡이 나오자 이층에서 자고 있는 오빠한테 알리고 싶다고 생각한 것이고. 그걸 오빠가 정말로 이해했으면 좋았는데. 그 소리가 너무 컸던 건 사실이에요. 그런데 오빠는 그 소리에서 악의를 발견했죠. 아카리가 여러 해 전에 자신한테 큰 소리로 야단맞은 일을 가슴에 품고 있다고 기 주니어에게 호소하는 듯한 말을 했잖아요! 나는 오빠가 언제나 '상상력' 따위의 단어를 말하고 있다는 게 믿기지 않아요!

……하지만 그런 고통스러운 사건이 있었기에, 그 결과로 아카리는 이제까지 스스로는 말할 수 없었던 것을 아빠한테 말할 수가 있었죠. 용기 있는 행동이구나 싶어 감탄했어요! 그렇게 큰 음악소리가 나오리라고는 생각하지 않았던 거 아닌가 싶은데, 그때 너도 힘들었던 거 아니니? 너는 큰 소리 싫어하잖아? 너도 아빠도 고통스러운 상황에 직면했던 거지. 그리고 좋은 방향에 이제 와 있다. 이번에야말로 진짜 화해를 하렴!"

그리고 아사는 맺고 끊는 게 확실한 평상시 태도로 돌아갔다.

"우리의 오늘 스케줄을 기억해주세요. 이미 릿짱이 숲으로 올라가서 어제 기 주니어가 가져온 마키가 만든 CD를 들을 준비를 하고 있어요. 오빠만 식사를 아직 못했으니까(아카리도 평상시와 달리 오늘은 음식을 남긴 것 같네?) 두 사람 다 서둘러 식사를 마쳐주세요. 아카리는 해야 할 말은 다 했고 오빠도 잘 이해했으리라고 생각하니 이제 기분을 풉시다. 릿짱이 좋은 아이디어를 냈어요.

네가 작곡한 곡의 테이프를 처음에 듣고 할머니는 이건 어렸을 때부터 숲속에서 들어왔던 '숲의 신비'의 음악이라고 하셨고, 그 소리가 가장 잘 들렸다는 숲속 장소를 가르쳐주셨지. 오늘은 그곳으로 아빠 일행을 안내해다오. 아빠도 기 주니어도 거기에 간 적은 있지만, 숲을 걷는 방식은 이미 아카리가 누구보다 잘 알고 있다고 마키가 말했으니.

마키가 준 CD 제목은 〈숲의 신비의 음악〉인데, 아카리가 이제까지 만든 CD나 연주회 녹음 중에서 '숲의 신비'에 관해 쓴 곡만 골라놓았습니다. 그리고 이건 조만간 릿짱이 열 콘서트의 무대 연습이라고 마키는 말했는데, 그 하나하나의 작품을 연결하는, 마키의 낭독과 코멘트가 담겨 있어요……연출자인 릿짱과 학생들에게 보내는 자신의 '요망서'라고도 했는데 아주 진지한 내용입니다.

아카리도 듣는다는 걸 전제로 이야기하고 있단다. 아카리도 문장을 읽기보다 듣는 쪽을 더 잘 이해하지? 오늘은 아빠한테도 그걸 들려드리고 감상을 듣는 것이 목적이란다. 콘서트에서는 피아노곡은 모두 고교생들의 작은 오케스트라용으로 릿짱이 편곡했지. 마키가 쓴 문장도 고교생들이 여러 가지 아이디어를 내서 모두가 함께 읽을 거야.

나는 『'만년양식집' + 알파』에 썼는데, 릿짱이 고교생들과 만든, 역시 오빠의 소설을 바탕으로 한 합창곡을 잘 기억하고 있어요. NHK에서 그 곡을 방영하기로 했을 때 그 촬영을 위한 리허설을 봤지요.

오빠는 TV 방송을 보지 않았고……전국 방송은 아니었을지도 모르지만, PD나 연출가도 만나지 않았죠. 하지만 나는 그 방송이 마음에 들었어요. 그래서 릿짱과의 교류도 시작된 거죠. 릿짱의 이번 〈숲의 신비의 음악〉은 그런 과정을 거쳐 만들어진 겁니다.

마키가 등을 떠밀기도 해서 오빠가 이번에는 그 CD를 '숲의 신비'의 장소에서 듣기로 했고, 기 주니어도 아카리도 함께하기 때문에, 릿짱은 **기쁨**과 **긴장**의 감정이 교차한다고 하더군요. 나도 가서 듣고 싶지만, 나는 이제 나이가 들었으니 걸어서 숲으로 올라가는 건 힘들단다. 아카리가 '숲의 신비'의 장소까지 앞장서서 안내해드리렴."

5

아카리는 덴쿠보저수지 제방에서 현도까지 내려가자 활기찬 자세로 앞장섰다. 마키와 둘이 여기서 살게 된 이후로, 함께 이 장거리 코스에 도전해온 듯했다. 진지 숲으로 올라가는 숲길 입구에 멈춰 서고는, 나와 기 주니어에게 잠깐 멈추라는 손짓을 하더니 기다리고 있었다. 기 주니어는 물론 처음이 아니었지만, 아카리의 구체적인 지시를 존중해 주었다.

그 숲길 앞쪽으로, 차들이 서로 스쳐지나가거나 방향을 바꾸는 공간이 한 곳 있었는데 폭스바겐이 정차해 있었다. 옆에 아카리가 서 있었는데, 그러지 않았다면 활엽수가 무성해서 보지 못했을, '숲의 신비'의 장소로 간주된 지점의 입구였다.

아카리는 등을 똑바로 펴고 나뭇잎이 무성하게 우거진 숲 쪽으로 얼굴을 향하고 있었다. 그렇게 서 있는 모습이 젊은 날의 고로와 닮아 있었다. 숲이 내는 소리를 놓칠세라 귀를 기울이고 있는 것 같았다. 나와 기 주니어가 다가가자 아카리는 손목시계를 보면서 주의를 환기했다.

"십 분, 빠릅니다. 릿짱이 장치 조정을 하고 있습니다. 방해하지 마십시오!"

숲길에서 서쪽으로 통하는 풀이 우거진 작은 길로 들어섰을 때 작은 가지들이 아카리의 안경을 쳐서 떨어뜨리지 않도록 팔을 뻗어 막을 필요가 있었다. 아카리가 귀를 기울이고 있었던 활엽수림 안쪽에서 들려오는 음악은, 아카리 자신의 작품이다. 첫 CD에 다른 제목으로 실려 있는 〈파괴하는 사람〉이라는 곡인데, 내가 할머니와 어머니로부터 이야기를 들은 전승에서 태초에 이 숲 가장자리 마을을 만든 인물을 이미지화하고 있다. 필요 없는 것을 파괴하고 필요한 것을 키운 '파괴하는 사람'.

"이런 느낌이었지. 우리의 옛 선조들의 이야기에 나오는 '파괴하는 사람'은"이라고 내가 말했더니 아카리가 정정했다.

"마키는 〈숲의 신비 1〉이라고 제목을 바꿨습니다."

다음 곡이 시작되자 역시 초기 피아노곡, 〈숲의 발라드〉라는 내가 좋아하는 선율이 나왔는데,

"〈숲의 신비 2〉네요"라고 아카리가 말했다(마키가 새 CD를 만들면서 다시 붙인 제목을 공적으로 인정받으려 하는 중이다).

"네 음악 중에 '숲의 신비'를 주제로 한 곡을 전부 〈숲의 신비의 음악〉으로 정리한 거로구나."

"전부는 아니라고 생각합니다"라고 아카리는 말했다.

나는 가슴에서 얼굴까지 덮쳐오는 나무들을 양팔로 헤쳐가면서 빠져나가 밝은 곳으로 나왔다. 주변의 숲 풍경이 갑자기 변해, 늘어선 나무도 들풀도 없고, 얼마 안 되는 낙엽이 검은 지면을 뒤덮고 있다. 지름이 15미터 정도 되는 원형 공간. 그 한가운데에 나무가 한 그루 서 있다. 나는 충격을 받았다. 거대한 나무일 터였는데, 전체 모습이 크게 변해 있다. 높은 나무줄기가 하늘로 치솟아 있었을 터였는데, 묘하게 키

가 작아져 있다. 굵은 가지들이 사방으로 뻗어 있고 푸른 잎으로 덮여 있었을 터였는데, 완전히 베어져 줄기는 쓸데없이 크기만 한 나무기둥 같다. 그 기둥을 세 개의 삼나무 기둥이 지탱하고 있다……

한 그루의 나무 밑동 쪽에서 나무줄기 뒤쪽을 향해 상반신을 구부리고 작업을 진행하던 체구가 작은 인물이 릿짱이었다. 그녀는 이쪽을 돌아보고 몸을 일으키면서 손에 든 물건을 조절했다. 아카리의 곡, 지금은 아마도 〈숲의 신비 4〉나 〈숲의 신비 5〉라고 이름이 붙여져 있을 곡의 소리가 멈췄다. 나는 이쪽으로 걸어오는 릿짱과 인사를 나눴다. 기주니어는 덴쿠보저수지에서 이 지역 중고교생들의 TV 촬영을 했을 때, 음악교사인 릿짱과 함께 작업한 사이다.

나는 이미 아사한테 간단히 설명을 들었던 〈숲의 신비의 음악〉 제작 보고와, 여기에서 오늘 행해질, 그 대본을 대신할 CD 시청試聽이 어떻게 진행될지에 대해 간단히 설명을 들었다.

"마키 씨와 치카시 사모님도 함께해주신다면 제일 좋습니다만…… 세이조 댁에서 두 분은 들으셨죠. 마키 씨는 특히 이 제작의 중심인물입니다. 이 〈숲의 신비의 음악〉의 언어는 『M/T와 신비한 숲 이야기』에서 마키 씨가 발췌해서 작품화했죠. 저는 조코 선생님 의견을 듣고 싶어요. 할머니가 이 장소에서 어렸을 때 들었던 '숲의 신비'의 음악은, 지금 테이프에서 들려오는 아카리 씨의 음악과 같다고 쓰신 소설 장면을 바탕으로 만들어졌습니다.

CD에 담긴 마키 씨 낭독은 전체 구성을 보여주면서 연달아 곡을 도입하거나 언어 자체가 합창으로 고양되는 식으로 다채롭게 진행되는데, 너무 훌륭해서 우리가 아는 그런 성격의 사람이 아니라면 직접 무대에 서줬으면 좋겠다는 생각이 들 정도입니다. 그렇게 전면적으로 이 소리로 표현된 대본을 바탕으로 아카리 씨의 음악적인 협력을 받아가며 무대작품을 완성해나갈 예정입니다.

그러면 곧 CD를 들을 텐데요, 여기까지 올라오시느라 피곤하실 테니 그전에 우선 여러분은 시원한 음료를 마시면서 잠시 휴식을 취해주세요."

릿짱이 준비해준 음료를 받아들면서 지금 내 눈앞에 보이는 광경과 기억에 새겨진 광경을 비교하지 않을 수 없었다. 나는 앉으라고 권유해준 의자 대신 두꺼운 나무기둥 위에 앉았다. 그 자세로 하늘을 올려다봤을 때 키가 작게 느껴진 나무들은, 멋지게 뻗어 있었던 상부를 잘라낸 나무들이었다(베어낸 밑동과 역시 두꺼운 가지들을 잘라 모아서 그대로 의자로 만든 것에 우리는 앉았던 것이다). 그리고 남아 있는 5미터 정도의 밑동을 세 개의 삼나무 자재가 마치 성루를 떠받치는 것처럼 지탱하고 있었다. 밑동이 두꺼운 점이 인상적이었는데, 예전엔 실로 짙은 흰색의 두꺼운 이끼가 뒤덮었던 밑동이다.

그 이끼가 벗겨진 나무껍질도, 줄기의 반은 세로로 전부 벗겨져서, 속살이 휑하니 드러나 있었다. 더 올려다보니 줄기 위쪽 끝에 가느다란 가지가 잔뜩 달려 있었고, 그 가지 끝에 돋아난 짙은 초록빛을 띤 어린잎들이 싱그러운 커튼이 되어 애처롭도록 상처 입은 거인을 가려주고 있었다……나는 뭉클했다. 오랜만에 고향으로 돌아갔을 때 일(아버지의 제사 때 같기도 한데 그렇다면 한여름이었을 것이다)로 기억나는 건, 이제는 왠지 똑바로 바라보기 힘들 만큼 가느다란 가지에 돋아난 초록빛 이파리들이 띤 빛깔과 똑같은 색채가 거대한 나무에 생기를 불어넣고 있었던 광경이다.

숲속의 이 거목을 다시 보러 가고 싶다고 했더니 아사가 안내해줬는데 흔치 않은 일이었지만 어머니가 동행했다. 내가 이미 소설을 쓰기 시작한 이후여서 숲의 풍경을 확인해두고 싶다고 말했을지도 모르겠다. 기억에 남아 있는 건, 그 작은 광장 한가운데에 서 있는 나무가 붉가시나무라고 가르쳐주셨던 일이다. 거기서 조금 떨어져서 다른 나무 두 그루가 나란히 서 있었는데, 그 나무가 느릅나무라는 건 알고 있었다. 그런데 한가운데 있는 거목까지 하나로 뭉뚱그려버린 나에게 이쪽은 붉가시나무라고 가르쳐주신 것이었다. 숲 **가장자리**에서 나가 네가 도쿄 생활에 익숙해지는 건 좋다, 그걸 도쿄풍으로 쓰는 건 좋은데, 마을 이야기는 **소설이니**, 라는 게 어머니가 늘 하는 말이었다. 그것도 마을의 유력자한테 댁네 아들이 쓰는 건 사실에 반한다, 우리 마을이 마치 미개한 장소처럼 오해받는다, 그런 이야기를 들어도, **소설이니까요** 하면서 상대하지 않았다. 사실과 다른 것을 쓰는 게 소설이겠지. 하지만 숲속 나무들에 관해서까지 엉터리 이야기를 쓰는 건 수치스럽다!

그리고 어머니는 덧붙이셨다. 할아버지는 늘 이 숲 **가장자리**에서 가장 멋진 나무는 붉가시나무라고 하셨는데, 비슷해 보이는 계수나무와 느릅나무 중에 이렇게 색깔이 진한 초록빛 나무는 없기 때문이라고 하셨지, 다른 어떤 이파리들과도 비교가 안 되거든!

나는 갈색 낙엽들로 장식된 둥글고 작은 광장의, 나뭇잎이 우거진 거대한 붉가시나무의 높은 가지에서 떨어진 어린잎 몇 장을 앞으로 걸어가 주워 윗옷 주머니에 넣었다. 그걸 보더니 아카리도 재빠르게 일어나 똑같이 따라 했다.

6

붉가시나무 뒤 옆쪽으로 큰 스피커 두 개를 놓고 행한 〈숲의 신비의 음악〉의 재생은 성공적이었다. 이후 나는 릿짱과 이야기를 나누었다.

"지금 마키가 골라 만든 CD와 마키의 소개를 들었네. 그것도 숲속 커다란 붉가시나무 앞에서 들었지……아까도 말했지만, 이 붉가시나무는 진짜 거목이라고 말하고 싶은 멋진 거목이었는데 지금은 마치 잔해 같다고 말해버려 릿짱에게 선입관을 갖게 한 거 아닌가 싶지만…… 그래도 역시 말할 필요가 있었네.

기 주니어가 감격해주었고 아카리도 기뻐했고, 오늘 행사는 좋았네. 마키한테 보고하는 이메일을 쓸 거면 내가 그렇게 말했다고 전해주게.

그런데 마키와 아카리가 이 숲 **가장자리**에서 사는 동안, 두 사람과 자주 어울렸으니 내 말을 이해할 텐데, 마키는 복잡한 심리를 가진 사람이라네……말과 생각이 상반된다는 건 아니고, 생각이나 느낌을 솔직히 표현하는 스타일이지. 그런 스타일이 있는 그대로 상대방에게 전달될 때는, 듣는 쪽이 기분좋게 말하고 대응도 부드럽게 하지. 그런데 하나둘 굴절이 생겨서 굳어져버리면 대하기 어려운 상대가 될 때도 있다네.

이번 경우에 그런 문제가 있을 수 있을지도 모르네. 이 마을에서 아카리와 둘이 살아가게 된 나한테 아내 치카시가 짧은 편지를 보내주었는데, 마키는 편지와 연결시켜 나에게 주문을 했지. 원래는 이런 일에서 비롯된 걸세. 나는 이 숲 **가장자리** 전승에 바탕해 소설을 써왔네. 릿짱이 다루어준 '숲의 신비' 이야기도 그중 하나고. 『동시대 게임』이 그런 스타일의 첫 작품인데, 출판되자마자 이런 유의 전승은 이 지역에 실재하지 않는다는 식의 항의가 들어오곤 했지.

하지만 치카시는 그걸 아주 재미있어하면서 소설 속 전승 하나하나를 다시 한번 이야기해달라고 어머니한테 요청했네. 마키도 내가 가족들과 숲 가장자리에 체류할 때 할머니가 아카리 오빠한테 다정하게 이야기해주는 것이 부러웠다, 옆에서 들으려고 했다고 말했지. 하지만 우리집은 예외적인 케이스였고 이런 전승이 마을 사람들한테 지금도 살아 있느냐 하면 그렇지는 않네. 농민 봉기로 이름이 알려진 지도자 이야기 같은 건 이 마을 사람이라도 릿짱 세대엔 알려지지 않은 거 아닐까?"

"『동시대 게임』은 도중에 포기하고 말았지만," 릿짱은 대답했다. "저도 『M/T와 신비한 숲 이야기』는 좋아합니다. 아카리 씨 음악을 듣고 선생님 어머니가 기뻐하셨다는 챕터에 빠져들었어요. 마키 씨와 아카리 씨가 여기 있을 때 그 이야기를 곧잘 하곤 했지요. 심지어 아카리 씨가 할머니 이야기에 영향받아 작곡했다, 내가 좋아하는 이 곡도 그렇고 저 곡도 그렇다, 면서 알려주기도 했어요. 그게 오늘 들으신 〈숲의 신비의 음악〉이 시작된 계기였답니다!

아카리 씨가 마키 씨와 함께 이곳에 와서, 음악 이론을 공부하는 걸 제가 돕게 되었죠. 그래서 CD화된 곡 중에 아카리 씨가 이 지역 전승에 영감을 받아 작곡한 음악에 대한, 악곡 분석을 했습니다. 그 작업이 마키 씨가 새로 편집한 CD를 제작하는 데 도움이 됐다고 생각합니다. 이번에 제가 대본을 제작하는 데도……"

"그런 거였다면 이야기는 더 쉬워지네. 아까 말한 치카시가 나한테 보낸 메모에 어머니한테 들은 지역 전승을 이번엔 내가 아카리한테 들려주라는 구절이 있었네. 모처럼 나와 아카리가 이 숲 가장자리에서 함께 살고 있으니 그러라는 말이었지.

마키는 병에 걸린 엄마가 메모에 그렇게 썼던 것을 감추지는 않고, 또 나한테 그대로 보내기도 하네. 하지만 내가 그걸 진지하게 받아들여서 너무 열심히 지나치게 하는 건 아닐지 걱정하기 시작했지. 아카리한테 이 지역 전승을 일과처럼 이야기하고, 심지어 이 붉가시나무가 있는 작은 광장 같은 숲의 전승 현장으로 데려가 작곡을 강요하는 건 아닐까? 그렇게 걱정하고 있는 걸세. 원래 아버지의 억압이라는 말에 민감해서, 아주 어릴 때부터 아카리 일로 내게 항의하곤 했지.

그리고 이번 일을 계기로 내가 적극적이 되는 건 아닐까, 그렇게 걱정하고 있는 걸세. 나는 분명 〈숲의 신비의 음악〉 CD를 듣고 감동했지만, 마키가 걱정하는 그런 일은 하지 않을 거네. 그렇게 마키한테 이야기해주겠나?"

릿짱은 나의 긴 이야기 중간중간, 과로 때문에 그런 게 아닌가 싶은 종이처럼 기름기 없는 얼굴에, 곤혹스러운 듯한 혹은 웃음을 참는 듯한 표정을 띠고 있었다.

"조코 선생님이 아이들용 음악극을 만든다는 이야기가 마키 씨는 마음에 걸리는 듯했어요. 그렇게 되지 않도록 다른 무엇보다 아카리 씨 음악을 중심에 두자고 제가 제안했고, 마키 씨가 열심히 협력해서 〈숲의 신비의 음악〉이 만들어졌지요.

그렇다고 해서 마키 씨가 조코 선생님과 아카리 씨의 합작을 생각하지 않는다는 건 아니에요. 마키 씨는 조코 선생님이 딱 한 권만 만드신

『유품의 노래』라는 시집의 편자셨잖아요? 그 시집 안에 시의 원래 형태 그대로는 노래가 되기 어렵지만……아카리 씨가 작곡할 것을 염두에 두고 다시 써주시면, 가곡이 될 만한 시가 하나 있다고 마키 씨는 말했어요.

'나는 다시 살 수 없다. 하지만/ 우리는 다시 살 수 있다'라는 말로 끝나는 시입니다. 뒤셀도르프에서 온 지휘자가 요미우리 일본 교향악단과 한 공연에서 모차르트의 〈레퀴엠〉을 연주하기 전에 낭독하도록 선생님이 쓴 시지요. 그걸 몇 개로 나눠서 아카리 오빠와 잘 이야기하면 좋겠다며 적극적이더군요.

마키 씨는 말로만 끝내는 사람이 아닌지라, CD 봉투에 그 도쿄에서 열린 연주회 프로그램을 같이 넣어서 보냈어요. 〈숲의 신비의 음악〉이 마음에 드신 것 같고 조코 선생님은 여기서 여유롭게 보내고 계시니 아카리 씨와 이런 이야기를 계속 해주시면 어떨까요?"

"그건 좋다고 생각합니다"라고 아카리가 옆에서 끼어들었다.

"지금 재생장치며 건전지 상자와 함께 저쪽에 놔두었으니 프로그램을 가져오겠습니다"라며 아카리의 목소리에 담긴 힘에 답하듯 릿짱은 발걸음도 가볍게 뛰어갔다.

돌아온 릿짱은 아카리에게 종이봉투를 건네주면서 윗옷 가슴께 주머니 위로 삐죽이 나와 있던 붉가시나무의 어린잎을 발견하고 내 가슴께도 힐끗 보더니,

"두 분 다 젊으시네요!"라고 말했다.

일흔여덟 살 인간의 이런 행동을 두고 **젊다**고 하는 건 듣기 좋으라고 흔히 하는 말이다. 하지만 쉰 살 지적 장애인을 향한 **젊다**는 말엔 뭔

가 특별한 의미가 담겨 있다고 나는 느꼈다.

그런데 기 주니어는 화를 냈다. 게다가 아카리도 비슷한 말을 이어갔다.

"후쿠시마 제1원전에서 녹아내린 연료가 땅속에서 어떤 상태인지는 고사하고 그 위치조차 알려져 있지 않고, 오염수는 계속 늘어나고 있습니다. 그런데도 이카타 원전은 재가동할 것 같고, 내셔널리즘은 아시아를 총체적으로 좀먹고 있어 헌법 수호도 위험하지요. 조코 선생님이 젊다 한들 어떻게 될 일이 아닙니다……"

"아빠는 곧 여든 살입니다. 저는 쉰 살이고 자립하지 못합니다. 마키는 우울증입니다."

7

〈숲의 신비의 음악〉의 CD 재생은 소리의 확산 상태도 훌륭하지만 너무 확산되지 않도록 조절되어 있다는 점에서도 장소를 제대로 파악한 릿짱의 실력을 보여주었다. 오디오 세트를 분해해서 숲길 옆 폭스바겐까지 옮기는 단계가 되자, 릿짱은 내가 돕겠다 해도 거절하고 오로지 기 주니어에게만 힘쓰는 일을 맡겼다. 그건 의도가 있어서 한 일로 보였는데, 기 주니어는 릿짱에게 나와 이야기해두라는 말을 들었다면서 남았다. 아카리도 걷기에 지쳤을 터여서 차에 태워 보냈다. 나는 기 주니어와 숲길 동쪽으로 돌아 계수나무 군락을 보러 갔다.

둘만 남자 기 주니어는 곧바로 이야기하기 시작했다.

“릿짱이 생각 없이 말하기에 화가 나서 그렇게 반응했지만 그다음에 아카리 씨가 한 말이 가슴을 치더군요. 릿짱도 그랬던지 신경을 쓰고 있습니다.

도쿄로 돌아갈 때 마키가 한 이야기인데, 이건 선생님도 느끼셨을 겁니다. 숲 가장자리에서 아카리 씨와 같이 사는 동안 마키는 매일 아침 둘이 숲길을 걸어올라가며 대화를 나누었습니다. 그 효과가 아카리 씨의 언어에 눈에 띌 정도로 드러나고 있다고 합니다.

오늘 아침 아카리 씨가 한 발언은 특수한 상황에서 나온 말이긴 했지만 그만큼 표현 능력이 향상된 겁니다. 그 덕분에 선생님과 화해하는 일도 가능했죠. 그 일을 너무 기뻐한 나머지 아까처럼 릿짱이 너무 호들갑을 떤 거고요.”

“릿짱이 책임을 느끼고 있다면 그럴 필요는 없다고 말해주게. 아카리는 치카시가 없는 숲 가장자리에서 마키와 서로를 의지하면서 살아온 생활을 통해 앞으로 나아간 부분이 있네. 예를 들면 내 노년에 대해 이제까지 안 했던 걱정을 하고 있지.

아카리가 자신은 쉰 살이라고 말한 건 이제까지 가끔 나왔던 화제일세. 언제까지고 변하지 않는 것처럼 보이는 아카리도 나이를 먹는다는 걸 생각하지 않으면 안 된다고, 예를 들자면 치카시가 말하지. 거기에 대해 아카리가 반은 농담으로 심각하게 반응해 보이기도 하고. 그랬는데 아까는 농담이 아니라 진지한 이야기였지……

쉰 살 이야기는, 우리집만의 사정도 있어서 꺼낸 거네. 우리집 가계에서는 남자들은 명이 짧고 여자들은 장수하지. 그리고 여자들은 빨리 죽은 배우자 몫의 책임을 대신 떠맡게 돼. 증조할아버지도 할아버지도 젊었을 때 돌아가셨네. 증조할아버지는 메이지유신 전후에 있었던 두 번의 농민 봉기에 휘말려 돌아가셨지. 마을에 전해지는 이야기를 나는 아직 어렸지만 듣고 기억했고 소설에 그대로 썼어.

그리고 직접적인 기억이 있는 할아버지는 아직 젊을 때부터 이 지역 나무 개량에 힘쓰셨네……지금도 이어지고 있는 삼지닥나무 생산이 그중 하나이고……그래서 마을 사람들이 이름을 기억해주고 있다네. 그런데 세는 나이로 오십 세 때 사망하셨고, 우리 아버지도 같은 나이로 그렇게 돌아가셨지.

그런데 나 혼자 장수해서 곧 여든 살이 된다는 사실을 그리 인식하지도 않았어. 그러나 여기서 다시 아카리와 살기 시작하면서 나는 어떤 발견을 했네. 이제 와서 보면 우스운 이야기지만, 나는 이제까지 내가 해마다 한 살씩 나이를 먹는다고만 생각했네. 그랬다는 사실을 알게 된 거지. 그리고 나는 그렇지 않은 방식으로 나이를 세게 되었네. 너무나 늦긴 했지만……

나의 연령 인식의 변화는 이런 거네. 나는 눈앞에 닥쳐오는 여든이라는 나이를 기준으로 하고 있네. 그걸 정점定點으로 삼는 거지. ……이렇게 말하다보니 하나와 고로가 자기 인생의 노년의 시작을 예순 살로 정했던 일이 생각나는데……아무튼 자신이 정해놓은 시점에서 거꾸로 계산해서 앞으로 삼 년, 이 년, 이라는 식으로 살면서 현재를 파악한다는 이야기라네. 아사는 태연하게 받아들였지. 오빠는 일흔여덟 살이잖아요? 정확히는 앞으로 이 년, 치카시 언니는 앞으로 삼 년, 내가 앞으로 사 년. 이렇게 정리해보면, 여든까지 몇 년 안 남았고 그것도 거의 막바지죠. 아카리에게 남은 앞으로의 삼십 년이 큰 숫자이고 그리고 릿짱,

시마우라 씨, 마키 순서이니 이 사람들이 의지할 대상이죠……

아카리도 옆에서 듣다가 그 이야기가 머릿속에 새겨진 모양이네."

"아카리 씨가 그런 계산에 근거해서 그렇게 말한 거라면 소중하게 여기겠습니다"라고 기 주니어가 말했다.

"자네는 앞으로 사십육 년이 남았으니까. 아카리한테는 의지할 사람이지……자네들이 이제 서로를 신뢰하는 것 같아 고맙게 생각하네."

그렇게 말하고 나서 나는 기 주니어에게 말해둘 일을 또하나 기억해냈다.

"이건 전에 자네 질문에 곧바로 대답하지 못했던 일이야. 이렇게 소중한 일이 왜 의식에 떠오르지 않았는지 이상할 정도인데, 아카리의 음악을 듣다가 곧바로 떠올렸네. 그 이야기를 해보지.

『'만년양식집'+알파』에서, 아사가 자살하려고 한 나를 구했다는 이야기에 대해서라네. 계수나무 가지들이 교차하는 부분 위에 쌓아둔, 이파리도 달린 잡목들에 빗물이 고여 있었다. 거기에 얼굴을 처박고 익사하려고 하는 나의 발목을 잡아서 끌어냈다. 자네는 그 문장을 읽고 아사에게 확인했지. 사실이라면 그렇게까지 정신적 압박을 받은 이유는 무엇일까?

아사는 그 전날 나와 기 형이 계수나무 높은 곳으로 올라가서 오랫동안 이야기했다고 대답했지. 하지만 무슨 일이 있어서 그렇게 되었는지는 아사는 모르네. 그래서 자네는 직접 질문하겠다고 했지. 그런데 나는 대답하지 못했네.

그런데 아카리의 음악을 듣다보니 우리가 높다란 계수나무의 큰 가지가 움푹 파여 줄기와 만나는 곳에 엉덩이를 대고 앉아 이야기하던 정경이 떠오르면서 무슨 이야기를 했는지까지도 기억이 났지.

아버지의 죽음에 대해 나는 그때까지 아무한테도 말하지 않았는데, 기 형이니까, 라고 생각하고 열중해서 이야기했지. 그런데 기 형이 내 이야기를 받아들이지 않았어. 나는 어떻게든 내 이야기를 믿게 하려고 태어나 처음으로 생긴 연상 친구한테 이야기하고 또 이야기했지……

기 형은 그때까지의 기 형과 다른 사람 같은 모습을 드러냈다네. 듣기는 듣고 있었어. 하지만 그건 나를 막 괴롭히기 위해서인 듯했고 결국은 내 이야기의 핵심을 부정했지. 그런 이야기를 계속하는 나를 의심하기 시작한 기색을 노골적으로 드러냈고.

기 형은 나한테 이야기를 들을 필요도 없이 우리집과 가까운 사람에게 있는 이야기 없는 이야기 다 들었던 거지. 그리고 내가 기운이 완전히 빠져서 입을 다물고 말았더니 나를 더 몰아세우기 시작했네.

'홍수가 나던 날 밤에 강으로 너희 아버지가 보트를 타고 나가서 돌아가신 건 알고 있는데, 왜 아버지가 그렇게 하는 것을 말리지 않았지? 아버지는 술에 취해 있어서 네가 그렇게 할 여유가 없었던 거냐?'

'그렇지는 않다, 다만 아버지한테는 나 말고 도움이 될 다른 사람이 있었기 때문이었다'고, 나는 밝혔네. '나한테는 어렸을 때부터 코기라고 하는 또 한 사람의 나 같은 친구가 있다. 그건 나한테만 보이는 친구라고 사람들이 비웃지만 나는 정말로 그렇게 살아왔다(그렇게 말했더니 기 형이 그 이름을 우스꽝스럽게 여긴다는 게 전달되었지). 그 코기가 어두운 강물 위 보트를 탄 아버지 옆에 이미 타고 있었고 나를 봤다, 그래서 코기 쪽이 도움이 될 거라고 생각해서 나는 그냥 이쪽에 남았다……'

그 이야기를 들은 기 형은 코기가 있어서 좋았겠네, 라고 말했지. 그러더니, 아버지가 위험한 곳으로 가서 돌아가셨는데 그걸 빤히 보면서 돌아가시도록 내버려둬놓고는, 그런 식으로 누구나 알 만한 거짓말을 하는 건 좋지 않아, 무서워서 도망쳤다고 왜 솔직하게 말하지 못하느냐고 강경한 어조로 말했다네.

나는 그날 밤 잠을 못 이루었고, 다음날 아침에 그런 말을 들었던 계수나무에서 나 역시 물에 빠져 죽으려 했지."

8

기 주니어와 나는 진지 숲에서 완전히 내려가 강변 현도로 향하는 돌이 깔린 길을 걷고 있었다(패전 직후 폭격을 받은 마쓰야마시에 나무를 내다팔아 확장한 길. 뒤로 올라가면 '자이'). 왼쪽 골짜기 강도 폭이 확장되어 있어서 맞은편 사면 안쪽으로 단지가 두 동 있었고 그곳에 사는 주민들을 위한 상점이며 우체국도 보였다. 더이상 숲속이라는 느낌은 없었다.

그런데 앞쪽으로 이제까지 지나온 길의 나무들과는 모습이 전혀 다른, 그것도 오래된 나무일수록 진한 색깔로 우거져 있는 높은 나무들이 나타났다. 특히 너도밤나무 서너 그루와 느티나무 두 그루가 거목이어서, 예전에 본 깊은 숲속으로 돌아온 듯했다. 그 나무들과 나란히 원래 목적인 계수나무 군락도 있었다. 세 개의 나무줄기가 뻗은 계수나무 밑동 사이는 정리되어 널찍했는데 가까이 다가가 올려다보니 높이는 내가 기 형과 올라갔을 때 느낀 거리감이나 높이와는 전혀 달랐고, 각각의 줄기들이 땅바닥과는 완연히 다른 풍경을 이루고 있었다. 지금 거기로 올라가서 나뭇잎들로 덮인 은신처를 만들고 편안하게 시간을 보내는 아이는 없을 것이다……

"'사이카와 수림지'로서 이곳이 보호되어온 것 같아요"라고 기 주니어가 나무가 우거진 숲에 반쯤 묻혀 있는 안내 표지판을 가리켰다.

"이 지역이 골프장이나 주택지로 개발될 때 기 형은 마을 유력자로서 땅을 고르는 일도 하고 있었네, 특히 근거지 운동을 할 땐 기 형이 사재를 털어 그렇게 하기도 했을 걸세. 이런 장소를 만들어 숲의 전멸에 저항한다는 이야기를 기 형한테 들은 것 같네.

원래 이 근처는 기 형네 소유지였을지도 몰라. 여기서 숲으로 들어가면 '저택'으로 이어지니까. 그렇게 생각해보면 기 형은 자기 집 땅에서 찾아낸 은신처를 나한테 알려준 건지도 모르겠군. 강변의 상인 집안 아들이 타인의 땅에 있는 나무숲에 널빤지를 박거나 새끼줄을 치거나 하는 걸 마을 사람들이 그냥 놔둘 리가 없으니까."

이런 방식으로 나는 막연히 상상했던 모습과는 다른 계수나무 군락과 재회했다. 내 옆에서 기 주니어가 하늘로 뻗어 있는 거목에 감동하는 모습을 보고 자랑스러운 생각까지도 들었다. 나와 기 주니어가 상당히 오랜 시간을 보내고 다시 강변 현도로 향하는 길로 나왔더니 아사가 기다리고 있었다.

"이 근처가 완전히 변해서 놀랐죠"라고 아사가 말했다. "이제까지 꽤 오랫동안 여기로 오빠를 안내하지 않았던 이유는, 오빠가 숲 가장자리로 돌아와도 여러 가지 용무가 있었기 때문이에요. 또한 나 역시 마을 일에 여러 가지로 엮여 있어서인데, 특히 기 오빠의 만년에는 더욱 그랬죠."

"우리가 진지 숲으로 탐험 나갔을 땐 지금 같은 숲길은 정비되어 있지 않았으니 좁다란 길을 넝쿨에 매달려 놀면서 내려갔지……그 무렵 강 저편 풍경과는 완전히 달라졌더구나."

"아니요, 오빠가 기억하는 곳은 더 서쪽이에요. 기 오빠가 농지 해방 후에도 남은 자기가 소유한 숲이 우거진 땅의 반을 정리해서, 지금은 단지까지 생겼는데, 여기에서 동쪽 일대를 마쓰야마시의 업자한테 팔았어요. 그 자금으로 덴쿠보저수지 제방을 보강하거나 하는, 죽기 전에 여러 가지로 욕먹은 사업을 벌인 거예요.

그리고 그 무렵의 오빠한텐 여러 가지 복잡한 기억도 있지요……이미 봤죠……계수나무 군락 일대가 벌채되었어요. 그만큼 개발의 장애물이 되어 마쓰야마 업자는 불평했지만 우리 마을은 '사이카와 수림지'라는 이름까지 붙여 기 오빠의 기부를 환영했어요. 그렇다고 해서 거기로 가는 진입로를 마을에서 만들지는 않았고, 그저 안내 표지판만 설치해두었을 뿐이죠. 아무도 보러 오지도 않고요.

나는 역시 '사이카와 수림지'는 기 오빠가 코기 오빠를 생각하면서 만든 거라고 생각해요. 기 주니어도 함께 보러 와서 잘됐어요."

나는 다시 살 수 없다. 하지만 우리는 다시 살 수 있다.

1

6월 첫 주말에 나는 빠른 항공편으로 마쓰야마공항을 떠나 도쿄 시바공원에서 거행된 반원전 집회에 참석했다. 그 직후 열린 시위에도 합류했다. 이날 다양한 장소에서 각각의 조직이 연 집회·시위에 참석한 사람들이 밤이 되면 결집해 국회의사당을 포위하는 행동에 나서기로 한 일도 알고 있었지만 거기엔 참석하지 않을 생각이었다. 세이조 집에 들러 치카시를 문병하고, 아카리를 아사에게 맡기고 온 덴쿠보저수지 집으로 이날 안에 돌아갈 예정을 세워두고 있었다.

집회가 끝나고 시위대 선두집단(신문사진 자료 정도의 의미였는데 아무튼 얼굴이 알려진 발기인 중 한 사람으로서 나도 나란히 섰다)이 편성되던 장소에 생각지도 않게 시마우라가 나타났다. 시마우라 말로는 치카시는 건강이 회복 궤도에 올랐고, 무릎 통증 때문에 아직 이층 계단은 오르지 못하지만 마키를 도와 식사 준비는 매일 하고 있다. 그래서 시마우라는 일단 유럽으로 돌아가기로 하고 도쿄에서 남은 일을 처리하는 중이다. 이날 프랑크푸르트의 신문기자를 집회에 안내한 것도 그런 일 중 하나여서 오늘 내가 집회에서 한 짧은 발언을 녹음했다. 그걸 문자화해서 보낼 테니 검토해달라. 그러고 나서 독일어로 번역해 기자에게 넘겨주겠다, 고 말했다.

나중에 이야기하게 될 사정이 생겨 며칠 더 도쿄에 남게 된 나한테 도착한 그 텍스트를 옮겨두겠다.

"5월 31일 신문에 '원자력발전소 제로'를 지향하는 우리의 생각이 전면광고로 나왔습니다. 후쿠시마 원전 사고가 끝나지 않았다는 사실. 지하 저수조에서 오염수가 대량으로 유출된 사실, 오염된 지역의 오염 제거가 진척되지 않고 있다는 사실. 그리고 일본 전체가 재난 피해 지역이 될 위험성을 그 광고는 명확하게 요약하고 있습니다. '원전 제로'를 지금 다시 한번 결단하고 실행할 필요를 자타에게 알려주는 내용이었습니다.

같은 날 신문에 전력회사 네 곳이 원전 여덟 기의 재가동을 신청한다고 보도되어 있었습니다. 더구나 그 옆 기사에는 원전 수출을 서두르는 아베 수상이 '일본·인도 원자력 협정'을 향해 그야말로 진격해가는 사진이 있었습니다. '핵불확산 조약'에 가입하지 않은 핵보유국 인도를 향해서입니다.

이 일은 히로시마·나가사키에 대한 배신입니다. 원전 재가동 신청이 후쿠시마 원전 사고로 고통받고 있는 사람들에 대한 배신인 것처럼. 또한 '원전 제로'를 실행할 수밖에 없다고 일본 각지에서 모여 목소리를 내고 시위 행진을 하는 사람들에 대한 배신인 것처럼. 그리고 이 일은 또 '원전 제로'에 대한 의지를 줄곧 압도적으로 드러내고 있는 각종 여론조사에 대한 모욕입니다.

왜 이런 일이 허용되는 걸까요? 왜 우리는 이런 일을 현정권에게 허용한 걸까요? 후쿠시마 3·11의 참혹함을 바탕으로 우리가 '원전 제로' 말고 다른 선택지가 있을 수 없다고 했던 이후로 이 년밖에 지나지 않았습니다. 그때 신문을 다시 한번 읽어주십시오.

3·11 이후로 독일은 곧바로 '원전 이용에 윤리적 근거는 없다'면서 국가의 방향 전환을 시작했습니다. 우리 나라에서 지금 '윤리적' '도덕'이라는 단어는 별로 사용되지 않지만 독일 정치가들은 다음 세대가 살아남는 걸 방해하지 않고, 그들이 살아갈 수 있는 환경을 없애지 않는 것이 인간의 근본적인 윤리라고 정의하고 있습니다. 이 나라 정권이 그러한 행동의 근거로 정치적 경제적인 것만 앞세우는 것과 비교해봐주세요.

이미 노년에 들어선 제가 기억하기로, 태어나서 처음으로 커다란 위기와 마주한 것은, 1945년 패전 때였습니다. 시코쿠 산속 마을까지 미군의 지프차가 들어왔습니다. 식량난에 대해서도 생활의 곤궁함에 대해서도 편부모 가정의 열 살 아이였던 저는 잘 알고 있었습니다. 그리고 이 년 뒤 새로운 헌법이 시행되어 온 마을이 기쁨으로 끓어오르듯 했습니다.

저는 '모든 국민은 개인으로서 존중받는다'라는 제13조에서 제 삶의 방식을 배운 기분이었습니다. 그로부터 육십육 년, 그 점을 삶의 원리로 삼아 살아왔다고 생각합니다.

이미 남겨진 날은 짧습니다만 다음 세대가 살아갈 수 있는 세계를 남기는 것, 그것을 윤리적 근거로 하여 살아가고 싶습니다. 그 사실을 다시 한번 자각하기 위해 '원전 제로' 시위에 참여합니다. 힘차게 걸어 나갑시다!"

그런데 프랑크푸르트 기자는 국회의사당 포위 행동을 취재하기 위해 행동 개시 전까지 호텔로 돌아가서 잘 예정이라면서 시마우라는 우리의 시위 행진에 참여해 함께 걸었던 외국 특파원들이 있는 곳으로 돌아갔다. 그 행보 덕분에, 결과적으로 시마우라는 이날 내가 고통스러운 사태를 겪고 있을 때 효과적인 도움을 줄 수 있었다.

실은 이에 앞서 똑같이 구성된 시위 행진에서 나는 이번만큼 격하지는 않았어도 마찬가지로 고통을 맛보았기 때문에 그 어리석음을 반복하지 않을 요량으로 예방책을 생각해서 이날 집회에 나갔었다. 청각이 민감하다는 걸 자각하고 음악회에 갈 때도 만일을 위해 귀마개를 갖고 가는 아카리에게 한 쌍을 빌려 도쿄로 갔었던 것이다.

그런데 그 자리에 도착해 빌려온 귀마개를 끼워봤더니 잘 끼워지지 않았다. 그래서 나는 힘든 상황을 감당하게 되었다. 하긴 그 상황을 힘들게 느낀 이는 시위대 첫번째 줄에 나란히 서 있는 사람 중 나뿐인 듯했다. 혹은 그건 지금 말한 대로 아카리가 지닌 보통과 다른 청각의 민감함이 유전적으로 가까운 나에게, 나이 탓도 있어서 드러난 것일지도 모르겠다.

아무튼 평상시에는 시위대 맨 앞에서 일정한 거리를 둔 유세차 스피커가 내 머리 위를 향하고 있어서(그 소리가 퍼져나가는 길목의 가장 아래쪽에 내가 있었을 뿐이라고 해도 그렇게 느꼈다) 나는 두 시간 정도 그 소리에 계속 노출되었다. 시위대가 도쿄전력 본점 빌딩 앞을 지나갈 때, 당연한 일이었지만 스피커 음향은 더욱 커졌다……

그래도 나는 시위대에서 낙오하지 않았는데, 히비야공원에 도착해서 흐름에 따라 해산했을 때, 말 그대로 노인의 휘청이는 걸음으로 벤치에 쓰러지듯 앉았다. 그리고 내 옆으로 시위 시간 동안 이미 내가 평상시와 다르다는 걸 알아채고 지켜보고 있었던 듯한 시마우라가 다가왔다. 그리고 우연히도 가까이에 있었던 제국호텔로 나를 데리고 들어갔고 체류중 발작을 일으킨 클라이언트가 신세를 졌었다는 의무실로 안내했다. 나는 침대에 눕자마자 기절하고 말았다.

시마우라는 내 상의에서 항공사 카드를 발견하고 예약을 취소해주었을 뿐만 아니라 며칠 동안 도쿄에 남도록 하는 편이 좋겠다고 마키를 설득해주었기 때문에, 마키는 아카리를 돌보기 위해 마쓰야마로 가는 마지막 비행기를 타고 떠나게 되었다.

이날은 말할 것도 없고, 다음날도 줄곧 나는 서고 침대에서 이명으로 인해 고통을 겪었고, 다음날은 일어나기는 했지만 도착한 각종 우편물에 답장을 쓰는 정도의 일밖에 할 수 없었다. 시마우라도 다시 시작한 일을 중지할 수는 없었기 때문에 치카시가 그럭저럭 계단을 올라와 식사를 전달해줬다. 치카시와 천천히 이야기를 나눌 수 있었던 것은 사건이 일어난 지 사흘째 되던 날 아침 하네다공항으로 향하는 단계에 이르러서였다.

치카시는, 나와 반대로 세이조 집으로 돌아오는 마키가 아카리와 이야기하고 있지만, 릿짱과의 다음 작품을 위해 『유품의 노래』에서 선택한 시 한 편은, 마키와 릿짱이 작곡용 텍스트로서 쉬운 말로 써주어도 아카리가 어려워하고 있다고 했다. 하지만 오히려 자신은 그 시에 매력을 느끼고 있다고도.

"어떤 부분에 대해 그랬지?" 하고 물은 내 질문에 대한 대답.

"아무튼 희망이 느껴져요……"

2

덴쿠보저수지 집으로 돌아간 다음날, 나는 도쿄에서처럼 이층에 놓인 침대에 누워 계단 아래에서 들려오는 FM을 듣고 있었다. 이명 증세는 손가락을 귀에 넣으면 최악이고, 오히려 아무것도 하지 않고 있으면 이명의 세계에 익숙해진다.

다음날이 되어서야 나는 처음으로 『유품의 노래』에서 선택된 작품을 둘러싼 대화에 합류했다. 아카리를 둘러싸고(라고 해봐야 아카리는 FM 앞에 누워 있다) 릿짱은 물론 기 주니어도 대화에 참여했는데 아사가 먼저 이야기를 시작했다. 내가 도쿄에 나가 있었던 동안에도 이어졌던 대화 내용을 알려주기 위해서다.

"이제까지 별로 발언하지 않았던 아카리야말로 가장 진지하게 이 과제에 대해 생각해왔고, 또 우리가 이야기해온 내용을 잘 들어주고 있지 않나 싶어요, 그러니 아카리를 대신해서 내가 발언할게요.

우리는 〈숲의 신비의 음악〉으로 마키와 릿짱이 만든 CD를 들었어요. 그때도 이미 마키와 릿짱이 고른, 다음 작업 소재로 하게 될 시에 대해 알고 있었고요. 그후에 오빠, 그리고 기 주니어와 헤어져 아카리와 나, 릿짱이 숲에서 내려가는 차 안에서, 긴 시의 여러 구절을 릿짱이 노래해서 들려줬어요. 그 음조랄까 스타일이랄까가 각각 달라서 정말로 재능 있는 사람이로구나 싶어 감탄했고요.

그런데 아카리는 침묵했어요. 아카리는 어떤 노래든 곧바로 리듬에 맞춰 노래하는 스타일인데도 한 번도 노래하려고 하지 않았죠." 시에서 따온 말이 어려웠던 거지?(나는 침묵중인 아카리를 향해 동의를 구하는 표정을 지었을 것이다. "길거든요." 아카리는 그렇게만 말했다.)

"그렇지, 한 행이 긴 느낌이고 릿짱은 그 부분을 신경쓰면서 노래했지……나도 우려했어요. '숲의 신비'의 음악처럼 할머니가 숲에서 머리에 새긴 멜로디를 피아노로 재현하는 게 아니라 이번에는 마키도 릿짱도 시 언어에 직접 멜로디를 붙인 곡을 노래할 생각이라서요.

오빠는 이전에 야마구치현에서 열린 나카하라 주야* 탄생 백 주년 행사에, 주야의 시를 아카리가 작곡하도록 하겠다는 약속을 한 적이 있었죠. 하지만 아카리가 작곡을 시작하지 않아 오빠는 7·5조가 삼 행 이어지는 「성장의 노래」를 선택했어요. 아카리는 시 몇 줄은 작곡했지만, 그건 하나로 만들어 노래할 수 있는 것이 아직 아니었죠. 그래서 어쩔 수 없이 오빠가 또다른 시를 선택했어요. 그건 뭐라는 시였지?"(아사는 아카리를 끌어들이려 했지만 아카리는 여전히 침묵을 지켰다.)

"「아직 오지 않는 봄」입니다. ……나카하라 주야가 자식이 죽은 후에 쓴 슬픈 시. 피아노 선생님이 진부하지만 감성 넘치는 멜로디를 연주했고, 아카리가 그 멜로디를 변형시켜 작곡했죠."

---

* 中原中也(1907~1937). 일본 근대를 대표하는 시인. 랭보, 베를렌 등 프랑스 상징파의 영향을 받은 시로, 당대에는 물론 후대에도 사랑받았다.

"그랬지," 나는 아카리의 곡을 머리에 떠올리면서 이어서 말했다. "'아직 봄이 오지 않는다고 사람들이 말한다/ 하지만 나는 고통스럽다/ 봄이 온들 무슨 소용이랴/ 그 아이가 돌아오는 것이 아닌데.' 그런데 끝까지 애처롭기만 하고 나카하라 탄생 백 주년에 큰 무대에서 노래하는 거니까 마지막 부분에라도 힘이 나는 분위기를 불어넣어줄 수 없겠느냐고 바리톤 가수가 주문을 했다네.

아카리는 곧바로 받아들였지. 마지막 부분을 한 옥타브 올려서 반복하는 형태로 했어. '과연 너도 그때는/ 이 세상 빛의 한가운데에/ 서서 바라보고 있었지……'"

"아카리 씨는 음악을 통해 자신의 감정을 표현하는 사람이라고 생각합니다"라고 기 주니어가 말했다. "〈숲의 신비의 음악〉을 들으면 그 점을 잘 알 수 있죠. 이번에 마키와 릿짱의 새로운 구상에서도 짧은 몇 줄 정도, 조코 선생님이 정말로 말씀하시고 싶은 부분을 선택해서 아카리 씨가 자유롭게 곡을 만들 수 있도록 하면 어떨까요?

그리고 릿짱과 마키가 구성했던 안은 여고생이 낭독하는 형식을 통해 조코 선생님 시 전체를 다 표현하는 쪽으로 하지요.

아카리 씨한테 묻고 싶은데, 이 너무 긴……그래도 어려운 건 아니겠지요……시 안에 아카리 씨가 작곡할 수 있는 짧은, 좋은 말이 있나요?"

아카리는 기 주니어가 한 말에 관심을 표했지만 여전히 침묵을 지키고 있었다. 그리고 나는 아카리의 그런 존재감 있는 침묵이 아사에게 용기를 주었다고 생각한다.

"나는 치카시 언니한테 편지를 받았어요"라고 아사가 말했다. "우리가 이야기해왔던 주제는 어제 치카시 언니한테 돌아간 마키와 릿짱이 새로 구상한 겁니다. 릿짱이 완성해 우리가 들었던 〈숲의 신비의 음악〉은 그냥 하나의 모티프에 근거한……그건 우리 어머니가 줄곧 마음속에 간직해왔던 것을 되살리기 위한 모티프인데……작품입니다.

이번에 마키와 릿짱은 거기서 한발 더 나아가기 위해 오빠의 시를 소재로 골랐습니다. 오빠의 시는 그야말로 유품으로서, 노년의 오빠가 쓴 시인데, 치카시 언니는 그 시에서 희망을 느낀다고 말했다고 해요. 나도 그 시가 아카리의 음악과 함께 울려퍼진다면 얼마나 좋을까 생각합니다.

하지만 우리의 대화를 아카리가 열심히 들으면서도 침묵하는 모습을 보고, 나는 이건 안 되겠구나, 라고 생각했어요. 지금 여기서 나누는 대화는 이 주제를 두고 하는 세번째 대화인데, 아카리만 계속 침묵하고 있는 것이 신경이 쓰였지요.

왜 아카리는 대화에 끼어들지 않는 걸까? 이야기가 이해되지 않기 때문이지요. 그러면서도 왜 이의를 제기하지 않는 걸까? 이의를 제기하면 마키나 릿짱한테 미안하다고 생각하기 때문이겠지요.

마키는 도쿄로 돌아갔으니 이제 여기에 없는데, 그래도 아카리는 마키가 하고 싶어하는 일을 망치는 말을 하면 안 된다고 생각한다는 것을 나는 압니다. 아카리는 마키와 릿짱한테 신경을 쓰느라 가만히 있는 거지요.

그래서, 랄까, 하지만, 이랄까, 저렇게 긴 언어에 곡을 붙일 수는 없다고 난처해하고 있는 거예요. 그런데 나한테 오늘 아침에 도착한 팩스에서 치카시 언니가 한 말이 바로 그런 이야기였고 대안을 제시해주고 있어요."

아사는 그렇게 말하더니 가슴께에서 종이 한 장을 꺼내 읽었다. 서두의 인사 같은 건 생략하고.

〈……나는 남편이 『유품의 노래』라고 제목을 붙인 시 중 몇 줄을 '마루젠 범포 노트'에 정서해두었다는 사실을……칠팔 년 전부터 알고 있었어요. 남편이 시를(시詩스러운 것이라고 말하기도 하지만 특히 영시 번역도 포함해서) 쓰고 있다는 건 알고 있었고, 그런 것들을 소설의 산문에 흡수시키고 나면, 노트 자체를 용도가 끝난 것으로 폐기하던 일도 봐왔죠.

남편은, 동시대 작가의 미발표 작품으로 사후에 발표된 것을 주의깊게 읽지만, 자신은 죽음이 가까워지면 발표 여부를 주저해온 모든 원고를 처분하기로 정해두고 있어요. 나는 거기에 거역할 마음이 없고요. 남편 자신이 자기 작품을 평하는 것보다 뛰어난 비평력이 저한테 있다고 생각하지 않으니까요.

그런 남편이 『유품의 노래』라는 노트를 만들기 시작한 까닭은 국내외의 친구들을 애도하는 일이 이어졌기 때문이고, 내가 남편한테 그 노트를 읽고 싶다고 한 적은 없어요. 다만 진짜로 『유품의 노래』가 되었을 때 그 노트의 복사본을 보낼 사람들의 명단을 작성해두었으면 좋겠다는 말은 했었죠. 그래서 남편이 카드에 명단을 써주었고요. 주소도 같이 써둔 분 중 누군가가 작고했을 때(앞서갔을 때, 라는 것이 남편의 표현입니다)에는, 공들여 그 카드에서 이름을 지우는 걸 봤어요.

그런 것으로서의 『유품의 노래』입니다만 그중 두 편을 내가 골라서 읽었는데, 특히 긴 시 쪽 한 편을 내가 기억하고 있는 건(마키도 같은 시기에 읽었는데), 남편이 예외적으로 그 시들을 잡지에 발표했기 때문이에요. 문예지 『신초新潮』 2007년 1월호에 게재했죠.

남편은 일흔 살 때 첫 손자가 태어난 일을 그 시에 쓰고 있습니다. 남편은 고양되어 그렇게 했다고 말했는데, 마키는 자신은 어쩔 수 없지만 다음 세대까지 끌어들이지 말라고 항의했고, 이후 그 원칙은 지켜져왔어요. 이번에 오랜만에 그 시를 읽어보고 나는 아무튼 희망이 느껴진다고 생각했어요.

그중에서도 나는 패전일에 마을 국민학교 교장선생이 절망적인 말을 외쳐 아이들을 동요시킨 장면이 실감난다고 생각했어요. 그런 장면에 이어지는 것이라면 아카리도 현실감을 느껴 작곡으로 살릴 수 있지 않을까요?

열 살 소년(남편)이 무서워져서 혼자 숲으로 들어가 생각하고 있는데 뒤에서 가까이 다가오는(그렇게 느낀) 발소리에 깜짝 놀라 그만 경사진 풀고사리숲에서 굴러떨어집니다. 그리고……의 한 구절입니다.

상처투성이인 나를 벌거벗기고,
당신이 따온 약초
기름을 발라주면서
어머니는 탄식했다.
아이들이 듣고 있는 자리에서,
우리는 다시 살 수 없다고
말해도 되나?
그리고 어머니는 나에게

오랫동안 수수께끼가 될 말을 이어갔다.
나는 다시 살 수 없다. 하지만
우리는 다시 살 수 있다.

이 마지막 두 줄은 시 전체의 마지막 부분에서 다시 반복됩니다. 어떤가요? 나카하라 주야의 시와는 다르지만 이 두 줄을 모티프로 작곡해보면 어떨까, 나는 그렇게 생각합니다……〉

아사는 다 읽은 팩스를 작게 접어서 가슴께에 다시 집어넣었다. 그제야 나는 비로소 아사가 패전 후……라고는 하지만 긴 시대를 구분한 느낌이긴 해도, 당시 서민의 풍속이 신속하게 바뀌지는 않았다…… 많이 봤던 기모노를 서양식 재킷처럼 차려입고 기모노 소매를 이 역시 어머니의 유품일 감색 가스리* 몸뻬바지 안에 넣어두었다는 것을 알아차렸다.

이미 아사가 읽은 치카시의 제안에 모두 동의하면서도 아무도 말을 하지 않는 가운데, 기 주니어가 질문했다.

"문법적으로랄까 어법적으로랄까, 모든 분께 질문드리고 싶은데, 조코 선생님 시에 감명을 받아서 드리는 이야기인데요, 그 소중한 한 줄에 우리**라는 말이 있습니다. 어렸을 때 어땠는지는 기억이 없지만, 어른이 되어 일본에 와서 다시 한번 일본 사회를 구어로 경험하면서 우리私ら, 우리들私たち 양쪽을 다 접해온 것 같습니다.

---

* 미리 부분염색한 실을 사용해 무늬를 만든 옷감.

** 私ら=washira=와시라. 와시는 watashi=私의 사투리 혹은 노인 용어. 일본어 나(watashi)에 들(ra)을 의미하는 복수조사를 붙인 말이다.

이 시에서 우선 교장의 발언으로 나오니까, **우리**는 남자들이 격식을 차린 표현일지도 모르겠습니다. 여자들이 구어로 나의 복수를 사용할 때는 **우리들**이라고 하는 거 아닙니까?"

"어법에 대해 말할 자격은 없지만," 아사가 대답했다. "이 시를 읽고 내가 생각한 건 오빠가 진짜로 그날의 기억 그대로 쓰고 있다는 사실입니다. 어머니가 **언제나** 그 말을 사용하신 건 아니에요. 그렇지만 **우리**라고 말씀하실 때는, 말하자면 어떤 각오를 담아 그렇게 말씀하신 거지요. 오빠의 어법으로 말하자면 '인생의 습관'으로서……

나는 어렸을 때부터 줄곧 어머니 입에서 나오는 **우리**라는 말을 들을 때마다 그렇게 느끼고 있었습니다. 이 시에서도 어머니가 교장에 대해 어떤 마음의 각오를 정하고 말씀하고 계시는 부분이 있고, 또 교장한테 반대하면서 자신의 생각을 드러내고 계시지요. 그런 각오가 **우리**에 스며 있습니다."

"**우리**라는 표현이 흥미롭습니다. **나**와 **우리**가 있어, **우리**라는 표현이 흥미롭다고 생각합니다."

"그 말은 이미 아카리가 이 두 줄에 대한 작곡을 시작했다는 이야기네요"라고 아사가 말했다.

"이 시의 다른 말들은 기니까요"라고 아카리는 나와……릿짱을 보면서 말했다.

그때까지 줄곧 침묵을 지키면서 이야기를 듣기만 했던 릿짱이 그런 아카리의 시선에 이끌리듯 한발 앞으로 나오더니, 아사가 조금 전에 '어머니가 **언제나** 그 말을 사용하신 건 아니에요. 그렇지만 **우리**라고 말씀하실 때는, 말하자면 어떤 각오를 담아 그렇게 말씀하신 거지요'라고

언급한 어조를 따라,

"우리는, 이제 이런 작업을 시작했어요. 아카리 씨는 앞서 언급된 두 줄을 작곡했고요. 바흐의 〈평균율클라비어곡집〉 15번과 같은 G장조의 전주곡입니다. 그 부분을 어떻게 활기찬 푸가로 만들어나갈 것인지가 제가 할 일이고요.

전주곡을 아카리 씨가 정확하게 치고 제가 여러 가지로 변주를 시도하고 있는데 기 주니어가 '아무튼 희망이 느껴진다'고 치카시 사모님의 말을 빌려 감상을 말해주었습니다. 저는 곡을 더 빛내는 역할을 맡고 있다고 했을 때 기 주니어가 우리를 깜짝 놀라게 한 제안을 했어요."

릿짱은 그렇게 말하고 아사 쪽을 보면서 이어가라는 눈짓을 했다.

"기 주니어는 아카리와 릿짱의 새 작품을 마키와의 약혼을 발표하는 자리에서 두 사람이 연주해주기를 바라고 있어요. 기 주니어가 마키와 재회한 후 곧바로 마키짱이 아닌 다른 이름으로 부르게 된 일을 오빠는 신경썼죠? 그건 두 사람이 오랫동안 편지를 주고받았기에 그렇게 된 거예요. 신부가 열 살쯤 나이가 많은데 요즘엔 그런 건 문제가 되지 않겠죠.

치카시 언니는 완쾌 축하연을 겸하는 그 자리에 참석하기 위해 도쿄 집에서 오빠와 아카리가 사는 이 집으로 건너올 겁니다. 옆집이 기 주니어와 마키 부부의 새 집이 됩니다."

당연히 나는 말을 잃었는데, 아사는 나에게 할 말을 더 준비해두었다. "오빠는 지금 집필중인 『만년양식집』을 완성하면, 오빠가 인생의 마지막 시기로 정해둔 여든 살을 준비하기 위한 생활로 들어가실 거죠? 그런 방식의 생활을 시작하게 되면 도쿄에 반원전 운동을 하러 가지 말고(6월에 경험한 것도 있으니) 여기서 이카타 원전의 재가동을 감시하는 사람들한테 집회나 시위에 끼워달라 하세요. 아카리도 아구이도 다 함께해줄 겁니다.

집회에서는 더이상 자신이 끝까지 볼 수 없는 미래에 대해 이야기하기보다, 앞서간 친구들이 어떤 식으로 인생의 마지막 정리를 했는지, 오빠가 그것을 어떻게 쿤데라가 말하는 이른바 『작품』으로 써냈는지를 젊은 사람들한테 전해주세요. 초조해하는 것도 좀 그렇지만 너무 느긋하게 지내는 것도 좀 그렇잖아요? 무스미 선생님처럼은 아니더라도, '여유를 갖고 서둘러라'라는 말대로 준비하는 걸로!"

3

이 글이 『'만년양식집'+알파』의 종간호가 되리라고 생각한다. 이제는 이 작은 잡지의 '+알파'를 써준 멤버 중 어떤 사람은 병들었고 나머지 사람들은 같이 바쁘고, 나 또한 각지에서 열리는 반원전 집회와 시위에 나가는 일이 많아져 아카리와 숲 가장자리에서 함께 살아가는 삶도 느긋한 생활은 아니게 됐다.

나의 시 두 줄을 중심축으로 한 마키와 릿짱의 공동 작업은 시작되었는데, 그것을 읽고 들어주는 누군가가 『유품의 노래』에서 선택된 시가 '3·11 이후' 쓰인 시가 아니라는 사실을 알고 놀랐다고 말했다는 걸 들었다. 나 역시, 시 속에 나오는 나의 칠십 년이라는 단어를 보면, 이 시는 치카시의 말대로 일흔 살의 내가 여든 살이라는 정점으로 향하는 나 자신에게 보낸(단적으로 말하자면, 한층 더 가혹할 '3·11 이후'에 살아남은 나 자신에게 보낸) 편지였을지도 모르겠다는 생각이 든다. 하지만 그런 나 자신에게 보낸 편지로서 지닌 언어의 힘에, 치카시는 **아무튼 희망이 느껴진다**고 말한 것이었다.

옮겨 적어 이 시를 종간호 부록으로 해둔다.

태어나는 일 자체의 폭력을
건너온 작은 아기가
아직 안 보이는 눈을 꼭 감고 있다.
첫 손주에게서 자신과 닮은 모습을 보고
다가오는 얼굴의 기척에
작은 아기가 울기 시작한다……
노년의 나 자신이
아기로 분장하고
울부짖고 있는 건 아닌가?
이 아기가 살아갈 세월은
그 가혹함에서
나의 칠십 년을 넘어설 것이다.
작은 아기는
질문할 언어는 갖지 않았으나
섬세한 미니어처 손가락을 벌려
자꾸 무언가를 잡으려 한다.

시코쿠 숲의 전승에
'나의 나무'가 있었다.
골짜기에서 살고 죽는 이들은
숲에 '자신의 나무'를 가진다.
사람이 죽으면
영혼은 높은 곳으로 올라가
'나의 나무' 밑동에 안착한다.
시간이 흐르면
영혼은 골짜기로 내려가
태어나는 아기의 가슴으로 들어간다.
'나의 나무' 밑에서
아이가 마음을 다해 빌면
나이를 먹은 자신이
만나러 와준다(와줄 때가 있다).

내가 열 살이 될 때까지
온 나라가 다 같이 전쟁을 했다.
아이였던 우리는 노래했다,
나라님 곁에서 죽고 싶네, 후회는 하지 않겠네,
나라님이
인간의 목소리로
전쟁에 졌다고 통고한 날
라디오 앞에서 교장이 서서 외쳤다.

우리는 다시 살 수 없다!
맑은 하늘에 침묵이 메아리쳤다.
숲으로 들어가 삼나무와 노송나무 혼성림을 빠져나가면
활엽수가 밝은 숲을 이루고 있다.
그 안에 서 있는 전나무 대군락이
우리집 사람들 모두의 '나의 나무'다.
나는 젊은 나무 한 그루 아래서 기다리고 있었다.
나이든 나에게
묻고 싶다고 바라면서……
나는 다시 살 수 있는 걸까?
노을 진 숲속에서
사람 발소리가 들렸을 때
나는 공포심에 머리카락이 쭈뼛 곤두서
풀고사리숲 사면으로 뛰어들었다가
머리를 부딪히고 허공으로 굴러떨어졌다.

상처투성이인 나를 벌거벗기고,
당신이 따온 약초
기름을 발라주면서
어머니는 탄식했다.
아이들이 듣고 있는 자리에서,
우리는 다시 살 수 없다고
말해도 되나?

그리고 어머니는 나에게
오랫동안 수수께끼가 될 말을 이어갔다.
나는 다시 살 수 없다. 하지만
우리는 다시 살 수 있다.

나라를 빼앗긴 동포의
미래가 보이지 않는 마음을 공유하며 싸웠고
백혈병과도 싸웠던 친구가
만년에 연구 주제로 삼은 건
어떤 유의 예술가가 죽음을 앞에 두고 선택하는
표현과 삶의 방식의 스타일.
그들은 평화로운 원숙함에 도달하지 못한다.
전통을 거부하고 사회와의 조화를 거부하고
부정성의 한가운데에
홀로 꼿꼿이 선다. 그리고,
일찍이 없었던 독창성에 도달하는 이들이 있다……
뉴욕 병실에서 보낸 마지막 팩스.
노년의 내면을 찢어버리는 모순을 두려워 마라.
곤경을 꿰뚫어보고 그 너머로
손을 내밀라,
불안정한 지면을 딛고 서서.

정신을 차리고 보니

나는 바로 그 노년의 곤경에 처해 있고
까탈스럽게 고립중이다.
부정의 감정과 더 친밀하다.
자신의 세기가 쌓아올려온
세계를 파괴하는 장치에 대해서라면
부정한들 이상할 건 없지만
그 해체를 향한 시도 대부분에
의구심도 품고 있다.
내 상상력이 쓴 소설 따위가
어느 만큼의 영향이 있었나, 싶어
어질어질해지는 땅 위에 웅크리고 있다.
그날, '나의 나무' 밑에서
나에게 오는 시간이 늦었던 노인은
지금의 나다.
소년에게 대답할 말을 찾지 못한 채……

태어난 지 일 년 지난
손주에게 내가 지금 봤을 터인
노인과 닮은 모습은 한 치도 없다.
팽팽한 피부에 빛을 머금고
나를 바라본다.
그 옆에 웅크린 내가 처한
노년의 곤경.

그건 깨뜨릴 수도
넘어설 수도 없지만,
깊이를 더할 수는 있다.
친구는 미완성으로 남은 책에 그렇게 썼다.
나도, 노년의
부정의 감정에 깊이를 더해간다면
불안정한 땅에서
높은 곳으로 내밀 손만은
누군가에게 가닿을 수가
있는 것이 아닐까?
부정성의 확립이란
어중간한 희망에 대해서는 물론이고
그 어떤 절망에도
동조하지 않는 일이다……
여기에 있는 순수한 한 살 아이가
모든 것에서 새로이,
왕성하게
무언가를 찾는다.

내 안에서
어머니의 언어가
처음으로 수수께끼가 아니게 된다.
작은 아이들에게 노인은 답변하고 싶다.

나는 다시 살 수 없다. 하지만

우리는 다시 살 수 있다.

오에 겐자부로, 기도하는 언어

사소설이라는 '양식'

『만년양식집』은 오에 겐자부로가 쓴 마지막 소설이다. 일본에서는 2013년에 발간되었는데, 이후 그는 소설을 다시는 쓰지 않았다. 그렇게 『만년양식집』은 현실 속 작가에게도 소설 속 주인공인 작가 코기토가 말한 "마지막 작업"이 되었다.

"제가 왜 『아름다운 애너벨 리 싸늘하게 죽다』에 이어 곧바로 『익사』를 쓰기 시작했을까요? 그건 내 인생에서의 두 가지 정신 중 하나인 전반에 대해 생각해보자, 그 작업을 대상에 대한 내 고찰 방식의 근간에 있는 소설을 통해 시도해보자고 생각했기 때문입니다." (『군조群像』 2010년 10월호에 게재된 「오에 겐자부로 후기 작업을 통해—국제적 시야로 본 오에 겐자부로 심포지엄」)

이 회고를 보면 오에에게 『익사』가 얼마나 중요한 작품인지 알 수 있는데, 그렇게 쓰인 『익사』가 "인생에서의 두 가지 정신 중 하나인 전반"에 대해 쓴 소설이라면 『만년양식집』은 나머지 하나인 후반에 대해 쓴 소설이라고 할 수 있다. 『익사』에서 소년인 자신을 사로잡았던 군국주의적 감성을 아버지를 통해 들여다보았다면, 『만년양식집』에서는 패전 이후에 이른바 '전후 민주주의'의 세례를 받고 그 자신도 전후 민주주의의 기수로서 반핵운동을 펼쳐왔던 자신과 전후 일본이 고찰 대상이 된다. 내용 면에서는 『익사』가 아버지와 자신의 이야기였다면 『만년양식집』은 자신과 아들에 관한 이야기다. 그 저변에 자신의 정신적 지주이기도 했던 스승과 친구의 이야기가 깔린다.

그런데 『익사』에서 이루어졌던 아들과의 화해는 순조롭지 않다. 『만년양식집』에는 여든을 바라보는 나이에 이르렀으면서도, 여전히 불안하고 여전히 감정에 흔들리는 노작가가 있을 뿐이다. 마지막에 나오는 시구에 "어떤 유의 예술가가 죽음을 앞에 두고 선택하는 / 표현과 삶의 방식의 스타일. / 그들은 평화로운 원숙함에 도달하지 못한다. / 전통을 거부하고 사회와의 조화를 거부하고 / 부정성의 한가운데에 / 홀로 꼿꼿이 선다"고 다시 표현되는 것처럼. 에드워드 사이드의 책 제목을 빌려왔다는 "만년"의 "양식"이란 바로 그런 "어떤 유의 예술가가 죽음을 앞에 두고 선택하는 / 표현과 삶의 방식의 스타일"이다. "평화로운 원숙함에 도달하지 못"했지만, "일찍이 없었던 독창성에 도달하는 이들"의 방식.

『만년양식집』은, 그런 "선택"을 굳이 해온 한 예술가의 "표현(문학)과 삶의 방식"을 원자력발전소 사고를 계기로 드러내면서 그 "독창성"을 자가 검증하는 작품이다. 동시에 에드워드 사이드의 책 원제가 "On

Late Style"(만년의 양식에 대해서)인 데 반해 소설 속 주인공은 자신의 소설 제목이 "In Late Style"(만년의 양식 안에서)이 될 거라고 작품 서두에서 말한다. 대상을 일방적으로 고찰하기보다는 자신도 대상이 되어 좌충우돌하는 이야기가 되리라는 점을 말하는 것일 테다. 또한 하나가 아닌 "여러 양식 사이를 넘나드는 형태"가 되리라고 설명한 대로 이 소설은 편지와 인터뷰 등 여러 형식으로 전개되는데, 전체적으로는 오에의 소설에서 익숙한 '사소설' 형식을 띠고 있다. 하지만 오에의 이런 방식(양식)은 일본의 '사소설'과는 근본적으로 다르다. 오에 자신도 설명하는 것처럼.

"'사소설'이라는 일본적 용어를 사용해 굳이 말한다면, '나'가 화자인 나의 소설들은 반'사소설'이라는 것이 저의 분명한 생각입니다. '사소설'적인 자신을 깨부수는 것이죠. '나'라는 주체를 근본적으로 비판 가능한 수단으로서 이 스타일을 사용합니다." (『군조』 2010년 10월호에 게재된 「오에 겐자부로 후기 작업을 통해—국제적 시야로 본 오에 겐자부로 심포지엄」)

말하자면, 그저 현실 속 자신의 이야기를 쓰고 있는 것처럼 보이지만 내용에선 그 어떤 제삼자보다도 철저하게 자기 상대화를 시도한다는 점에서 오에의 소설은 전통적인 의미에서의 '사소설'이 아니다. 오해를 받으면서도 오에는 그런 시도를 오랜 기간에 걸쳐 굳이 감행해왔는데, 마지막 소설에서는 그런 시도가 극대화된다. 오에의 소설에서 여성들이 등장해 주인공인 작가의 생각과 행동에 대해 날카로운 비판을 시도하는 경우는 이미 적지 않았는데, 『만년양식집』에서는 관계자 여성들이 총출동할 뿐만 아니라 소설에 직접 개입까지 한다(물론 '장치'

다). 가장 가까운 사람들이 작가의 과거와 현재를 검증하고 날카로운 비판을 가하는 역할로 등장하는 것이다. 오십 년을 훌쩍 넘어선 오에의 작가 인생이 송두리째 부정당할 수도 있는 위험한 시도가 사소설일 리는 없다. 작가 오에는 이런 식의 자기비판적 "양식"(스타일)을 전 생애에 걸쳐 고수해왔다. 노벨문학상 수상 작가라는 화려한 타이틀을 가지면서도 오에가 결코 대가연하지 않았던 이유이기도 할 것이다.

동일본대지진 이후

이 작품은 2011년 3월 11일에 발생한 이른바 '동일본대지진' 직후의 시간을 다루고 있다. 실제로 소설이 쓰이고 연재된 시간도 2012년 1월부터 2013년 8월까지다. 그러니까 동일본대지진 이후 일본의 혼란스러운 상황을 담아낸 소설 속 시간과 집필 시간은 겹친다. 프랑스 작가와의 대담이나 원자력발전소 반대운동 시위 등 작품 속 장면에서도 작가인 오에 겐자부로의 실제 체험이 그대로 반영되었다.

도쿄 자택에서 원자력발전소 사고 소식을 맞닥뜨린 주인공 코기토는 일본이 더이상 생명을 품을 수 없는 절망의 땅이 되어버렸다고 인식하고 정신적으로 '파국'(카타스트로피)을 맞는다. 구상중이었던 소설을 더이상 쓰지 못하고 책을 읽을 기력조차 잃고 마는 식으로. 대신 지진으로 책들이 엉망으로 흐트러진 서고에서 발견한 노트에 그때그때의 상념을 적기 시작한다. 그 노트에 붙인 제목이 '만년양식집'이라는 설정이다.

그 와중에 1987년에 발표한 작품 『그리운 시간에 보내는 편지』에 등장하는 코기토의 정신적 스승인 기 형의 아들 기 주니어가 미국에서 찾아온다. 기 주니어의 표면적 방일 목적은 일본에서 발생한 지진과 쓰나미라는 '파국'의 취재지만, 그로 인해 또하나의 '파국'을 맞은 코기토를 인터뷰하게 된다. 이후 작품은 그 인터뷰와 주변 여성들의 글과 기억이 섞이며 마치 푸가처럼 전개된다.

코기토가 겪는 정신적 불안의 핵심은, 이미 중년을 넘어섰지만 아버지로서 보호해야 할 아들 아카리에게 있다. 파국적 재앙이 일어났을 때 아버지로서의 자신은 장애를 가진 아들을 안전한 곳으로 피신시킬 수 있을 것인가? 심지어 사소하지만 작은 갈등이 단초가 되어 자신은 아들과 불화하는 중이다. 그러니 애초에 '지키는' 역할이 가능하기는 한가? 중년이 된 아들은 이미 아버지를 능가하는 체구를 지녀서 늙고 힘없는 자신이 아들을 피난시키기란 쉽지 않다. 무엇보다도, 작은 갈등의 여파로 아들은 아버지를 거부하는 중이다. 아들은 보호자로서의 역할을 아버지에게 맡길 것인가? 신뢰는 회복될 것인가?

코기토로서는 장애를 갖고 태어난 아들을 헌신적으로 보살펴온 자신과 아카리의 관계를 되돌아보지 않을 수 없다. 그런데 그런 아버지에게 최후의 일격을 가하듯 딸이 말한다. "아빠는 아카리 오빠의 지적 장애를 마음 깊은 곳에서는 존중하지 않게 된 것 아닐까요?" 장애를 갖고 태어난 아들을 받아들이고(『개인적인 체험』), 이후 어려움 속에서도 아들의 음악적 재능을 키워가며 함께 살아온 세월은 소설 속 작가 코기토와 관련한 설정인데다 오에 자신의 것이기도 하다. 사적일 뿐만 아니라 유명해지면서 널리 알려진 인생 자체가 부정당할 수도 있는 위기를 작품은 그렇게 준비한다.

작가는 왜 굳이 이런 설정을 고안해냈을까. 오에는 자신의 작품이 "기도"로서의 언어를 찾는 과정이었다고 말한 적이 있다. 실제로, 그가 써온 글들은 장애를 갖고 태어난 아들을 돌보는 삶 속에서 하루하루를 살아낼 '힘'을 갈구하는 기도였다. 기도를 지탱하는 '힘'이란 자신과 신 앞에 부끄럽지 않을 때에만 손에 쥘 수 있는 어떤 것일 터. 지나치리만큼 엄격하게 보이는 코기토의 자신에 대한 의구심은, 그 '힘'을 강하게 만들기 위해서 필요했을 것이다. 말하자면 작가 오에는 힘을 얻기 위해 자기파괴를 시도한다.

물, 나무, "그리운 시간"

현재의 갈등과 마주하는 시간은 그렇게 과거와 마주하는 엄혹한 시간이 된다. 작가의 소설에서 "일방적으로 묘사되어온 사실에 불만을 품고 있다"는 여성들, 즉 조코 코기토의 여동생 아사, 아내인 치카시, 딸인 마키로 이루어진 "세 여자"가 그 회의의 시간에 엄혹한 비판자로서 등장한다. 코기토의 '이야기'—"표현과 삶"을 반추하고 의미를 부여하거나 탈환하는 역할로. 그리고 「하늘의 괴물 아구이」와 『그리운 시간에 보내는 편지』라는 코기토의 과거 장단편이 그 도정에서 저음부를 이루며 소설은 전개된다.

그 도정에는 물이 원인이 된 죽음이 반복적으로 등장한다. 제목부터 『익사』라는 작품을 쓰기도 한 코기토의 아버지는 강물에 익사했고, 아버지를 따랐던 정신적 후계자는 나뭇가지에 고인 물웅덩이에 머리를 담근 채 죽는다. 그 기묘한 죽음의 '양식'은 이미 패전을 맞은 열 살 소년 코기토가 강물 속 바위틈에 머리를 박아 아버지를 구하지 않은 자신의 잘못을 속죄하고자 했을 때 이미 경험했던 '양식'이다. 기 형은 '검은 물'에 빠져 죽는다.

물이 죽음의 장치라면, 죽음과 이승의 사이에 나무가 있다. 산중턱에 위치하는 것으로 묘사되는 "덴쿠보"라는 이름의 습지대 한가운데 솟은 거목이 『만년양식집』에서는 그 역할을 대표한다. 『그리운 시간에 보내는 편지』에 나오듯이, 악취와 진흙 뻘로 채워진 습지대였던 덴쿠보에 기 형은 "아름다운 마을" 만들기를 꿈꾸며 제방을 쌓는다. 덴쿠보 호수의 물은 "악취가 나는 검은 물"인데, 기 형은 "특별한 성분이 포함된 광석층이라도 있나?"라는 말로 숲 근처 광산이 그 이유일 수 있음을 암시한다. 죽음의 호수가 된 습지대 한가운데 솟은 거목은 죽음을 이겨내는 생명의 상징이 될 터였다. 덴쿠보란 그렇게 죽음과 생명이 교차하는 공간으로 등장한다.

기 형을 데려간 죽음으로부터 삶 쪽으로 안아올리거나 죽음의 뒤처리(시체 수습)를 담당한 것은 코기토의 여동생과 기 형의 부인이었다. 코기토의 여동생 아사는 아직 소녀였을 때 숲으로 들어가 나뭇가지들에 고인 빗물에 익사할 뻔한 어린 코기토의 다리를 잡아당겨 죽음으로부터 끌어내준 경험이 있다. 그때 오빠를 구해냈던 여동생은 말한다. 오빠에 대한 감정과는 별개로 언제든 자신은 오빠의 다리를 잡아 이승으로 끌어낼 것이라고. 어떤 경우든 오빠를 그냥 죽도록 내버려두지는 않겠다고.

오에의 소설들에서 여성들은 냉철한 비판자로 등장하면서도 그런 방식으로 깊은 신뢰와 보호의식 또한 보여준다. 그들은 상처받기도 하지만 고통을 견디고 넘어서서 심약한 남성들을 돌보고 구원하는 강한 존재로 그려지곤 한다. 또한 그 배경에는 갈등 이전의 시간들—안온한 휴식의 시간, 신뢰와 사랑이 충만했던 시간이 있다. 아무도 상처받지 않고 훼손되지 않았던 시간. 무한한 신뢰로 가득한 공간. "그리운 시간"으로 명명되는 시간이다.

"그리운 시간"이란 민속학자 야나기다 구니오柳田国男의 개념인데, 오에 소설에는 반복적으로 그 '시간'에 대한 그리움과 갈망이 등장한다. 장애를 가진 아이도 어른들의 따뜻한 관심 속에서 그저 순진무구할 수 있었던 평화의 시간. 들판의 꽃을 따거나 하늘로 뻗은 나무를 보면서 나뭇가지를 지나는 바람소리를 함께 듣는 시간. 한동안 음악을 만들지 못했던 아카리가 다시 음악을 작곡하게 되는 그런 공간이 품었던 시간이기도 하다. 오에 소설에 반복적으로 그런 공간과 '시간'이 서술되는 이유는, 그런 시간이, 혹은 그런 시간을 기억하는 시간만이 삶을 이어갈 힘을 만들어준다는 인식에 있다.

오에는 자신의 소설들이 그 시간에 보내는 편지라고 말한다. 편지를 쓰는 시간이란 누군가와 공유했던 시간, 상대도 자신도 상처받기 이전의, 그저 따뜻하기만 했던 시간에, 태초의 시간에 가닿으려는 갈망의 표현이다. 말하자면 오에의 소설들은 그런 "그리운 시간"을 기억하고 회복시키고 다시 살아가려는 시간의 흔적이다. 하늘로 뻗은 나무들에게서 기도를 듣고 인간의 모습을 찾아내기도 한다. 고통이 사라지는 일은 없지만, 그럼에도 하늘로 뻗은 나무들이 품은 기도는 인간을 구원할 것이라는 신념이 오에의 소설들에는 깔려 있다.

죽음(파국), 남성, 근대국가

그러나 그런 시간을 함께했으나 끝까지 함께하지 못한 이들이 있다. 친구 고로와, 어린 시절에 코기토에게 지대한 영향을 준 스승이자 형 같은 존재인 기 형 등의 가까운 남성들이다. 그들은 주변의 폭력을 이겨내지 못했고 결국 죽음을 선택했다. 그들은 죽고 코기토는 살아남았지만 코기토 자신이 그런 선택을 할 수도 있었다는 점에서 그들은 코기토의 분신이다. "그리운 시간"에 대한 갈망과 함께 그런 시간을 다시 공유하지 못하는 이들의 죽음과 폭력이 오에 소설의 중심을 이루는 이유이기도 하다.

그들을 훼손시킨 것들, 태어나면서 죽을 때까지 인간에게 가해지는 크고 작은 폭력이 오에의 주요 관심사이기도 하다. 상처받지 않고 부서지지 않았던 시기의 인간 존재에 대한 그리움이 큰 만큼 그 훼손에 대한 분노도 크다.

물론 그 분노는 자신에게 향하기도 한다. 그러나 『익사』에서 아버지의 죽음에 대한 이해가 곧 자신에 대한 이해이자 자신과의 화해이기도 했던 것처럼, 그들의 죽음에 대한 이해는 자신을 위한 것이기도 하다. 그러니만큼 "마지막 작업"에서 그 과제는 코기토 앞에 다시금 놓이게 된다.

자신의 (잘못된) 선택을 이해하고 납득하고 희망을 찾으려면 자신과

제대로 마주해야 한다. 에드워드 사이드가 제시한 "만년"의 스타일이란 "원숙이나 노숙 같은 경지를 부정하듯 만년에도 방식을 바꾸는 것을 두려워하지 않고, 때로 그 시점까지 쌓아온 성과를 부정하면서까지 새로운 도전을 계속하는 자세"(에드워드 사이드, 『만년의 스타일晩年のスタイル』, 오하시 요이치大橋洋一 옮김, 이와나미서점, 2007)였다. 기 형의 아들인 기 주니어는 자신의 의지로 파국을 피하지 않았던 예술가로서 사이드를 언급했고, 이제 조코 코기토도 기 주니어에 의해 시험대에 들게 되는 것이다.

코기토는 나쓰메 소세키의 소설 『마음』에 등장했던 "검은 빛줄기"—장애아의 탄생일 수도 있고 핵재난, 혹은 전쟁일 수도 있는 절망적 상황—에 사정없이 뒤흔들리면서도 그 빛줄기의 연원을 분석하고 이해함으로써 넘어서고자 한다. "검은 빛줄기"로 은유된 것은 예기치 않았던 재앙이나 폭력, 인생을 휘둘러왔을 수 있는 삶의 어두운 부분이다.

그 부분을 직시하기 위해 자신의 인생과 소설 전부를 드러내 보이는 시도는, 메이지시대 작가 나쓰메 소세키가 소설 『마음』에 메이지 천황을 따라 죽는 인물을 등장시켜 자신을 알고 싶어하는 청년에게 "심장을 깨서 그 피를 상대에게 뿌려" 보이겠다며 어두운 비밀을 고백한 주인공과 겹쳐 보이기도 한다. 이후에 말하는 것처럼 양상은 다를지언정 사람과 사람 사이의 관계성에 대한 희구라는 점에서 오에의 작품은 메이지시대 소세키와 맞닿아 있다.

하지만 소세키의 시도가 결국 남성들 간의 남성 연대였고 개인의 도덕감정의 발동을 위해 "메이지 정신"이라는 이름의 국가를 동원했던 데 반해, 오에의 소설에서는 여성들의 비판을 통해 국가도 민족도 상대화된다. 수많은 이들의 죽음과 고통을 부른 핵과 원자력발전소를 관리해온 주체가 국가였던 이상, '전후 일본'의 '민주주의'에 의해 성장한 오에로서는 필연적 도약이었을 것이다.

여성들의 목소리를 빌려 표현되곤 하는 오에의 국가 비판은 남성 중심의 근대 국민국가 비판이기도 하다. 근대 국민국가의 크고 작은 폭력이 자행되기 이전의 원초적 공간을 향한 지향성이 그 너머에 엿보인다. 하나의 공동체가 도시와 시골로 나뉘어 서로 차별하고 지배하게 된 근대적 공간을 넘어선 공간이자 신뢰가 넘치는 평등과 공존의 공간을 향한 지향성이.

『익사』에서 고작 비행기 착륙을 위해 숲을 훼손하려는 남성들을 비판하고 숲을 지키며 숲의 이야기(역사)를 계승해나가는 존재로 여성이 선택되는 이유도 거기에 있다. 혼자 쓰면서도 같이 쓴 것처럼 보이도록 하는 '양식'이 선택되는 것도. 국경으로 나뉜 '근대적 개인'들의 고립을 넘어선, 태고의 "그리운 시간"을 회복하려는 지향성의 이유도. 오에의 소설들은 그런 의미에서 개인의 내면에 집착했던 근대소설을 넘어서려 하는 메타픽션이자 공동체 회복을 지향하는 소설이기도 하다.

숲의 사상

마지막 작품인 『만년양식집』 역시 예외 없이 '파국'을 넘어선 희망을 제시한다. 말미에 보이는 "나는 다시 살 수 없다. 하지만/ 우리는 다시 살 수 있다"는 말도 앞선 죽음을 기억하는 삶이 그 자신의 죽음을 기억할 생명을 다시 낳으리라는 인식에 있을 것이다. 그렇게, 절망적인 상황에서도 언제나 한줄기 빛을 찾아내는 힘을 만든 것은 오에를 키운 숲일 테다.

오에의 작품은 나무들로 가득하고, 나무는 인간의 영혼이 깃든 공간으로 인식되는데, 고향에서 "가장 아름다운 것을 표현하고 있는 것이 숲이었다"고 말하기도 한다. "숲에 들어가면 그 전모를 다 알 수 없을 만큼 나무들이 넘쳐났고, 가지 하나 이파리 하나를 들여다본들 그 소중한 대상을 다 파악할 수는 없다는 생각이 들었다. 모르긴 몰라도 내가 죽을 때까지 지켜가야 할 세계 인식이 거기에 있었다. 젊었을 때 아무것도 모르면서 소설을 쓰기 시작했을 무렵에 내가 자신에 대한 믿음을 가질 수 있었던 것은 나무라는 모델이 있었기 때문이다." "어릴 때부터 나의 표현 양식의 이상은 숲이었다"(『오에 겐자부로 전 소설大江健三郎全小説』 제1권 해설, 고단샤, 1996)고도.

그런 의미에서 오에는 숲이 낳은 작가다. 학생 시절에 작가가 되어 일찍부터 각광을 받았지만 자신을 "진짜 소설가"로 만들고 싶다고 생각했을 때 쓸 수 있고 써야 한다고 생각한 것도 숲에 관한 이야기였다. 이후, 산골짜기 숲속 마을에 살아 있던 신화와 전승을 어린아이의 상상력을 더해 수용했던 경험들이 이후의 오에 작품들의 중심을 이루게 된다. 노벨문학상을 수상했을 때 대표작으로 언급되었던 『만엔 원년의 풋볼』도 그렇게 태어났다.

오에가 일본인 최초로 노벨문학상을 수상한 가와바타 야스나리와 근본적으로 다른 작가가 될 수 있었던 것도 오에가 숲을 그저 미적 감성으로 보는 차원을 넘어 사람이 숨쉬는 '이야기'의 공간으로 보았기 때문이다. 오에에게 숲이란 근대적 국경 안에 존재할지언정 국경을 넘어서 세계를 이해하고 세계인들과의 연대가 가능한 공간이었다. 평생 "국가"라는 틀에 부정적이도록 만들고 〈아름다운 일본의 나〉라는 가와바타 야스나리의 노벨상 수상 강연을 의식하며 〈애매한 일본의 나〉라는 수상 강연문을 쓰도록 만든 배경이기도 하다. 체제 권력에 순종적이지 않았고 노벨상 시상 때 천황이 주는 상을 거부한 것도 중앙 권력과 멀리 떨어진 숲속에서 상상력과 사고력을 키운 소년 시절의 결과일 것이다.

그런 오에는 아시아와 신뢰 관계가 성립되기를 바랐고, 개인적/사회적(역사적) 상처를 입은 피해자이자 가해자를 들여다보는 작업도 게을리하지 않았다. 그가 작품에 주로 인용해온 글은 예이츠, 브레히트, 라블레 등 주로 서양 작가의 것이고 저변에 흐르는 선율은 바흐나 모차르트 등 서양 음악가의 것이지만, 오에는 한국의 가야금도 즐겨 듣고 심지어 손녀의 이름을 가야금에서 따와 '가야'로 지었다. 그 역시 아시아로 향하는 오에의 마음이 시킨 것일 테다.

"해결하고 싶은 문제가 있습니다. 일본과 아시아 각국의 문제 등입니다." "아시아의 화해를 아시아 각국이 바란다는 사실에 전 세계 사람들이 공감하리라 생각합니다." "아시아에서 진정한 화해가 성립 가능할지, 마음을 다해 상대를 신뢰하고 공정하게 사태를 진전시키는 정황이 올 것인지에 관해 내 안에서 가장 중요한 부분을 집중시키고 싶습니다. 그리고 그 진전을 바라면서 조금이라도 도움이 되는 일을 하고 싶습니다." (「나의 문학과 지난 60년」, 『일본연구』 7권, 고려대 글로벌 일본연구센터, 2007)

다만, 그가 서 있는 곳은 단순하지만은 않다. 아시아의 가해자이자 국가에 의한 피해자이기도 한 일본인이라는 모순으로 가득한 존재와도 '제대로' 마주하려 했다는 점에서 오에는 이른바 '양심적 지식인'과는 조금은 다른 위치에 서 있었다. 상처 입은 아시아와의 화해를 지향하고 치유를 위해 시도하지만, 손쉬운 사죄 대신에, 자신이 태어나 자란 나라인 일본의 과거와 현재를 비판적으로 돌아보는 작업으로 오에는 그 과정을 걸어왔다. 그런 의미에서도 오에는 이른바 여타의 '양심적 지식인'들과는 조금은 다르게 기억되어야 한다.

오에 겐자부로의 작품을 다섯 권 번역했다. 『만년양식집』이 그 다섯 번째이자 마지막 번역 작품이 되었다. 『인생의 친척』(1989) 이후, 『만엔 원년의 풋볼』(1967)과 마지막 3부작 『아름다운 애너벨 리 싸늘하게 죽다』(2007), 『익사』(2009)에 이어 이 『만년양식집』(2013)을 번역했으니 작가의 초·중·후반 작품들과 간헐적으로나마 깊게 만나는 행운을 누렸다.

타 출판사에서 기회를 얻어 기획한 일본 근현대문학 시리즈에 『인생의 친척』을 넣으면서, 한국이 아직 저작권법에 가입하지 않았던 때였으나 정식으로 계약을 맺고 번역했다. 그 인연으로 노벨문학상을 수상한 다음해에 오에 선생이 방한했을 때 유일하게 인터뷰 요청을 수락받아 만난 것이 오에 선생과의 첫 만남이었다. 이후 오에 선생과 서울 혹은 도쿄에서 만나면서 결과적으로 나 자신의 인생에서도 오에 겐자부로라는 작가와 삼십 년 세월을 함께한 셈이 되었다.

짧은 지면에 담을 수 없을 만큼의 추억들이 있지만, 선생의 자택을 방문했을 때 아들 히카리 씨가 신발을 잘 신을 수 있도록 몸을 굽혀 바로 놓아주던 선생의 모습이 특히 오래 머리에서 떠나지 않았다. 너무나도 일상적인 그 몸짓이 바로 선생의 '기도'로 보였기 때문이다.

이 해설의 초고를 출판사에 보내고 나서 오에 선생이 작고하셨다는 비보를 접했다. 나에게도 오에 작품의 마지막 번역이 된 『만년양식집』을 완역하기까지, 개인적인 고난 속에서 여러 해를 허우적대느라 너무나 많은 시간이 걸리고 말았고, 결국 한국어판 번역본 소식을 전할 수 없게 되었다. 비통한 마음으로 오에 선생님과 오래 기다려준 문학동네에 죄송한 마음을 전한다.

박유하

1935년 1월 31일 일본 에히메현에 있는 오세무라에서 태어남. 산으로 둘러싸인 골짜기 마을인 오세무라는 이후 오에 겐자부로의 정신세계 형성에 큰 영향을 미치게 된다.

1941년 오세 소학교 입학. 같은 해에 태평양전쟁 발발.

1945년 일본의 패전. 오에는 10세의 나이로 패전을 경험하게 된다.

1947년 오세 중학교 입학. 이해에 일본을 점령한 연합군이 주도해 만들어진 반군국주의, 반제국주의적 신헌법이 시행되었고 이에 기반한 이른바 '전후 민주주의'가 지배적 사상이 된다. 오에는 이 사상에 큰 영향을 받고 자란 세대로 스스로를 '전후 민주주의자'로 칭하게 된다.

1950년 에히메현 고등학교에 입학했지만 집단 괴롭힘으로 인해 다음해 마쓰야마히가시 고등학교로 전학. 이 학교 재학중에 오에에게 커다란 영향을 끼치게 되는 이타미 주조와 친구가 된다.

1954년 도쿄대학 교양학부에 입학. 교양학부 교지에 「화산火山」을 게재, 이초나미키상을 수상함. 이 무렵부터 카뮈, 포크너, 사르트르, 아베 고보 등을 탐독한다.

1956년 문학부 불문학과를 선택, 평생의 은사 와타나베 가즈오를 만나 사사한다. 희곡 「짐승들의 목소리獣たちの声」가 창작 희곡 콩쿠르에 당선, 같은 해에 미군이 관리하던 다치가와 기지 확장 반대 시위에 참여한다.

1957년 〈도쿄대학신문〉의 사츠키사이상에 당선된 단편 「이상한 작업奇妙な仕事」을 평론가 히라노 겐이 주목. 『문학계文学界』에 「죽은 자의 오만死者の奢り」으로 등단. 이 작품은 곧바로 제38회 아쿠타가와상 후보작으로 추천된다.

1958년 첫 장편소설 『싹 뽑고 새끼 솎기芽むしり仔うち』 출간. 「사육飼育」으로 아쿠타가와상 수상, 1956년에 수상한 이시하라 신타로에 이어 두번째 최연소 수상자가 됨. 단편집 『보기 전에 뛰어라見るまえに跳べ』 출간.

1959년 도쿄대학 졸업. 논문은 「사르트르 소설에서의 이미지에 대해サルトル小説におけるイメージについて」. 같은 해에 장편 『우리의 시대われらの時代』 발간. 이 작품부터 성을 테마로 한 이야기를 적극적으로 다루게 된다. 장편 『밤이여 천천히 걸어라夜よゆるやかに歩め』 출간.

1960년 시인 다니가와 슌타로 등이 중심이 된 젊은 문화인 모임 '젊은 일본의 모임'과 일미안전보장조약에 반대하는 '안보 비판의 모임'에 참여. 장편 『청년의 오명青年の汚名』 출간. 친구 이타미 주조의 여동생인 이타미 유카리와 결혼.

1961년 당시 사회당 당수였던 아사누마 이네지로를 한 우익 소년이 암살한 사건을 바탕으로 「세븐틴セヴンティーン」과 「정치 소년 죽다政治少年死す」를 발표, 우익 단체로부터 협박을 받았다.

1962년 장편 『늦게 온 청년遅れてきた青年』 출간.

1963년 중편집 『비명叫び声』, 단편집 『성적 인간性的人間』 출간. 장남 히카리가 장애를 갖고 탄생. 이후 히로시마를 방문하고 전환기를 맞게 된다.

1964년 장편 『일상생활의 모험日常生活の冒険』 출간. 지적 장애를 갖고 태어난 아이와의 공존을 결심하기까지의 젊은 아버지의 심리를 그린 소설 『개인적인 체험個人的な体験』으로 신초샤 문학상 수상. 히로시마를 여러 차례 방문하며 『히로시마 노트ヒロシマノート』 연재 시작. 이 무렵부터 지적 장애를 가진 아이와의 생활과 히

로시마의 원폭 체험이 오에 소설의 주요 테마가 된다.

1965년 오키나와 방문. 르포르타주 『히로시마 노트』 출간. 평론집 『엄숙한 줄타기厳粛な綱渡り』 출간.

1967년 『만엔 원년의 풋볼万延元年のフットボール』 출간, 다니자키 준이치로 상 수상. 1860년에 시코쿠 골짜기 마을에서 일어난 민중 봉기와 그로부터 100년 후인 1960년의 안보 투쟁을 배경으로 공동체의 폭력에 상처받은 영혼에 관한 이야기를 난해하면서도 시적인 필치로 써냈다. 장녀 탄생.

1968년 오스트레일리아, 미국 여행. 평론집 『지속되는 의지持続する志』 출간.

1969년 『우리의 광기 속에서 살아남을 길을 말하라われらの狂気を生き延びる道を教えよ』 출간. 차남 탄생.

1970년 르포르타주 『오키나와 노트沖縄ノート』, 평론집 『파괴되는 존재로서의 인간壊れものとしての人間』 『핵시대의 상상력核時代の想像力』 출간. 아시아·아프리카 작가회의에 참석하기 위해 아시아 여행.

1971년 히로시마 원폭병원장과의 대담집 『원폭 후의 인간原爆後の人間』 출간. 『오키나와 경험沖縄経験』을 공동 창간.

1972년 중편 『손수 나의 눈물을 닦아주시는 날みずから我が涙をぬぐいたまう日』, 평론집 『고래가 사멸하는 날鯨の死滅する日』 출간. 이 무렵부터 1970년의 미시마 유키오의 할복자살 사건을 비판하며 천황제 문제에 관해 쓰기 시작.

1973년 장편 『홍수는 나의 영혼에 이르러洪水はわが魂に及び』로 노마문예상 수상. 천황제 문제를 비판적으로 다루었다. 작가론 『동시대로서의 전후同時代としての戦後』 출간. 소련 여행.

1975년 『상황으로状況へ』 『문학 노트文学ノート』 출간.

1976년 멕시코 국립대학 콜레히오 데 메히코의 객원교수로 체류. 평론 『언어에 의해言葉によって』, 천황제와 핵 문제를 고찰한 소설 『핀치 러너 조서ピンチランナー調書』 출간.

1978년 평론 『소설의 방법小説の方法』 『표현하는 자—상황·문학表現する者一状況・文学』 출간.

1979년 소설 『동시대 게임同時代ゲーム』 출간. 지방, 국가, 우주의 역사를 쓰는 주인공을 '파괴하는 사람'으로 내세워 인간의 영혼에 대해 고찰.

1980년 문학시평집 『방법을 읽다方法を読む』 『현대 전기집現代伝奇集』 출간.

1982년 단편 연작집 『'레인트리'를 듣는 여자들「雨の木」(レイン・ツリー)を聴く女たち』 출간. 이 작품으로 다음해에 제34회 요미우리 문학상 수상. 평론집 『핵 불덩이와 '인간'의 목소리核の大火と「人間」の声』 출간. 오다 미노루 등이 중심이 된 '핵전쟁의 위기를 호소하는 문인들의 성명'에 발기인으로 참여.

1983년 윌리엄 블레이크의 시를 바탕으로 아들 히카리와의 생활에 대해 쓴 『새로운 사람이여 눈을 떠라新しい人よ眼ざめよ』 출간. 이 작품으로 오사라기 지로 상 수상.

1984년 단편집 『어떻게 나무를 죽일 것인가いかに木を殺すか』 『일본 현대의 휴머니스트 와타나베 가즈오를 읽다日本現代のユマニスト渡辺一夫を読む』 출간. 단편 「하마에게 물리다河馬に噛まれる」로 가와바타 야스나리 문학상 수상.

1985년 단편집 『하마에게 물리다』 『삶의 방식의 정의—다시 상황으로生き方の定義一再び状況へ』 『소설의 음모, 지의 즐거움小説のたくらみ, 知の楽しみ』 출간.

1986년 『M/T와 신비한 숲 이야기M/Tと森のフシギの物語』 출간.

1987년 단테의 『신곡』을 저변에 깐 『그리운 시간에 보내는 편지懐かしい年への手紙』 출간. 모스크바 원탁회의에 출석.

1988년 장편 『킬프의 군단キルプの軍団』, 평론 『새로운 문학을 위해新しい

文学のために』『마지막 소설最後の小説』 출간.

1989년 『인생의 친척人生の親戚』 출간. 이 작품으로 이토 세이 문학상, 유로팔리아상 수상.

1990년 핵 문제와 인류 구원의 주제를 다룬 『치료탑治療塔』, 장애아 오빠와 여동생의 일상을 그린 『조용한 생활静かな生活』 출간.

1991년 『치료탑 행성治療塔惑星』 『히로시마의 생명나무ヒロシマの生命の木』 출간.

1992년 『내가 정말 젊었을 때僕が本当に若かった頃』 『인생의 습관人生の習慣』 출간.

1993년 『우리의 광기 속에서 살아남을 길을 말하라』로 몬델로상 수상. 『'구세주'가 맞기까지—불타오르는 초록빛 나무 제1부「救い主」が殴られるまで—燃えあがる緑の木第一部』 『새해 인사新年の挨拶』 출간.

1994년 『흔들리다—불타오르는 초록빛 나무 제2부揺れ動く—燃えあがる緑の木第二部』 출간. 각 분야에서 국제적으로 공헌한 이에게 수여하는 아사히상 수상. 같은 해 10월에 가와바타 야스나리에 이어 일본인으로서 두번째로 노벨문학상 수상. 12월 스웨덴 스톡홀름에서 열린 시상식에서 가와바타의 〈아름다운 일본의 나美しい日本の私〉를 의식한 〈애매한 일본의 나あいまいな日本の私〉라는 제목으로 기념 강연. 일본 정부가 문화훈장과 문화공로자상을 수여하기로 결정했으나 '전후 민주주의자로서 자신은 민주주의 이상의 권위와 가치를 인정하지 않는다'며 거부. 『소설의 경험小説の経験』 출간.

1995년 『위대한 날에—불타오르는 초록빛 나무 제3부大いなる日に—燃えあがる緑の木第三部』 출간. 독일 작가 귄터 그라스와 주고받은 서신을 '전후에 대한 물음'이라는 제목으로 〈아사히 신문〉에 발표. 프랑스의 핵 실험에 항의해 예정되었던 문학 행사 참여를 취소.

1996년 『일본의 '나'로부터의 편지日本の「私」からの手紙』 『느슨한 인연ゆる

やかな絆』 출간. 프린스턴대학에 반년 동안 체재.

1999년 『공중제비宙返り』로 집필 재개.

2000년 1997년 친구 이타미 주조가 자살한 사건에 기반한 소설 『체인질링取り替え子』 출간.

2002년 『우울한 얼굴의 아이憂い顔の童子』, 아동 도서 『2백 년의 아이二百年の子供』 출간. 레지옹 도뇌르 훈장 수훈.

2003년 이라크전쟁으로 자위대가 이라크에 파견되자 일본을 비판.

2004년 가토 슈이치, 쓰루미 순스케 등 일본 전후를 대표하는 지식인들과 함께 전쟁을 못하도록 규정하고 있는 헌법 9조를 개정하려는 움직임에 반대하는 '9조회'에 참여, 이후 적극적으로 지방에서의 강연회 등을 행했다.

2005년 미시마 유키오와 일본의 전후 문제를 다룬 장편소설 『책이여, 안녕!さようなら, 私の本よ!』 출간.

2006년 오에 겐자부로 상 설립, 작가 자신이 우수작을 뽑아 수여. 선출된 작품은 영어, 프랑스어 등으로 번역되었으나, 2014년에 종료.

2007년 등단 50주년 기념작 『아름다운 애너벨 리 싸늘하게 죽다臈たしアナベル・リイ総毛立ちつ身まかりつ』 출간.

2008년 『헌법 9조, 내일을 바꾼다憲法九条, あしたを変える―小田実の志を受けついで―』 출간.

2009년 『익사水死』 출간.

2011년 탈원전을 호소하며 '안녕, 원자력발전소 집회'를 주도, 약 6만 명의 참여를 이끌어냄.

2012년 진보파 지식인, 문화인 1300명과 공동성명 「'영토 문제'의 악순환을 멈추자'領土問題'の悪循環を止めよう」 발표. 『정의집定義集』 출간.

2013년 『만년양식집晩年様式集イン・レイト・スタイル』 출간.

2023년 3월 3일 88세를 일기로 별세.

문학동네 세계문학전집 발간에 부쳐

세계문학은 국민문학 혹은 지역문학을 떠나 존재하는 문학이 아니지만 그것들의 종합도 아니다. 세계문학이라는 용어에는 그 나름의 언어와 전통을 갖고 있는 국민문학이나 지역문학의 존재를 인정하면서 그것을 넘어서는 문학의 보편적 질서에 대한 관념이 새겨져 있다. 그 용어를 처음 고안한 19세기 유럽인들은 유럽문학을 중심으로 그 질서를 구축했지만 풍부한 국민문학의 전통을 가지고 있는 현대의 문학 강국들은 나름의 방식으로 세계문학을 이해하면서 정전(正典)의 목록을 작성하고 또 수정한다.

한국에서도 세계문학 관념은 우리 사회와 문화의 변화 속에서 거듭 수정돼왔다. 어느 시기에는 제국 일본의 교양주의를 반영한 세계문학 관념이, 어느 시기에는 제3세계 민족주의에 동조한 세계문학 관념이 출현했고, 그러한 관념을 실천한 전집물이 출판됐다. 21세기 한국에 새로운 세계문학전집이 필요하다는 것은 명백하다. 우리의 지성과 감성의 기준에 부합하는 세계문학을 다시 구상할 때가 되었다.

문학동네 세계문학전집은 범세계적으로 통용되는 고전에 대한 상식을 존중하면서도 지난 반세기 동안 해외 주요 언어권에서 창작과 연구의 진전에 따라 일어난 정전의 변동을 고려하여 편성되었다. 그래서 불멸의 명작은 물론 동시대 세계의 중요한 정치·문화적 실천에 영감을 준 새로운 작품들을 두루 포함시켰다.

창립 이후 지금까지 한국문학 및 번역문학 출판에서 가장 전문적이고 생산적인 그룹을 대표해온 문학동네가 그간 축적한 문학 출판 경험을 바탕으로 새로운 세계문학전집을 펴낸다. 인류가 무지와 몽매의 어둠 속을 방황하면서도 끝내 길을 잃지 않은 것은 세계문학사의 하늘에 떠 있는 빛나는 별들이 길잡이가 되어주었기 때문이다. 우리가 자부심과 사명감 속에서 그리게 될 이 새로운 별자리가 독자들의 관심과 애정에 힘입어 우리 모두의 뿌듯한 자산이 되기를 소망한다.

문학동네 세계문학전집 편집위원

민은경, 박유하, 변현태, 송병선, 이재룡, 홍길표, 남진우, 황종연

세계문학전집 232
만년양식집

1판 1쇄 2023년 7월 21일
1판 2쇄 2023년 8월 21일

지은이 오에 겐자부로 | 옮긴이 박유하

책임편집 이단네 | 편집 이미영 오동규
디자인 신선아 최미영 | 저작권 박지영 형소진 최은진 서연주 오서영
마케팅 정민호 한민아 이민경 안남영 김수현 왕지경 황승현 김혜원 김하연
브랜딩 함유지 함근아 박민재 김희숙 고보미 정승민 배진성
제작 강신은 김동욱 이순호 | 제작처 영신사

펴낸곳 (주)문학동네 | 펴낸이 김소영
출판등록 1993년 10월 22일 제2003-000045호
주소 10881 경기도 파주시 회동길 210
전자우편 editor@munhak.com | 대표전화 031)955-8888 | 팩스 031)955-8855
문의전화 031)955-1927(마케팅), 031)955-1916(편집)
문학동네카페 http://cafe.naver.com/mhdn
인스타그램 @munhakdongne | 트위터 @munhakdongne
북클럽문학동네 http://bookclubmunhak.com

ISBN 978-89-546-9410-0 04830
978-89-546-0901-2 (세트)

잘못된 책은 구입하신 서점에서 교환해드립니다.
기타 교환 문의 031) 955-2661, 3580

www.munhak.com

1, 2, 3 안나 카레니나 레프 톨스토이 | 박형규 옮김
4 판탈레온과 특별봉사대 마리오 바르가스 요사 | 송병선 옮김
5 황금 물고기 르 클레지오 | 최수철 옮김
6 템페스트 윌리엄 셰익스피어 | 이경식 옮김
7 위대한 개츠비 F. 스콧 피츠제럴드 | 김영하 옮김
8 아름다운 애너벨 리 싸늘하게 죽다 오에 겐자부로 | 박유하 옮김
9, 10 파우스트 요한 볼프강 폰 괴테 | 이인웅 옮김
11 가면의 고백 미시마 유키오 | 양윤옥 옮김
12 킴 러디어드 키플링 | 하창수 옮김
13 나귀 가죽 오노레 드 발자크 | 이철의 옮김
14 피아노 치는 여자 엘프리데 옐리네크 | 이병애 옮김
15 1984 조지 오웰 | 김기혁 옮김
16 벤야멘타 하인학교 - 야콥 폰 군텐 이야기 로베르트 발저 | 홍길표 옮김
17, 18 적과 흑 스탕달 | 이규식 옮김
19, 20 휴먼 스테인 필립 로스 | 박범수 옮김
21 체스 이야기 · 낯선 여인의 편지 슈테판 츠바이크 | 김연수 옮김
22 왼손잡이 니콜라이 레스코프 | 이상훈 옮김
23 소송 프란츠 카프카 | 권혁준 옮김
24 마크롤 가비에로의 모험 알바로 무티스 | 송병선 옮김
25 파계 시마자키 도손 | 노영희 옮김
26 내 생명 앗아가주오 앙헬레스 마스트레타 | 강성식 옮김
27 여명 시도니가브리엘 콜레트 | 송기정 옮김
28 한때 흑인이었던 남자의 자서전 제임스 웰든 존슨 | 천승걸 옮김
29 슬픈 짐승 모니카 마론 | 김미선 옮김
30 피로 물든 방 앤절라 카터 | 이귀우 옮김
31 숨그네 헤르타 뮐러 | 박경희 옮김
32 우리 시대의 영웅 미하일 레르몬토프 | 김연경 옮김
33, 34 실낙원 존 밀턴 | 조신권 옮김
35 복낙원 존 밀턴 | 조신권 옮김
36 포로기 오오카 쇼헤이 | 허호 옮김
37 동물농장 · 파리와 런던의 따라지 인생 조지 오웰 | 김기혁 옮김
38 루이 랑베르 오노레 드 발자크 | 송기정 옮김
39 코틀로반 안드레이 플라토노프 | 김철균 옮김
40 어두운 상점들의 거리 파트릭 모디아노 | 김화영 옮김
41 순교자 김은국 | 도정일 옮김
42 젊은 베르테르의 슬픔 요한 볼프강 폰 괴테 | 안장혁 옮김
43 더블린 사람들 제임스 조이스 | 진선주 옮김
44 설득 제인 오스틴 | 원영선, 전신화 옮김
45 인공호흡 리카르도 피글리아 | 엄지영 옮김
46 정글북 러디어드 키플링 | 손향숙 옮김
47 외로운 남자 외젠 이오네스코 | 이재룡 옮김
48 에피 브리스트 테오도어 폰타네 | 한미희 옮김
49 둔황 이노우에 야스시 | 임용택 옮김
50 미크로메가스 · 캉디드 혹은 낙관주의 볼테르 | 이병애 옮김

51, 52 염소의 축제 마리오 바르가스 요사 | 송병선 옮김
53 고야산 스님·초롱불 노래 이즈미 교카 | 임태균 옮김
54 다니엘서 E. L. 닥터로 | 정상준 옮김
55 이날을 위한 우산 빌헬름 게나치노 | 박교진 옮김
56 톰 소여의 모험 마크 트웨인 | 강미경 옮김
57 카사노바의 귀향·꿈의 노벨레 아르투어 슈니츨러 | 모명숙 옮김
58 바보들을 위한 학교 사샤 소콜로프 | 권정임 옮김
59 어느 어릿광대의 견해 하인리히 뵐 | 신동도 옮김
60 웃는 늑대 쓰시마 유코 | 김훈아 옮김
61 팔코너 존 치버 | 박영원 옮김
62 한눈팔기 나쓰메 소세키 | 조영석 옮김
63, 64 톰 아저씨의 오두막 해리엇 비처 스토 | 이종인 옮김
65 아버지와 아들 이반 투르게네프 | 이항재 옮김
66 베니스의 상인 윌리엄 셰익스피어 | 이경식 옮김
67 해부학자 페데리코 안다아시 | 조구호 옮김
68 긴 이별을 위한 짧은 편지 페터 한트케 | 안장혁 옮김
69 호텔 뒤락 애니타 브루크너 | 김정 옮김
70 잔해 쥘리앵 그린 | 김종우 옮김
71 절망 블라디미르 나보코프 | 최종술 옮김
72 더버빌가의 테스 토머스 하디 | 유명숙 옮김
73 감상소설 미하일 조셴코 | 백용식 옮김
74 빙하와 어둠의 공포 크리스토프 란스마이어 | 진일상 옮김
75 쓰가루·석별·옛날이야기 다자이 오사무 | 서재곤 옮김
76 이인 알베르 카뮈 | 이기언 옮김
77 달려라, 토끼 존 업다이크 | 정영목 옮김
78 몰락하는 자 토마스 베른하르트 | 박인원 옮김
79, 80 한밤의 아이들 살만 루슈디 | 김진준 옮김
81 죽은 군대의 장군 이스마일 카다레 | 이창실 옮김
82 페레이라가 주장하다 안토니오 타부키 | 이승수 옮김
83, 84 목로주점 에밀 졸라 | 박명숙 옮김
85 아베 일족 모리 오가이 | 권태민 옮김
86 폭풍의 언덕 에밀리 브론테 | 김정아 옮김
87, 88 늦여름 아달베르트 슈티프터 | 박종대 옮김
89 클레브 공작부인 라파예트 부인 | 류재화 옮김
90 P세대 빅토르 펠레빈 | 박혜경 옮김
91 노인과 바다 어니스트 헤밍웨이 | 이인규 옮김
92 물방울 메도루마 슌 | 유은경 옮김
93 도깨비불 피에르 드리외라로셸 | 이재룡 옮김
94 프랑켄슈타인 메리 셸리 | 김선형 옮김
95 래그타임 E. L. 닥터로 | 최용준 옮김
96 캔터빌의 유령 오스카 와일드 | 김미나 옮김
97 만(卍)·시게모토 소장의 어머니 다니자키 준이치로 | 김춘미, 이호철 옮김
98 맨해튼 트랜스퍼 존 더스패서스 | 박경희 옮김
99 단순한 열정 아니 에르노 | 최정수 옮김

100 열세 걸음 모옌 | 임홍빈 옮김
101 데미안 헤르만 헤세 | 안인희 옮김
102 수레바퀴 아래서 헤르만 헤세 | 한미희 옮김
103 소리와 분노 윌리엄 포크너 | 공진호 옮김
104 곰 윌리엄 포크너 | 민은영 옮김
105 롤리타 블라디미르 나보코프 | 김진준 옮김
106, 107 부활 레프 톨스토이 | 박형규 옮김
108, 109 모래그릇 마쓰모토 세이초 | 이병진 옮김
110 은둔자 막심 고리키 | 이강은 옮김
111 불타버린 지도 아베 고보 | 이영미 옮김
112 말라볼리아가의 사람들 조반니 베르가 | 김운찬 옮김
113 디어 라이프 앨리스 먼로 | 정연희 옮김
114 돈 카를로스 프리드리히 실러 | 안인희 옮김
115 인간 짐승 에밀 졸라 | 이철의 옮김
116 빌러비드 토니 모리슨 | 최인자 옮김
117, 118 미국의 목가 필립 로스 | 정영목 옮김
119 대성당 레이먼드 카버 | 김연수 옮김
120 나나 에밀 졸라 | 김치수 옮김
121, 122 제르미날 에밀 졸라 | 박명숙 옮김
123 현기증. 감정들 W. G. 제발트 | 배수아 옮김
124 강 동쪽의 기담 나가이 가후 | 정병호 옮김
125 붉은 밤의 도시들 윌리엄 버로스 | 박인찬 옮김
126 수고양이 무어의 인생관 E. T. A. 호프만 | 박은경 옮김
127 맘브루 R. H. 모레노 두란 | 송병선 옮김
128 익사 오에 겐자부로 | 박유하 옮김
129 땅의 혜택 크누트 함순 | 안미란 옮김
130 불안의 책 페르난두 페소아 | 오진영 옮김
131, 132 사랑과 어둠의 이야기 아모스 오즈 | 최창모 옮김
133 페스트 알베르 카뮈 | 유호식 옮김
134 다마세누 몬테이루의 잃어버린 머리 안토니오 타부키 | 이현경 옮김
135 작은 것들의 신 아룬다티 로이 | 박찬원 옮김
136 시스터 캐리 시어도어 드라이저 | 송은주 옮김
137 고독한 산책자의 몽상 장자크 루소 | 문경자 옮김
138 용의자의 야간열차 다와다 요코 | 이영미 옮김
139 세기아의 고백 알프레드 드 뮈세 | 김미성 옮김
140 햄릿 윌리엄 셰익스피어 | 이경식 옮김
141 카산드라 크리스타 볼프 | 한미희 옮김
142 이 글을 읽는 사람에게 영원한 저주를 마누엘 푸익 | 송병선 옮김
143 마음 나쓰메 소세키 | 유은경 옮김
144 바다 존 밴빌 | 정영목 옮김
145, 146, 147, 148 전쟁과 평화 레프 톨스토이 | 박형규 옮김
149 세 가지 이야기 귀스타브 플로베르 | 고봉만 옮김
150 제5도살장 커트 보니것 | 정영목 옮김
151 알렉시 · 은총의 일격 마르그리트 유르스나르 | 윤진 옮김

152 말라 온다 알베르토 푸겟 | 엄지영 옮김
153 아르세니예프의 인생 이반 부닌 | 이항재 옮김
154 오만과 편견 제인 오스틴 | 류경희 옮김
155 돈 에밀 졸라 | 유기환 옮김
156 젊은 예술가의 초상 제임스 조이스 | 진선주 옮김
157, 158, 159 카라마조프가의 형제들 표도르 도스토옙스키 | 김희숙 옮김
160 진 브로디 선생의 전성기 뮤리얼 스파크 | 서정은 옮김
161 13인당 이야기 오노레 드 발자크 | 송기정 옮김
162 하지 무라트 레프 톨스토이 | 박형규 옮김
163 희망 앙드레 말로 | 김웅권 옮김
164 임멘 호수 · 백마의 기사 · 프시케 테오도어 슈토름 | 배정희 옮김
165 밤은 부드러워라 F. 스콧 피츠제럴드 | 정영목 옮김
166 야간비행 앙투안 드 생텍쥐페리 | 용경식 옮김
167 나이트우드 주나 반스 | 이예원 옮김
168 소년들 앙리 드 몽테를랑 | 유정애 옮김
169, 170 독립기념일 리처드 포드 | 박영원 옮김
171, 172 닥터 지바고 보리스 파스테르나크 | 박형규 옮김
173 싯다르타 헤르만 헤세 | 권혁준 옮김
174 야만인을 기다리며 J. M. 쿳시 | 왕은철 옮김
175 철학편지 볼테르 | 이봉지 옮김
176 거지 소녀 앨리스 먼로 | 민은영 옮김
177 창백한 불꽃 블라디미르 나보코프 | 김윤하 옮김
178 슈틸러 막스 프리슈 | 김인순 옮김
179 시핑 뉴스 애니 프루 | 민승남 옮김
180 이 세상의 왕국 알레호 카르펜티에르 | 조구호 옮김
181 철의 시대 J. M. 쿳시 | 왕은철 옮김
182 카시지 조이스 캐럴 오츠 | 공경희 옮김
183, 184 모비 딕 허먼 멜빌 | 황유원 옮김
185 솔로몬의 노래 토니 모리슨 | 김선형 옮김
186 무기여 잘 있거라 어니스트 헤밍웨이 | 권진아 옮김
187 컬러 퍼플 앨리스 워커 | 고정아 옮김
188, 189 죄와 벌 표도르 도스토옙스키 | 이문영 옮김
190 사랑 광기 그리고 죽음의 이야기 오라시오 키로가 | 엄지영 옮김
191 빅 슬립 레이먼드 챈들러 | 김진준 옮김
192 시간은 밤 류드밀라 페트루셉스카야 | 김혜란 옮김
193 타타르인의 사막 디노 부차티 | 한리나 옮김
194 고양이와 쥐 귄터 그라스 | 박경희 옮김
195 펠리시아의 여정 윌리엄 트레버 | 박찬원 옮김
196 마이클 K의 삶과 시대 J. M. 쿳시 | 왕은철 옮김
197, 198 오스카와 루신다 피터 케리 | 김시현 옮김
199 패싱 넬라 라슨 | 박경희 옮김
200 마담 보바리 귀스타브 플로베르 | 김남주 옮김
201 패주 에밀 졸라 | 유기환 옮김
202 도시와 개들 마리오 바르가스 요사 | 송병선 옮김

203 루시 저메이카 킨케이드 | 정소영 옮김
204 대지 에밀 졸라 | 조성애 옮김
205, 206 백치 표도르 도스토옙스키 | 김희숙 옮김
207 백야 표도르 도스토옙스키 | 박은정 옮김
208 순수의 시대 이디스 워턴 | 손영미 옮김
209 단순한 이야기 엘리자베스 인치볼드 | 이혜수 옮김
210 바닷가에서 압둘라자크 구르나 | 황유원 옮김
211 낙원 압둘라자크 구르나 | 왕은철 옮김
212 피라미드 이스마일 카다레 | 이창실 옮김
213 애니 존 저메이카 킨케이드 | 정소영 옮김
214 지고 말 것을 가와바타 야스나리 | 박혜성 옮김
215 부서진 사월 이스마일 카다레 | 유정희 옮김
216 사람은 무엇으로 사는가 레프 톨스토이 | 이항재 옮김
217, 218 악마의 시 살만 루슈디 | 김진준 옮김
219 오늘을 잡아라 솔 벨로 | 김진준 옮김
220 배반 압둘라자크 구르나 | 황가한 옮김
221 어두운 밤 나는 적막한 집을 나섰다 페터 한트케 | 윤시향 옮김
222 무어의 마지막 한숨 살만 루슈디 | 김진준 옮김
223 속죄 이언 매큐언 | 한정아 옮김
224 암스테르담 이언 매큐언 | 박경희 옮김
225, 226, 227 특성 없는 남자 로베르트 무질 | 박종대 옮김
228 앨프리드와 에밀리 도리스 레싱 | 민은영 옮김
229 북과 남 엘리자베스 개스켈 | 민승남 옮김
230 마지막 이야기들 윌리엄 트레버 | 민승남 옮김
231 벤저민 프랭클린 자서전 벤저민 프랭클린 | 이종인 옮김
232 만년양식집 오에 겐자부로 | 박유하 옮김
233 이상한 나라의 앨리스 루이스 캐럴 | 존 테니얼 그림 | 김희진 옮김

● 문학동네 세계문학전집은 계속 출간됩니다